I0694422

CARLA NEGGERS
SUSURROS

Editado por Harlequin Ibérica.
Una división de HarperCollins Ibérica, S.A.
Núñez de Balboa, 56
28001 Madrid

I.S.B.N.: 978-84-9010-912-0
Depósito legal: M-12878-2012

Para Leo

Capítulo 1

Península de Beara, sudoeste de Irlanda. Finales de septiembre

Scoop Wisdom abrió la mochila, sacó la botella de agua y bebió un trago. Estaba sentado en una piedra fría y húmeda, entre las ruinas de la aislada cabaña de piedra en la que se había iniciado aquel verano de la mano de una hermosa mujer, un antiguo relato de magia y de hadas y un asesino que se dejaba guiar por su propia percepción del bien y del mal.

Había pasado ya el equinoccio de otoño. El verano había terminado. Scoop se decía a sí mismo que aquel era un nuevo comienzo, pero tenía un asunto sin resolver. Había estado devorándole las entrañas desde que había recuperado la conciencia en la habitación de un hospital de Boston un mes atrás, después de que la explosión de una bomba estuviera a punto de matarle.

Ya estaba recuperado. Había llegado el momento de regresar a casa y al trabajo. De volver a ser un policía.

Guardó la botella de agua en la mochila y cerró la cremallera del compartimento exterior. Un rayo de sol solitario penetró la maraña de enredaderas que cubría lo que en otro tiempo había sido un techo de paja. Llegaba hasta él el gorgoteo del arroyo que corría a varios metros de la cabaña.

Y el salpicar del agua. Scoop cambió de postura sobre la piedra y escuchó con atención, pero no había duda. Alguien, o algo, estaba cruzando el arroyo que descendía desde los cerros yermos y escarpados que se cernían sobre la bahía Kenmare.

No había visto a nadie durante el trayecto que le había llevado desde la cabaña en la que se alojaba hasta allí.

Se levantó. Oyó risas.

La risa de una mujer.

¿Sería un hada irlandesa? En aquel lugar escondido en la escabrosa península de Beara, no le extrañaría que hubiera hadas escondidas entre la exuberante vegetación que crecía en los bancos del arroyo.

Caminó sobre las piedras hacia el hueco que servía como entrada al que en otro tiempo había sido un hogar. Notó una punzada de dolor en la cadera, allí donde se le había incrustado la metralla cuando la bomba había estallado en el edifico de tres pisos del que era propietario junto con Bob O'Reilly y Abigail Browing, otros dos detectives de Boston. La mayor parte de los cascos y esquirlas de metal habían terminado en su espalda, hombros, brazos y piernas, pero uno de los trozos de metralla se le había clavado en la base del cráneo, lo que había tenido nervioso a todo el mundo durante un par de días. Un milímetro más y estaría muerto en vez de preguntándose si las hadas estaban a punto de hacerle una visita.

Oyó de nuevo el chapoteo del agua y una risa femenina.

—Lo sé, lo sé —era una mujer, hablaba en un tono divertido y con un marcado acento americano—. De verdad que me he encontrado con un perro negro y enorme.

Durante las dos semanas que llevaba en Irlanda, Scoop había oído rumores sobre un perro negro y fiero que aparecía por los pastos que rodeaban las casas de los pescadores y las granjas del pueblo. Pero la verdad era que él solo había visto vacas y ovejas.

Miró a través de la niebla. El sol de la mañana había desaparecido, al menos de momento. Había aprendido a esperar continuos cambios de tiempo. Al estar sometido a la Corriente del Golfo, el clima del sudoeste de Irlanda era húmedo y templado, pero durante sus paseos, Scoop había notado que las flores del verano estaban comenzando a marchitarse y el brezo de las colinas empezaba a secarse.

–¡Ah! –oyó decir a la mujer, oculta todavía por la pronunciada curva del arroyo–. Vienes conmigo, ¿verdad? En ese caso, tengo que estar muy cerca. Muéstrame el camino.

No era fácil encontrar aquella cabaña en ruinas escondida entre los árboles y la maleza del arroyo y envuelta en la niebla. Si no hubiera sabido dónde se encontraba, Scoop la habría pasado por alto la primera vez que había ido hasta allí.

Una mujer con una melena salvaje de color rojo oscuro salió de bajo las ramas de un árbol de tronco retorcido. A su lado, vadeando el agua, caminaba un perro de color negro.

La mujer miró directamente a Scoop, e incluso con aquella luz mortecina, el detective advirtió que tenía los ojos azules y el rostro cubierto de pecas, de decenas de pecas. Era una mujer delgada, esbelta. La melena descendía por sus hombros, húmeda y enmarañada. Continuó avanzando hacia él, con el perro pegado a ella. No pareció sorprenderla especialmente encontrar a un hombre en la entrada de aquellas ruinas. Scoop no la habría culpado si hubiera sido así. Incluso antes de la explosión de la bomba, tanto amigos como enemigos le describían como un hombre de aspecto fiero por culpa de aquella cabeza rapada, su enorme envergadura y sus maneras de general que prefería no tomarse la molestia de hacer prisioneros.

Por supuesto, nadie le confundiría con un duende o con el príncipe de un cuento de hadas.

La mujer de aspecto misterioso hundió el pie en un agujero y estuvo a punto de terminar en el agua. El barro salpicó más allá del borde de sus botas de agua.

–He visto huellas por allí –dijo alegremente, señalando la dirección por la que acababa de llegar–. Como no me he cruzado con una vaca o una oveja que calce un cuarenta y seis, he imaginado que habría alguien por aquí. Hace muy buen día para pasear, ¿verdad?

–Verdad –contestó Scoop.

–No me importa que llueva de vez en cuando.

Inclinó la cabeza hacia atrás, dejando que la niebla se condensara sobre su rostro y sonrió.

–No me llevo muy bien con el sol.

Scoop dio un paso adelante desde el umbral de la casa y señaló con la cabeza al perro que jadeaba al lado de la recién llegada.

–¿Es suyo?

–No, pero es muy simpático. Aunque supongo que podría llegar a ser agresivo si se sintiera amenazado o sintiera que amenazan a alguien que le importa.

¿Era una advertencia? Scoop se fijó entonces en que llevaba un chubasquero del mismo tono que sus ojos y sostenía un iPhone en la mano. A lo mejor lo llevaba así por si necesitaba pedir ayuda. En aquel rincón de Irlanda, resultaría fácil llegar a pensar que uno estaba a principios del siglo XX, pero sería un error. En primer lugar, porque en aquella zona había una cobertura telefónica bastante decente.

–Parece que han hecho buenas migas.

–Sí, eso creo –se guardó el iPhone en el bolsillo del impermeable–. ¿Es usted el detective que salvó la vida de una chica cuando estalló una bomba en Boston el mes pasado? Wisdom, ¿verdad? Detective Cyrus Wisdom.

Scoop se puso inmediatamente en alerta, pero no cambió el tono de voz.

–Casi todo el mundo me llama Scoop. ¿Y usted es…?

–Sophie… Sophie Malone. Tenemos amigos en común –contestó mientras pasaba por delante de él para dirigirse a las ruinas. El perro continuó en el arroyo–. Soy originaria de Boston. Y soy arqueóloga.

–¿A qué clase de arqueología se dedica?

Sophie sonrió.

–A la que difícilmente proporciona trabajo. ¿Ha venido a Irlanda a recuperarse? He oído decir que estaba gravemente herido.

—Terminé aquí después de asistir a la boda de unos amigos en Escocia hace un par de semanas.

—La boda de Abigail Browning. Es la detective que secuestraron cuando estalló la bomba.

—Sí, ya sé quién es.

Sophie Malone no se inmutó ante aquella respuesta.

Abigail continuaba disfrutando de su larga luna de miel con Owen Garrison, un experto en búsquedas y rescates de nivel internacional con raíces en Boston, Texas y Maine. Will Davenport había ofrecido a la pareja una casa en las Tierras Altas de Escocia para su durante tanto tiempo esperada boda y habían aceptado. Rápidamente, habían reunido a familiares y amigos para celebrar una boda a primeros de septiembre. Scoop, aunque acababa de salir del hospital, no había querido perderse la ceremonia.

—¿No era demasiado pronto para volar, teniendo en cuenta la gravedad de sus heridas? —preguntó Sophie.

—He conseguido superarlo.

Sophie le estudió en silencio. Su expresión delataba que era una persona inteligente, con la cabeza bien amueblada. Scoop iba vestido con una sudadera y unos vaqueros, pero aun así, Sophie había sido capaz de ver la más desagradable de sus cicatrices, un corte que empezaba bajo su oreja derecha y le llegaba hasta la nuca. Al final, comentó:

—Debe de ser difícil para usted no estar en Boston, donde se está llevando a cabo la investigación. Ya han agarrado a todos los malos, ¿verdad? Están todos muertos o detenidos…

—Creía que había dicho que era arqueóloga. ¿Cómo tiene toda esa información?

—Me gusta mantenerme bien informada.

En ese momento, Scoop decidió que no era del todo cierto. Él era muy buen policía, uno de los mejores del Departamento de Policía de Boston. Detectaba las mentiras, los engaños, y aunque no podía decir que Sophie Malone estuviera mintiendo exactamente, sabía que tampoco le estaba diciendo toda la verdad.

Sophie posó la mano en una de las piedras de la cabaña en ruinas.

–Conoce a Keira Sullivan, ¿verdad?

Keira era la artista y experta en folclore que había descubierto aquella cabaña tres meses atrás, la noche del solsticio de verano. También era la sobrina del teniente Bob O'Reilly.

–Sí –contestó Scoop–. ¿Keira es una de esas amigas que tenemos en común?

–En realidad, no nos conocemos –Sophie cruzó el umbral de las ruinas–. Este lugar lo abandonaron hace mucho tiempo.

–Según la gente del pueblo, los habitantes originarios murieron o emigraron durante la Gran Hambruna de mil ochocientos cuarenta.

–Tiene sentido. Esta parte de Irlanda fue duramente golpeada por la hambruna y sufrió posteriormente emigraciones masivas. Así es como llegó mi familia a los Estados Unidos. Al menos la parte de los Malone –volvió a mirar a Scoop con ojos chispeantes–. Dígame, detective Wisdom. ¿Usted cree que las hadas estuvieron aquí aquella noche con Keira?

Scoop no contestó. Estando delante de unas ruinas irlandesas, frente a un perro de aspecto amenazador y una atractiva pelirroja, era capaz de creer cualquier cosa. Miró a su alrededor: la fina niebla, las múltiples tonalidades de verde, el susurro del arroyo… Tenía todos los sentidos aguzados, como si las hadas le hubieran sometido a un hechizo.

Jamás en su vida había estado tan peligrosamente cerca de enamorarse a primera vista.

Se sacudió mentalmente. ¿Acaso se había vuelto loco? Le dirigió a Sophie una sonrisa mientras ella se adentraba en las ruinas.

–Usted no es un hada, ¿verdad?

Sophie soltó una carcajada.

–Esa sería Keira. Artista, folclorista y princesa de cuento –adoptó una expresión más seria–. No creo que fuera ninguna imprudencia por su parte el venir aquí sola, ¿sabe?

–¿No más que la suya?

–O que la suya –replicó rápidamente. Señaló con la cabeza al perro, que se había dejado caer sobre la hierba húmeda–. Además, yo cuento con mi amigo. No parece tener nada en contra de usted. Ha venido hacia mí en cuanto he comenzado a subir por el arroyo. Debe de ser el mismo perro que ayudó a Keira la noche que se quedó aquí atrapada.

–No creo que haya leído eso en los periódicos –señaló Scoop.

–Vivo en Irlanda –contestó con vaguedad. Parecía más vacilante–. El hombre que estuvo aquí esa noche, ese asesino en serie… Jay Augustine. No podrá volver a hacer daño a nadie más, ¿verdad?

Scoop no contestó directamente.

–Augustine está en la cárcel, esperando a ser juzgado por asesinato en primer grado. Tiene un buen abogado y todavía no ha confesado, pero no va a poder salir de allí. Pasará el resto de su vida entre rejas.

Sophie fijó la mirada en un árbol de raíces externas situado en uno de los laterales de la cabaña.

–Ese es el árbol que pintó con la sangre de las ovejas, ¿verdad?

Scoop se tensó.

–Muy bien, Sophie Malone –la tuteó–. Me temo que estás al corriente de demasiados detalles. ¿Quién eres en realidad?

–Lo siento –se pasó las manos por el pelo empapado–. Al estar aquí, tengo la sensación de que lo que ocurrió es algo mucho más real, mucho más inmediato. No esperaba una reacción tan intensa. Keira y yo conocemos a Colm Dermott, el antropólogo que organiza el congreso sobre folclore irlandés en abril. El congreso se celebrará en dos partes: una en Cork y la otra en Boston.

–Conozco a Colm. ¿Fue él el que te habló del perro negro?

Sophie asintió.

–Coincidí con él la semana pasada en Cork. Acabo de terminar una beca postdoctoral en la universidad de allí. La verdad es que hasta entonces no le había prestado mucha atención a todo lo que estaba ocurriendo aquí y en Boston –tomó aire–. Me alegro de que a Keira no le hicieran ningún daño.

–Yo también.

Sophie alzó bruscamente la mirada, como si el tono empleado por Scoop hubiera delatado algún sentimiento oculto e inesperado, pero rápidamente giró de nuevo hacia la cabaña. La humedad de la niebla refulgía en su melena caoba.

–¿De verdad crees que Keira vio un ángel de piedra aquella noche? –preguntó Sophie, tuteándole también.

–Lo que yo crea es lo de menos.

–Eres muy pragmático, ¿verdad? –preguntó, pero no esperó respuesta–. La historia que Keira estaba investigando es fascinante: tres hermanos irlandeses en una lucha sin fin contra las hadas por un ángel de piedra. Los hermanos creen que el ángel les traerá suerte. Las hadas están convencidas de que el ángel es una de ellas convertida en piedra. Cada tres meses, durante las noches del equinoccio y el solsticio, el ángel aparece en el corazón de una cabaña perdida en las colinas de la bahía de Kenmare.

–La anciana que le contó a Keira esa historia en Boston...

–También se la contó a Jay Augustine, y él la mató –terminó Sophie por él–. Colm dice que cuando Keira salió en busca de este lugar, pensaba que podría encontrarse con alguna hada traviesa. A lo mejor hasta esperaba encontrársela. ¿Pero un asesino? Es demasiado terrible como para pensar siquiera en ello.

Scoop retrocedió y pensó en la soledad de aquellas piedras. Excepto por el perro y la oveja que pastaba junto al arroyo, solo estaban él y aquella mujer. ¿Cómo podía tener la certeza de que era una arqueóloga? ¿Por qué iba a tener que creer una sola de sus palabras?

—A pesar de la cantidad de ruinas y tumbas por las que he tenido que arrastrarme por culpa de mi trabajo, no me gustan mucho los espacios pequeños —Sophie parecía estar intentando sacudirse cualquier pensamiento relativo a la sangre o la violencia mientras tiraba de la capucha del chubasquero—. En un entorno como este, no cuesta nada imaginarse las peleas entre los hermanos y las hadas, ¿verdad? La historia de Keira es muy especial. Me encantan ese tipo de cuentos.

—¿Crees en las hadas, Sophie?

—Algunos días más que otros.

—En ese caso, Sophie Malone, ¿qué estás haciendo aquí?

—¿Un puñado de hadas, un perro negro y un legendario ángel de piedra no te parecen motivo suficiente?

—A lo mejor. Pero no lo son todo.

—¡Ah! Los arqueólogos podemos ser muy misteriosos. Y también somos muy curiosos. Quería ver las ruinas con mis propios ojos. Tú eres detective, Scoop. ¿Puedo llamarte Scoop?

—Por supuesto. Así es como me llama todo el mundo.

—Como detective, podrás entender la fuerza de la curiosidad, ¿verdad?

Scoop se encogió de hombros.

—A veces.

Una sonrisa tan repentina como contagiosa iluminó los ojos de Sophie.

—Ah, ya veo que no te gustan las coincidencias. Quieres saber por qué hemos decidido venir los dos aquí esta mañana. Si eso te sirve de algo, no te he seguido. Nunca he sido suficientemente sutil como para seguir a nadie.

—Pero no te ha sorprendido encontrarme aquí —respondió Scoop.

—No, sobre todo después de haber visto tus huellas en el barro —se acercó de nuevo al perro—. Pero ahora continuaré mi camino.

—¿Vas a volver directamente al pueblo?

—A lo mejor —palmeó el lomo del perro cuando este se incorporó—. Quiero ver adónde me lleva mi nuevo amigo. Me alegro de conocerte, detective Scoop —volvió a sonreír—. A lo mejor nos vemos en Boston.

Scoop la observó mientras se agachaba para pasar por debajo del árbol de ramas retorcidas y nudosas. Tenía un aire vitalista y positivo. No había nada en ella que sugiriera que no era una arqueóloga. Pero fuera quien fuera, Scoop estaba convencido de que era la clase de mujer que no soltaba una presa en cuanto la tenía entre sus garras.

¿Pero qué tenía Sophie entre sus garras? ¿Qué la habría llevado hasta allí?

Scoop regresó a las ruinas y respiró el aire húmedo y polvoriento de las piedras. Alargó la mano hacia la mochila. En aquella ocasión, no notó el dolor en la cadera. Mientras se colgaba la mochila al hombro, miró a través de aquella luz tenue y gris hacia el lugar en el que Keira decía haber visto el antiguo ángel de piedra mientras una parte de las ruinas se derrumbaba sobre ella. Cuando por fin había podido salir a la mañana siguiente, el ángel había desaparecido. Y nadie había vuelto a verlo.

Scoop imaginó a Sophie caminando por el arroyo con el perro a su lado, la melena al viento, los ojos brillantes y una sonrisa luminosa.

Sí. Definitivamente, había sido amor a primera vista.

—Maldita sea —musitó mientras se ajustaba la mochila en el hombro.

Sintió un dolor sordo allí donde días atrás sufría un dolor insoportablemente agudo.

Definitivamente, estar en aquel lugar comenzaba a afectarle.

Abandonó las ruinas. La niebla comenzaba a levantarse y los rayos del sol caían en ángulo entre los árboles húmedos. Distinguió las huellas de Sophie y del perro en el barro. La arqueóloga tenía razón en lo relativo a las investigaciones de Boston. Pero se equivocaba en una cosa: todavía no habían atrapado a todos los malos. La mayor parte de los responsables de los crímenes de los tres meses anteriores estaban detenidos o muertos, pero todavía quedaban muchas preguntas sin respuesta. Scoop en particular tenía un especial interés en saber quién había colocado aquel explosivo bajo la parrilla de gas del porche de Abigail.

Aunque fuera un policía.

Incluso en el caso de que fuera un amigo.

Scoop trabajaba como detective de asuntos internos y dos meses atrás, había iniciado una investigación sobre la relación de un miembro del departamento con unos delincuentes de Boston. ¿Sería ese su terrorista?

Quizá sí, o quizá no, pero a Scoop no le hacía mucha gracia la idea de que otro policía hubiera estado a punto de acabar con él.

Comenzó a regresar por el curso del arroyo. Las huellas de Sophie y el perro desaparecieron en cuanto el terreno comenzó a secarse y a cubrirse de hierba. Tras un pronunciado meandro colina abajo, salió de entre los árboles para encontrarse sobre un prado situado sobre la bahía. Una brisa repentina lanzó algunas gotas sobre su rostro mientras continuaba cruzando aquel prado en el que las ovejas mantenían a raya la hierba. Llegó a un alambre de espino y saltó sobre la hierba húmeda y mullida. Durante la primera excursión que había hecho dos semanas atrás, saltar aquella alambrada le había supuesto un intenso dolor y se había clavado una púa en una de las heridas que todavía estaba curándose, lo que le había hecho sangrar. En aquel momento se movía perfectamente, rara vez sentía dolor y las cicatrices estaban prácticamente cerradas.

Apareció frente a él una oveja lanuda. Scoop le sonrió.

—Hola amiga, soy yo otra vez.

La oveja no se movió de donde estaba. Scoop miró hacia la bahía Kenmare, hacia la accidentada línea de la cordillera Macgillicuddy Reeks, situada sobre la península de Iveragh. Scoop había visitado el famoso Anillo de Kerry y había hecho algunas excursiones por la zona, pero la mayor parte del tiempo que llevaba en Irlanda lo había pasado en Beara.

Continuó avanzando sobre los pastos hasta llegar a otra cerca. La saltó para acceder al camino que descendía directamente hacia el pueblo. Cuando pasó ante una señal que advertía del peligro de cruzarse con ganado, un movimiento le llamó la atención. Se detuvo y miró a su alrededor. Entre la niebla, distinguió cerca de los pastos al perro negro trotando en medio de un círculo de piedras para desaparecer después entre los árboles.

Tenía que ser el mismo perro que había visto con Sophie Malone.

A la misteriosa arqueóloga no se la veía por ninguna parte, pero Scoop sabía, aunque no pudiera explicar por qué, que volverían a encontrarse.

Sonrió para sí. A lo mejor también él estaba bajo el influjo de las hadas.

Capítulo 2

Kenmare, sudeste de Irlanda

Sophie no bajó la guardia hasta que llegó a Kenmare.

Condujo directamente hasta el muelle, aparcó y apartó las manos del volante. Por si el perro negro no hubiera bastado para recordarle que estaba completamente fuera de su elemento, había tenido que encontrarse con un desconfiado detective de Boston.

Respiró hondo, intentando tranquilizarse. Estar sola en las ruinas en las que había quedado atrapada Keira Sullivan ya habría sido una experiencia suficientemente aterradora sin necesidad de encontrarse con Scoop Wisdom. Era un hombre duro, directo y eficiente, tal como Sophie esperaba tras haberse informado de lo que había ocurrido en Boston aquel verano. Sin embargo, parecía estar esperando la llegada de hadas o fantasmas en medio de aquellas ruinas.

Y la que había llegado había sido ella.

¿Y quién era ella?

No le había mentido. Era arqueóloga. Pero no le había dicho toda la verdad, y, evidentemente, él lo sabía.

Sophie salió del coche y se detuvo para contemplar el arcoíris que cruzaba el cielo sobre la bahía. Aquellas líneas amarillas, naranjas, rojas y lavandas removieron sus sentimientos. Echaría de menos los arcoíris cuando estuviera en Boston.

Intentó sacudirse aquel ataque de melancolía. Se iba al día siguiente y sus padres y su hermana melliza llegarían a Kenmare esa misma tarde para celebrar con ella una cena de despedida. De momento, dedicarse a llorar la ausencia de los arcoíris irlandeses no entraba en la lista de asuntos pendientes.

Miró con los ojos entrecerrados las barcas del puerto. El nombre irlandés de aquel pueblo era Neidín, que podía traducirse por algo así como «pequeño nido», una descripción muy apropiada, teniendo en cuenta que estaba situado en la base de las montañas de Cork y Kerry.

—Ajá —musitó en voz alta.

Acababa de reconocer la vieja barca de Tim O'Donovan atada al muelle. Aquella embarcación parecía estar a punto de hundirse antes de salir del puerto, pero Sophie sabía por experiencia propia que podía enfrentarse al más fiero de los mares.

Vio a Tim y le saludó con la mano. Era un pescador irlandés, alto y fornido, de poblada barba rubia y ojos color esmeralda. Tim miró en su dirección e, incluso desde aquella distancia, Sophie le oyó gruñir. No le culpaba, teniendo en cuenta que se había visto involucrado en la extraña experiencia que había tenido Sophie en la costa oeste meses antes de que Keira Sullivan se encontrara con un asesino en serie.

Susurros en la oscuridad. Ramas empapadas en sangre. Objetos de origen celta desaparecidos.

Una mujer, ella, dada por muerta en una fría y húmeda cueva.

Reprimió un escalofrío y comenzó a caminar por el muelle de cemento. Tim había conseguido evitarla durante meses, pero aquel día no iba a conseguirlo. Sophie se movía a paso rápido, decidida a alcanzarle antes de que pudiera saltar a su bote y marcharse.

Cuando lo alcanzó, inmediatamente intentó entablar conversación con él.

—Hola, Tim, me alegro de verte —señaló al casi ya desaparecido arcoíris—. ¿Has visto el arcoíris que acaba de salir?

—Si pretendes que te lleve a buscar el tesoro que hay al final del arcoíris, la respuesta es no.

—Ahora no estoy buscando nada.

—Tú siempre estás buscando algo —tiró de una gruesa cuerda con sus manos callosas y, sin mirarla siquiera, continuó con su marcado acento de Kerry—: ¿Cómo estás, Sophie?

—Bastante bien —se acercaba bastante a la verdad—. Dejé el apartamento que tenía en Cork y me mudé a la casa que tiene mi familia en Kenmare. Mis padres y mi hermana vendrán hoy a última hora de la tarde. Llevo dos semanas aquí. Pensaba que coincidiríamos en algún momento.

—Ya.

—¿Has estado evitándome?

—Yo solo he estado haciendo mi trabajo.

—He estado yendo y viniendo constantemente de Cork a Dublín. La familia de mi padre es originaria de Kenmare. Ya te lo había dicho, ¿verdad?

—Sí, ya lo sabía.

Su tono sugería que el hecho de apelar a sus orígenes irlandeses no tenía el más mínimo efecto en él.

—Taryn solo pasará aquí un par de noches, pero mis padres se quedarán aquí durante un par de meses.

—Y tú vuelves Boston —dijo Tim.

—Ah, así que me tienes controlada.

Alzó la mirada hacia ella.

—Siempre.

Sophie le sonrió.

—Por lo menos podrías intentar parecer decepcionado. Somos amigos, ¿no?

Tim aflojó la cuerda.

—Es peligroso tener una amiga como tú, Sophie.

Volvió a salir el sol y Sophie se bajó la cremallera del chubasquero.

—Sí, bueno, pero no fuiste tú el que tuvo que pasar una noche terrible encerrado en una cueva.

—No, claro que no. Solo soy la persona que no consiguió disuadirte de que pasaras una noche sola en una isla del tamaño de mi barca. Y también soy el que te dejó allí.

—La isla es mucho más grande que tu barca. Si no —añadió, intentando parecer despreocupada—, me habrías encontrado antes.

—Tuve suerte de poder encontrarte antes de que murieras.

Volvió a agarrar la cuerda, pero no hizo ningún movimiento para desatarla. Y continuaba mirándola con abierto recelo.

—No pienso llevarte otra vez allí.

—Tampoco te estoy pidiendo que lo hagas. No he venido por eso. No quiero volver a esa isla —tuvo que reprimir un nuevo escalofrío—. Todavía no.

O quizá nunca, pero no iba a decírselo a Tim. Ya fuera por orgullo o por cabezonería, no quería que pensara que tenía miedo de volver a aquella diminuta isla de la costa Iveragh en la que había encontrado… todavía no sabía el qué. Lo único que sabía era que había estado a punto de morir allí.

—¿Todavía tienes pesadillas? —le preguntó Tim, menos beligerante.

—No muchas, ¿y tú?

—Yo nunca he tenido pesadillas —respondió con un gruñido—, pero como tú dices, yo no estuve allí.

—Es cierto. No estabas allí, y me alegro de ello.

—Me han dicho que has terminado la tesis.

Sophie asintió.

—Está firmada, sellada, entregada, defendida y aprobada.

—Así que ahora eres la doctora Malone, ¿verdad? —parecía más relajado, pero continuaba mirándola con recelo—. ¿Qué harás ahora en Boston?

—Principalmente, buscar trabajo. Mientras tanto, tengo

alguna que otra cosa esperando que me ayudará a pagar el alquiler hasta que salga algo mejor.

El escepticismo de Tim era casi palpable.

–¿Y qué más? –preguntó.

Sophie fijó la mirada en el mar, un mar de un azul oscuro bajo el sol de la tarde. Tim O'Donovan no era ningún estúpido.

–¿Sabes que hay un policía de Boston en Beara?

–Sophie –Tim dejó escapar un suspiro de resignación–. Has ido a ver las ruinas de Keira Sullivan, ¿verdad?

–Es lógico. Soy arqueóloga. Durante los últimos diez años de mi vida, he visitado centenares de ruinas.

–Esas no son unas ruinas cualquiera. Fue allí donde ese asesino en serie… –se interrumpió bruscamente–. Ah, no, Sophie, Sophie, Sophie. No estarás pensando que él fue el responsable de lo que te ocurrió. No me digas eso.

–De acuerdo, no te lo diré.

–¡Sophie!

–Lo que yo piense ahora es lo de menos. Está en la cárcel, así que ya no puede hacerme daño. Ni a mí, ni a nadie.

–No debería haberte contado nunca esa historia –se lamentó Tim con voz queda.

Sophie le comprendía. Un año atrás, rodeados de Guinness y música irlandesa, la había dejado completamente hipnotizada con una historia que le había contado un tío suyo que había sido sacerdote en un pequeño pueblo de la península de Iveragh, frente a la bahía de Kenmare. Un monasterio en la costa, incursiones vikingas, un tesoro escondido. ¿Cómo resistir una tentación como aquella? Según Tim, durante años, aquella historia había sido transmitida de sacerdote a sacerdote. Era un complejo entramado de historia, mitología y tradición, todo ello adobado por una generosa dosis de labia facilitada por el consumo de cerveza.

–Estaba muy cansada –le explicó a Tim–. Por eso quería salir de allí. Estaba mentalmente agotada y solo quería un poco de diversión.

–¿Y no te habría bastado con salir un día de tiendas por Dublín?

–No esperaba encontrar nada, ni terminar encerrada en una cueva mientras sucedían todo tipo de cosas espeluznantes alrededor. No fue un sueño, Tim. Y tampoco fue una alucinación.

–Te diste un buen golpe en la cabeza.

Sophie suspiró. No recordaba cómo se había quedado inconsciente. No sabía si se había golpeado la cabeza de forma accidental mientras intentaba esconderse o si, quienquiera que estuviera en la isla, la había golpeado con una piedra. Cuando había recuperado la conciencia, se había descubierto en medio de la oscuridad y el silencio de la cueva.

Tim desató la cuerda con un gesto automático que llevaba repitiendo desde que era niño. Eran siete los hermanos O'Donovan. Él era el tercero.

–Mi madre reza por ti cada noche –le dijo–. Tiene miedo de que se tratara de magia negra, o de hadas malignas. Lo que tiene claro es que no era nada de este mundo.

–Dale las gracias de mi parte.

–Intento no mencionarte delante de ella. No debería haberle contado lo que ocurrió. Ella es la única que lo sabe…

–No te preocupes, Tim.

Habían zarpado un año atrás, durante una mañana clara y cálida de septiembre. Sophie recordaba lo tranquila que estaba la bahía y lo emocionada que estaba ella. Llevaba el iPhone y todo lo que podía necesitar durante las veinticuatro horas que iba a pasar allí sola. Tim había ido a buscarla a la mañana siguiente. Cuando había visto que no estaba en el punto en el que habían quedado, había ido a buscarla. Al principio, había pensado que se había entretenido con algo y se había enfadado con ella por aquel retraso. Después, había encontrado su mochila en una grieta situada cerca de la cueva. Sophie recordaba el pánico con el que la llamaba, y el alivio que había sentido ella al saber que Tim estaba allí y que había sobrevivido a aquel horror.

Por supuesto, a Tim le habían entrado ganas de matarla cuando la había visto salir de la cueva.

Habían llamado a la policía, pero no habían encontrado nada. A pesar del currículum académico de Sophie, pensaban que lo que creía haber visto y oído había sido producto de una contusión sumada a la deshidratación, la adrenalina y una ligera hipotermia, todo ello aderezado con una pequeña dosis de imaginación. Habían dejado muy claro que pensaban que tanto Tim como ella estaban completamente locos. Ella por quedarse sola en la isla, por mucha experiencia y bien preparada que hubiera ido, y él por dejarse convencer para que la llevara hasta allí.

—¿Cuánto tiempo piensas seguir enfadado contigo mismo? —le preguntó Sophie a Tim en aquel momento.

—Hasta que me vea dándole explicaciones a San Pedro de por qué debería dejarme entrar en el cielo.

Sophie sonrió.

—Te dejará entrar porque el diablo no te querrá en el infierno.

Tim le devolvió la sonrisa, haciendo brillar sus ojos verdes.

—Tienes razón. No creas que no sé por qué has venido a verme. Quieres saber si me ha preguntado alguien por ti, y la respuesta es no.

—¿Estás seguro?

—Confía en mí, lo recordaría.

—Keira Sullivan está saliendo con un agente del FBI, Simon Cahill, y su tío es un detective especializado en homicidios de Boston.

—Bob O'Reilly —respondió Tim—. Sí, lo sé.

A Sophie no la sorprendió.

—Han estado los dos aquí este verano. Y ahora mismo hay otro policía en Beara. Se llama Scoop Wisdom.

—Ninguno de ellos ha venido a buscarme. Yo me dedico a pescar y a tocar algo de música. Procuro no buscarme problemas.

—Y yo no quiero causarte más problemas.

Tim irguió la cabeza y fijó la mirada en las aguas centelleantes del puerto.

—Te creo, Sophie. De verdad. No sé cómo te diste el golpe en la cabeza, pero de verdad creo que encontraste el tesoro, que oíste susurros y que viste unas ramas de espino empapadas de sangre —se volvió hacia Sophie. Ella nunca le había visto tan serio—. Me gustaría poder decirte quién o qué era eso que viste en la cueva.

—Y a mí me encantaría que lo supieras.

—Dicen que la mujer que escondió el tesoro murió en la isla.

En el caso de que hubiera existido aquella mujer. No quedaba ningún recuerdo histórico de ella que Sophie hubiera podido localizar. La historia que Tim le había contado hablaba de una mujer que se había refugiado en la isla con aquel tesoro para escapar a las incursiones vikingas en el siglo XVIII. Aunque había otras versiones que decían que había huido de las incursiones inglesas del XVII, o que quizá había llegado hasta allí para trocar el tesoro por comida en una época de hambruna.

No era fácil determinar lo que había pasado en realidad.

Sophie no tenía intención alguna de cuestionar las historias locales con un irlandés, y menos aún con uno que todavía estaba molesto con ella por haberle hecho pasar un infierno. Se estremeció ante un inesperado golpe del viento, pero sabía que no era el frío el que provocaba aquel escalofrío, sino los efectos de aquella aciaga noche.

Tim posó la mano en su hombro.

—Olvida lo que ocurrió —le pidió con voz queda—. Continúa viviendo tu vida.

—Es lo que estoy haciendo. No te preocupes por mí, ¿de acuerdo?

—¿Preocuparme por ti? —soltó una carcajada y la abrazó—. Si lo que quiero hacer es ahogarte en la bahía. ¡Mira que arrastrarme a mí hasta ese pedazo de roca! Cuando llegué no había señales tuyas por ninguna parte. Habías desaparecido y no oía nada, salvo el viento, las olas y los gritos de las gaviotas. Se me hielan hasta los huesos solo de pensar en ello.

Sophie no pudo evitar sonreír. Tim era de lo más exagerado. Miró hacia el cielo azul, donde no quedaba ya rastro alguno del arcoíris.

—Me pregunto si lo que vi aquel día en las ramas era sangre de oveja.

Tim la miró pensativo.

—La sangre que había en las ruinas de Beara lo era.

—Sí, pero fue Jay Augustine el que dejó allí aquella sangre para que Keira Sullivan la encontrara en el caso de que sobreviviera. La rama y la sangre que yo vi desaparecieron. Si hubiera conservado algún resto, podría haber corroborado mi historia. La policía la habría analizado y…

—No, Sophie. Lo hecho, hecho está.

Sophie bajó la mirada hacia la barca mecida por la marea que comenzaba a subir.

—Deberíamos intentar olvidar todo esto y salir a ver frailecillos y focas.

Evidentemente, Tim sabía que no hablaba en serio.

—Estás jugando con fuego, Sophie. Y lo sabes —le advirtió.

—La policía tiene que tener informes sobre lo que ocurrió hace un año. Y, evidentemente, están al tanto de lo que le sucedió a Keira en Beara. Sin embargo, no han venido a interrogarme. No dejo de preguntarme si no estaré pasando algo por alto… —no terminó la frase. Sacudió la cabeza, como si quisiera olvidar sus propias dudas y le dirigió a Tim una sonrisa—. Nos mantendremos en contacto, ¿de acuerdo?

—Sophie…

—Todo irá bien.

—Sí, gracias a Dios —contestó y la observó mientras se alejaba.

—¡Ah! Una cosa más —añadió Sophie alegremente, volviéndose hacia él—, si quieres llegar a algo con mi hermana, tendrás que recortarte la barba y recitarle algunos versos de Yeats.

Tim saltó a la barca, donde se sentía tan cómodo como en tierra firme.

—*¡Pisa con suavidad, porque estás pisando mis sueños!* —recitó, llevándose la mano al corazón.

Sophie se echó a reír, disfrutando de aquel momento. Vio que también Tim reía y se sintió mucho mejor mientras caminaba hacia el coche.

Después de su infructuosa excursión por la isla, de la que no había obtenido ni una muestra de sangre y, mucho menos, un tesoro celta, la policía les había pedido tanto a ella como a Tim que no hablaran con nadie de lo ocurrido en la cueva para evitar que llegaran hasta allí buscadores de tesoros. Sophie había intentado olvidar aquella experiencia, hasta el punto de que había llegado a preguntarse también ella si no debería atribuir lo ocurrido a la contusión, la deshidratación, el cansancio, el exceso de sol, y la imaginación. O si no habrían sido los fantasmas y las hadas, en los que sospechaba que Tim en el fondo creía, los responsables de aquel desastre.

La última semana, cuando había quedado a comer con Colm Dermott en Cork para preparar la conferencia sobre folklore, este le había hablado de los sangrientos sucesos de Boston de aquel verano. Sophie había oído hablar de Jay Augustine, un tratante de arte y antigüedades que había terminado convertido en un asesino en serie. Se había obsesionado con el relato de Keira sobre el ángel de piedra. Al final, lo habían detenido después de que hubiera intentado matar a Keira y a su madre.

Su violencia y su fascinación por el mal y el demonio habían inspirado a Norman Estabrook, un multimillonario corrupto, a actuar siguiendo sus violentos impulsos. En el mes de agosto, había hecho estallar la bomba que había terminado hiriendo a Scoop Wisdom. El propio Estabrook había terminado muriendo en la costa de Maine.

Sophie no podía ignorar las similitudes de la experiencia de Keira con lo que le había pasado a ella en la isla. Necesitaba más información. ¿La habría seguido Jay Augustine un año atrás y habría intentado matarla? ¿Habría sido él el que había dejado los objetos, auténticos o no, que había visto en la cueva? Sin un examen más exhaustivo, no podía estar segura de su autenticidad, pero recordaba nítidamente las piezas: un caldero de bronce, broches dorados, brazaletes, cuentas de cristal y pulseras. Sabía que no habían sido producto de su imaginación, aunque tanto la policía irlandesa como la estadounidense hubieran decidido que no merecía la pena seguir investigando.

Se metió en el coche. Aunque le entraban ganas de dirigirse al pueblo y pasar el resto del día en su pub favorito, sacó el iPhone y marcó el número de teléfono de su hermano Damian, que trabajaba en Washington D.C. para el FBI.

—Hola, Damian —le saludó—. Acabo de ver un arcoíris, me he acordado de ti y he decidido llamarte. Taryn está de camino, y mamá y papá vendrán también para cenar y disfrutar de una velada de música irlandesa. Te vamos a echar de menos.

—Yo estaré en Irlanda dentro de dos semanas.

—Para entonces, yo ya estaré en Boston. Me voy mañana. No es algo tan repentino como puede parecer. Voy a quedarme en el apartamento que tiene Taryn en Beacon Hill. ¿No te parece genial?

—¿Qué te pasa, Sophie?

—¿Eso es lo que te enseñan en la academia del FBI? ¿A sospechar de alguien que te está diciendo que algo va a ser genial? No importa. Al fin y al cabo, estaba en la península de Beara en la que atraparon a ese asesino en serie. Por cierto, ¿sabes si estaba relacionado con el contrabando y la venta de objetos de arte robados?

Silencio.

Sophie sabía que estaba tratando un asunto delicado, pero no quería andarse por las ramas.

—¿Damian? ¿Sigues allí? ¿Todavía estás al teléfono?

–Sí, estoy aquí. ¿Estás pensando en alguna clase de objetos en particular?

–Antigüedades celtas.

–¿Por qué?

–Porque tiene que ver con mi especialidad. Por lo que cuentan, el ángel de piedra de Keira Sullivan pertenecía a la Primera Edad Media Celta. Tengo curiosidad por saber si ese tal Augustine estaba interesado en las antigüedades celtas en general.

–Estaba interesado en matar gente, Sophie.

Sophie fijó la mirada en el muelle. Los turistas se agrupaban para dar un paseo en barco por la costa.

–Entiendo a donde quieres ir a parar, Damian, pero ya sabes a lo que me refiero.

–Tú eres la arqueóloga. Yo soy agente del FBI. ¿Sabes algo del mercado negro de antigüedades celtas?

En aquella ocasión, fue ella la que no contestó.

–¿Sophie?

–Me estoy quedando sin batería. Te llamaré más tarde.

Desconectó el teléfono y lo guardó en el bolsillo del chubasquero. Como si no hubiera tenido ya suficiente con encontrarse con un policía unas horas atrás, no se le había ocurrido otra cosa que llamar a un agente del FBI. Puso el motor en marcha e intentó perdonarse a sí misma. Era lógico que hubiera llamado a Damian. Trabajaba en las oficinas centrales del FBI. Podía averiguar todo lo que quisiera.

Se preguntó si podría conseguir alguna información si le contara lo que le había pasado el año anterior.

–Probablemente, no –se contestó a sí misma mientras regresaba por la tranquila carretera por la que había llegado hasta allí.

Si se lo contaba a Damian, comenzaría a investigar, y no quería enviar a su hermano y al FBI en busca de una misión imposible cuando ella ya estaba completamente a salvo.

Además, Damian se lo contaría a sus padres y ella no quería preocuparles por nada.

Todavía tenía algunas horas antes de que llegaran. Su hermana llegaría antes que ellos. Sophie decidió olvidarse de las antigüedades celtas y de los asesinos en serie durante un rato y regresar a casa para limpiar, cocinar y hacer todo lo que fuera necesario para convencer a su familia de que no tenían que preocuparse por ella.

Capítulo 3

Península de Beara, sudoeste de Irlanda

En la televisión del único pub del pueblo retransmitían un partido de hurling. Scoop permanecía sentado en uno de los taburetes de la barra. Después de ducharse, había cenado una sopa con pan integral y se había instalado en el pub con una jarra de Guinness. La chimenea estaba encendida. Frente a ella dormía un springer spaniel blanco y marrón.

La vida podía ser mucho peor.

—Echo de menos mi jardín —le contó a Eddie O'Shea —un camarero enjuto y enérgico.

Eddie había ayudado a identificar a Jay Augustine como el responsable de la sangre de oveja que había en las ruinas de Keira.

En aquel momento, estaba ocupado en el fregadero que tenía tras la barra.

—Va llegando el momento de volver a casa, ¿eh?

—Seguramente ya haya pasado. Seguro que hay alguna calabaza que todavía puede salvarse. Los bomberos y los paramédicos me destrozaron los tomates y las coliflores. Por supuesto —añadió con una sonrisa—, también salvaron mi triste vida.

—Y tú salvaste a la hija de Bob —añadió Eddie. Había conocido a Bob O'Reilly en un viaje que había hecho este último a Irlanda durante el verano. Bob también había ido a visitar las ruinas de Keira–. Unos cuantos tomates son un pequeño precio a pagar, ¿no crees?

–No lo considero un precio en absoluto.

Scoop tenía la mirada fija en la cerveza, pero su mente estaba de nuevo en Boston, en aquella calurosa tarde de verano, minutos antes de que la bomba explotara. Fiona O'Reilly, la hija de Bob, de solo diecinueve años, se había pasado por allí para ver a su padre. Fiona era una joven arpista tan guapa y tan inteligente como su prima Keira, y tan cabezota como su padre.

–Esta no era la guerra de Fiona. Ella solo es una pobre inocente que pasaba por allí.

–¿Y era tu guerra?

–Eso ya no importa. Ahora lo es.

Pensó en la investigación que se había desarrollado en Boston. ¿Habría estado frente al responsable de aquella explosión? ¿Habría pasado algún detalle por alto?

–Quiero saber quién puso esa bomba, Eddie. Puede haber sido cualquiera, el fontanero, el cartero, un taxista, el revisor del contador. ¿Quién sabe?

Eddie alargó la mano hacia el vaso vacío de Scoop.

–Tú trabajas persiguiendo a policías que no hacen bien su trabajo. ¿Sospechas que puede haber sido un policía?

Scoop no contestó y Eddie no presionó para que lo hiciera. Eran pocos los clientes del bar que parecían estar prestando atención al partido que retransmitía la televisión. La mayoría eran gente del pueblo, pero Scoop se fijó en una pareja de jóvenes que, sin lugar a dudas, habían llegado en las bicicletas que había visto en la puerta del pub. Les había oído hablar en alemán. Parecían felices y despreocupados, pero probablemente no lo estuvieran tanto. Seguro que les esperaban problemas en casa, en el trabajo, con sus parientes… o les inquietaba algún asunto relacionado con la salud. Cualquier cosa.

La vida nunca era fácil para nadie.

Definitivamente, había llegado el momento de regresar a

casa. A lo mejor, cuando estuviera de vuelta en Boston, refrescaba la memoria y podía recordar con más detalle los minutos, las horas, los días previos a la explosión de la bomba. Después de tres semanas intentando recuperarse al otro lado del Atlántico, no había sido capaz de reproducir un rostro, un hombre, un incidente, el mínimo jirón de un recuerdo que pudiera despejar las sombras que ocultaban la identidad de la persona que había montado aquel artefacto y lo había enviado a la casa de tres detectives.

Tendría que encontrar un alojamiento temporal cuando regresara a Boston. El edificio en el que vivía todavía estaba en proceso de reparación. Bob O'Reilly era de Southie y conocía carpinteros, electricistas y fontaneros y estaba supervisando sus trabajos, pero todavía tardarían algún tiempo en poder regresar a su hogar.

Scoop bajó del taburete, dejó en la mesa unos cuantos euros para pagar la cuenta y se dirigió hacia la puerta del pub. El pueblo estaba tranquilo, el sol había vuelto a brillar y resplandecía sobre las aceras empapadas por la lluvia. Las casas, de colores intensos, se alineaban a ambos lados de la calle. Casi esperaba ver llegar a Sophie Malone regresando de un paseo por el puerto.

Le resultaba extraño no volver a verla antes de marcharse.

Intentó sacudirse de encima aquella sensación y se dirigió hacia un camino estrecho que corría en paralelo a la bahía, a los pies de las escarpadas colinas que conformaban la península. Una media docena de vacas de color marrón deambulaba por el sendero. A pesar de ser un policía de ciudad, Scoop había crecido en el campo y no le asustaban las vacas. Se acercó a un muro de piedra para dejarlas pasar.

Mientras continuaba avanzando, intentaba prestar atención a los detalles y no perderse en sus propios pensamientos. Se fijó en un rebaño de ovejas que había en un prado y oyó a más de un ovino balando en las montañas.

Se dirigió hacia la cabaña de piedra tradicional que Keira

había alquilado en el mes de junio y que le había prestado durante las dos últimas semanas. Keira había ido a Irlanda a pintar, a pasear, a investigar la historia del país y a ahondar en sus raíces irlandesas, pero el verano no había transcurrido tal como esperaba. La cabaña era exactamente la clase de vivienda en la que Scoop la habría imaginado alojándose. Estar a punto de morir desangrado le había ayudado a darse cuenta de que podría haber llegado a enamorarse de ella, pero durante su estancia en Irlanda, había llegado a la conclusión de que no estaban hechos el uno para el otro.

Keira era la mujer ideal para Simon Cahill, un agente del FBI que había ido en busca de Keira cuando esta había desaparecido en Irlanda.

Aquel había sido un verano infernal, pensó Scoop.

Un enorme rosal dominaba el que por otra parte era un muy pobre jardín. Los capullos rosados despertaban bajo el sol de la tarde. Advirtió que la puerta de la cocina estaba semiabierta e inmediatamente se tensó, aunque más por la fuerza de la costumbre que por una verdadera sensación de alarma. No esperaba compañía y el coche que tenía alquilado era el único vehículo aparcado en el camino de grava de la entrada. Lo más probable era que no hubiera cerrado la puerta cuando había salido a correr aquella mañana.

Pero comprendió que estaba equivocado en cuanto vio a un hombre de ojos castaños observándole desde la mesa de madera de pino en la que Keira había dejado parte de sus obras. Llevaba una barba de varios días y parecía agotado, además de en alerta. Iba vestido con unos pantalones de lona y una cazadora de cuero.

—Jamás he sido capaz de dibujar nada que merezca la pena —dijo con un marcado acento británico. Se reclinó en la silla y le mostró una hoja con un dibujo a lápiz—. ¿Qué te parece?

—¿Es una oveja?

—Ahí lo tienes. No, es un perro lobo irlandés.

—Estaba bromeando. Ya sabía que era un perro —Scoop se

quitó la cazadora y dejó la mochila en el suelo–. Myles Fletcher, ¿verdad?

–Exacto –contestó Fletcher con total naturalidad mientras dejaba su dibujo en la mesa–. ¿Nunca quisiste ser pintor cuando eras niño, Wisdom?

–No. Siempre quise ser policía. Y apuesto a que tú siempre quisiste trabajar como espía.

El británico sonrió.

–Simon Cahill me advirtió que eras un hombre serio y eficiente.

–Y tú perteneces al SAS. Y al Servicio Secreto de Inteligencia M16, la organización para la que trabajaba James Bond.

–De acuerdo, entonces –Fletcher bostezó. Tenía los ojos enrojecidos. Scoop no sabía desde dónde había llegado, pero no parecía haber dormido mucho–. Supongo que querrás saber por qué estoy aquí. Iré directamente al grano. Me han informado de que había un policía involucrado en la explosión de la bomba que te ha dejado esas cicatrices.

Scoop permanecía de pie en silencio.

–Ese policía trabajaba con los hombres que participaron en el secuestro de Abigail Browning. Como inteligente hombre de negocios que es, Norman Estabrook delegó ese trabajo. Quería a Abigail y no le importaba cómo hacerse con ella.

Scoop se reclinó contra el mostrador de la cocina. Durante los tres días que había durado aquel secuestro, él estaba en el hospital, fuera de servicio. El papel que había jugado Fletcher en la resolución del caso no era conocido ni siquiera en el departamento de policía, pero Scoop había conseguido reunir datos y había sonsacado alguno más a amigos y colegas que trabajaban para las fuerzas del orden. Los británicos habían descubierto cierta conexión entre un grupo de traficantes de drogas y una célula terrorista. Siguiendo ese rastro, habían llegado hasta Norman Estabrook, un multimillonario americano. Durante por lo menos dos años, nadie, ni siquiera su propia familia, había conocido el paradero de Myles Fletcher.

Mientras tanto, el FBI, al tanto de la relación de Estabrook con el tráfico de drogas, tenía al millonario bajo vigilancia. Simon Cahill se encargaba de ello. Habían arrestado al millonario en junio, pero para finales de agosto, estaba de nuevo en libertad. Había desaparecido y Myles Fletcher, todavía infiltrado y siguiendo el rastro de los terroristas, se había visto atrapado en medio de un complicado plan con el que el millonario pretendía vengarse por su caída. El plan incluía la explosión de una bomba que serviría para distraer la atención mientras se ocupaba del secuestro de Abigail, hija de John March, uno de los dirigentes del FBI, detective de homicidios y amigo de Scoop.

Atrapado entre la espada y la pared, Fletcher había hecho todo lo posible para liberar a Abigail. En cuanto la había sabido a salvo, había vuelto a desaparecer.

Y en aquel momento estaba sentado en una cabaña en la campiña irlandesa, dibujando perros.

Menudo día, pensó Scoop. Primero Sophie Malone y luego Myles Fletcher.

¿Se trataría de una coincidencia? En absoluto.

—No estaría aquí si el principal objetivo de esta misión no se hubiera cumplido —dijo Scoop.

Fletcher se encogió de hombros.

—Sospecho que el policía malo es alguien a quien tú conoces —respondió Fletcher—. Alguien a quien invitarías a una cerveza sin pensártelo dos veces.

—¿Algún nombre?

—No, lo siento —Fletcher estiró las piernas, lo que le hizo parecer todavía más cansado—. No he estado investigando al respecto. Estoy centrado en otros asuntos. Esta es tu guerra. Eres tú el que resultó herido en la explosión y trabajas en asuntos internos. Incluso en el caso de que no conozcas personalmente a ese oficial, seguro que tienes alguna impresión sobre aquellos que no van del todo bien.

–¿Dónde has conseguido esa información?

–De aquí, de allí… –respondió Fletcher mientras se levantaba visiblemente cansado–. Tengo la impresión de que esos matones, incluyendo a tu policía, estaban envueltos en otro tipo de actividades ilegales en Boston, y fue así como entraron en contacto con Norman Estabrook.

Scoop se levantó del mostrador, pero no dijo nada. Era el británico el que llevaba el peso de la conversación.

–Pero tú estabas en contacto con esos tipos y con el miembro del departamento antes de que apareciera Estabrook, ¿no es cierto?

Scoop tardó algunos segundos en responder.

–Me llegaron algunos rumores, nada más.

–Supongo que me estás diciendo la verdad. Es frustrante cuando uno sabe algo, pero no tiene suficiente información… –Fletcher no terminó la frase–. Supongo que eres muy bueno en tu trabajo.

–Y tú también. Superas a la mayoría a la hora de detectar engaños y mentiras.

–Por eso sigo vivo, y estoy aquí, intentando dibujar. Pero creo que esto nos lo podemos ahorrar –deslizó el pulgar por la afilada punta del lápiz–. Estoy impresionado con lo que Keira es capaz de hacer con unos simples lápices de colores. Siempre había pensado que eran algo propio de niños. No los identificaba con un artista.

Dejó el lápiz en la mesa y hojeó una serie de bocetos que había empezado Keira sobre escenas bucólicas irlandesas. Se detuvo al ver uno en el que aparecía una pala sobre una vieja carretilla en el jardín.

–No me importaría vivir dentro de uno de estos dibujos. Verdes pastos, un arroyo, corderos saltarines. Un hermoso cuento de hadas. ¿Qué me dices al respecto, detective?

–Crecí en una granja. Me gustaba, pero no siento nostalgia de esa vida. ¿Puedes decirme algo más?

–Hay una mujer. Una arqueóloga americana. Ha pasado varios años en Gran Bretaña e Irlanda haciendo una tesis.

–Sophie Malone –dijo Scoop.

Fletcher le miró y continuó.

–Te la encontraste ayer cuando vino al pueblo, ¿verdad?

–Sí. Pelo rojo y chubasquero azul. Iba con un perro negro y estuvimos hablando sobre folklore irlandés –Scoop tomó el lápiz que Fletcher acababa de dejar y advirtió que era casi del mismo color que el pelo de Sophie. ¿Lo habría elegido deliberadamente aquel espía británico?–. El perro no era suyo. ¿Vas a contarme lo que está pasando aquí, Fletcher?

–Ojalá lo supiera. Tengo la fuerte sospecha de que los hombres que contrató nuestro millonario ya fallecido tenían también alguna relación con Jay Augustine. Pero no sé qué clase de relación.

En cualquier caso, sería en un asunto ilegal, pensó Scoop, pero dijo:

–Augustine es un asesino en serie. Los asesinos en serie tienden a trabajar solos.

–No me refiero a su faceta más violenta. Augustine también era un reputado tratante de arte y antigüedades.

–¿Y qué tiene que ver todo eso con Sophie Malone?

Fletcher sonrió de pronto.

–No tengo la menor idea. Como te he dicho, todavía no he investigado nada. Supongo que Augustine puede haberle consultado como experta, en su papel de tratante legal.

–¿Crees que puede tener alguna relación con el policía malo?

–Lo único que estoy diciendo es que su nombre apareció al mismo tiempo que surgió la posibilidad de que fuera un policía el que montó y puso la bomba que explotó hace un mes en tu casa.

Fletcher se acercó a la ventana. Caminaba con determinación, pero era evidente que estaba agotado.

–Me gustaría poder servir de más ayuda.

–Es curioso que Sophie Malone y tú hayáis aparecido con solo unas horas de diferencia.

–Sí, es curioso, ¿verdad? –señaló hacia la ventana con un gesto–. Aquí están. Justo lo que necesitábamos.

Después de la experiencia de aquel día, Scoop imaginó que acababa de aparecer un ejército de hadas con un perro negro.

Pero los que entraron por la puerta de la cocina fueron Simon Cahill, agente especial del FBI, y Will Davenport, lord británico y otro detective estilo James Bond. Simon tenía un aspecto informal, irreverente y el pelo negro, Will, de aspecto regio y elegante, era rubio. Ambos tenían la edad de Scoop, alrededor de los treinta y cinco años. Eran tan diferentes en aspecto como en carácter y pasado, pero eran también muy buenos amigos.

Tras ellos entró Josie Goodwin. Iba con una elegante gabardina, con la media melena peinada hacia atrás y la boca apretada en una dura línea mientras cerraba la puerta tras ella. Fingía ser la ayudante de Will, pero era obvio que también trabajaba como agente. Scoop había conocido a Josie y a Will en la boda de Abigail celebrada en Davenport, en las Tierras Altas de Escocia. Josie, que rondaba ya los cuarenta, había dejado claro en la recepción que si volvía a ver otra vez a Myles Fletcher, le ahogaría con una almohada.

Por lo que Scoop sabía, aquél era su primer encuentro desde que Fletcher había pasado a la clandestinidad dos años atrás, dejando que todo el mundo le diera por muerto, Josie Goodwin y Will Davenport incluidos.

Josie entró en la cocina sin decir una sola palabra y se apoyó contra el mostrador. De complexión fuerte y obviamente bien entrenada, parecía no tener problema en enfrentarse incluso a un espía tan duro como Myles Fletcher.

Fletcher la ignoró y fijó su atención en los dos hombres.

–Simon, Will, me alegro de veros –se volvió por fin hacia Josie y le guiñó el ojo–. Hola, amor.

–Imbécil –respondió ella, y miró a Scoop con una sonrisa radiante–. Tienes buen aspecto, detective. Mucho mejor aspecto que en la boda de Abigail. Algunas heridas han desaparecido ya.

–Sí, me encuentro mejor. Listo para volver al trabajo.

Simon permanecía en la puerta de la cocina, cerca de donde estaba Josie.

–Monneypenny no ha querido seguir nuestro consejo y quedarse en Londres. Ha preferido seguirnos a Irlanda.

Josie miró a Simon y elevó los ojos al cielo.

En el otro extremo de aquella diminuta cabaña, Fletcher se volvió de nuevo hacia la ventana.

Scoop advirtió la expresión expectante y al mismo tiempo preocupada de Simon, pero la de Will Davenport resultaba más difícil de interpretar. Un golpe de viento abrió la puerta de la cocina y un minuto después entraba Keira Sullivan con su rubia melena, seguida por Lizzie Rush, de pelo negro como el azabache. Las dos rondaban los treinta años y las dos habían tenido que enfrentarse a los drásticos cambios que habían tenido lugar en sus vidas durante el último verano. Lizzie era el nuevo amor de Will Davenport y, aunque tanto ella como Keira habían permanecido en aquel pequeño pueblo de Irlanda, no había ocurrido lo mismo ni con él ni con Simon. Scoop estaba preparado para leer el lenguaje del cuerpo, pero no era ningún experto en detectar las tensiones entre las parejas.

Keira saludó a Davenport con un asentimiento de cabeza, pasó por delante de Simon y saludó a Scoop dándole un beso en la mejilla.

–Este lugar te sienta bien –dijo, y se volvió hacia Josie sin esperar respuesta–. Lizzie y yo estábamos en Dublín. Nos ha llevado algún tiempo averiguar lo que estaba pasando. Me alegro de que hayas podido llegar hasta aquí.

–No me lo hubiera perdido por nada del mundo –respondió Josie secamente.

Fletcher se volvió hacia la mesa en la que estaban los útiles de pintura de Keira.

–Tu cabaña parece de pronto muy pequeña, ¿no te parece?

–Tengo la sensación de que no lo será por mucho tiempo –respondió sin brusquedad.

Respiraba con rapidez y sus ojos reflejaban el miedo y la anticipación.

Estaba a punto de ocurrir algo, pensó Scoop mientras observaba a todos los allí reunidos.

Fletcher tomó el dibujo que había hecho y se lo tendió a Keira. Esta lo tomó con las manos visiblemente temblorosas.

–Aquí tienes –le dijo Fletcher–. Es un perro lobo irlandés. Se supone que está transformándose de perro en hombre. Eso explica la peculiaridad de mi obra.

Josie Goodwin soltó un bufido burlón.

–Eso demuestra que eres un pésimo dibujante.

–Es maravilloso –respondió Keira, tan amable como siempre.

Lizzie Rush caminó hasta la chimenea de piedra y se colocó de espaldas a ella. Era la directora de los servicios de conserjería de los quince establecimientos hoteleros que poseía su familia, incluyendo los de Boston y Dublín. Era una mujer pequeña, de pelo negro, ojos verdes y una actitud vigilante que apoyaba los rumores que Scoop había oído acerca de que su padre no solo era un importante hostelero, sino también un espía que había enseñado el oficio a su hija.

Había sido ella la que había llamado a Bob O'Reilly para advertirle en el último momento de que estaba a punto de explotar una bomba en el porche trasero de Abigail.

Davenport, enfundado en una gabardina, mantenía la mirada fija en Fletcher, que se había apartado de la puerta principal. Sin elevar la voz, Will advirtió:

–Simon y yo nos vamos contigo, Myles.

Fletcher abrió la puerta y salió sin responder. La puerta se cerró tras él. A menos que el agente británico pudiera transformarse en pájaro, Scoop imaginó que Fletcher tenía un vehículo escondido cerca de allí.

Davenport, un hombre educado, muy preparado y con mucha experiencia, miró hacia Lizzie. Pero no sonrió, ni dijo nada, ni se acercó a ella. Se limitó a llevarse un dedo a los labios y a lanzarle un beso. Después se volvió y salió tras Fletcher.

–Malditos británicos –musitó Simon. Miró a Josie y se encogió de hombros–. Lo siento, Moneypenny.

–Yo estaba pensando lo mismo –se apartó del mostrador y respiró hondo mientras señalaba con la cabeza hacia la puerta–. Te vas con ellos, ¿verdad?

–Sí –contestó.

No había irreverencia alguna en su tono. Estaba mortalmente serio. Se acercó a Keira, que estaba junto a su mesa de trabajo y acarició su larga y rubia melena.

–Keira, yo…

–Tienes un trabajo que hacer. Adelante. Procura mantenerte a salvo. Y también a tus amigos –dejó el dibujo de Fletcher en la mesa y tomó la mano enorme de Simon entre las suyas, que no mostraron ningún indicio de temblor en aquel momento–. Vuelve pronto.

Simon la besó, pero no dijo nada más antes de salir tras los dos espías británicos.

Una vez se cerró la puerta tras ellos, Josie dejó caer los brazos a ambos lados de su cuerpo.

–Muy bien. Ya se han ido y ya solo quedamos las chicas.

Scoop arqueó las cejas.

La tensión de Josie era evidente, a pesar de su sonrisa.

–Lo siento, detective.

–Sinceramente, Scoop –dijo Keira, intentando reír–. Cada día tienes un aspecto más fiero. ¿Quién podría imaginarse que tienes adoptados a dos gatitos abandonados?

–Los gatos, por ejemplo.

A Keira se le llenaron los ojos de lágrimas.

–Deben de echarte de menos.

–Están en buenas manos. Tus primas se están ocupando de ellos.

Ya no estaba Fiona, pero sí sus hermanas pequeñas, que vivían con su madre, la primera esposa de Bob O'Reilly. Scoop intentó imprimir un tono ligero a su voz.

–Tú tío está desesperado porque ahora Maddie y Jayne quieren que también él adopte algún gato.

–Me alegro de que los tuyos sobrevivieran al fuego –dijo Keira con voz queda–. ¿Cuándo piensas volver a Boston?

–Mañana –contestó.

Acababa de decidirlo. Primero, la arqueóloga misteriosa, después, espías británicos y del FBI. Estaban pasando demasiadas cosas como para quedarse otro día más en Irlanda. En aquella bucólica cabaña no iba a encontrar las respuestas que estaba buscando.

Lizzie se sentó en el sofá en el que, durante los primeros días de estancia en la cabaña, Scoop había pasado horas y horas tumbado boca abajo, tratando de dejar la medicación e intentando recordar cualquier detalle que pudiera ayudar a la investigación que se estaba llevando a cabo en Boston. Lizzie estiró las piernas y las apoyó en la mesita del café. Aunque estaba acostumbrada a los hoteles de cinco estrellas, no parecía fuera de lugar en aquella sencilla cabaña. Por lo que Scoop había visto hasta entonces, tanto Lizzie Rush como lord Davenport, que estaban acostumbrados a los castillos, parecían sentirse como en casa allí donde estuvieran.

–Si quieres, puedo ofrecerte una habitación en el hotel que tenemos en Boston –le ofreció a Scoop.

–Te lo agradezco, Lizzie, pero otro detective me ha ofrecido dormir en su sofá.

–¿Quién? –preguntó Keira con escepticismo.

–Tom Yarborough.

Keira soltó una carcajada.

–Acabaréis matándoos.

Probablemente fuera cierto. Yarborough era un detective especializado en homicidios, formaba pareja profesional con Abigail, y no era una persona de trato fácil ni siquiera cuando tenía un buen día. Y no tenía muchos días buenos.

–A mi familia le encantaría tenerte en el Whitcomb –le aseguró Lizzie–. Dalo por hecho, Scoop. Le pondré un mensaje a Jeremiah para decírselo.

Jeremiah Rush era el tercero de los cuatro primos varones de Rush. Como el padre de Lizzie se ausentaba con frecuencia por motivos de trabajo y su madre había muerto cuando ella era apenas una niña, prácticamente se había criado con ellos en el norte de Boston.

—¿Y vosotras tres? —preguntó Scoop, envolviendo a las tres mujeres con una mirada.

—Nosotras vamos a estar muy ocupadas —respondió Josie. Abrió la puerta del refrigerador y fingió estremecerse.

—Nabos y cerveza. Eso no es una auténtica comida.

—Como casi todos los días en el pub —se defendió Scoop.

—Sí, ya me lo imagino.

Scoop se acercó a la ventana y contempló la luz crepuscular. Comenzaba a sentir los efectos de las dos semanas de recuperación, de las dos semanas que había pasado lejos del trabajo.

—¿Cuándo habéis llegado?

—Acabamos de llegar —contestó Keira—. Lizzie y yo hemos venido por nuestra cuenta.

—¿Persiguiendo a Will y a Simon?

Las mejillas de Keira enrojecieron, pero fue Lizzie la que contestó:

—Persiguiéndolos no, siguiéndolos. Pretendían distraernos con unos días de compras en Dublín.

—Supongo que tenían que intentarlo —les defendió Scoop con una sonrisa.

—Yo he venido en avión desde Londres —le aclaró Josie—, y he alquilado un coche en el aeropuerto.

—¿Y estabas siguiendo a Will y a Simon… o a Myles?

Josie se acercó a la mesa que Fletcher había dejado vacía y fijó la mirada en su dibujo.

—No sé a qué te refieres. Yo soy la asistente personal de Will Davenport, el segundo hijo de una respetada marquesa. Cualquier otra cosa que puedas estar pensando es pura fantasía.

Scoop no lo discutió. Lo que Josie Goodwin sabía y

cómo lo sabía era un asunto que prefería abandonar a la especulación. Se volvió hacia Keira, que tenía la mirada fija en un dibujo que había empezado sobre aquel tranquilo puerto marinero.

–¿Conoces a una arqueóloga que se llama Sophie Malone? –le preguntó Scoop.

–Sí, he oído hablar de ella –respondió Keira, alzando la cabeza bruscamente–. Tiene muy buena fama. Vendrá como voluntaria para presentar una mesa sobre la Edad de Hierro en Irlanda en el congreso que estamos organizando para abril. El congreso será todo un acontecimiento. Y la verdad es que me alegro de que tengamos algo en lo que concentrarnos después del verano –dejó el dibujo–. ¿La doctora Malone está por aquí?

Scoop asintió.

–Coincidimos en las ruinas en las que encontraste el ángel de piedra. Me comentó que había hablado con el profesor Dermott. No estuvo mucho tiempo. Temo haberla asustado.

–No, tú no, Scoop –le contradijo Keira con un brillo divertido en la mirada.

Lizzie bajó los pies y se irguió en el asiento mientras miraba a Keira y Scoop con el ceño fruncido.

–¿Sophie Malone habéis dicho?

–¿Qué pasa? ¿He sido el último en enterarme de quién es esa chica? –preguntó Scoop.

–Trabajaba en el pub del hotel que tenemos en Boston cuando estaba en la universidad –contestó Lizzie levantándose–. Teníamos la misma edad. En aquella época yo tenía que salir de Boston constantemente, pero la recuerdo muy bien. Las dos estábamos muy interesadas en la cultura irlandesa.

–¿Has vuelto a verla desde entonces?

–No, que yo recuerde. Sophie, su hermana melliza y su hermano mayor nacieron aquí, en Irlanda. Sus padres trabajaban en Cork. Supongo que no lo he olvidado porque mi madre también era irlandesa.

Suavizó el tono de voz al hablar de su madre. Shauna Morrigan, la madre de Lizzie, había muerto en extrañas circunstancias cuando su hija era apenas un bebé.

—Son curiosas las vueltas que da la vida, ¿verdad?

Josie, que no se había movido durante toda la conversación, tomó el calentador de agua del mostrador, levantó la tapa y lo metió bajo el grifo.

—Sophie Malone no será otra de las espías de John March, ¿verdad?

—No que yo sepa —respondió Lizzie.

Durante la mayor parte del año, ella misma había proporcionado información sobre Norman Estabrook al director del FBI, que frecuentaba los diferentes hoteles de los Rush, de manera anónima.

Josie llenó el calentador de agua, lo enchufó y lo activó con movimientos rápidos y eficientes.

—Supongo que tienes té, ¿verdad, Scoop?

—En la estantería de arriba.

Josie alargó el brazo, bajó una lata de té y la dejó en el mostrador. Pero su naturalidad era estudiada. Era como si no quisiera adentrarse allí donde su mente la llevaba.

—¿Myles también ha coincidido con Sophie Malone? —preguntó sin mirar a Scoop.

—No creo.

Josie se volvió hacia él y le miró sin parpadear.

—Pero la ha mencionado, ¿verdad?

—Myles tenía sus propias razones para venir hasta aquí.

Josie abrió la lata de té. Scoop imaginaba que incluso una persona que no hubiera estado entrenada para detectar las mentiras, como seguramente lo estaba Josie Goodwin, habría imaginado que no le estaba diciendo todo lo que sabía. Pero Josie no continuó presionándole. Keira y Lizzie le miraron a los ojos, pero tampoco dijeron nada.

Scoop se retiró entonces al pequeño dormitorio de la cabaña y sacó la maleta del armario. Comenzaba a tener un plan. Iría al aeropuerto de Shannon y, al día siguiente, se montaría en el primer avión que pudiera llevarle a Boston.

En menos de diez minutos ya tenía hecho el equipaje. Cuando volvió a la habitación principal, Keira había arrancado una hoja de un cuaderno de dibujo y la había colocado frente a ella en la mesa de pino. Fijaba la mirada en el papel como si estuviera intentando imaginar una escena hermosa y feliz, como si ya se hubiera hartado de violencia, aventura y misterio y lo único que quisiera fuera refugiarse en sus pinturas y en sus lápices de colores.

Lizzie Rush se sentó en el sofá con el ceño fruncido. Parecía una espía en acción.

Josie alzó la tapa de una tetera y miró el interior.

—El té ya está listo, pero presumo que no vas a quedarte.

—No —respondió Scoop.

Josie frunció ligeramente el ceño mientras contestaba:

—En ese caso, que tengas un buen viaje.

—Jeremiah estará esperándote en Whitcomb —le recordó Lizzie.

Keira alzó la mirada de la hoja en blanco.

—Dile a mi tío que no se preocupe por mí.

Scoop le sonrió.

—Eso es como decirle a la lluvia que deje de caer en Irlanda. Sencillamente, es imposible.

Mientras se dirigía hacia la puerta, ninguna de las mujeres preguntó nada o intentó detenerle. Scoop no sabía si imaginaban ya lo que se proponía y lo aprobaban o, sencillamente, se resignaban sabiendo que nada de lo que pudieran hacer o decir podía detenerle.

A diferencia de Simon Cahill y Will Davenport, él no tuvo besos de despedida.

Y no tenía a nadie esperándole en Boston.

Excepto a sus gatos. A no ser que estos hubieran decidido que preferían la compañía de las primas de Keira.

Capítulo 4

Kenmare, sudoeste de Irlanda

Sophie paseaba junto a su hermana, disfrutando de los sonidos de la música tradicional irlandesa que escapaba de los pubs en la que había terminado siendo una deliciosa noche. Las últimas lluvias parecían haber obrado la magia. Recién llegada de Londres, Taryn vestía unos vaqueros estrechos, unas botas negras y un jersey negro que le llegaba hasta las rodillas. Aunque se parecían mucho, Sophie y Taryn no eran idénticas. Taryn tenía el pelo más oscuro y ondulado, más fácil de manejar. O por lo menos eso había decidido Sophie a los seis años, porque Taryn siempre parecía capaz de controlar su pelo. Unas cuantas horquillas y ya estaba maravillosa. Había conseguido el papel protagonista en una comedia romántica, pero su primera actuación profesional había tenido lugar en Boston, representando una obra de Shakespeare. Estaba tan entregada a su carrera de actriz como Sophie lo había estado a su doctorado o Damian a su trabajo como agente federal.

Después de haber pasado toda la tarde limpiando, cocinando y pensando, Sophie llevaba todavía la ropa que solía ponerse para salir al campo cuando había llegado su hermana. En los pantalones quedaban restos de barro de la península de Beara, pero a Taryn no parecía haberle sorprendido su aspecto. Ni siquiera le había preguntado por él. En cuanto

habían llegado a casa, Sophie se había cambiado rápidamente de ropa. Se había puesto los vaqueros, una sudadera y
unos zapatos y habían salido a dar un paseo por aquel pueblo animado por los pubs, los restaurantes y las tiendas.

Sophie se detuvo en la puerta de un pub situado en una
calle particularmente estrecha.

—Tim O'Donovan y sus amigos tocan aquí esta noche
—comentó.

—Qué bien —contestó Taryn sin cambiar de expresión.

—¿Quieres que entremos o prefieres que vayamos a otro
pub?

—Podemos entrar aquí.

La indiferencia de su hermana era totalmente fingida,
concluyó Sophie mientras entraban en el cálido y bullicioso
pub. Un camarero las condujo hasta una de las mesas que
estaban apoyadas en la vieja pared de ladrillo. Sophie y
Taryn habían pasado un fin de semana juntas en Kenmare la
primavera anterior. Se habían permitido el capricho de alojarse en un maravilloso hotel con spa situado al lado de la
costa y habían salido cada noche a disfrutar de la música irlandesa. Tim las había llevado a dar un paseo en barca, man-
teniéndose bien lejos de la isla en la que Sophie había sufrido su desgracia. Se había enamorado casi inmediatamente
de Taryn, y ella de él, aunque Taryn se negara a admitirlo.
Un pescador irlandés no encajaba en la ya de por sí suficientemente complicada vida de Taryn.

Solo había sido un arrebato primaveral, le había dicho
sonrojada a su hermana antes de volver a Londres.

Tim había comentado entre gruñidos que debería habér-
selo pensado mejor antes de sucumbir a los encantos de una
mujer que era actriz, americana y, además, hermana de Sophie. Sophie había conocido a Tim dos años atrás, cuando había pasado parte del invierno en Kenmare, trabajando en su
tesis. Desde el primer momento, habían tenido una relación
fraternal. Que no era en absoluto lo que había ocurrido entre
él y su hermana.

Taryn se quitó la bufanda de color verde azulado que llevaba alrededor del cuello, una bufanda que le daba un aspecto sofisticado y sexy al mismo tiempo. Desde donde estaba, tenía una vista inmejorable del pequeño escenario en el que tocaban Tim y sus amigos, que parecían haber acabado de cenar. Aun así, Taryn intentaba fingir que ni siquiera se había fijado en ellos mientras Sophie y ella pedían su Guinness.

—He hablado con Damian justo antes de llegar a Kenmare —comentó Taryn.

—Estoy segura de que le encantaría estar aquí.

—Nunca has sabido mentir, Sophie. Yo miento algo mejor porque soy actriz, pero a ninguna se nos dan bien las mentiras. Damian me ha dicho que había hablado contigo a primera hora. Y parecía preocupado. ¿Tienes algo que ver con una investigación del FBI?

A pesar de que Sophie creía haber sido capaz de disimular su reacción, su hermana la miró boquiabierta.

—¡Sophie! Yo estaba bromeando, pero es evidente que estás metida en algo.

—No, no es verdad. Solo le he preguntado a Damian por lo que ha pasado en Boston este verano. Eso es todo. Es normal que sienta curiosidad.

Sophie no tenía intención alguna de contarle a su hermana lo que había ocurrido en la cueva un año atrás. Taryn no sabía nada, a menos que Damian hubiera decidido llamar a la policía irlandesa, lo hubiera averiguado y se lo hubiera contado a Taryn. Pero Sophie dudaba seriamente que fuera así. No le gustaba ocultarle nada a su familia, pero sabía que lo único que conseguiría si se lo contaba sería preocuparlos.

—¿Qué te ha contado Damian de Boston?

—No gran cosa.

—Sophie...

Afortunadamente, en ese momento entraron sus padres y se reunieron con ellas en la mesa. Habían llegado directamente desde Dublín. James y Antonia Malone estaban disfrutando de su jubilación, pensó Sophie con cariño. Vivían entregados a su amor por la literatura, la música, el teatro, el arte y los viajes. Sophie y Taryn habían sacado el pelo de su madre, aunque desde que esta había empezado a utilizar un tinte para esconder las canas, su antiguo tono fuera irreconocible. Era tan alta como Taryn, pero tenía la misma pasión por la aventura que Sophie. Muchos años atrás, había conocido en New England, durante una excursión a la península de Dingle, al padre de Sophie, hijo de inmigrantes irlandeses. Cuando Sophie había sufrido aquel incidente, ellos estaban en Massachusetts. Si les contaba lo que había pasado, no podrían hacer nada, salvo preocuparse. Ella misma había intentado olvidarlo y concentrarse en su tesis.

Tim miró a los ojos a Taryn y le dirigió una arrebatadora sonrisa mientras se colocaba el violín en la barbilla. Casi inmediatamente, él y sus amigos se lanzaron a tocar una entusiasta versión de *Johnny I Hardly Knew Ye*. La música era alegre, auténtica, el remedio perfecto para un día estresante.

Taryn bebió un sorbo de Guinness sin apartar la mirada de los músicos.

—Son muy buenos, ¿verdad, Sophie?

—Sí, son fantásticos.

El cumplido era sincero, pero esperaba que Tim no decidiera unirse a ellas durante el descanso, teniendo en cuenta la conversación que habían tenido en el muelle.

No tuvo suerte. En cuanto llegó el descanso, el pescador se acercó hasta su mesa y se sentó en un taburete. Sophie sabía que era el riesgo que corría al haber elegido aquel pub. Confiaba en que no dijera una sola palabra sobre lo ocurrido en la isla, pero eso no significaba que no fuera a hacer ningún comentario sobre la excursión que había hecho aquella mañana a la península de Beara.

—Así que los Malone han regresado a nuestro humilde pueblo —dijo con una sonrisa.

Parecía evidente que no iba a sacar ningún tema comprometido. Sophie intentó no parecer aliviada. Taryn sonrió, pero estaba muy callada. Dejó que fueran su hermana y sus padres los que llevaran el peso de la conversación. Los padres de Sophie habían conocido a Tim durante una visita a Kenmare, meses antes de que se enamorara de Taryn, y mucho antes también de que Sophie le convenciera de que la dejara en la isla.

Estuvieron hablando de música, de excursiones y del tiempo, hasta que Tim tuvo que volver al escenario. Antes de abandonar la mesa, le dirigió una mirada fugaz a Sophie, pero no hizo falta nada más. Ella comprendió perfectamente el mensaje. A Tim no le gustaba que ocultara información a su familia y, además, sabía que se proponía algo.

–Mañana vuelvo a Boston –anunció, como si no se lo hubiera dicho ya a Tim–. Voy a quedarme en el apartamento que tiene Taryn allí.

Tim se volvió hacia Taryn.

–¿Y tú? ¿Cuándo vuelves a Boston?

–¿Para siempre? Todavía no. La obra que estoy representando en Londres dura hasta octubre. Y después, ¿quién sabe? Estoy esperando noticias de un posible viaje a Nueva York. Pueden llegarme en cualquier momento. Aunque solo estaría allí unos días.

–¿Van a hacerte una prueba?

Taryn bajó la mirada.

–Algo así.

–Tengo un primo lejano en Boston –Tim le dirigió a Sophie una significativa mirada–. Es bombero.

Su tono sugería que había estado haciendo algunas averiguaciones sobre lo que había ocurrido en Boston durante el verano y sobre el policía que había resultado herido y había ido a recuperarse a Beara. Teniendo en cuenta la conversación de aquella mañana, a Sophie ni la sorprendió ni la enfadó. Si pudiera dar marcha atrás en el tiempo, no se le ocurriría regresar a aquella isla. Ni siquiera estaba segura de que hubiera quedado a comer con Colm Dermott, como había hecho la semana anterior, y le hubiera oído relatar todo lo que sabía sobre la inquietante noche que había tenido que pasar Keira en medio de la agreste Irlanda.

Cuando Tim regresó al escenario, James Malone miró a sus hijas con abierto escepticismo.

—Cuando trabajaba en una corporación americana, aprendí a leer entre líneas. Y tengo la sensación de que detrás de toda esta conversación se escondía una enciclopedia. ¿Alguna de vosotras va a contarme lo que acaba de pasar aquí?

Taryn, a pesar de lo buena actriz que era, no supo qué decir, pero Sophie le sonrió a su padre y alzó su Guinness.

—Ya sabes cómo son los irlandeses, papá.

—A eso me refería yo —musitó su padre.

Su esposa le dio un codazo antes de que pudiera decir nada más y alzó su propio vaso.

—Por nosotras, pobres mujeres, que tenemos la desgracia de adorarlos.

Sophie se rió. Estaba encantada con poder disfrutar de la compañía de su familia. Sus padres estaban disfrutando de la jubilación. Ojalá pudiera ser así durante mucho tiempo, pensó justo en el momento en el que, por el rabillo del ojo, advirtió que un hombre entraba en el pub. Cuando el camarero le condujo a una de las mesas, se sorprendió al reconocer a Percy Carlisle, un rico bostoniano al que no había visto desde hacía un año.

Taryn se inclinó hacia Sophie.

—¿Qué está haciendo aquí?

—No tengo ni idea —contestó Sophie en un susurro.

Se terminó la cerveza, se levantó rápidamente y se dirigió hacia su mesa. Sin esperar a que la invitara, se sentó frente a él.

—¡Eh, Percy! No sabía que estabas en Irlanda.

—Llegué ayer por la noche. Helen y yo estábamos en Londres.

—¿Ha venido ella también?

Percy negó con la cabeza.

—No. Ella ha vuelto a Boston.

En ese momento apareció un camarero. Percy pidió un café.

Era un hombre de cuarenta años e iba vestido con un abrigo de lana y pana que acentuaba su delgadez. Había heredado una fortuna de su familia y pasaba gran parte de su tiempo viajando en pos de todo aquello que más le interesaba: la música, el arte, la historia y la genealogía. Sophie había coincidido con él en más de una ocasión cuando estaba estudiando en Boston y realizaba trabajos de investigación en el Carlisle Museum. Habían alternado sin llegar a convertirse en verdaderos amigos y, desde luego, sin que surgiera ningún otro tipo de relación entre ellos. Sophie no había vuelto a verle desde que se había ido a Irlanda a continuar sus estudios, salvo el verano anterior. Percy había ido a ver a unos amigos a Killarney y se había puesto en contacto con ella.

—Estaba por esta zona y me he acordado de que tus padres tenían una casa aquí —comentó en ese momento—. Estaba a punto de marcharme cuando os he visto entrar en este pub. Me ha costado aparcar. Acabo de llegar del Parque Nacional de Killarney. No había ido nunca. Es increíble, ¿verdad?

—Desde luego —contestó Sophie.

Situado entre bosques, lagos y montañas, era uno de los lugares más maravillosos que uno pudiera imaginar.

—El otro día estuve haciendo una excursión por la antigua carretera de Killarney.

—Ojalá hubiera venido Helen conmigo —dijo Percy—. Le habría encantado. Pero tenía que ocuparse de unos asuntos de trabajo en Nueva York. Ha renunciado a trabajar en la casa de subastas. Su vida va a dar un gran cambio, pero está muy contenta. Vamos a trasladarnos a Boston, ¿lo sabías?

—No, no había oído nada.

—Helen está encargándose de la mudanza. He mantenido la casa desde que mi padre murió, pero no pensé nunca que pudiéramos volver a vivir allí —se le iluminaron los ojos al pensar en su mujer–. Helen es una fuente de energía. Tengo mucha suerte de poder contar con ella.

–Estoy deseando conocerla.

Sophie sonrió ante su más que evidente felicidad. Helen y Percy no llevaban más de dos meses casados. Aquel era el primer matrimonio para ambos. Percy Carlisle, el padre de Percy, había sido un arqueólogo aficionado, conocido porque había emprendido la búsqueda de numerosos tesoros perdidos. Sophie recordaba el día que la había invitado al despacho que tenía en el museo poco antes de morir. Le había mostrado todas las fotografías que tenía en la pared de sus diferentes expediciones. Había ido una por una, describiendo sus recuerdos. Le había reconocido a Sophie que su hijo no era tan aventurero como él.

–Quizá sea lo mejor –había dicho el anciano.

Sophie se obligó a regresar al presente. Estaba ligeramente mareada por culpa de la cerveza. El paseo hasta las ruinas de Beara y el encuentro con Scoop Wisdom le habían hecho revivir su propio trauma con una intensidad que amenazaba con hacerle perder el equilibrio.

El camarero llevó el café de Percy. Este bebió un sorbo y, con la taza en la mano, señaló con un gesto de cabeza a la familia de Sophie.

–Vi a Taryn haciendo el papel de Ofelia hace unos años en Boston. Es increíble.

–Sí, y le encanta su trabajo.

–Lo que siempre es un plus –dejó la taza sobre la desvencijada mesa–. ¿Te gusta tu trabajo, Sophie?

–Sí, claro que sí.

–He oído decir que vas a participar en la conferencia que se va a celebrar en Boston sobre folclore irlandés. ¿Será importante para tu currículum?

–Desde luego, además de interesante y divertido.

–Pero no te van a pagar por ello. ¿Cómo te las estás arreglando?

–De la misma forma que cuando estudiaba la carrera.

–¿Tutorías, clases particulares, becas de investigación?

–Todo es trabajo.

–Admiro tu actitud –dio un nuevo sorbo a su café–. Pero si alguna vez puedo hacer algo por ti, solo tienes que pedírmelo.

–Gracias, te lo agradezco. Mañana volveré a Boston. Allí tendré varias entrevistas de trabajo.

–Te deseo mucha suerte –Percy observó a los músicos, que en aquel momento estaban hablando entre ellos–. Estaba pensando en acercarme al pueblo en el que Keira Sullivan encontró el ángel de piedra.

A Sophie la sorprendió aquel comentario.

–¿Conoces a Keira?

–Solo de oídas. Todo el mundo sigue sobrecogido por el hecho de que Jay Augustine resultara ser un asesino –parecía estar esperando la reacción de Sophie. Sophie se inclinó hacia delante, pero antes de que hubiera podido decir nada, él continuó–: Yo no era amigo de los Augustine, ni siquiera tenía mucha relación con ellos. Pero coincidimos en algunas reuniones sociales en Nueva York y en Boston. Charlotte Augustine se ha trasladado a Hawái, ¿lo sabías?

–No.

–Ha pedido el divorcio. No puedo ni imaginarme lo que ha tenido que ser para ella descubrir que estaba casada con un asesino –Percy fijó la mirada en su café–. La policía de Boston y el FBI me interrogaron en julio, no mucho después de que le detuvieran. Quería que lo supieras para que no te llevaras una idea equivocada. Fue solo una cuestión rutinaria. Todos los negocios que había hecho con él eran legales. La policía habló con todos los que tenían algún tipo de relación comercial con él.

–Tiene sentido, ¿no te parece?

–Por supuesto, lo comprendo perfectamente –Percy volvió a mirarla otra vez. Su expresión se había tornado fría y ligeramente recelosa–. ¿Y qué me dices de ti, Sophie? ¿Habías tenido algún trato con Jay Augustine?

–No, ninguno –intentó mantener un tono despreocupado–. Recuerda que yo no tengo dinero.

Pero Percy continuaba preocupado.

–Soy un coleccionista muy cuidadoso y con mucha experiencia, Sophie. Ahora mismo, hay muy pocas piezas en el mercado que puedan interesarme. Mi familia, mi padre... –se interrumpió y se reclinó en la silla–. No importa, supongo que sabes tanto de la colección de arte de mi familia como yo.

–Nunca he podido visitar el desván...

–Allí no tenemos nada de valor. Respetamos los protocolos para la conservación y la preservación de obras de arte.

Sophie suspiró.

–Era una broma, Percy –notó con alivio que los músicos estaban a punto de comenzar a tocar otra vez–. ¿Compraste o vendiste alguna pieza a los Augustine?

–Las dos cosas.

–¿Qué clase de...?

–Nada que pueda interesarte. No eran de origen celta ni irlandés.

–Percy –continuó Sophie, ignorando su sarcasmo–, ¿por qué intentaste localizarme el septiembre pasado?

Percy la miró con el ceño fruncido.

–¿El septiembre pasado? ¿De qué estás hablando?

Sophie repitió la pregunta.

–Ya te lo dije en ese momento –contestó Percy–. Sabía que estabas estudiando en Irlanda y que tenías una casa en Kenmare. Había ido a jugar al golf con unos amigos por la zona y decidí saludarte.

–¿Nadie te incitó a que lo hicieras?

–¿Qué? Claro que no, Sophie. Lo creas o no, soy perfectamente capaz de pensar por mí mismo.

–No es eso lo que quiero decir, y creo que lo sabes. Cuando viniste aquí el año pasado, ¿te enteraste de que estaba investigando y buscando un poco de aventura entre capítulo y capítulo de la tesis?

–¿Siguiendo los pasos de mi padre?

–Recorriendo mi propio camino.

–Mi padre nunca tuvo mucho interés en Irlanda. Estaba mucho más interesado en los emplazamientos arqueológicos del continente europeo, de América del Sur y de Australia. Pero, para contestar a tu pregunta, te diré que me enteré de que andabas persiguiendo una historia de hadas y fantasmas con un pescador irlandés.

–¿Se lo contaste a Jay Agustine?

Percy palideció ante la brusquedad de su pregunta.

–Ni siquiera le vi –se levantó sin terminar el café–. Ahora tengo que irme. Solo quería saludarte. Disfruta de tu familia, Sophie. Te deseo suerte con la búsqueda de empleo. Y, por supuesto, no te olvides de llamarme si necesitas algo.

–Lo siento, Percy, no pretendía ofenderte.

–Creo que tanto tú como yo deberíamos olvidarnos de ese asesino.

Sophie creyó percibir verdadera preocupación y arrepentimiento en su voz, pero no le conocía suficientemente bien como para estar segura.

–He visto fotografías suyas. Parece tan normal… Me pregunto qué estará pensando ahora, encerrado en una cárcel de Boston. Todo esto también ha tenido que afectarte, Percy. Sería muy raro que no lo hubiera hecho.

–Claro que me ha afectado.

Notó que Tim la estaba fulminando con la mirada. Él no sabía que Percy Carlisle había aparecido de pronto en Irlanda justo un año atrás. Miró a su familia. Su padre parecía estar a punto de inventar algún motivo para acercarse a la mesa de Percy.

Tim y sus amigos comenzaron a tocar otra vez, interpretando una versión de *Irish Rover*.

–Deberías estar disfrutando de la velada –Percy sacó la cartera–. Pásate por mi casa para que te presente a Helen cuando estés en Boston. Hemos contratado a un policía jubilado como guardia de seguridad. Estará avisado. Jamás se me habría ocurrido hacer una cosa así, pero después de lo que ha pasado este verano...

–Lo comprendo –dijo Sophie.

Tras dejar unos cuantos euros encima de la mesa, Percy se levantó.

–Sé que lo entiendes, Sophie. Me alegro de haberte visto.

Mientras se dirigía hacia la puerta, abriéndose paso entre la gente, no parecía prestar atención alguna a la música, y se fue sin decir una sola palabra a nadie. Sophie regresó con su familia. Su padre la miró con el ceño fruncido, pero ella alzó su vaso, hizo un brindis, y eludió la curiosidad paterna ahogándola entre las palmadas con las que seguían el ritmo de la música. Cuando terminaron la segunda ronda de cervezas, salieron todos juntos. Taryn se sonrojó violentamente cuando Tim la llamó y le tiró un beso desde el escenario. Sus amigos le jalearon y atacaron la siguiente canción.

Una vez en la calle, les recibió un aire fresco y claro, perfecto para regresar a casa dando un paseo por el pueblo. Sophie les preguntó a sus padres por los planes que tenían para el mes siguiente. Estaba dispuesta a hablar de cualquier cosa para evitar que pudieran preguntarle por su conversación con Percy Carlisle y por su repentino regreso a Boston. Para cuando cruzaron el puente de piedra que salvaba las cataratas, las estrellas comenzaban a brillar en el cielo. Sophie permaneció allí durante un rato, escuchando la caída del agua sobre las piedras, dejando de lado la parte más racional de su personalidad y permitiéndose sentir la presencia de sus ancestros.

Al cabo de unos minutos, continuaron caminando hacia la casa. Estaba situada en la falda de un cerro, sobre una antigua pared de piedra, y pintada de un amarillo intenso. El interior era acogedor y diáfano. La casa estaba decorada con muebles y obras de arte que habían ido reuniendo durante años. Sophie, arguyendo que estaba cansada, se encerró directamente en el dormitorio que compartía con su hermana. Tenía camas gemelas, un tragaluz y una ventana con vistas a

la bahía. Se desnudó rápidamente, se metió en la cama y
tuvo que luchar contra las lágrimas al pensar que al día siguiente se marcharía de Irlanda.

Taryn subió al dormitorio y se sentó frente a ella, al borde de la cama.

–Sophie, ¿estás bien?

Sophie se tapó con el edredón hasta la barbilla.

–Solo un poco distraída.

–Te ocurre algo, y no sé lo que es.

Taryn se quitó la bufanda. La luz de la luna iluminaba su
rostro mientras estudiaba a su hermana.

–Hace semanas que estás diferente. Meses, en realidad.

–Taryn, no sigas por ahí, por favor.

Taryn se quitó los zapatos.

–Sea lo que sea lo que te inquieta, tiene que ver con lo
que ha pasado en Boston, ¿verdad? Siento que la cosa va en
esa dirección.

Sophie fijó entonces la mirada en el tragaluz.

–Eso es porque has bebido demasiada cerveza.

–A lo mejor –Taryn se echó hacia atrás, apoyándose sobre los codos y suspiró–. ¿Alguna vez has pensado en abandonar tu carrera y abrir una pensión en Irlanda?

–¿Y casarte con un pescador irlandés que toca el violín?

Las dos se echaron a reír.

–¡Oh, Sophie! A pesar de que parecemos muy duras, las
dos somos unas románticas empedernidas –pero el tono divertido de Taryn no duró mucho. Se enderezó en la cama y
la miró–. Tendrás cuidado cuando estés en Boston, ¿verdad?

Sin saber por qué, Sophie pensó en el rostro marcado por
las cicatrices de Scoop Wisdom. ¿La violencia del verano
anterior habría empezado allí, una noche del solsticio de verano, o un año atrás, en un islote de la península de Iveragh?

–¿Sophie?

–Sí, Taryn –susurró–. Tendré mucho cuidado.

Capítulo 5

Península de Beara, sudoeste de Irlanda

Las noches en la península de Beara eran tranquilas, pero también inusualmente oscuras. Josie se descubrió a sí misma frustrada, inquieta y decididamente enfadada consigo misma. Por mucho que le gustaran Keira y Lizzie y disfrutara de su compañía, odiaba que la dejaran en un segundo plano, metida en una cabaña en las montañas de Irlanda mientras Will, Simon y Myles estaban fuera, dedicándose a... bueno, a lo que quiera que estuvieran haciendo.

Conocía muy pocos detalles. Esa misma mañana se había enterado de que Myles se dirigía hacia Irlanda y había alertado a Will, que, a su vez, había avisado a Simon. En el mes que había pasado desde que Myles había vuelto a desaparecer después de haber ayudado a liberar a Abigail Browning, había continuado evitando ponerse en contacto con nadie de Londres. Durante los últimos dos años, lo había sacrificado todo para pasar a la clandestinidad como agente de las SAS y se había infiltrado en una red dedicada al tráfico de drogas y en una célula terrorista.

Su tapadera era tan perfecta, tan impenetrable, que nadie, ni siquiera Will Davenport, sabía lo que Myles se proponía. Ella y Will creían que Myles se había visto atrapado en un incendio en Afganistán y había muerto de forma muy poco heroica. Asesinado por los terroristas después de haber traicionado a sus colegas. Pero la verdad era que no había muerto, y que tampoco había traicionado a nadie.

Y había llegado el momento de que pudiera contar con algo de ayuda.

Josie resistió la tentación de ponerse a caminar. Lo que ella quería era regresar a Londres. ¿Pero qué podía hacer allí?

Nada que no pudiera estar haciendo en Irlanda, pensó con amargura.

Suspiró pesadamente y supervisó aquella habitación tan ordenada. Keira había encendido la chimenea. Lizzie estaba fregando cacharros en la cocina. Scoop Wisdom había dejado muy pocas pruebas de que hubiera estado allí durante dos semanas. Josie se acercó a la ventana y contempló las estrellas y la luna creciente. Se preguntó si Myles habría sido capaz de dejar que Norman Estabrook y sus matones asesinaran a Abigail para no arriesgar su propia misión. No, estaba segura de que Myles jamás había considerado tan atroz opción. Él abordaba los problemas de frente y luchaba por los objetivos que se proponía. En aquel caso, el objetivo había sido rescatar a Abigail Browning sana y salva, atrapar a Norman Estabrook y a sus secuaces, vivos o muertos y, en su calidad de agente británico, conseguir la información que necesitaba para llevar a cabo su misión.

Josie lo imaginó dirigiéndole una de sus seductoras sonrisas. «No hay nada de lo que preocuparse, cariño». Jamás había conocido a un hombre tan convencido de que podía conseguir todo lo que se proponía.

Se pasó nerviosa la mano por el pelo. ¿Cómo podía culpar a Myles por los riesgos que había corrido, por su valor y por su sacrificio?

Pero el caso era que le culpaba, pensó al tiempo que se obligaba a sonreír a sus dos compañeras temporales de cabaña, a Lizzie que estaba en la cocina y a Keira, que se dirigía en aquel momento hacia el dormitorio.

—Nadie diría que Scoop ha estado aquí, ¿verdad?

–Es típico de él –respondió Keira–. Deberías ver su apartamento. Tuvo que deshacerse de todo después del incendio, pero le gusta vivir prácticamente sin nada. No necesita mucho más que un colador para su cosecha.

–Me gusta que digas «incendio». En realidad, fue una bomba.

A pesar de la brusquedad de su comentario, Lizzie era optimista por naturaleza y por convicción y era la mujer perfecta para Will Davenport. Josie había comenzado a dudar de que hubiera alguna que lo fuera. Pero Lizzie no solo sabía desenvolverse en hoteles de cinco estrellas, sino que había sido capaz de enfrentarse a un multimillonario y a sus matones y de medirse con Myles, con Will, con la policía de Boston y con agentes del FBI.

Lizzie iba a reunirse con Keira, sus primos más jóvenes y el padre de estos, que era detective, la víspera de Navidad. Tomarían juntos el té en el hotel que la familia Rush tenía en Dublín. La habían invitado, y seguramente se uniría a ellos. Siempre y cuando no estuviera en prisión por haber matado a Myles Fletcher mientras este dormía.

Por supuesto, para ello necesitaría que Myles evitara que lo matara alguien antes que ella. Will y Simon habían ido tras él porque estaban convencidos, al igual que ella, de que corría un alto riesgo de ser asesinado. Aquellos últimos dos años habían sido largos, difíciles y peligrosos. También él había contribuido a ello. Josie dudaba de que Myles fuera capaz de volver a llevar una vida normal. Incluso de que quisiera hacerlo. Pero se negaba a permitir que sus pensamientos tomaran ese rumbo.

Durante algún tiempo, había llegado a pensar que Myles era, por fin, el hombre que la comprendía. Ella creía entenderle a él. Pensaba que entendía los riesgos que implicaba estar a su lado. O amarle.

Se burló de sí misma. Había sido una locura. Afortunadamente, tenía a su hijo, Adrián. Antes de que anocheciera, había salido para llamarle. Todavía tenía deberes que hacer.

Estaba con su padre, un contable al que no le había hecho ninguna gracia ser testigo de la vida que llevaba su esposa. No quería estar casado con una mujer que trabajara para los servicios, aunque lo hiciera detrás de un escritorio. Él quería llevar una vida normal, y nadie podía culparle por ello.

Adrián adoraba a Myles y preguntaba con frecuencia por él durante los primeros meses de su desaparición. Ella tenía prohibido decir nada: si Myles estaba vivo, muerto, desaparecido… Al fin y al cabo, ¿qué podía saber ella? El curso de los acontecimientos había demostrado que nada. De modo que había hecho bien en permanecer muda. Al final, Adrián había dejado de preguntar por él, pero solo después de asegurarle a ella que sabía que Myles volvería.

Keira regresó del dormitorio cargada con sábanas y mantas.

—Será como una fiesta de pijamas. Una noche de chicas. Hasta podemos hacer una guerra de almohadas.

Lizzie dejó de fregar. Josie y ella se volvieron hacia Keira y la miraron como si se hubiera vuelto loca. ¿Una noche de pijamas? ¿Una guerra de almohadas?

—No pongáis esa cara —dijo Keira entre risas.

Dejó las mantas en el sofá. Su melena rubia, casi blanca, enmarcaba su rostro.

—Nunca he sido mujer de muchas amigas, lo admito, pero me encanta teneros a las dos aquí. Dos de nosotras podemos compartir la cama. La otra, dormirá en el sofá. O podemos dormir una en la cama, otra en el sofá y otra en un colchón en el suelo. Seguro que nos las arreglaremos bien.

—Por supuesto que sí —respondió Lizzie sonriendo.

Josie se volvió hacia Lizzie con una mirada astuta.

—Si continúas fregando esa tetera un segundo más, vas a terminar haciéndole un agujero. ¿Qué te pasa, Lizzie? ¿En qué estás pensando?

Lizzie dejó caer el estropajo y abandonó la tetera. Fijó la mirada en la oscuridad que se veía al otro lado de la ventana.

—Estaba pensando en Sophie Malone —suspiró y se volvió de nuevo hacia Josie–. Sé que se me olvida algo, estoy segura, pero no soy capaz de averiguar lo que es.

–¿Crees que es algo importante?

–Espero que no.

Keira se dejó caer en el sofá, al lado de las sábanas.

–Sophie es una arqueóloga de Boston especializada en la cultura celta. Está ayudando a organizar un congreso sobre folclore. Es lógico que haya querido visitar esas ruinas. Y, casualmente, lo ha hecho la misma mañana que a Scoop se le ha ocurrido pasar por allí.

–Sí –respondió Lizzie–, pero eso no significa que no haya algo más.

Josie permanecía al lado del fuego. Agradecía sentir su calor en la espalda.

–Últimamente, nada es lo que parece, ¿verdad?

Keira deslizó el dedo por el dobladillo de una de las sábanas.

–Sophie ha conseguido impactar a Scoop, ¿no crees?

–¿Nuestra doctora Malone es una mujer atractiva? –preguntó Josie.

Keira se sonrojó.

–No, no me refiero a eso.

–Tonterías, siempre nos referimos a eso.

Lizzie se acercó a la mesa de pino. Su preocupación era más que evidente.

–No llegué a conocer a Sophie muy bien cuando estuvo trabajando en el hotel de Boston –tomó un carboncillo de los muchos que tenía Keira sobre la mesa y volvió a dejarlo inmediatamente en su lugar–. Sé que estoy pasando algo por alto. Pero lo recordaré.

Por supuesto, Josie no lo dudaba. Tanto Lizzie como Keira habían tenido que enfrentarse a una considerable dosis de peligro y violencia desde el mes de junio, y ambas lo habían superado con creces.

Por su parte, Josie no había tenido que enfrentarse a nada más peligroso o violento que su correo electrónico.

–¿Vas a volver mañana a Londres? –quiso saber Keira.

–No tengo la menor idea de lo que voy a hacer mañana –contestó Josie, intentando evitar cualquier deje de amargura en su tono–. Hoy nada ha salido como esperaba. ¿Por qué iba a ser mañana de otra forma?

Lizzie, tan nerviosa como Josie, dejó a un lado el patético dibujo de Myles.

–Mañana podríamos acercarnos a Dublín y tomar el té con mi familia en el hotel –propuso.

–Quieres decir que quieres hablar con tu primo, con el que trabaja de portero, y preguntarle si se acuerda de algún detalle relacionado con Sophie que a ti se te haya podido pasar por alto.

Lizzie se levantó de nuevo.

–Lo que necesitamos saber es qué interés puede tener en tu ángel de piedra.

–No es mi ángel –respondió Keira con voz queda–. Ahora forma parte de las leyendas irlandesas.

Josie había notado que Keira estaba haciendo un gran esfuerzo para enfrentarse a sus sentimientos desde que Simon se había marchado. La agitación de los últimos tres meses le estaba pasando factura. Había sufrido el ataque de un asesino brutal, se había enamorado de un agente del FBI y había descubierto secretos familiares como las circunstancias de su propia concepción, allí, en la península de Beara, y el terrible asesinato que había puesto fin treinta años atrás a la vida de su madre y de su tío. Antes de que hubiera podido asimilar toda esa información, su vida había vuelto a verse interrumpida cuando Norman Estabrook había decidido vengarse de ella. Norman Estabrook había confiado en Simon, sin sospechar en ningún momento que era un agente del FBI. Para vengarse de lo que consideraba una traición, había enviado a un asesino tras Keira. Josie y Lizzie habían conseguido detenerle en un antiguo círculo de piedras que había justo al final del sendero.

Y allí estaban de nuevo, pensó Josie. Lizzie, hotelera e

hija de un espía. Keira, artista y folclorista. Dos mujeres enamoradas de dos hombres peligrosos. Dos mujeres peligrosas también.

¿Y ella?

Ella era la enigmática espía británica, pensó divertida y con un punto de amargura. Después de Myles, había renunciado a tener una relación normal con un hombre.

O cualquier tipo de relación, si atendía a la media de aquellos últimos dos años.

¿Qué le quedaba entonces? Myles estaba vivo y no era ningún traidor, pero nada volvería a ser como antes entre ellos. No podían retomar sus vidas tal y como habían sido antes de su supuesta muerte y su supuesta traición. Myles ya había elegido.

Lizzie suspiró y sacudió la cabeza.

—Deja de engañarte, Josie.

—¿Qué?

—Estás tan enamorada de Myles Fletcher como siempre.

—¿Como siempre? Yo nunca he estado enamorada de él.

Lizzie y Keira comenzaron a reír a carcajadas. Josie tuvo que reprimir un gesto de impaciencia. ¿Qué sabían aquellas dos mujeres de su vida? Pero Josie era consciente de que su mal humor no tenía nada que ver con ellas y estaba directamente relacionado con los pocos minutos que había compartido con Myles aquella tarde. El reencuentro, tras dos años de separación, no había sido como esperaba. Casi podía sentir todavía su boca sobre la suya, el contacto de sus manos… Pero aquella clase de pensamientos eran el camino más rápido hacia la autodestrucción.

—En cualquier caso —añadió con energía—, es tarde y comienzo a tener hambre. ¿Qué vamos a hacer de cenar?

Lizzie arqueó las cejas.

—Estás sonrojada. Una agente del M-16, supuestamente inmutable…

—Me ocupo de la agenda de Will Davenport —respondió con una mueca burlona—. Nada más.

—Myles volverá contigo —le aseguró Keira suavemente.

Josie soltó un bufido burlón. Para ello, Myles tendría que sobrevivir a aquella semana. Pero sonrió y alargó la mano hacia su abrigo.

—¿Qué os parece si vamos al pub antes de que Eddie O'Shea cierre?

Keira se puso un grueso jersey.

—No vas a decirnos adónde han ido Myles, Simon y Will, ¿verdad, Josie?

—Estás dando por sentado que yo lo sé.

—De lo que estoy segura es de que no están pescando en Escocia —musitó Lizzie.

Lizzie salió hacia la oscura noche. Parecía capaz de dormir sobre una piedra y despertarse descansada y dispuesta para la acción, pensó Josie. Se descubrió deseando hablar de sí misma con sus nuevas amigas, pero sabía que no lo haría. Dejaría que continuaran preguntándose por la verdadera naturaleza de su trabajo sin darles ninguna explicación. El hecho de que quisiera hablar con ellas solo demostraba lo cómoda que se sentía a su lado. Algo realmente extraño, en realidad.

Descubrir que Myles no estaba muerto y no era un traidor la había dejado completamente desconcertada. Se había acostumbrado a negarse cualquier pensamiento sobre él, cualquier sentimiento. No soportaba pensar en Myles. Y de pronto, allí estaba, relacionándose con un multimillonario peligroso y persiguiendo terroristas.

Myles no esperaba sobrevivir a aquella misión. Josie lo había visto en sus ojos unas horas antes.

¿No habría podido enamorarse de un hombre menos complicado?

Eran casi las diez cuando llegaron al pub. Eddie O'Shea estaba a punto de cerrar, pero las dejó pasar y les sirvió una sopa de pescado y pan recién hecho que, les dijo, había horneado su hermano. Josie, Keira y Lizzie se sentaron en una mesa junto a la chimenea. El Springer Spaniel de Eddie dormitaba frente al fuego.

–Pareces preocupada –comentó Lizzie.

Josie le dio un último mordisco a su pan, generosamente cubierto de mantequilla irlandesa.

–Tengo un mal presentimiento.

Sabía que era ridículo y además no las ayudaba en nada decir algo así, de modo que se esforzó en esbozar una sonrisa y añadió:

–A lo mejor se debe a la inminente noche que me espera en un sofá.

–No te preocupes por Keira y por mí, ¿de acuerdo? Haz lo que tengas que hacer.

Lizzie se reclinó en su asiento. Se sentía tan cómoda en aquel pub como si estuviera en uno de sus hoteles, o en la mansión que Will Davenport tenía en las Tierras Altas de Escocia.

–Keira y yo queremos reunirnos con Colm Dermott cuando estemos en Cork y hacerle algunas preguntas sobre Sophie. No nos pasará nada.

Josie no tenía ninguna duda sobre sus capacidades, pero sabía que seguirían cualquier pista que pudieran encontrar. Tenían curiosidad por la arqueóloga de Scoop Wisdom. Por una parte, porque Scoop era un policía que acababa de recuperarse de los severos daños sufridos por la explosión de una bomba. Por otra, porque para ellas, el hecho de que Myles hubiera estado en la cabaña de Keira no implicaba que hubiera ningún peligro en hacer preguntas sobre Sophie Malone.

Y tampoco significaba, pensó Josie, que no tuviera la tentación de pedir un whisky para acompañar la sopa y el pan.

Keira se retorció las manos, como si llevara ya demasiado tiempo sin tocar sus brochas y sus pinceles.

–No es que no tenga tiempo –se lamentó–. Es que no me viene una sola imagen a la cabeza que me apetezca dibujar o pintar.

Josie reconocía la inquietud de su amiga como lo que

era: el bloqueo de una artista. A lo mejor un viaje a Cork y a Dublín podía servirle de distracción. Sabía que no había nada imprudente en ello, pero mientras caminaban de regreso a casa en la oscuridad, no pudo evitar lo que solo podía describir como un escalofrío de aprensión.

Culpó de ello a Myles Fletcher, y deseó haberse pedido un whisky.

Capítulo 6

Shannon, Irlanda

Scoop esperaba en la cola para pasar el control del aeropuerto de Shannon antes de abordar el avión con el que cruzaría el Atlántico. Había pasado la noche en un pésimo hotel, a solo unos kilómetros del aeropuerto. Lo único que podía salvar del hotel era un desayuno completo que le había ayudado de olvidar todas sus pesadillas sobre perros salvajes y hadas malignas.

Definitivamente, se alegraba de volver a casa.

Vio una melena pelirroja a unos diez pasajeros de distancia y pensó inmediatamente en Sophie Malone, una señal poco tranquilizadora de su estado mental cuando tenía por delante un vuelo de siete horas. Miró de nuevo, diciéndose que tenía que haberse equivocado, pero allí estaba la arqueóloga que había conocido el día anterior y sobre la que había sido advertido por un espía británico la tarde de ese mismo día.

Sophie se volvió y le saludó. Sonreía, como si encontrárselo en la misma cola del aeropuerto fuera lo más normal del mundo.

Scoop pasó el control de seguridad y la alcanzó en una de las tiendas libres de impuestos del aeropuerto. Sophie iba vestida con unos pantalones negros estrechos y un jersey gris, en marcado contraste con los pantalones llenos de barro y el chubasquero de color azul del día anterior. Se había peinado el pelo hacia atrás, pero ni aun así podía disimular su aspecto rebelde.

Aquella mañana, Scoop se había duchado, se había puesto sus pantalones más cómodos y una sudadera ligera.

—Debemos ir en el mismo vuelo —comentó Scoop.

—Es una suerte —Sophie abrió la puerta de cristal de uno de los aparadores de la tienda y buscó en el interior—. ¿Agua?

—Sí, gracias. ¿Has venido en coche esta mañana?

Sophie asintió.

—Sí, mis padres están ahora en Kenmare. Yo me he traído el coche que ellos habían alquilado y ellos se han quedado mi coche. Van a tomarse unos días libres para hacer una excursión por Kerry. ¿No te parece un plan ideal?

—Mucho mejor que pasar todo el día en un avión abarrotado.

—Tienes un sentido del humor muy ácido, Scoop —dijo Sophie mientras se dirigía hacia la caja registradora con dos botellas de agua.

Había comprado las de mayor tamaño. El viento de cara añadía tiempo a las horas de vuelo. Era mucho más fácil volar de los Estados Unidos a Irlanda que regresar desde allí.

—Pareces una viajera experimentada.

—Supongo que lo soy. En cierto modo, tengo la sensación de estar yéndome del que considero mi hogar, más que de estar volviendo a casa.

Scoop intentó sacar la cartera, pero Sophie sacudió la cabeza e insistió en pagar ella las dos botellas de agua. Estaba terminando de sacar los euros cuando el teléfono móvil de Scoop comenzó a vibrar. Lo llevaba en el bolsillo exterior de su bolsa de mano. Se apartó rápidamente de la cola y atendió la llamada.

—Según uno de los amigos que tiene Will en Londres, Sophie Malone ha reservado un pasaje en el mismo vuelo que tú —le advirtió Josie Goodwin.

–Así es –contestó Scoop.

–Ahora mismo está contigo, ¿verdad?

–Sí. ¿Qué amigo de Londres?

–Lord Davenport tiene todo tipo de contactos. También me han puesto al corriente de que la doctora Malone tuvo un encuentro la semana pasada con un octogenario especialista en objetos de arte robados.

–¿Esa información también te la ha dado otro de los amigos de Davenport?

–No exactamente. Nuestro octogenario se llama Wendell Sharpe. Tiene contactos muy frecuentes con la INTERPOL. La doctora Malone y él tomaron el té en el hotel Rush que tiene Stephen Green en Dublín. Una extraña coincidencia, ¿no te parece?

–No, después de lo que pasó ayer. ¿Y de qué estuvieron hablando?

–Todavía no lo sé. Ella es una investigadora muy respetada. Hace poco leyó la tesis doctoral y le concedieron una beca para investigar aquí en Irlanda. Su especialidad es la Edad de Hierro Celta. Es experta en artes visuales.

–¿Toma el té con azúcar?

–Con limón –respondió Josie.

Scoop no sabía si estaba bromeando.

–¿A quién conoce en Irlanda? ¿Tiene amigos allí?

–Estamos trabajando en ello.

–¿Estamos?

Josie suspiró.

–Keira está completamente bloqueada para la pintura y Lizzie está aburrida.

–Ellas no trabajan para la policía. Y tampoco son espías –protestó Scoop.

–Tampoco yo. Yo trabajo para un aristócrata irlandés. Le organizo las excursiones de pesca y los partidos de golf.

–¿Dónde estáis ahora?

–Keira y Lizzie de camino hacia Dublín, pasando por Cork. Y yo sigo en la cabaña de Keira.

Recopilando información de todos los espías a los que conocía, sin lugar a dudas. Scoop vio que Sophie había terminado de pagar el agua y se dirigía hacia él. De pronto, tuvo un mal presentimiento sobre ella. La visita de Myles, todo lo que le había ocultado...

—No te muevas de donde estás —le pidió a Josie—. Y haz que Lizzie y Keira vuelvan allí. Podéis dedicaros a perseguir arcoíris y a beber Guinness.

—Puedes llegar a ser bastante irritante, ¿sabes, detective?

—¿A qué viene eso? A mí no me importaría dedicarme a perseguir arcoíris y a beber cerveza.

Pero Josie Goodwin le colgó el teléfono.

Sophie llegó a su lado y le tendió la botella de agua.

—Intenta bebértela toda durante el vuelo —le recomendó mientras guardaba su botella en un compartimento de la bolsa que llevaba colgada al hombro—. Te ayudará.

—Durante la mayor parte del vuelo de Boston a Escocia, estuve dormido por culpa de la medicación que tomaba para el dolor.

Excepto cuando había estado hablando con Bob O'Reilly de la bomba que había estallado en el porche de Abigail.

—¿Sabes para qué me han llamado? —le preguntó a Sophie.

—No tengo ni idea.

Pero el lenguaje de su cuerpo indicaba lo contrario. Scoop se guardó la botella en la bolsa.

—Para darme cierta información sobre la doctora Sophie Malone.

—¿Pero quién ha podido llamar para dar información sobre mí?

—Alguien a quien conozco aquí en Irlanda —no era mentira, aunque, en realidad, había conocido a Josie Goodwin tres semanas atrás, en la boda de Abigail—. Últimamente soy un hombre muy precavido.

—¿Así que has pedido que me investiguen? —se interrumpió y fijó sus ojos azules sobre él. Bajo la luz artificial del aeropuerto, las pecas apenas se distinguían. Al cabo de un par de segundos, asintió–. Muy bien. Tiene sentido. Eres un detective que ha pasado por una experiencia terrible. Yo soy de Boston, soy arqueóloga y nos hemos conocido en unas ruinas en las que un asesino en serie aterrorizó a una amiga tuya.

–Y además, me ocultas algo.

–¿No lo hacemos todos?

Sophie parecía imperturbable ante el escepticismo de Scoop mientras se colocaba de nuevo la bolsa al hombro. Algunos mechones de pelo cubrían su rostro.

–¿Dónde te sientas? –le preguntó a Scoop.

–En el número cuarenta.

–Yo voy delante. Casi mejor, ¿no te parece? –le sonrió–. Tengo la sensación de que si fuera más cerca, terminaría distrayéndote.

Mientras la miraba, en lo único en lo que Scoop podía pensar era en que tenía que salir cuanto antes de Irlanda y regresar a su casa. Dejó que su mirada se posara sobre Sophie durante más tiempo del que consideraba necesario o sensato, pero ella no pareció notarlo. Tenía que ser cosa de las hadas. Scoop se había sentido atraído por mujeres que trabajaban como policías, fiscales o técnicas en un laboratorio forense. Jamás por pelirrojas expertas en la Edad de Hierro.

–Esa persona que ha llamado, ¿es Keira Sullivan? –quiso saber Sophie.

–Eso es lo de menos, ¿no te parece?

–Keira y yo vamos a trabajar juntas en un congreso que se va a celebrar en Boston y en Cork. Colm Dermott y yo somos colegas. Si les estás haciendo pensar que oculto algo, creo que debería saberlo.

–El mundo es increíblemente pequeño, ¿no te parece? Yo no induzco a nadie a pensar nada. Y tampoco estoy aquí para sonsacarte nada. En cualquier caso, pareces la clase de persona que necesita estar siempre ocupada.

–Supongo que lo soy. Y sospecho que tú también.

Scoop le sonrió.

–¿Lo ves? Ya tenemos algo en común.

Mientras salían de la tienda, pasaron por un expositor lleno de recuerdos irlandeses.

–Ayer no fuiste a aquellas ruinas por curiosidad profesional.

–¿Y tú cómo lo sabes?

–Me lo dice mi instinto.

En los ojos de Sophie brilló una chispa de desafío.

–Ah.

Scoop dejó su bolsa sobre un asiento vacío y no permitió que las dudas de Sophie le desconcertaran.

–Sé que te juegas algo personal en todo lo que ha pasado aquí. Te has ofrecido a participar de forma voluntaria en ese congreso. ¿Por qué? ¿Tiene algo que ver con Jay Augustine? ¿Te has dedicado a hacer negocios con el asesino en serie que tenemos encarcelado?

–Llevas demasiado tiempo lejos de tu trabajo. Estoy segura de que te irá bien reincorporarte y ocuparte de casos reales.

–Ya me estoy ocupando de casos reales.

Sophie no vaciló ni medio segundo.

–Mejor aún. Te sentará bien volver a trabajar a tiempo completo –se dirigió hacia el cuarto de baño y volvió a sonreírle mientras abría la puerta–. Nos vemos en la aduana.

Scoop se sentó. Sophie pasó por delante de él cuando salió del cuarto de baño y consiguió evitarlo hasta que estuvieron en el avión. Scoop tenía un asiento de pasillo. Ella también. No iba sentada al principio del avión, sino siete asientos por delante de él. Eso significaba que, o bien no había sabido calcularlo, o mentir había sido su manera de decirle que no la molestara durante el vuelo.

Scoop no la molestó, pero estuvo pendiente de ella al tiempo que leía un libro y bebía la botella de agua que le había comprado la propia Sophie. Tardaron siete largas e interminables horas en cruzar el Atlántico.

Scoop tenía a la atractiva Sophie Malone varios asientos

por delante de él. A un niño de cuatro años golpeando su asiento por detrás y enfrente del pasillo a dos ancianas que solo dejaron de hablar durante seis segundos en todo el vuelo. Estar sentado nunca había sido su fuerte y estar a punto de perder la vida por culpa de una bomba que había estallado en su propio jardín no le había ayudado precisamente a cultivar la paciencia.

Tampoco las conversaciones que había mantenido con Myles Fletcher y con Josie Goodwin. ¿Estaría Sophie metida en algo, voluntaria o involuntariamente, que pudiera interesar al espionaje británico? Un interés personal, o incluso profesional, en unas ruinas era una cosa. Mantener secretos era otra muy distinta.

En cuanto aterrizó el avión, Sophie se levantó de su asiento y pasó por delante de una pareja que llevaba un bebé. Si Scoop hubiera intentado la misma maniobra, habría golpeado a alguien, pero Sophie era ágil, delgada, y mucho más rápida de lo que cualquiera podía imaginarse al verla. Tenía también una sonrisa contagiosa y amable. Scoop era más rápido de lo que parecía, pero eso era todo. No era delgado, ni ágil y, desde luego, no tenía una sonrisa amable.

Se preguntó si pisar de nuevo tierra americana le ayudaría a vencer el hechizo y la sensación de amor a primera vista. De momento, el cambio de aires no parecía estar funcionando.

Volvió a alcanzar a Sophie en la cinta del equipaje.

—¿Quieres que compartamos un taxi? —le preguntó mientras ella agarraba su mochila.

Sophie se colocó la mochila al hombro.

—No, gracias —señaló hacia la salida—. Vienen a buscarme.

En aquella ocasión, no hacía falta ser un experto en detectar mentiras para ver que aquella lo era. Tampoco Sophie estaba intentando ocultar que no estaba diciendo la verdad.

Scoop podía haberse ido en metro, pero decidió tomar un taxi.

Sabía que volvería a ver a Sophie. No tenía la menor duda. La cuestión era cuándo y en qué circunstancias.

Scoop tomó un taxi hasta Jamaica Plain. Una vez allí, permaneció delante del edificio que en otro tiempo había compartido con Bob O'Reilly y con Abigail Browning. Era un edificio independiente, uno de los muchos edificios de tres plantas construidos a principios del siglo diecinueve para trabajadores inmigrantes. Y era un edificio con carácter. Abigail y Owen regresarían pronto de su luna de miel. Bob estaba trabajando. Junto a algunos compañeros del departamento, habían cegado las ventanas con contrachapado y rodeado el porche de una cinta amarilla.

Scoop jamás había imaginado que el apartamento que tenía en el segundo piso fuera a ser su vivienda definitiva, pero tanto a él como a Bob y a Abigail les dolía particularmente que tres policías hubieran sido víctimas de la violencia en su propio barrio. Vivían en un barrio con árboles centenarios y jardines muy bien cuidados. En ellos era frecuente ver a familias jóvenes con los niños en bicicleta, a adolescentes jugando al hockey y a profesionales y a ancianos paseando.

Scoop abrió la puerta lateral del jardín, dejó el equipaje en el suelo y se dirigió al patio de atrás. La bomba había provocado un incendio en el porche trasero de Abigail que había llegado hasta el comedor. La terraza de Scoop, que estaba directamente encima, también había ardido. Los bomberos habían llegado a toda velocidad y habían conseguido evitar que el fuego se extendiera, pero había bastado con los daños provocados por el agua y el humo para destrozar la casa. Bob estaba pensando ya en los próximos pasos a dar. Porque tardarían algún tiempo en regresar a sus casas.

Abigail pensaba vender su piso y mudarse con Owen a un loft en el edificio que habían rehabilitado en los muelles, donde estaba la sede de Fast Rescue, la organización internacional de búsqueda y rescate de Owen, que había cambiado su anterior ubicación en Austin. Bob había comentado que podía quedarse los dos pisos para que Scoop pudiera trasladarse también a casa de Abigail. No era una mala idea, pero implicaría un nuevo diseño del edificio y probablemente más dinero.

Scoop miró con los ojos entrecerrados el apartamento tapiado. Ya había hecho el duelo por todo lo perdido. Fotografías, principalmente, pero su familia tenía copias de casi todas ellas, al menos de las de los sobrinos, las fiestas de cumpleaños y las vacaciones.

El aire todavía olía a madera y a cristal quemado. Scoop se acercó hasta el borde de su huerta. Estaba quitando las malas hierbas el día que Fiona O'Reilly había llegado y se había ofrecido a ayudarle a recoger los tomates.

Eso era lo que estaban haciendo cuando había estallado la bomba: recoger tomates.

—Qué infierno —musitó al recordarlo.

La bomba estaba ya bajo la parrilla de Abigail cuando se habían levantado aquella mañana.

La habían construido con C4, un explosivo repugnante.

Bob, Abigail, Owen y Fiona habían hecho un listado de las personas que habían pasado por la casa durante los días previos a la explosión. Habían apuntado a todo el mundo, policías incluidos.

Quizá especialmente a los policías, pensó Scoop mientras suspiraba al ver las malas hierbas que habían invadido el jardín. Recordaba a los bomberos y los paramédicos pisoteando el sembrado en su carrera para salvarle la vida y evitar que el fuego se extendiera por las casas vecinas. No eran pocos los jardines que él mismo había destrozado trabajando como policía. Vio un par de tomates maduros y se puso en cuclillas para recogerlos, pero llevaban demasiado tiempo en el suelo y la parte de abajo se había podrido.

—Qué demonios, serán un compost perfecto.

Arrancó algunas hierbas. Mientras lo hacía, era consciente de las cicatrices que le marcaban la espalda, los hombros y los brazos. Había agarrado a Fiona para protegerla de las esquirlas de metal y madera y había saltado con ella en busca de refugio. Se había parapetado tras el depósito para el compost que tantas críticas y quejas había recibido de Bob y Abigail mientras lo construía.

Se levantó y miró hacia el cielo, tan gris y oscuro como el de Escocia e Irlanda. No se arrepentía de haber vuelto a casa. Tenía mucho trabajo que hacer.

Regresó a la puerta de la entrada, recogió el equipaje, abrió el coche y lo lanzó al asiento de atrás. No tendría ningún problema en acostumbrarse de nuevo a conducir por la derecha. Miró su reflejo en el espejo retrovisor. Cualquiera diría que había viajado en las alas del avión. Necesitaba una buena noche de sueño.

¿Pero dónde? ¿Debería aceptar el ofrecimiento de Lizzie Rush y alojarse en el hotel que su familia tenía en Boston, el hotel en el que había trabajado Sophie Malone?

—No estaría mal —dijo en voz alta, y puso el coche en marcha.

Capítulo 7

El iPhone de Sophie tintineó, anunciando la entrada de un mensaje de texto. Le había enviado un mensaje a Damian en cuanto había aterrizado en Boston. Miró la pantalla mientras salía del metro en la parada de Boston Common. La respuesta de su hermano era la que se esperaba: *Nada nuevo. Sigo buscando entre la inmundicia.*

Sonrió. Era típica de los Malone aquella parquedad en las palabras, sobre todo de Damian.

Tras un vuelo tan largo, Sophie agradeció el paseo hasta Beacon Hill. Las calles estrechas que le eran tan familiares y los edificios de contraventanas negras la ayudaron a sacudirse la sensación de estar fuera de su elemento, de encontrarse en un terreno impredecible y desconocido. Había estudiado en Boston, tenía amigos allí. No acababa de aterrizar en una ciudad o en un país desconocido.

Bajó los escalones irregulares que conducían a una puerta de hierro situada entre dos edificios. Al haber renunciado al apartamento que tenía en Cork, se sentía desarraigada de alguna manera, pero, a diferencia de Scoop Wisdom y de sus amigos policías, su falta de vivienda era por elección propia y la había tomado impulsada por razones económicas.

Nadie había puesto una bomba en su casa.

Con las llaves que Taryn le había dejado, abrió la puerta y pasó por un pasillo abovedado que se abría a un pequeño patio con una tapia de ladrillo, uno de los muchos rincones secretos de Beacon Hill. Nadie que pasara por allí podría imaginar su existencia. Los propietarios de aquel edificio de ladrillo habían convertido parte del patio en un apartamento al que se accedía desde el patio. Taryn lo había alquilado cuando estaba representando a Shakespeare en Boston y no lo había abandonado desde entonces.

Sophie abrió la puerta, pintada de un bonito verde oscuro, y dejó el equipaje en la entrada. Aquel apartamento diminuto e impregnado del ambiente cálido y acogedor de Beacon Hill encajaba perfectamente con la personalidad y el estilo de vida de su hermana. Se lo había realquilado a una actriz amiga suya durante el verano, pero esta última lo había dejado a principios de septiembre para ir a representar un papel en Chattanooga.

Taryn había colocado una mesa redonda junto a los ventanales que daban al patio que los vecinos habían llenado de flores. Una pequeña cocina, con electrodomésticos de reducido tamaño, ocupaba una de las paredes. En la pared de enfrente, un sofá señalaba la zona del salón, frente a una chimenea apagada.

No vio ninguna cucaracha saliendo disparada por el suelo de madera, algo que advirtió con alivio. Había olvidado lo bajos que eran los techos. No era una persona claustrofóbica, pero nunca le habían gustado demasiado los espacios pequeños y abarrotados, ni siquiera antes de haber estado a punto de morir en una cueva. Sin embargo, el trabajo como arqueóloga la había obligado a enfrentarse a ellos.

Llevó el equipaje al dormitorio, un espacio con una sola ventana y al nivel de la calle. Lo deshizo y, nerviosa después de haber pasado tantas horas con un detective receloso tras ella, se dedicó a limpiar el apartamento de cabo a rabo. Quitó el polvo, fregó, pasó la aspiradora, cambió las sábanas, sacó toallas limpias y consideró la posibilidad de salir a comprar algo de comida. La amiga de Taryn había dejado mostaza, salsa y zanahorias en la nevera y un bote de helado sin abrir en el congelador. Nada particularmente prometedor.

Aun así, Sophie no tardó en dejar de pensar en comida, se puso unas mallas y una camiseta y salió a correr por el paseo marítimo. Era casi de noche, el día era gris, pero no llovía. No se forzó demasiado. Al cabo de cinco kilómetros, dejó de sentir los efectos del viaje, se sintió menos extraña en una tierra extraña y regresó a un ritmo más pausado y disfrutando de la carrera hasta Beacon Hill.

Se dio una ducha, se puso una camisa, un jersey y unos zapatos planos y salió de nuevo. No le apetecía cocinar. No estaba segura de que le apeteciera comer, pero se dirigió por Charles Street hasta el Whitcomb, el hotel que la familia Rush tenía en Boston.

Tras el mostrador de recepción del vestíbulo, estaba Jeremiah Rush, un hombre atractivo de cabello rojizo.

—¡Sophie Malone!

—Hola, Jeremiah. Cuánto tiempo.

Jeremiah salió de detrás del escritorio. Iba vestido con un traje oscuro de aspecto inconfundiblemente caro que se adaptaba perfectamente a su cuerpo.

—Imaginaba que podías aparecer en cualquier momento. Me ha llamado Lizzie esta mañana y me ha dicho que llegabas hoy a Boston.

—¿Lizzie? ¿Y ella cómo lo sabía?

—A través de un policía de Boston con el que ha coincido en Irlanda —contestó Jeremiah. Nada indicaba que le hubiera resultado extraña aquella llamada de su prima—. No ha entrado en mucho detalle.

—¿Y qué estaba haciendo Lizzie en Irlanda, en cualquier caso?

Jeremiah sonrió.

—¿Quién sabe?

—¿Te ha pedido que la avisaras si aparecía yo por aquí?

—Pues la verdad es que sí.

Sophie suponía que no debería sorprenderla estar sometida a cierta vigilancia después de su encuentro con Scoop Wisdom, pero no esperaba que Lizzie Rush también estuviera metida en ello. ¿Habría sido ella la que había llamado a Scoop en el aeropuerto?

—Me alegro de verte, Sophie —dijo Jeremiah—. Ya me he enterado de que eres doctora. Enhorabuena.

—Gracias —comenzó a relajarse—. Yo también me alegro de verte, Jeremiah. La verdad es que acabo de llegar.

—Vienes a la llamada de la Guinness, ¿verdad? Invita la casa. Te recuerdo estudiando aquí durante los descansos. Siempre te ha gustado estudiar mucho más que a mí. Tendremos que celebrar tu éxito, ¿verdad?

—Desde luego. Gracias, Jeremiah. Si puedes escaparte un rato, ven a tomarte algo conmigo.

—Lo haré. ¡Ah! Y tengo que advertirte algo —bajó la voz, como si fuera a decirle algo que no debiera—. El policía que le dijo a Lizzie que venías en el avión se aloja aquí. Es el detective Wisdom. Acabo de registrarle en el hotel.

Sophie desvió la mirada hacia las escaleras que descendían hacia el Morrigan's, un pub muy exclusivo que debía su nombre a la madre de Lizzie.

—¿Está ahí ahora?

—En este momento, no. He pensado que, como los dos acabáis de regresar de Irlanda... —no terminó la frase—. Pero debería haberme imaginado que es imposible averiguar lo que Lizzie se propone. Disfruta de la cerveza.

Sophie volvió a darle las gracias y bajó las escaleras al trote. Se sentó en uno de los taburetes de la barra, pidió una Guinness y observó al camarero tirar la cerveza en dos tiempo, tal y como debía hacerse.

No había bebido ni dos sorbos cuando Scoop Wisdom bajó las escaleras, pasó por delante de ella y señaló hacia una mesa. Iba vestido con unos pantalones caquis y un jersey negro y no parecía estar sufriendo los efectos del cambio de horario.

—Ven a sentarte conmigo.

Sophie dejó su vaso en la barra.

—¿Me arrestarás si no voy?

Se preguntaba si Jeremiah habría avisado a Scoop de su llegada, o si el policía tenía una intuición particularmente afilada en lo que a ella se refería. Scoop se dirigió hasta una mesa situada bajo una ventana con vistas a Charles Street, una calle prácticamente vacía en aquella lóbrega tarde de finales de septiembre. Sophie dio un rápido sorbo a su cerveza, agradeciendo su sabor fuerte e inconfundible y la dejó en la barra antes de acercarse a la mesa de Scoop.

—Es increíble —dijo mientras se sentaba enfrente de él—. Ayer nos encontramos casualmente en unas ruinas irlandesas, esta mañana coincidimos en el aeropuerto y ahora volvemos a vernos en un pub de Boston. ¿Cuál es el índice de probabilidades?

—Yo diría que bastante bueno.

Sophie ignoró su sarcasmo.

—En Irlanda ya son las doce de la noche, ¿no notas el cambio?

Scoop se reclinó en la silla.

—¿A qué estás jugando, Sophie?

Aquel hombre sabía algo. Sophie lo veía en sus ojos oscuros mientras decidía la respuesta a su pregunta. Era un detective de asuntos internos, presumiblemente, especializado en detectar mentiras. Y a ella no se le daban bien las mentiras. Lo que se le daba bien era el trabajo meticuloso y detallado de una arqueóloga, y era curiosa por naturaleza, pero, como Damian se había encargado de recordarle, ni su formación ni su curiosidad la convertían en detective.

Lo cual le ofrecía por lo menos una argumentación que emplear con Scoop.

—No estoy jugando a nada —contestó—. Soy una persona curiosa que ama a Irlanda, su arqueología y su historia. Me alojo en el apartamento de mi hermana. Hasta ahora me he ganado la vida haciendo de todo y a partir del semestre que viene, daré clases en un par de universidades y me presentaré a varias entrevistas con intención de conseguir una plaza fija en la universidad.

—¿Vas a participar en la organización del congreso sobre folclore que va a celebrarse en Boston y en Cork?

—Claro. Estoy deseando participar. Ya he pensado en varias personas para la mesa que organizo, pero tendré que pedir las ponencias durante los próximos días. Es un honor trabajar con Colm Dermott. Es un hombre brillante. Todo el mundo lo adora.

Sophie se interrumpió cuando apareció el camarero con lo que parecía ser un vaso de refresco y lo colocó delante de Scoop.

—Un movimiento inteligente, detective Wisdom —bromeó Sophie—, evitar el alcohol durante los interrogatorios.

—Esto no es un interrogatorio. Si lo fuera, lo sabrías.

—¿Focos? ¿Instrumentos de tortura?

Scoop le dirigió algo parecido a una sonrisa.

—Una grabación —no tocó el refresco—. ¿Qué más, Sophie?

—Tengo un amigo en Boston que me ofreció la posibilidad de trabajar como profesora particular de unos estudiantes durante varias horas a la semana. Son deportistas, casi todos jugadores de hockey. ¿Has jugado al hockey alguna vez?

—Sí, he jugado al hockey. Todavía lo hago. ¿Y aceptaste el trabajo?

—Sí. Puedo empezar en cuanto quiera.

—Estupendo. Empieza mañana.

—¿Sabes una cosa, Scoop? No me gusta que me den órdenes. Hasta mis padres tenían problemas para que les obedeciera cuando era una niña. Y a mi hermana tampoco, por cierto. Somos mellizas.

—¿Unas inconformistas?

—Yo creo que lo que somos es independientes. Cuando éramos niñas, nos gustaba salir solas de excursión y explorar los alrededores del pueblo en el que vivíamos. Es un pueblo pequeño que está cerca de Cork.

–Por lo que dices, vuestros padres no os vigilaban muy de cerca. ¿Por qué vivíais en Irlanda?

–La empresa de mi padre le trasladó allí. Mi madre trabajaba de profesora.

Scoop alzó su vaso.

–Cuando estudiabas la carrera, estuviste trabajando aquí, en este mismo pub.

Sophie tuvo que dominar las ganas de levantarse y salir corriendo. Le ponía tan nerviosa su forma de escrutarla con la mirada como toda la información que había recopilado sobre ella.

–Has estado investigándome, ¿verdad? ¿Lizzie Rush te ha ayudado? La conocí cuando trabajaba aquí. Era una persona muy agradable. Todos los Rush lo son.

–Ella también se vio implicada en los sucesos de este verano en Boston.

–Sí, ya me he enterado.

Scoop bebió un sorbo de refresco, dejó el vaso de nuevo en la mesa y la miró a los ojos.

–Parece que últimamente hay mucha relación entre Boston e Irlanda.

Sophie asintió, intentando no fijar la mirada en la cicatriz que comenzaba en la clavícula de Scoop y le rodeaba el cuello hasta llegar a la nuca. Se había fijado en ella estando en las ruinas. A pesar de sus cicatrices, Scoop tenía el aspecto de ser un policía sólido y competente con el que nada podía acabar. Aun así, si hubiera estado en otro lugar o hubiera reaccionado de otra forma, la bomba podía haber puesto fin a su vida. La metralla que sin lugar a dudas había originado aquella cicatriz, podría haberle cortado una arteria. Podía haber muerto desangrado en su propio jardín.

Sophie no tenía cicatrices visibles de la noche que había pasado en la cueva. Recordó a Tim O'Donovan despidiéndose de ella mientras zarpaba, dejándola en la isla por sexta vez en varias semanas. Pero en aquella ocasión, Sophie no pretendía hacer una excursión de un día. Iba a quedarse a pasar la noche.

No se le había ocurrido pensar que alguien podría seguirla hasta allí.

Fue de pronto consciente de que Scoop la estaba observando con atención.

—¿En qué estás pensando, Sophie?

Sophie sonrió para sí.

—En la cena. No he comido nada en el avión.

—Yo he dejado la bandeja limpia– Sophie advirtió un brillo de diversión en su mirada, pero apenas duró–. Deberías olvidar lo que sea que te hayas propuesto y regresar a tu trabajo.

—Tú estabas buscando a un policía malo. ¿Crees que hay algún policía que pueda tener algo que ver con lo que te ocurrió?

—¿Se te ocurre alguno?

—Yo no conozco a ningún policía. Aparte de a ti.

Técnicamente, no era mentira. Su hermano era agente del FBI, no policía. Se reclinó en la silla e intentó mostrarse natural, amistosa y abierta, como si no tuviera nada que ocultar. Hablarle de la cueva solo serviría para alimentar sus sospechas y provocar todo tipo de preguntas difíciles.

—Supongo que ahora, después de haber encontrado a ese misterioso perro negro, estamos unidos de alguna manera.

—Sophie, si estás entrometiéndote en una investigación policial…

—Yo no estoy haciendo nada.

—Pero sí tienes una agenda oculta, eso viene a ser lo mismo.

—Yo no tengo ninguna agenda oculta. Y en este momento, en lo único que estoy pensando es en que debería habérmelo pensado dos veces antes de tomar cerveza estando con el estómago vacío y recién llegada de un viaje.

—A la cerveza te invito yo.

–En realidad, la paga Jeremiah Rush. Todavía estaba en el instituto cuando yo trabajaba aquí. Lizzie y sus primos tienen que aprender a llevar el negocio de la familia desde abajo. Todos ellos son muy trabajadores.

–Muy bien, entendido. Así que tienes un motivo para estar aquí. No tienes nada que esconder. ¿Dónde puedo encontrarte, además de dando clases a jugadores de hockey?

–El apartamento de mi hermana está en Pinckney Street.

Scoop buscó la cartera, sacó una tarjeta y se la tendió.

–Llámame a cualquier hora del día o la noche en cuanto decidas que quieres contarme todo lo demás.

–No hay nada…

Scoop alzó la mano para interrumpirla.

–Ni lo intentes. Hay más, Sophie. Mucho más.

Sin decir nada, Sophie se levantó de la mesa y salió.

En cuanto llegó a la calle, supo que no podía volver inmediatamente a su apartamento. Su reloj interno podía estar todavía en la hora irlandesa, lo que significaba que eran más de las doce, pero estaba demasiado nerviosa para dormir, leer o trabajar.

Pasó por delante del hotel y sintió la mirada de Scoop Wisdom sobre ella, pero se negaba a bajar la mirada para saber si estaba observándola.

La casa de Percy Carlisle estaba a varias manzanas de allí, en la bahía Back.

Y hacía allí se dirigió.

Capítulo 8

Scoop imaginaba que podía vencer el jeg lag con una cerveza y una buena cena, o paseando y siguiendo a Sophie. Cuando la vio por la ventana, dirigiéndose en dirección contraria al apartamento de su hermana, decidió salir a dar un paseo.

Pagó el refresco y en cuanto salió del hotel, recibió una llamada de Josie Goodwin.

—Cuéntamelo todo, Josie —le pidió—. ¿Qué has averiguado? ¿Cómo está Irlanda?

—Irlanda está preciosa. Estoy sola, en una cabaña en medio de la noche, con las vacas, las ovejas y el viento como única compañía. Estoy considerando la posibilidad de hacerme granjera.

—Tengo un hermano soltero que es granjero.

—Dame su número de teléfono —se aclaró la garganta y continuó—: Tengo cierta información que podría demostrar ser útil… o quizá no. Hemos descubierto una misteriosa llamada de nuestra arqueóloga a la policía irlandesa en septiembre del año pasado.

—¿Por qué misteriosa?

—No tengo detalles sobre lo que ocurrió. Al parecer, no se trató de nada relacionado con un delito. Por lo que he averiguado, la doctora Malone pudo haberle pedido a la policía que sacara un murciélago de su dormitorio.

–¿Puedes averiguar algo más?

–Por supuesto –contestó con displicencia–. Hasta entonces, puedo decirte que la hermana de Sophie, Taryn Malone, es una actriz muy reconocida y actualmente está representando una comedia en Londres –Josie bostezó y añadió–. No creo que eso te sirva de mucha ayuda, ¿verdad?

–En este momento, cualquier cosa puede servirme de ayuda. ¿Sabes algo de Lizzie y de Keira?

–Han llegado sanas y salvas a Dublín. Perdieron a Corn Dermott en Cork.

–Me alegro de que hayáis seguido mi consejo –dijo Scoop secamente.

–¿De verdad pensabas que lo haríamos? Por supuesto que no. ¿Sabes, Scoop? Es posible que nuestra doctora Malone sea simplemente una intelectual con una curiosidad desbordante y vínculos con Boston.

–Tal como están las cosas, eso ya basta para que pueda encontrarse con problemas –giró en Beacon Street y vio a Sophie delante de él–. ¿Tenemos algo más sobre el octogenario experto en arte robado?

–Seguimos trabajando en ello.

Scoop suspiró. No estaba seguro de que debiera alentar a Josie Goodwin. Aunque tampoco a ella le hacía mucha falta.

–Gracias. Averiguaré por qué llamó Sophie a la policía irlandesa. Si necesitas ayuda oficial…

–¿Para qué? ¿Para que investiguen a una mujer porque se ha aventurado en un pasto irlandés?

–Dicho así, todo esto parece una locura.

–Pero no lo es, ¿verdad? ¡Oh, ya solo falto yo! Al final terminaré diciéndote que he visto a un puñado de hadas corriendo por las colinas –Josie exhaló un hondo suspiro–. Aunque reconozco que este lugar es precioso, yo no estoy hecha para el campo.

–Dulces sueños –le deseó Scoop con una sonrisa.

Josie musitó algo ininteligible. Scoop no fue capaz de entenderla, pero no le sonó muy educado. Cuando Josie colgó, Scoop aceleró el paso para recortar la distancia que le separaba de Sophie. Esperaba que esta se volviera y le recriminara que la siguiera, pero Sophie no parecía consciente de su presencia.

Se acercó a una elegante mansión que Scoop reconoció inmediatamente como la residencia de Percy Carlisle en Boston. Carlisle había aparecido en el sumario del caso como uno de los clientes adinerados de Jay Augustine en su rol de respetable tratante de antigüedades y obras de arte. Por lo que Scoop sabía, al menos hasta el momento, ninguno de los clientes de Augustine era sospechoso de estar involucrado en los crímenes de aquel hombre.

Un hombre con una gorra de béisbol salió a la calle y la saludó.

No era Percy Carlisle.

Scoop reconoció a Cliff Rafferty, un policía recientemente jubilado. Sintió una repentina necesidad de proteger a Sophie y avanzó hacia ella. Rafferty tiró el cigarrillo que estaba fumando en la acera y lo pisó con la punta del zapato. La última misión de Rafferty en el departamento había sido como responsable de seguridad de la sala de exhibiciones de Augustine en el South End varias semanas después de su arresto.

—Hola, Scoop —le saludó Rafferty—. No sabía que habías vuelto.

—He llegado esta tarde. ¿Estás trabajando para los Carlisle?

Rafferty se encogió de hombros. Era un hombre de unos cincuenta y cinco años, con la piel acartonada por el paquete de cigarrillos que fumaba diariamente.

—Sí, es un buen trabajo. ¿A quién viene a ver? —alzó la mano y sonrió a Sophie—. Espere, déjeme imaginar. Usted es Sophie Malone, la amiga arqueóloga del señor Carlisle. Me dejó un mensaje anoche diciéndome que la esperaba. Cliff Rafferty, encantado de conocerla.

Sophie miró a Scoop de reojo, pero no intentó alejarse de él. Sonrió a Rafferty.

–Lo mismo digo. ¿Cómo me ha reconocido?

Rafferty le señaló la cabeza.

–Por el pelo –volvió a sonreír, mostrando las arrugas que rodeaban sus ojos bajo la luz de las farolas–. Además, he buscado su nombre en Internet. Aparece en Internet, en la lista de becas postdoctorales de la web de su universidad. Allí está su fotografía –señaló a Scoop con la cabeza–. ¿Conoce al detective Scoop?

–Hemos vuelto de Irlanda en el mismo avión.

Rafferty no parecía satisfecho con la respuesta, pero se volvió hacia Scoop.

–Estuve en tu casa después de la bomba. Está hecha un desastre. ¿Dónde te alojas?

–De momento, en un hotel –contestó Scoop.

–Por lo menos, ese millonario chiflado no puede volver a intentarlo. ¿Cómo está Abigail?

–Sigue de luna de miel.

–Eso la ayudará a olvidar. Es una mujer dura. Seguro que no tarda en reincorporarse al trabajo –se volvió hacia Sophie–. ¿Qué puedo hacer por usted, doctora Malone?

–Solo estaba dando una vuelta después del vuelo –comentó.

Rafferty esbozó una mueca.

–Odio volar.

–¿Ha estado alguna vez en Irlanda?

–Claro que sí. Tenía que conocer la tierra de mis antepasados, ¿sabe?

–¿Está Helen Carlisle en casa?

–Sí, está dentro –contestó.

Mientras hablaban, una mujer alta y delgada salió de la casa, bajó los escalones de la entrada y se acercó hasta ellos a través de un camino de ladrillos que cruzaba el jardín delantero. Llevaba un elegante jersey de color rojo, pero parecía tener frío. Scoop le calculó unos cuarenta años. Tenía los ojos de color azul claro y una melena negra y tupida que llegaba hasta sus hombros. Scoop no habría podido decir si iba o no maquillada. Era muy atractiva, pero Scoop prefería el natural desaliño de Sophie. En el pub del Morrigan's, se había fijado en que tenía un hoyuelo en la mejilla izquierda cuando sonreía. Aunque, teniendo en cuenta la dureza con la que la había tratado, no había tenido muchas razones para sonreír.

Salir de Irlanda no le había ayudado a poner fin a su encantamiento. Se sentía tan atraído hacia ella, incluso después de haber recibido el informe de Josie Goodwin, como cuando la había visto por primera vez en la verde Irlanda.

Rafferty hizo las presentaciones.

—Señora Carlisle, Detective Cyrus Wisdom, Scoop para nosotros, y Sophie Malone, la amiga del señor Carlisle que iba a pasarse por casa. Scoop, doctora Malone, esta es Helen Carlisle.

—Es un placer conocerles —dijo Helen—. Sophie, me alegro de poder conocerte por fin. Detective Wisdom, me siento honrada con su visita. Es usted un héroe. Los ciudadanos de Boston tenemos una gran suerte al poder contar con oficiales de policía tan valientes para protegernos —no se interrumpió durante el tiempo suficiente como para que Scoop respondiera—. Cliff, no sabía que conocías a los policías que sufrieron esa horrible explosión.

—Los conozco a todos —contestó Rafferty.

Helen se volvió hacia Sophie.

—¿Cómo estaba Percy?

Sophie deslizó la mano por la verja de hierro negro.

—Bien, aunque solo le vi unos minutos.

—No me gusta tener que separarme de él. Pero tenía un asunto de trabajo del que ocuparme en Nueva York. De hecho, acabo de llegar. Ahora estaba inspeccionando las obras que han hecho en la casa.

—¿Su marido continúa en Irlanda? —preguntó Scoop.

—No estoy segura de dónde está. Anda en uno de sus retiros personales. Ya me lo advirtió cuando empezamos a salir juntos. Somos recién casados, pero ambos teníamos una vida muy plena antes de conocernos e intentamos respetarnos —les dirigió una agradable sonrisa—. Tengo mucho trabajo en la casa. Conservo la esperanza de descubrir algo escondido en alguno de los rincones del desván o la bodega. Sería divertido encontrar una obra de arte valiosa y olvidada durante mucho tiempo. Supongo que, como arqueóloga, conoces esa sensación, Sophie —comentó.

—Sí, la conozco —Sophie se estremeció al sentir una gota de lluvia—. No debería entretenerte, y estoy sintiendo de pronto todo el efecto del cambio de horario.

—Gracias por pasar por aquí. Vuelve cuando quieras. Supongo que Percy no tardará en regresar —se volvió hacia Scoop. Las gotas de lluvia brillaban sobre la lana roja del jersey—. Y usted también, detective.

Dio media vuelta y regresó hacia la casa. Rafferty la observó en silencio antes de volverse de nuevo hacia Scoop.

—La detención de Augustine ha puesto muy nerviosos a muchos de estos ricos. No sé cómo podía ser tan animal. Pero los Carlisle no tienen nada que ver con eso. La relación de Augustine con ellos era solo profesional.

Scoop casi agradecía aquella lluvia helada.

—¿Conociste a los Carlisle cuando te encargabas de la seguridad de la sala de exposiciones de Augustine?

—Sí. Era un trabajo cómodo, ese de dedicarse a proteger cuadros y estatuas. Este también es un chollo —sacó un paquete de cigarrillos del bolsillo—. Te veré cuando te entreguen la medalla al valor. Disfruta de tu minuto de gloria —se llevó un cigarrillo a la boca y miró a Sophie—. Doctora Malone.

Regresó por el camino hacia la casa. Sophie volvió a estremecerse.

—Hace más frío del que esperaba.

Scoop tuvo que resistir las ganas de rodearle los hombros con el brazo.

—Debes de estar muerta.

—Tú también —contestó Sophie, casi sonriendo.

–Todavía estamos con el horario irlandés. Te acompañaré a tu casa.

–Me basta con que me acompañes hasta Whitcomb.

–No eres una persona muy confiada, ¿verdad?

Sophie soltó una carcajada y hundió las manos en los bolsillos de la sudadera.

–Me he montado en el mismo avión que tú, ¿no? –miró de nuevo hacia la casa de Carlisle. La puerta de la calle estaba cerrada y las ventanas iluminadas–. Qué diferente de las ruinas de Keira, ¿no te parece?

Scoop se encogió de hombros.

–Ahora mismo yo me conformo con una cama y una manta.

–Y yo. Quiero decir… –comenzó a corregirse.

–De acuerdo. Todavía estás bajo los efectos del jet lag.

–Sí, la verdad es que estoy agotada –reconoció.

Y estuvo a punto de apoyarse en él mientras comenzaba a cruzar la calle.

Scoop caminó a su lado hasta Charles Street. Había dejado de llover, pero se había levantado el viento. Sophie parecía helada y cansada, pero tuvo suficiente presencia de ánimo como para no volver al hotel con él y continuar caminando sola hasta el apartamento de su hermana.

Y era mejor así, pensó Scoop cuando al bajar a tomar una bebida y un sándwich se encontró en el pub a Bob O'Reilly.

–Cuando estaba en Irlanda y no podía dormir –comenzó a decir Scoop mientras se sentaba en un taburete al lado de Bob– me sentaba con un libro y oía a las ovejas y a las vacas en los pastos. Dentro de veinte años, a lo mejor me retiro allí.

–Dentro de veinte años, estarás dirigiendo el departamento –le pronosticó Bob.

–Qué va, no se me da bien la política.

Bob O'Reilly era un policía corpulento de cincuenta años, divorciado y padre de dos hijas. Como hijo de policía, había deseado ser detective de homicidios incluso antes de que una joven que vivía a dos puertas de su casa hubiera sido secuestrada, violada y asesinada. Eso había ocurrido treinta años atrás. Bob todavía llevaba una fotografía de Deirdre McCarthy en la cartera.

Había sido la madre de Deirdre la que le había contado a Keira la historia de los tres hermanos irlandeses, las hadas y el ángel de piedra que la había llevado a la península de Beara. Pero Patsy McCarthy también le había contado la historia a Jay Augustine, creyéndolo un respetable tratante de arte interesado en su colección… y él la había matado. Keira y Simon habían encontrado el cadáver.

Bob bebió un sorbo de cerveza. Su pelo rizado era un tono más claro que el de Sophie Malone y tenía alguna que otra cana. No era una buena señal que estuviera pensando en el pelo de Sophie, se dijo Scoop.

Pidió un sándwich y, siguiendo el ejemplo de Sophie, una Guinness para acompañarlo.

—Lizzie Rush me ha reservado una habitación en el hotel. Insistió en ello.

—Yo estoy viviendo en la casa de Keira, al final de esta calle —dijo Bob—. He quitado las cortinas de encaje de las ventanas, pero continúo sintiéndome un poco raro durmiendo en el apartamento de mi sobrina.

Le sirvieron la cerveza a Scoop.

—¿Sabías que Cliff Rafferty está trabajando para un matrimonio en una mansión de la bahía Back?

—Sí, lo sabía.

—¿Conoces a los Carlisle?

—Una familia adinerada de Boston. Creo que él es hijo único. Hizo algunos negocios con Augustine. La esposa… Ahora no recuerdo cómo se llama…

—Helen.

Bob alzó su vaso.

—Sí, Helen. Trabajaba en una casa de subastas de Nueva York antes de casarse con Percy. Pero no hemos encontrado nada que les relacione con Augustine.

–En tanto su papel de asesino –dedujo Scoop.

–¿De qué otra manera podrían estar relacionados con él?

–¿Y si tiene algo que ver con el robo de obras de arte?

–No me compliques más la vida, Scoop, ¿de acuerdo?

–Cliff Rafferty estuvo en nuestra casa.

Bob no respondió directamente. Al final, apartó su cerveza con un gesto con el que parecía querer indicar que Scoop acababa de arruinarle la velada.

–Diablos, Scoop, ¿qué te propones? Te estás volviendo loco. Y me estás volviendo loco. Esa bomba podría haberla puesto cualquiera. Tú mismo lo dijiste. Norman Estabrook pudo haber ofrecido dinero al revisor del contador y decirle que dejara el paquete debajo de la parrilla de Abigail, que era un regalo, una sorpresa. ¿Quién sabe lo que pudo haber pasado?

–Estabrook estaba tan obsesionado con el demonio como Jay Augustine. Puede haber una relación más estrecha entre ellos de la que pensamos.

Bob miró a Scoop entrecerrando aquellos ojos azules, del mismo color que los de sus hijas y su nieta.

–¿Qué pasa? ¿Qué has averiguado?

Scoop bebió un trago de cerveza, recordando las noches que había pasado solo en la península de Beara, obligándose a no especular, a no perderse en los posibles escenarios del crimen y en los múltiples sospechosos. Ni Bob ni él estaban a cargo de la investigación. No podían, porque estaban involucrados personalmente en el caso.

Eran víctimas.

Scoop odiaba esa palabra.

–Nada –contestó por fin–. Supongo que me estoy aferrando a cualquier cosa. ¿Has coincidido alguna vez con una arqueóloga llamada Sophie Malone? Antes trabajaba aquí.

Bob suspiró.

–¿Una arqueóloga, Scoop? ¿Qué demonios?

–Nos conocimos ayer en Irlanda y hemos vuelto a Boston en el mismo avión. Ya sabes, una de esas casualidades.

–Sí, me lo imagino. ¿Esa es la versión corta?

Scoop asintió y miró el sándwich que tenía frente a él. Había perdido el apetito.

–Necesitas dormir –le aconsejó Bob–. A mí el cambio de horario me hace sentirme como si tuviera pelusas en la cabeza. Keira me recomendó que probara algunas estrategias que había leído en Internet. Básicamente, consiste en no comer nada durante doce horas el día que viajas. Y beber agua.

–¿Funcionó?

–No lo sé. No aguanté más de cuatro horas sin comer. ¿Viste a Keira en Irlanda?

Era obvio que se trataba de una estratagema para sacarle más información, pero Scoop no podía culparle por ello.

–Los vi a Simon y a ella ayer antes de ir al aeropuerto –decidió no mencionar la presencia de agentes británicos–. Están bien.

–El príncipe azul y la princesa –dijo Bob medio en broma.

–Después de visitar las ruinas en las que estuvo Keira, cualquiera creería en los cuentos de hadas.

–Tuvo un efecto catártico estar allí, ¿verdad?

–Sí –podía oír todavía la risa de Sophie y al perro chapoteando en el arroyo–. Sí, lo tuvo.

Bob se frotó uno de los laterales de la boca, con aquella expresión que lo delataba como el detective que era.

–No soy un enemigo, Scoop. ¿Qué más pasó en Irlanda?

–No paró de llover durante la última semana.

Bob se levantó.

–Me voy a la cama.

–Invito yo.

–Genial. Hablaremos mañana.

Y se dirigió a las escaleras. El pub estaba vacío. Scoop dio un par de mordiscos a su sándwich y bebió unos sorbos de cerveza. Era cierto que cualquiera podía haber puesto aquella bomba. No tenían alarma en el edificio y no costaba abrir la puerta de la entrada. Era frecuente que no hubiera nadie en casa, aunque Bob, Abigail y él tenían unos horarios impredecibles, algo que podría disuadir a cualquiera que pretendiera entrar con una bomba escondida.

Solo otro policía podía estar al tanto de sus horarios.

Scoop renunció al resto del sándwich y se llevó la cerveza. Su habitación estaba en el tercer piso. Era una habitación pequeña, con toallas de una excelente calidad, productos de baño y una mesita que podría utilizar como escritorio. Nada de eso importaba. Había agua caliente y sábanas limpias. Todo lo demás daba igual.

Tampoco iba a cuestionar el sofá cama de Tom Yarborough.

Yarborough había estado en Jamaica Plain infinidad de veces, como compañero de Abigail, pero Scoop era incapaz de imaginárselo poniendo una bomba. Era demasiado ambicioso. Demasiado formal. Si Yarborough quisiera conseguir un dinero extra, lo haría de otra manera. No se conformaría con un trabajillo para un millonario como Norman Estabrook.

Considerando la diferencia horaria, en vez de llamar a Josie Goodwin, Scoop le puso un mensaje de texto pidiéndole que preguntara a sus amigos sobre Percy Carlisle.

No perdió el tiempo en dar más explicaciones. Josie no tendría ningún problema en averiguar quién era Carlisle. Quizá ya lo sabía.

Mientras se lavaba, recibió la respuesta desde Irlanda: *Lo haré.*

Evidentemente, Josie no estaba durmiendo, lo que no auguraba nada bueno para su propia noche. Regresó al dormitorio y se fijó entonces en lo efectivo del servicio del Whitcomb. Habían corrido las cortinas, sonaba una música tenue y tenía una chocolatina en la almohada.

Definitivamente, era mejor que el sofá cama de Yarborough.

Capítulo 9

Sophie se despertó con poco más que una lata de café en la despensa y decidió que la tarde anterior debería haber ido de compras, en vez de aumentar las sospechas de un policía de Boston. Por atractivo que fuera, pensó mientras cruzaba el pasillo abovedado para salir a la calle. No podía culpar al cambio de horario del efecto que aquel hombre tenía en ella, porque cuando estaba en la península de Beara, todavía no había ningún avión de por medio.

Sería cosa de las hadas. Sí, las culparía a ellas.

Sonrió mientras pensaba en las opciones que tenía: ¿un desayuno en Charles Street y la posibilidad de volver a encontrarse con Scoop? ¿O la esperanza, quizá? El cielo se había despejado durante la noche y hacía una agradable mañana de finales de septiembre, un día perfecto para desterrar las secuelas del viaje y adaptarse de nuevo a Boston.

—¡Eh, Doctora Malone! —Cliff Rafferty salió de un coche justo delante de ella, en una calle estrecha, y cerró la puerta—. Espero no haberla asustado. El señor Carlise, Percy, me comentó que su apartamento estaba por aquí. No me ha resultado difícil conseguir la dirección. Se parece mucho a su hermana.

Le dirigió a Sophie una sonrisa mientras tiraba el cigarrillo al suelo y se acercaba a ella.

Sophie se relajó ligeramente. Se había puesto unos pantalones vaqueros y una camiseta de manga larga de color verde. No se había molestado en buscar un jersey.

–Me ha prestado su casa hasta que averigüe qué voy a hacer con mi vida. ¿Qué puedo hacer por usted, señor Rafferty?

Rafferty alzó la mirada hacia el edificio que tenían tras ellos y la miró de nuevo.

–¿Cómo va la vuelta a Boston?

–De momento bastante bien, aunque no llevo ni un día aquí.

–Supongo que se alegra de haber acabado los estudios, ¿verdad? Tantos años de clases, artículos, investigación, y por fin ha conseguido el título de doctora.

Era un hombre simpático, pero Sophie asumió que no había ido a buscarla solo porque tuviera ganas de hablar con ella.

–Sí, es magnífico. Pero ahora me esperan más clases, más artículos y más investigación. Si tengo suerte, claro.

–Por lo menos le pagarán más como profesora que como estudiante –hundió las manos en el bolsillo de su cazadora. Llevaba unos vaqueros anchos, ligeramente cortos, y unas zapatillas de deportes–. Me sorprendió verla ayer con Scoop. Seguro que no se conocieron solo en el avión de regreso a Irlanda.

–Casi. Había coincido con él en la península de Beara el día anterior.

La mirada de Rafferty era en aquel momento distante, y le hizo recordar a Sophie que también él había sido policía.

–Scoop tiene mucho éxito con las damas. Y parece que usted le gusta.

–No lo sabía –respondió Sophie, sintiendo un calor inmenso en las mejillas.

–Apuesto a que lo averiguará –Rafferty le guiñó el ojo y, con un gesto brusco, sacó un papel del bolsillo y se lo tendió–. Necesito hablar con usted. Pero no aquí, en mi casa. Esta es mi dirección. Dígame a qué hora podrá venir.

Sophie dobló el papel.

–Todavía no he desayunado. ¿Por qué no viene conmigo a tomar un café? Podemos hablar ahora.

–Imposible. Tiene que venir conmigo.

–¿A qué viene todo esto?

–Usted es una experta en arqueología celta. Tengo algo que quiero enseñarle. Quiero conocer su opinión.

–¿Es un objeto celta?

–No lo sé. Si lo supiera… –no terminó la frase. De pronto, parecía sentirse violento, incluso a la defensiva–. He sido policía durante treinta años. Es posible que no siempre haya sido tan recto y disciplinado como Scoop Wisdom querría, pero nunca he hecho ningún daño a nadie.

–¿Puedo ir acompañada?

–Sí, por qué no. Puede pedirle a Scoop que la acompañe. Y ver hasta dónde puede llegar –sonrió y se encogió de hombros–. Puede optar por aparecer o por no hacerlo. Usted decide. Pero tendría que ser esta mañana. Esta tarde tengo trabajo.

Se dirigió caminando hacia su coche y le dijo adiós con la mano mientras la adelantaba. Sophie le observó alejarse mientras intentaba encontrar algún sentido a aquella conversación. ¿Querría hablar con ella sobre objetos celtas robados? Su última misión como policía había sido la de vigilante de la sala de exposiciones de Agustine después de que este fuera detenido. Y justo después había comenzado a trabajar con los Carlisle.

Sophie bajó de nuevo los escalones de su casa, cruzó el pasillo y marcó el teléfono de su hermana en el iPhone. Taryn descolgó al segundo timbrazo, en el momento en el que Sophie estaba abriendo la puerta del apartamento.

–Hola, Taryn, ¿dónde tienes el coche?

–Probablemente en Anderson o en Myrtle, pero podría estar en cualquier parte. Tengo un amigo que lo mueve cada diez días. Sophie, ¿qué te pasa? Parece que estás sin aliento.

–Es porque estoy andando rápido.

–Vale –Taryn no parecía muy convencida–. Estoy volviendo a Londres. Si me necesitas, allí estaré.

–Gracias. ¿De qué color es tu coche? La verdad es que no me acuerdo.

–Azul oscuro. Es un Mini...

–Sí, de eso sí me acuerdo –contestó Sophie con una sonrisa, intentando parecer menos nerviosa–. Todo va bien, Taryn. Estaremos en contacto.

Sophie colgó el teléfono, buscó las llaves del coche de Taryn en uno de los cajones de la cocina y volvió a la calle. Localizó el Mini enfrente de un mercado en la siguiente manzana. Todavía tenía tiempo antes de ir a ver a Rafferty, de modo que continuó caminando por Cambridge Street, evitando deliberadamente Charles Street y el hotel Whitcomb. Se compró un café y un panecillo. El panecillo se lo comió mientras regresaba hacia Beacon Hill. Tomó el café, abrió la puerta del coche y se sentó tras el volante.

Afortunadamente, ya había colocado el café entre los dos asientos en el momento en el que Scoop Wisdom se materializó en la puerta de pasajeros. Sophie presionó un botón para bajar la ventanilla.

–Buenos días, ¿me estabas buscando?

–Más o menos. ¿Adónde vas?

Sophie no quería decírselo, pero tampoco quería mentirle.

–Cliff Rafferty me ha pedido que pase por su casa.

Scoop abrió la puerta de pasajeros y se metió en el coche.

–Habla.

–No quiero llegar tarde.

–Entonces, habla a la vez que conduces. O si lo prefieres, puedo conducir yo mientras tú hablas.

–Este coche es de mi hermana.

Sophie no pudo menos que notar lo cerca que estaba Scoop cuando se sentó a su lado. Iba vestido con una cazadora deportiva, unos pantalones caquis y una camisa de color chocolate que hacía parecer sus ojos más profundos.

–¿Sabes dónde vive Rafferty?

Scoop negó con la cabeza.

–No.

Sophie le tendió la dirección.

–Creo que podría encontrar la manera de llegar hasta allí, pero ya que eres policía...

–Sí, sé donde está esa calle.

Sophie sonrió.

–Me lo imaginaba.

Mientras conducía lentamente por Cambridge Street, Sophie le habló de su encuentro con Rafferty.

–No sabes lo que puede tener en mente –le advirtió Scoop.

–Tú tampoco. Si quisiera hacerme algún daño, podría haberme atropellado cuando iba a comprar el café.

Scoop frunció el ceño y sacudió la cabeza.

–Supongo que no puedes ser una persona tímida y asustadiza si te dedicas a desenterrar huesos.

–Generalmente, no me dedico a desenterrar huesos. Mi campo es la Edad de Hierro Celta y estoy especializada en el arte irlandés y británico.

–¿Puedes ponerme algún ejemplo?

–Cuando hablamos de arte, no debemos entenderlo como lo hacemos actualmente.

–¿No estamos hablando de cuadros que peguen con la tapicería del sofá?

–No –continuó por Commonwealth Avenue. En Irlanda se había acostumbrado a conducir por la izquierda, pero no le costó volver a hacerlo por la derecha–. Hay que pensar en términos de objetos de uso diario: calderos, armas, herramientas, joyas...

–¿Y hay un mercado para ese tipo de cosas?

–Entre coleccionistas, desde luego, pero también hay leyes que determinan lo que se debe hacer con los objetos que se encuentran en una excavación. No puedo sacar un broche de la Edad de Hierro y subastarlo en eBay.

–Oí comentar algo de un tipo que descubrió unos objetos de oro en Inglaterra con un detector de metales.

–Sí, ha sido un descubrimiento increíble. Desenterró el mayor tesoro anglosajón en oro y plata. Estaba enterrado en una granja de Staffordshire. Los arqueólogos y los historiadores tardarán años en estudiar todos esos objetos. La mayor parte son artículos de guerra. Es un verdadero tesoro.

–¿Quién se quedará con él?

–Como los objetos que han encontrado tienen más de cien años, pasan a ser propiedad de la Corona.

–Si intentaras sacar alguno de esos objetos de Irlanda, ¿sería considerado un robo?

Sophie no sabía por qué le estaba haciendo esa pregunta, pero contestó sin vacilar:

–Por supuesto que sí.

Scoop se reclinó en el asiento mientras pasaban por delante del campus de la Universidad de Boston.

–¿Qué te ocurrió el año pasado estando en Irlanda, Sophie?

–Te refieres a…

–Llamaste a la policía.

Sophie tensó las manos tras el volante.

–¿Qué hiciste ayer, llamaste a la policía de Irlanda? ¿Por qué? ¿Qué hecho yo para que te den información sobre mí?

–Mencioné tu nombre a unos amigos que tengo en Irlanda.

Sophie le dirigió una mirada fugaz.

–Esa es una respuesta incompleta.

–¿Me suspenderías si me estuvieras examinando?

–Te devolvería el examen y te pediría que completaras la respuesta.

–Eso en el caso de que tú fueras la profesora y yo el alumno que estuviera a tu merced. Pero ahora mismo…

–La situación es la contraria. Soy yo la que está a tu merced.

–Solo somos dos amigos hablando en un coche, y muy pequeño, por cierto –señaló a un grupo de estudiantes que estaban a punto de cruzar la avenida–. Cuidado.

–No voy a atropellar a nadie. Y ya tuve bastantes aventuras el año pasado.

–¿Ibas a la búsqueda de un tesoro?

Sophie negó con la cabeza.

–Ya te he dicho que yo no me dedico a buscar tesoros.

–¿Entonces no tienes un detector de metales?

–Irlanda tiene la legislación más estricta de la Unión Europea en lo que se refiere al uso de detectores de metal para localizar emplazamientos arqueológicos. Y para contestar a tu pregunta, la respuesta es no, no tengo un detector de metales.

Era consciente de la mirada de Scoop fija en ella mientras conducían por Alliston. El policía la guió hasta la calle en la que vivía Rafferty. Aparcó frente a una casa de dos pisos con un roble gigante en un pequeño jardín. Las raíces eran de tal tamaño que estaban rompiendo la acera.

Scoop se desabrochó el cinturón de seguridad.

–¿Crees que Cliff quiere verte porque eres arqueóloga o porque eres amiga de Percy Carlisle?

–La palabra «amigo» es demasiado fuerte.

–¿Estuvisteis…?

–No –le cortó Sophie rápidamente.

Salieron del coche.

–Tú y yo todavía no hemos terminado –le advirtió Scoop mientras se adelantaba.

Sophie subió los escalones de la entrada tras él y revisó la dirección que Rafferty le había dado.

–Vive en el piso de arriba.

Alargó la mano por delante del ancho pecho de Scoop para llamar al timbre, pero advirtió entonces que la puerta estaba entreabierta.

–Me está esperando. Probablemente no quiere bajar a abrir.

Scoop empujó la puerta y llamó.

–¿Cliff? ¡Soy Scoop, he venido con Sophie Malone! ¡Vamos a subir!

No hubo respuesta. Sophie comenzó a subir las escaleras, pero Scoop posó la mano en su cadera y pasó por delante de ella. Sophie permaneció tras él y pudo observar así que las heridas provocadas por la bomba no le habían incapacitado para subir un tramo de escaleras.

Cuando llegaron al rellano del segundo piso, Sophie agarró a Scoop del brazo, con la mirada fija en la puerta. Del marco de la puerta colgaban tres réplicas muy realistas de cráneos humanos, uno a cada lado del dintel y el otro en el centro.

—Scoop…

Scoop le dirigió una mirada fugaz.

—No te alejes de mí.

Sophie dejó caer la mano con la que se había agarrado a su brazo.

—Los antiguos celtas reverenciaban la cabeza humana.

Scoop esbozó una mueca.

—Genial —llamó a la puerta y gritó hacia el interior del apartamento—. ¡Eh, Cliff, he venido en el coche con la doctora Malone!

Pero continuaban sin recibir respuesta.

Entraron en un estrecho cuarto de estar situado en la parte delantera de la casa. Sonaba de fondo una melodía irlandesa. Sophie no tardó en advertir que procedía de la televisión. Alguien había puesto un DVD en el que aparecían diferentes paisajes de Irlanda: los acantilados, el Healy Pass, un arcoíris sobre los verdes pastos…

—Ha tenido que pasar algo malo —susurró Sophie.

Scoop sacó la pistola. Sophie ni siquiera había notado que la llevaba bajo la chaqueta.

—No te alejes de mí —Scoop le tocó la mano—. Mantente muy cerca, ¿entendido?

Sophie asintió.

Desde el centro de la habitación, avanzaron sobre una desgastada alfombra y pasaron por delante de la mesita del café. Sobre ella había rollos de alambre, alicates, capas de plástico, iniciadores para cargas explosivas y un bloque que parecía de arcilla, pero que Sophie asumió debía de ser C4 o cualquier otro tipo de explosivo.

Eran los materiales necesarios para fabricar una bomba.

Justo detrás de la bomba, esparcidas por el suelo de madera y rozando el borde de la alfombra, había cuentas rojas y amarillas.

—Scoop, en las tumbas celtas es frecuente que haya cuentas de cristal.

Pero no continuó. En el suelo habían colocado más cráneos entre el cuarto de estar y el comedor adyacente. Scoop se detuvo en el marco de la puerta y se volvió hacia ella con el semblante sombrío, pero controlando su expresión.

—No mires —le pidió.

Pero ya era demasiado tarde. Sophie ya había visto a Cliff Rafferty colgando de una viga del comedor. Reconoció los pantalones vaqueros, las zapatillas deportivas y la cazadora. No quería verle la cara, pero no pudo impedirlo. Por el color de su rostro, la posición de su cuello y sus facciones retorcidas, era evidente que estaba muerto.

Con la respiración agitada y el corazón latiéndole a toda velocidad, Sophie se mantenía pegada a Scoop. Junto a la pared había una mesa redonda. En el suelo, entre la mesa y el cadáver, habían esparcido más cuentas de colores.

Bajo los pies de Rafferty había un caldero de hierro fundido. Podía haberlo utilizado para colgarse, o a lo mejor le habían obligado a subirse a él. Sophie se inclinó hacia delante y vio que en el caldero habían dejado lo que parecían las diferentes partes de una pistola, todas ellas destrozadas, como si las hubieran martilleado pieza por pieza. Sobre ellas descansaba una placa de policía, también machacada.

En el suelo descansaban las dos mitades de un torque de oro que había sido cortado deliberadamente por la mitad.

Sophie suspiró lentamente.

—Scoop, esos son símbolos rituales.

—Sí, ya veo. Ya me hablarás de ellos más tarde —la miró a

los ojos–. No toques nada y mantente a mi lado, ¿entendido? No te apartes de mí.

Recorrieron el resto del apartamento: la cocina, el dormitorio, el cuarto de baño, y salieron a la terraza. En la rama de un arce cercano cantaba un petirrojo. Scoop marcó un número de teléfono en su BlackBerry. Sophie advirtió que ni siquiera le temblaban las manos. Mientras Scoop se identificaba e informaba de aquel macabro encuentro, Sophie observó al petirrojo alzar el vuelto y contempló la triste escena del apartamento.

–Vienen refuerzos –dijo Scoop mientras colgaba.

Sophie regresó a la cocina. Estaba temblando. Intentando dominarse, se mordió el labio hasta hacerse sangre. El cadáver de Rafferty seguía en el comedor. Haciendo un enorme esfuerzo por reprimir sus sentimientos, susurró:

–No se ha suicidado.

–¿Por qué dices eso?

Miró a Scoop. Su expresión no había cambiado. No había nada en su rostro que pudiera sugerir que le había afectado lo que había pasado allí en los últimos minutos, la terrible muerte de un policía.

–Las prácticas paganas que hemos encontrado en el comedor y en el salón invitan a pensar que ha sido un sacrificio ritual, no un suicidio.

Se cruzó de brazos, intentando dominar el temblor. No tenía frío. De hecho, era todo lo contrario. Hacía mucho calor en el apartamento. Se fijó entonces en que las ventanas estaban cerradas. ¿Las habría cerrado el asesino?

–Antes de que lo preguntes, no, no estoy segura de nada. Esto no es un emplazamiento arqueológico. Es… –no fue capaz de terminar la frase.

–Sophie, tranquila. ¿Estás bien?

–No me esperaba esto.

–Intenta recordar todo lo que te ha dicho Cliff. No intentes sacar ninguna conclusión por ti misma. Limítate a recordar.

Sophie se obligó a permanecer en pie y se concentró en Scoop. Tenía la mandíbula apretada y no había nada en él que sugiriera que había bajado la guardia. Tenía un control absoluto sobre la situación.

–Supongo que has visto lo que había encima de la mesa. ¿Y si Rafferty me ha pedido que viniera para confesar su participación en la explosión de la bomba que pusieron en tu casa?

–Confía en mí, Sophie. Especular no va a servirte de nada.

–A lo mejor se sentía culpable y ha decidido suicidarse –sintió una punzada de dolor y se dio cuenta de que estaba mordiéndose el labio–. Aunque, basándome en lo que me dijo y en lo que he visto, no me parece probable. Creo que quería saber mi opinión sobre algo.

–¿Algo relacionado con la arqueología o con los Carlisle?

–No lo sé, no me lo dijo. Las cuentas de cristal, los cráneos, los restos de la pistola y el hecho mismo de encontrarlo colgado… todo eso puede encajar en una noción retorcida de los rituales celtas. Por supuesto, no me refiero a rituales actuales.

–Lo entiendo, Sophie. Esta escena significa lo que quiera que la persona que la organizó quería que significara, ya se tratara de Cliff o de cualquier otro.

Desvió la mirada hacia los restos de una tostada que había en un plato del fregadero.

Scoop posó la mano en el brazo de Sophie.

–No intentes encontrar sentido a nada de lo que has visto. Tú eres arqueóloga. Estás acostumbrada a ver más allá de lo evidente. Sabes ser objetiva. Sabes que no puedes dar por sentado que cualquier cuenta de cristal encontrada en una zanja sea una antigüedad. Sencillamente, puede ser parte de una botella rota.

–Entiendo lo que quieres decir –desvió la mirada del fregadero–. Tienes razón. No debería dejarme llevar por las apariencias. ¿Vamos a quedarnos aquí o…?

Se interrumpió, sobrecogida de pronto por el calor sofocante del apartamento, por la proximidad de la muerte.

Salió corriendo por la puerta de atrás, bajó los escalones de la terraza y no volvió a respirar hasta que estuvo de nuevo en la calle, justo en el momento en el que oyó las sirenas y llegó el primer coche patrulla.

Capítulo 10

Kenmare, sudoeste de Irlanda

Josie se detuvo para admirar las vistas de la bahía de Kenmare desde las escaleras de entrada a la casa de verano de los Malone y se descubrió anhelando pasar unas cuantas semanas sola, sin tener que pensar en nada que no fuera en dedicar la tarde a dar un largo paseo por las montañas o a acurrucarse con un libro en el sofá.

No encontró ni al matrimonio Malone ni a la hermana de Sophie, Taryn.

No había sido una visita del todo infructuosa, pero la casa estaba cerrada.

Keira y Lizzie habían localizado a Colm Dermott esa misma mañana en Dublín. Este les había dicho que había hablado recientemente con Sophie. Habían estado hablando de la mesa que estaba preparando para el congreso y también sobre la violencia que había afectado tan de cerca a Keira y a Lizzie, e incluso a él, aquel verano. No había advertido ningún interés en Sophie que fuera más allá de su natural curiosidad como arqueóloga. Dicho de otro modo, no tenía la menor idea de lo que podía estar proponiéndose.

—A lo mejor, nada —pensó Josie en voz alta mientras bajaba los escalones.

Comenzó a descender por la colina hasta su coche. Se

fijó entonces en un hombre que estaba al borde de aquella carretera solitaria, deseando que la falta de sueño le estuviera jugando una mala pasada.

Pero no hubo suerte.

El hombre que estaba delante de su coche no era otro que el durante mucho tiempo desaparecido, traicionero y sexy como el mismo diablo, Myles Fletcher.

Josie no dijo una sola palabra mientras sorteaba los charcos dejados por una lluvia temprana e intentaba recomponer sus pensamientos. Cuando salió a la carretera, hundió las manos en los bolsillos y reprimió, al menos de momento, cualquier reacción sentimental a aquella sorpresiva presencia.

–¿Dónde están Will y Simon? –preguntó con voz fría.

Myles abrió la puerta del coche y dejó su bolsa detrás, como si tuviera todo el derecho del mundo a hacerlo.

–Me alcanzaron y me han hecho volver aquí.

–¿De verdad?

Myles se encogió de hombros.

–Están buscando un ángulo diferente.

–¿Más peligroso?

Myles le sonrió.

–No más que el hacerme volver aquí.

–Estás completamente comprometido –contestó Josie, ignorando su irrespetuoso sentido del humor–. Quienquiera que te esté persiguiendo, ahora sabe que eres un agente del servicio de espionaje británico. Por eso te han hecho alejarte del caso Will y Simon.

–Estoy aquí porque ya no puedo hacer nada más. Los próximos pasos a dar no me corresponden a mí –permanecía ante la puerta abierta del coche–. He llegado a Irlanda esta mañana y he venido hasta Kenmare para buscarte. He pensado que podría servirte de ayuda.

–¿Cómo sabías que estaba aquí?

–Me ha parecido una opción bastante probable.

Josie no estaba muy convencida. Myles era capaz de inventar cualquier cosa. Rodeó el coche y abrió la puerta del conductor con más fuerza de la que habría sido necesaria.

–¿Te ha seguido alguien?

–¿Aparte de ti, quieres decir?

Fuera cual fuera su forma de hacer las cosas, Josie no tenía la menor duda de que Myles no estaría allí si pensara que le habían seguido. No necesitaba perder saliva diciendo lo que ambos sabían. La peligrosa tarea que había llevado a cabo en solitario durante los dos últimos años había proporcionado una información fundamental que Will y Simon, espía británico y agente del FBI respectivamente, podrían utilizar para rematar el trabajo.

Con un movimiento brusco, Josie montó en el coche y dejó que Miles hiciera lo que quisiera.

Myles también se metió en el coche.

–Estamos tú y yo solos, amor.

–No me hago ilusiones, Myles –metió la llave en el encendido–. Sé que no estás aquí por mí. Ponte el cinturón de seguridad. No quiero que te desangres si terminamos estampándonos contra un árbol.

Myles cerró la puerta, se puso el cinturón de seguridad y se reclinó cómodamente en su asiento.

–¿Adónde vamos?

–Eso es lo de menos, ¿verdad? Ya he estado en el infierno durante los últimos dos años.

Josie podía sentir sus ojos grises sobre ella mientras ponía el coche en marcha. Estaba sin afeitar. Parecía cansado, irresistible, y perfectamente capaz de cortarle a alguien el pescuezo en el caso de que fuera necesario. ¿Por qué no se habría quedado en Londres?, se preguntó Josie desesperada. En el trabajo le daban mucha libertad y, desde luego, nadie le había mandado que fuera a Irlanda a buscar a una arqueóloga americana.

–Déjame imaginar, amor –Myles miraba tranquilamente por la ventana mientras Josie cruzaba un gran charco–. Estás investigando la vida de Sophie Malone.

Josie gimió, y estuvo a punto de ahogar el motor.

–Ya está. Así que tenía razón. Fuiste tú el que le proporcionó a Scoop Wisdom información sobre ella.

–Lo único que hice fue decirle su nombre.

–¿En qué contexto? Seguro que no era bueno. Y justo el día que Scoop acababa de encontrarse con ella en las ruinas de Keira. No me extraña que Scoop quiera averiguar todo lo que pueda sobre ella. Pero no es tan fácil como esperaba encontrar a un informador que pueda ofrecer datos sobre Sophie. Sus padres se han ido de excursión a las montañas, con tiendas y sacos de dormir –Josie soltó un bufido burlón–. Will aprecia los encantos de la acampada, pero yo no puedo decir lo mismo. ¿Y tú, Myles?

–Creo que preferiría una cama –respondió con la voz ligeramente ronca.

Como la agente bien entrenada que era, Josie consiguió no ruborizarse.

–Esta mañana he tenido un encuentro con un detective irlandés, Seamus Harrigan. ¿Ha sido él el que te ha dicho que estaba en Kenmare?

Myles cerró los ojos, pero no contestó.

–Sabe que los Malone son los propietarios de esta casa porque también el vive en Kenmare, no por nada que hayan podido hacer Sophie o su familia.

–¿Seamus te envió aquí?

–No exactamente, pero he sido capaz de leer entre líneas –Josie advirtió que Myles no había abierto los ojos–. No le hizo mucha gracia saber de mí, tengo que reconocerlo. Y es perfectamente comprensible. Hace tres meses, Seamus tuvo que entrar gateando en unas ruinas para buscar a un asesino en serie y el mes anterior tuvo que interrogar a un matón a sueldo para sacarle información sobre la explosión de una bomba y un secuestro en Boston.

–Estaba haciendo su trabajo –respondió Myles con un bostezo.

–Sí, eso lo justifica todo, ¿verdad?

Josie pisó bruscamente el acelerador y giró con más brusquedad y a más velocidad de la que era necesaria, pero había superado varios cursos de conducción defensiva. Por supuesto, a la policía irlandesa eso no le serviría de excusa para no multarla. Se detuvo en una señal de stop y miró hacia Myles. Por lo menos había conseguido que entreabriera los ojos.

—Sophie Malone se vio envuelta en un incidente hace un año. Seamus no estaba a cargo del caso, pero me ha proporcionado toda la información que ha podido.

—¿Qué clase de incidente?

—Un incidente extraño del que no ha quedado ninguna prueba. Seamus me ha dado el nombre de un pescador de la localidad. Hasta ahora, no he conseguido encontrarle —giró en la carretera principal para volver al pueblo—. ¿Demasiado aburrido para ti, Myles?

—Una conversación con un pescador podría suponer un cambio agradable —contestó Myles, poniéndose cómodo—. Pareces cansada, ¿quieres que conduzca yo?

—No.

Le irritó que pensara que estaba cansada, cuando, por supuesto, él era el motivo de que hubiera pasado una mala noche y, además, era evidente que estaba mucho peor que ella.

—Además, ni siquiera estoy segura de que ahora mismo tengas un carné de conducir a tu disposición.

Myles volvió a bostezar y echó el asiento hacia atrás para poder estirar las piernas. Tenía unas profundas ojeras, pero Josie continuaba encontrándolo tan duro y atractivo como siempre.

—Eres un peligro tras el volante, amor. Siempre lo has sido.

—¿Te gustaría que te montara en el primer avión que salga con destino a Londres?

—¿Y qué haría yo en Londres?

—Ir a ver a tu madre. Hace dos años que no la ves, Myles. No sabe si estás vivo o muerto.

–No, claro que lo sabe. Sabe que estoy vivo.

–¿Y cómo lo sabe, Myles? ¿Le enviaste una paloma mensajera?

Myles la ignoró. Josie continuó conduciendo sobre un puente en suspensión, después, giró hacia una carretera secundaria justo antes de llegar al centro del pueblo. Myles siempre había tenido una capacidad asombrosa para eludir cualquier tema del que no quisiera hablar.

Josie no tuvo ningún problema para aparcar en el muelle. Cuando salió del coche, sintió el azote de un fuerte golpe de viento, pero lo encontró refrescante. Habían bastado unos minutos junto a Myles para sentirse ardiendo. Cruzó la carretera sin cruzar una sola palabra o mirada con Myles. No quería pensar en él. No quería preguntarse ni de dónde había llegado, ni cuánto tiempo pensaba quedarse allí. Y, menos aún, en dónde pensaba quedarse.

–Antes de que volvieras a aparecer, estaba disfrutando de una agradable tranquilidad, Myles –musitó.

No estaba segura de que pudiera oírle, pero tampoco le importaba. Llegaron al muelle de cemento. El viento era más fuerte cerca del mar. Suspiró.

–De una vida agradable y tranquila –añadió.

Myles se puso rápidamente a su altura.

–Si hubieras querido una vida agradable y tranquila, no estarías trabajando para la Inteligencia Británica.

–En algún momento debí confundirme de cola. Pensaba que estaba apuntándome a cantar al coro de la iglesia.

Vio el resplandor de una sonrisa bajo su incipiente barba y su evidente cansancio. Myles se movía sin parecer en absoluto preocupado por el hecho de que pudieran encontrarse con francotiradores, matones, terroristas o psicópatas en aquel lugar tan tranquilo. Por supuesto, en el caso de que estuviera preocupado, se movería con idéntica despreocupación.

Josie se acercó a un viejo pescador con un típico jersey de punto irlandés, una prenda que Josie no había visto puesta desde hacía años, y le preguntó dónde podía encontrar a

Tim O'Donovan. El pescador la miró con abierto recelo y fingió no entender la pregunta.

Josie añadió entonces:

—Somos amigos de Sophie Malone.

Los recelos del pescador parecieron disminuir.

—Tim puede aparecer en cualquier momento, si Dios quiere —contestó con un marcado acento de Cork, y se dirigió hacia la carretera.

—Esperemos aquí —propuso Myles. El cielo y el agua de la bahía le daban a sus ojos una tonalidad grisácea—. Me sienta bien este aire.

Josie tomó aire.

—No esperabas estar vivo hoy, ¿verdad? —le preguntó.

—Y tampoco ayer —Myles le tendió la mano y sonrió—. ¿Quieres que contemplemos el fluir de la marea como si fuéramos un par de amantes en vacaciones?

—¡Maldito seas, Myles! —contestó Josie, deslizando el brazo alrededor del de Myles y agradeciendo su calor—. Te odio y lo sabes.

Myles le guiñó el ojo.

—Esa es mi chica.

Josie se descubrió entonces deseando que realmente fueran turistas sin ninguna preocupación que fuera más allá que visitar tiendas de encajes y meterse en un pub para comer algo. El aspecto de Myles sugería que aquellos años en clandestinidad y en constante peligro no le habían afectado, pero Josie sabía que no era así. Además, no le había pasado por alto la cicatriz que tenía bajo la oreja derecha, que no estaba allí cuando había salido hacia Afganistán.

—¿Te dijiste a ti mismo que habías muerto en ese tiroteo? —le preguntó con voz queda—. ¿Es así como funciona?

—Me concentré en el trabajo que, por la posición en la que me encontraba, solo podía llevar yo a cabo.

—En el caso de que te hubieran matado, ¿tenías algún plan para que Will pudiera enterarse de alguna manera de que no eras un traidor?

—Tanto hablar sobre mi muerte, cariño... —le sonrió–, me está haciendo preguntarme si no será peligroso estar tan cerca de aguas tan profundas contigo.

El humor era una manera de eludir sus preguntas. Myles no era un hombre dado a la introspección. Era un hombre que vivía el presente.

—Podrías habernos hecho saber...

—Era un riesgo excesivo. La gente a la que estaba persiguiendo podría habernos ganado.

—¿Y terminarán ganando, Myles?

—Los que estaba persiguiendo yo, no.

—Porque están muertos —replicó Josie bruscamente.

—Ya estás otra vez.

Pero el hecho de que no lo negara le hizo pensar a Josie que estaba en lo cierto.

—Will y Simon ahora están buscando a sus amigos y a sus socios, ¿verdad?

Myles le rozó las yemas de los dedos y dejó que fuera esa su respuesta.

Josie apenas podía respirar.

—¿Ya eres libre? ¿Ahora estás a salvo?

—No lo sé, amor —le dirigió una mirada cargada de ironía–. ¿Voy a dormir cerca de ti esta noche?

A Josie le entraron ganas de darle un empujón y tirarle al muelle, pero justo en ese momento vio a un hombre con barba, y décadas más joven que el pescador con el que acababan de hablar, caminando hacia ellos.

—Tengo entendido que me estaban buscando, ¿qué puedo hacer por ustedes?

—¿Es usted Tim O'Donovan? —preguntó Josie con una sonrisa.

Tim no sonrió en respuesta.

—Sí.

—Me llamo Josie Goodwin. Este es mi amigo Myles. Nos gustaría hablar con usted sobre una amiga suya.

—Sophie Malone. Seamus Harrigan me ha dicho que me

estaban buscando para hablar de ella. Pero Sophie está ahora en Boston.

—¿Qué pasó el año pasado, Tim? —le preguntó Myles, tuteándole directamente.

Josie esbozó una mueca ante la brusquedad de la pregunta. No tenía que haberle dejado hablar antes de ganarse la confianza del pescador. Myles nunca había sido un hombre sutil. El viento soplaba con fuerza y sintió gotas en el rostro, pero se dijo que podía ser agua del mar. Reprimió un escalofrío cuando O'Donovan cruzó sus brazos musculosos sobre el pecho. Permanecía al borde del muelle, de espaldas al agua, como si no tuviera ningún miedo de dar un traspié.

—Sophie es un alma inquieta, con una curiosidad natural y una mente inquisitiva. Si juntamos las tres cosas… —dejó caer los brazos a ambos lados de su cuerpo—. Supongo que por eso es arqueóloga y no se dedica a pescar.

Myles se apoyó entonces contra un poste. Al parecer, tampoco a él le importaba terminar en el agua.

—¿Qué fue lo que llamó la atención de esa alma inquieta, esa curiosidad natural y esa mente inquisitiva hace un año?

Tim miró con los ojos entrecerrados hacia la bocana del puerto.

—Una historia de invasores y un tesoro.

Josie apretó los dientes.

—Bueno, eso estrecha bastante las posibilidades, ¿verdad? —señaló Myles.

O'Donovan posó el pie en una gruesa cuerda atada a una barca de pescador que, presumiblemente, le pertenecía. Myles señaló con un gesto la vieja embarcación.

—Parece que ha conocido más de un temporal. ¿Llevaste a Sophie en esa barca?

—Muchas veces. Es una estudiosa muy seria y está dispuesta a cualquier cosa para llevar a cabo sus investigaciones. ¿La conocen?

Myles negó con la cabeza.

—¿Y tú? ¿Conoces bien a la doctora Malone?

O'Donovan posó entonces en ella sus ojos verde esmeralda.

—¿Qué es lo que se proponen?

—Nada —contestó Josie, y le dirigió una alegre sonrisa—. Te muestras muy protector con ella y lo comprendo. Al fin y al cabo, es una mujer sola, que está lejos de su casa...

—Sophie nació en Cork y su familia tiene una casa en Kenmare.

—Sí, ella nació en Irlanda, pero sus padres son americanos. Fue a la universidad en Boston, pero ha leído la tesis en Irlanda. Ahora ha vuelto a Boston. Uno diría que es una persona sin raíces, ¿no crees?

O'Donovan tomó aire y lo contuvo como si no quisiera contestar a la pregunta de Josie, pero sabía que no iba a poder negarse. Al final, soltó el aire que estaba conteniendo y dijo:

—Sí, desde luego.

—¿Es una mujer imprudente? —quiso saber Myles.

—Normalmente, acusamos a una persona de ser imprudente cuando las cosas le salen mal. Pero cuando salen bien, decimos de esa misma persona que es valiente.

—Uno puede ser valiente e imprudente al mismo tiempo —Josie consiguió no mirar a Myles, aunque esperaba que se diera por aludido—. Me gustaría ganarme tu confianza, Tim —continuó—. Es obvio que estás involucrado en lo que le sucedió a Sophie el año pasado, y también que te preocupa.

Myles se acercó a Sophie, aunque esta no entendió por qué.

—¿Te convenció Sophie para que la llevaras a buscar un tesoro celta? —preguntó Myles.

—No, me convenció de que la llevara a una isla que hay en la bahía para poder investigar una historia que le conté.

Josie se mordió el labio. Así era como había empezado la tragedia de Keira Sullivan tres meses atrás: con una vieja historia, con una leyenda. Keira quería escribir e ilustrar un libro sobre aquella historia, además de profundizar en su propio y complicado pasado.

–¿Encontrar ese tesoro le habría ayudado a Sophie a encontrar un buen trabajo?

O'Donovan se agachó y comenzó a desatar la cuerda de la embarcación con unas manos callosas y fuertes.

–Dice que, en realidad, es todo lo contrario. Sophie es una investigadora seria, no una buscadora de tesoros. Si de verdad hubiera creído que podía encontrar algo, habría organizado una excavación.

–¿Cuántas veces la llevaste a la isla?

–Unas cinco o seis. La última vez, descubrió una cueva y estuvo a punto de quedarse allí.

No entró en más detalles, pero Josie pudo ver su arrepentimiento en la forma en la que agarraba la cuerda, en lo mucho que le costaba pronunciar cada palabra.

–¿Qué ocurrió, Tim?

Tim sacudió la cabeza.

–¿Quién puede saber lo que ocurrió?

–¿Por qué quiso ir a esa isla en particular?

–Estaba escribiendo la tesis. Decía que explorar la isla la ayudaría a alejarse del trabajo y a aclararse la cabeza.

Tenía los músculos de los brazos visiblemente tensos. Se levantó de nuevo, con la cuerda en la mano.

–En la última excursión, me convenció para que la dejara pasar la noche en la isla. Nunca lo había hecho. Me convenció de que disfrutaría acampando allí una noche, que no le pasaría nada, y allí la dejé.

Myles avanzó varios pasos hacia el centro del muelle. Permanecía en silencio mientras observaba al pescador. Josie no se movió.

–¿Sufrió algún daño? –preguntó suavemente–. ¿La siguió alguien?

–Para eso habría que hablar con ella.

Tim tiró la cuerda a la embarcación y se movió para desatar la siguiente. El cielo se había cubierto de nubes negras y las gotas de lluvia comenzaban a transformarse en una insistente llovizna.

—Sophie podría haberse metido en una situación peligrosa, sin que por ello sea culpa suya. Ni tuya —intentó tranquilizarle Josie.

Myles miró a O'Donovan con los ojos entrecerrados, pero no se acercó a él.

—¿Te preocupa que lo que le sucedió no haya terminado?

—A lo mejor —contestó mientras se agachaba y trabajaba en un nudo—. Pero vuelvo a decir que yo no estuve con ella en la isla. Solo sé lo que me contó.

—¿Y qué es lo que te contó? —preguntó Josie.

—Dice que se encontró con un caldero lleno de objetos de oro. Pero antes de que hubiera tenido tiempo de examinarlo, comenzó a oír susurros. Al principio pensó que era yo, que al final había decidido no dejarla en la isla y había ido a buscarla.

—Pero no eras tú —intervino Myles.

Tim suspiró.

—No, no era yo. Sophie vio unas ramas manchadas de sangre, o de algo que parecía sangre, y se metió en las profundidades de la cueva. Se dio un golpe en la cabeza y perdió la conciencia. Cuando la recuperó, ya no se oía nada. Yo fui a recogerla al día siguiente, tal como habíamos acordado y tuve que buscarla por toda la isla. Para cuando la encontré, no había nada que pudiera indicar que había habido alguien allí.

Josie se estremeció.

—Es terrorífico. ¿Sophie pasó toda la noche en la cueva?

—Sí —contestó Tim muy tenso—. Ella cree que la persona que se llevó el caldero, la dejó allí pensando que había muerto.

—¿Y tú crees que se ha podido inventar esa historia? —quiso saber Myles.

—No, pero eso no significa que ocurriera tal y como ella cree.

Myles profundizó el ceño. El gris de sus ojos adquirió entonces un tono más oscuro.

–¿Estás hablando de hadas? ¿De fantasmas? ¿Qué estás sugiriendo?

–Cuando era pequeño, se decía que esa isla estaba encantada. Es posible que Sophie haya sido llevada hasta allí por fuerzas oscuras –Tim se levantó y encogió sus enormes hombros–. La isla es muy pequeña. Tardé menos de una hora en encontrar a Sophie. Estaba herida, asustada, enfadada y aterida. No se acordaba de cómo se había dado aquel golpe. Lo único que sabía era que había vivido algo que no era capaz de explicar y que se había escondido en la cueva para intentar salvar su vida. Desde entonces, ha estado intentando encontrar algún sentido a lo que ocurrió.

–¿Y tú? –Myles mantenía la mirada fija en el pescador–. ¿Volviste a la isla y robaste el caldero lleno de oro? ¿Manchaste los árboles con algo parecido a la sangre para asustarla y después hiciste desaparecer la sangre para que su historia pareciera menos creíble?

A Josie le entraron ganas de empujar a Myles al agua, pero O'Donovan no parecía ofendido.

–No.

–Le concediste suficiente credibilidad a lo que Sophie te había contado como para llamar a la policía –dijo Josie–. ¿Sabes si investigaron las embarcaciones que pasaron cerca de la isla mientras Sophie estaba allí? ¿Si había alguien que estaba al tanto de sus excursiones, o de aquella excursión en particular, o que podría haberla visto...?

–Eso habría que preguntárselo a Seamus.

–Seamus ha dicho que Sophie no sufrió ningún daño serio y que no hay ninguna prueba de que se haya cometido algún delito. Susurros ininteligibles, restos de sangre que solo ella vio y un supuesto caldero con objetos de oro que también ha desaparecido. La policía no tenía ningún indicio sobre el que investigar.

–Afortunadamente, Sophie ha sobrevivido –Tim volvió a

soltar la cuerda y se levantó. Sus movimientos eran sorprendentemente ágiles para ser un hombre tan alto–. Ni siquiera les conozco y les he contado mucho más de lo que le he contado a nadie desde aquel día. ¿La gente siempre termina contándole todo voluntariamente, Josie Goodwin?

Josie sonrió.

–No siempre de forma voluntaria.

Tim no le devolvió la sonrisa.

–Me gustaría poder aportar más información –cuando Josie comenzó a darle las gracias, la interrumpió–. Solo para evitar que puedan hacerle algún daño a Sophie.

–Haremos todo lo que esté en nuestras manos para evitarlo.

Josie no sabía por qué había incluido a Myles en su declaración, pero Tim O'Donovan asintió agradecido.

–Si puedo hacer algo para ayudar…

–Llama a Seamus si recuerdas cualquier otro dato sobre la experiencia de Sophie en la isla –contestó Josie.

Tim saltó a la barca. Al parecer, no le afectaba el empeoramiento de las condiciones meteorológicas. Myles comenzó a caminar hacia la carretera, pero Josie permaneció algunos minutos más en el muelle, observando al pescador adentrarse en la bahía y deseando no haber pasado nada por alto, aunque fuera una pregunta que hubiera podido ayudarle a refrescar la memoria.

Se reunió con Myles en el coche. Miró de nuevo hacia el puerto y vio la barca de O'Donovan enfrentándose al viento y la lluvia mientras se adentraba en el mar.

–No tengo ninguna gana de ir a una isla diminuta yo sola.

–¿Pero irías acompañada? –preguntó Myles mientras se metían en el coche.

Josie se colocó de nuevo tras el volante.

–Contigo no, Myles. Ya tengo suficiente tensión con la que me provoca que estemos los dos solos en un coche.

–Vas a seguir torturándome eternamente, ¿verdad?

–Todavía no lo he decidido.

Se quitó el abrigo mojado. No fue fácil en aquel espacio tan reducido, pero Myles no le ofreció ayuda. Seguramente temía que le diera un codazo. Y era bastante probable. Josie dobló el abrigo y lo lanzó al asiento de atrás, junto con la mochila de Myles.

—Deberías haber confiado en nosotros, Myles. En Will y en mí. O al menos en alguno de nosotros.

—No era una cuestión de confianza —repuso Myles con voz queda y sin su habitual arrogancia—. Y decíroslo a uno era decírselo al otro. Los dos estabais emocionalmente comprometidos por nuestra amistad. No podía correr riesgos.

Josie puso el coche en marcha.

—Sea como sea, el caso es que no lo hiciste. Lizzie y Keira no esperarían durante dos años a saber qué ha sido de los hombres a los que quieren.

—¿De verdad lo crees, Josie?

No, pensó. Esperarían una eternidad en el caso de que fuera necesario. Esperarían hasta estar seguras.

—¿Creías que estaba muerto?

—Todavía conservaba la esperanza de que hubieras perdido la memoria y hubieras abierto una tienda en Liverpool.

Myles soltó una carcajada tan repentina como inesperada. Al principio, a Josie le entraron ganas de parar el coche y echarle a patadas, pero al final, se descubrió riendo ella también.

—Maldito seas, Myles. Supongo que si no te hubieras ido —sacudió la cabeza, desterrando rápidamente aquel pensamiento—. No importa. Iba a decir que Will no habría encontrado a Lizzie, pero no lo creo. Creo que estaban destinados a estar juntos.

—¿Habla Josie Goodwin la romántica?

—No seas tan irónico, Myles. Soy un ser humano. Una mujer, lo creas o no. Lizzie es la mujer perfecta para Will, y supongo que tú también te has dado cuenta, ¿no?

—Sí, es cierto.

Josie sintió un golpe de viento sacudiendo el coche.

–Keira y Simon también están hechos el uno para el otro. Deberías verlos cuando están juntos. Él es absolutamente encantador, finge un acento irlandés casi perfecto y es capaz de discutir con cualquiera sobre cualquier tema, pero aun así, todo el mundo le adora –activó los limpiaparabrisas. La lluvia era cada vez más fuerte–. Volverán los dos, ¿verdad?

–Sí, estoy seguro.

–Tú siempre estás seguro. Forma parte de tu naturaleza.

–Lo que Will y Simon están a punto de hacer, necesita terminar de esta manera.

–Querrás decir «a su manera».

–Y a la tuya, Josie. No me digas que no te has quedado en Londres por alguna razón. Prefieres no tener que contestarte a ti misma un montón de preguntas sobre lo que se proponen Will y Simon –Myles se reclinó en su asiento–. Ahora vamos a ocuparnos de Sophie Malone y de su loca aventura en una isla.

–Con Will y con Simon nada es tan sencillo como parece, ¿verdad?

–¿Tan sencillo como en nuestro caso, quieres decir?

Josie se detuvo en un stop al final del muelle y le miró de reojo. Aquellos ojos grises. Las arrugas de su rostro. Los ángulos marcados. Claro que se había enamorado de él. ¿Cómo no iba a enamorarse? Pero su vida hubiera sido mucho más fácil durante aquellos dos años si no lo hubiera hecho.

Myles le acarició los labios con el dedo.

–No digas nada más, cariño. Podemos seguir discutiendo un rato más. Pero el caso es que no puedo ir a donde tú quieres que vaya.

–Eres un canalla y un reprimido.

Myles pareció aliviado.

–¿Adónde vamos ahora?

–A Dublín –contestó Josie sin vacilar–. Sophie se reunió allí con un ladrón experto en arte. Estoy empezando a elaborar una teoría.

–Crees que fue a buscar las piezas de oro desaparecidas.

–Los susurros, la sangre… Seguramente comenzó a preguntarse si Jay Augustine podría ser el responsable de lo que le ocurrió en la cueva. Por lo menos ahora no puede hacer ningún daño a nadie desde donde está.

–Pero supongo que tendría alguna ayuda –contestó Myles con voz queda.

Josie le taladró con la mirada. Un escalofrío le recorrió la espalda.

–Myles, ¿qué sabes?

–Continúa conduciendo, cariño. Nos espera un largo viaje hasta Dublín.

Capítulo 11

Bob O'Reilly se pasó la mano por el pelo mientras permanecía en el camino de entrada a la casa. Fulminó a Scoop con la mirada.

–Tú y tu arqueóloga no lleváis ni veinticuatro horas aquí y ya os habéis encontrado con un policía colgado de una viga en su habitación. Menuda bienvenida.

Scoop no podía culparle por su enfado y su frustración, pero estaba pendiente de Sophie. Había terminado de hablar con los dos detectives de homicidios, ambos conocidos de Rafferty, y esperaba a la sombra de un viejo roble, al borde del camino. Había soportado muy bien la presión durante aquellas dos horas. Él había asegurado el escenario del crimen antes de que llegara el coche patrulla. Justo después de los agentes del Departamento de Policía de Boston habían llegado también el FBI y la ATF, la agencia encargada de combatir el tráfico de armas y drogas. También habían aparecido por allí el equipo médico, los investigadores forenses y el fiscal de la oficina del distrito. Algunos vecinos comenzaban a agruparse tras la cinta amarilla.

Aquello era un desastre.

–Podría haber impedido que Sophie viniera –dijo Scoop, casi para sí mismo.

–¿Cómo? –preguntó Bob con expresión escéptica.

—Podría haberle dicho que se trataba de un asunto policial.

—Es una mujer con estudios. Habría averiguado tus intenciones y habría venido de todas formas.

—Podría haberle quitado las llaves del coche y haberlas tirado a una alcantarilla.

Bob se frotó el cuello. Parecía menos irritado y nervioso.

—Por lo menos no has dejado que viniera sola. Eso ya es algo.

—Sí, Bob, claro.

—Entonces, Scoop, ¿estabas investigando a Rafferty? Sé que has estado trabajando en algo. Que lo estabas haciendo, de hecho, antes de que estallara la bomba.

—Si hubiera tenido algo contra Rafferty, le habría arrestado y ahora no estaría muerto.

Bob llevaba muchos años trabajando como policía. Entrecerró los ojos y miró a Scoop, mostrando en ello toda su experiencia.

—Comenzaste a investigar la posible relación entre un policía local con un grupo de delincuentes antes de que Norman Estabrook se fijara en Abigail. Esos canallas que la secuestraron tenían a alguien dentro. Tú ya habías pensado en él cuando hiciste el listado de las personas que habían pasado por la casa antes de que la bomba explotara.

—En el momento en el que la bomba explotó y nos convertimos en personas directamente relacionadas con el crimen, tuve que dejar de investigar.

Bob ignoró aquella respuesta.

—¿El nombre de Cliff te había llamado la atención?

—Había muchos nombres en esa lista. No teníamos ninguna prueba.

—Ahora la tenemos.

Scoop sintió el calor del sol en su espalda desnuda. El efecto en las cicatrices era el de una llama ardiendo.

—A no ser que todo esto haya sido planeado para despistarnos.

—¿Otro policía, Scoop?

—Yo llevo todo un mes paseando por las montañas de Irlanda y Escocia, así que tú lo sabrás mejor que yo.

Sophie se volvió, muy pálida, y fijó sus brillantes ojos azules en él y en Bob. Scoop se preguntó qué parte de la conversación habría oído. A pesar de lo afectada y nerviosa que estaba por la muerte de Rafferty, había mantenido la compostura y contestado a todas las preguntas que le habían formulado. Y se había guardado cualquier posible hipótesis sobre lo ocurrido para sí, en el caso de que la tuviera.

Bob la llamó haciendo un gesto con el dedo. Algunos mechones de su roja melena caían sobre su rostro, pero no parecía notarlo. El policía le pidió:

—Cuéntame cómo has terminado aquí.

Sophie señaló hacia la puerta de la casa.

—Ya se lo he contado todo a los detectives...

—Cuéntamelo ahora a mí.

Sophie pareció pensárselo un momento y al final asintió.

—De acuerdo.

Scoop permanecía en silencio, observando y escuchando mientras ella hablaba. Era precisa y objetiva en la descripción de los acontecimientos. No le costó nada imaginársela delante de una clase, o en una excavación arqueológica. Inteligente, profesional. Pero podía sentir también sus sentimientos más profundos. Desolación, repugnancia, miedo... Y un nueva dosis si no de mentiras y engaños, sí de una información incompleta. Estaba eludiendo algo.

—¿Qué significan esos cráneos?

—Solo puedo decir lo que sé sobre el significado de los cráneos para los celtas de la Prehistoria. Ellos pensaban que la cabeza era la fuente del poder y la fuerza de una persona. Los guerreros decapitaban a sus enemigos en las batallas y colgaban las cabezas en sus cinturones y en el cuello de los caballos.

—De acuerdo. ¿Y el hecho de colgarlos en una puerta qué puede significar?

–El significado es el mismo. Los cráneos colgados en las entradas de las casas eran un símbolo de estatus. Probablemente tenían una intención mágica, ritual. El escenario que nos hemos encontrado en el piso de arriba parece ser un intento de crear un espacio sagrado, con los cráneos como frontera entre el mundo físico y el mundo espiritual.

–¿Por qué?

Sophie sacudió la cabeza.

–No sé lo que podía tener en mente la persona que colgó estos cráneos. Lo sobrenatural era una fuerza que estaba siempre presente en la vida de los celtas. Ellos apenas distinguían entre los dioses y los humanos, o entre la vida y la muerte. Los hombres podían convertirse en dioses y los dioses en hombres.

Bob se rascó la comisura de los labios durante unos segundos, como si estuviera asimilando la explicación de Sophie.

–¿Y la pistola desmontada?

–El arma de un guerrero destrozada.

–De un oficial de policía –la corrigió Scoop.

Sophie desvió la mirada hacia él y vio la tensión en sus ojos, pero se volvió de nuevo hacia Bob y continuó concentrada en la conversación.

–Dejar las piezas de la pistola en un caldero podría ser la forma simbólica de representar la apropiación del poder de su propietario.

–Todavía no sabemos si Cliff ha sido asesinado –repuso Bob–. Estaba jubilado, no tenía ningún poder.

–Tenía una pistola. Y décadas de experiencia como policía. Además, trabajaba como guardia de seguridad para una gente muy rica.

–Sí, supongo que eso ya es más que suficiente. ¿Y las cuentas de cristal?

–Aparecen a menudo en las tumbas celtas, y también los torques. Un torque roto puede representar a un guerrero vencido. Y esa es también una forma de muerte –tomó aire y miró hacia la calle, como si necesitara ver algo normal–. Los ahorcamientos y los estrangulamientos se utilizaban en los rituales en los que se ofrecían sacrificios humanos.

Bob miró a Scoop y se volvió de nuevo hacia Sophie.

–Genial –dijo sin ningún entusiasmo.

–No soy experta en restos humanos, pero se han encontrado cadáveres prácticamente intactos en algunas ciénagas europeas. Su condición anaeróbica preserva la materia orgánica. Y como los celtas a menudo realizaban ofrendas votivas en lugares húmedos, tengo colegas especializados en arqueología de los humedales.

–¿Así que las marismas eran la opción natural para conservar un cadáver? –Bob esbozó una mueca–. ¿Y tú has examinado víctimas asesinadas hace más de dos mil años?

Sophie esbozó una pequeña sonrisa.

–Yo personalmente, no. Ahora sabemos que nunca hubo una cultura celta paneuropea, con un gobierno central. Los celtas eran un conjunto de tribus enfrentadas que compartían una cultura y una lengua. Tenemos un conocimiento muy limitado de las prácticas que he descrito. Los celtas no nos dejaron testimonios escritos. La suya era una tradición oral.

–¿Cómo te las arreglas entonces para investigarlos?

–Estudio los restos arqueológicos y las descripciones de escritores contemporáneos de los celtas.

–¿Los romanos?

Sophie asintió.

–Irlanda nunca fue conquistada por Roma, pero los celtas del continente y de Gran Bretaña, sí. Evidentemente, eran enemigos, lo cual, indudablemente, sesga la percepción que los romanos tenían de los celtas. También contamos con una recopilación de relatos que recogen la épica celta transcritos por monjes irlandeses de la Edad Media. Son una fuente importante, pero, por supuesto, en ella se mezclan la fantasía, la mitología y la leyenda.

–Y, probablemente, también un montón de mentiras. Sí,

ya lo entiendo –dijo Bob–. Uno de los técnicos del laboratorio forense practica la religión pagana. Y es la persona más amable y feliz que uno puede llegar a conocer.

–Lo que acabamos de ver no tiene nada que ver con los paganos actuales o con las religiones celtas modernas.

Bob asintió.

–Sí, lo comprendo.

–¿Puedo marcharme ya? –preguntó Sophie.

–Sí, puedes marcharte. Te localizaremos si tenemos que hacer más preguntas.

Sophie miró a Scoop y se dirigió después hacia el coche.

–Diablos, Scoop –musitó Bob–. Qué escena tan espeluznante. ¿Cómo se te ha ocurrido subir con ella?

–Lo último que pensaba era que iba a encontrarme a Rafferty muerto.

Justo en el momento en el que Sophie alcanzó la acera, se detuvo un coche haciendo chirriar los frenos. Frank Acosta, detective experto en robos y antiguo compañero de Rafferty, salió del coche, pasó por debajo de la cinta amarilla que delimitaba el escenario del crimen y se colocó ante ella, bloqueándole el paso hacia el coche de su hermana.

–Imaginaba que aparecería –musitó Bob.

Acosta, un hombre cercano a los cuarenta años, era uno de los detectives más atractivos del departamento, con aquel pelo negro, los ojos negros y lo que Abigail, que en otros aspectos era una mujer sensata, describía como una sonrisa canalla y sexy. En realidad, ella nunca había tenido ningún interés en Acosta, les había asegurado a Bob y a Scoop. Sencillamente, le estaba describiendo.

Aquello había ocurrido la primavera pasada, cuando Frank Acosta había sido llamado por asuntos internos a causa de las indiscreciones que había cometido en el terreno sexual. Se había acercado peligrosamente a la línea, pero no la había cruzado y había sido advertido para que cambiara de actitud. Aun así, no tenía una especial simpatía por asuntos internos.

El hecho de situarse entre Sophie y el coche fue completamente intencionado.

–¿Usted es la arqueóloga que ha encontrado a Cliff? –preguntó con precipitación–. ¿Qué ha pasado? Le vi ayer por la tarde. Estuvimos tomando un café y estaba perfectamente.

–Espera un momento, Frank –le gritó Bob.

Acosta fingió no oírle.

–Y de pronto, aparece usted y ahora está muerto.

–Le he visto esta mañana –respondió Sophie con voz queda–, y también estaba bien. Lo siento mucho. Entiendo que era…

–Trabajamos juntos durante dos años. Le conozco desde que era un novato.

Miró hacia la casa de Rafferty con odio, como si, de alguna manera, aquel edificio le hubiera traicionado. Tenía un gesto adusto, como si estuviera disimulando su tristeza con agresividad y enfado.

–Tengo entendido que acaba de llegar de Irlanda. Y que es experta en arte celta de la Edad de Hierro.

–Y es cierto.

–¿Puede diferenciar un objeto auténtico de una falsificación?

Scoop reprimió la necesidad que tenía de intervenir. Acosta estaba intentando desenmascarar a Sophie pillándola desprevenida.

–Eso depende –contestó con voz fría y controlada, más propia de una investigadora hablando de su trabajo que de alguien que acababa de ver a una persona muerta de forma violenta–. ¿De qué clase de objeto estamos hablando?

–No lo sé. De un hipotético objeto celta.

–«Celta» es un término muy general. Ni siquiera los expertos se ponen de acuerdo sobre su significado. Puede describir desde un broche de la Edad de Hierro encontrado en Francia hasta un cáliz cristiano de la Edad Media de Irlanda, o un chal comprado en una tienda de regalos de Harvard Square.

Era justo la clase de respuesta que Acosta consideraría pedante y retadora. Inhaló profundamente y Scoop se descubrió a sí mismo acercándose a Sophie. Bob permaneció en un segundo plano, observando sin perder detalle.

Acosta no aflojó la presión.

—Digamos que estamos hablando de un hipotético objeto de la Edad de Hierro. ¿Podría decir si es auténtico?

—Eso depende —respondió Sophie—. Por supuesto, puedo reconocer un auténtico diseño celta, pero tratándose de piezas de origen desconocido, puede ser muy difícil datarlas con certeza. Cuando un objeto arqueológico no se encuentra en su emplazamiento original, es más problemático determinar su época, saber si fue realizado cientos de años atrás o hace solo unos meses.

—Ocurre lo mismo con nuestro trabajo —comentó Acosta, menos combativo.

Bob le quitó el envoltorio a un chicle.

—¿A qué viene todo esto, Frank?

Acosta mantuvo la mirada fija en Sophie mientras contestaba:

—Descubrimos un inventario desaparecido en la sala de exposiciones de Augustine. Ya sabes que Cliff estuvo ocupándose de la seguridad de esa sala hasta que se jubiló hace tres meses. Llevamos allí a un muchacho que estuvo trabajando a tiempo parcial en la sala antes de que Augustine fuera detenido. Nos dijo que había visto piezas de oro de origen celta en un sótano con la temperatura controlada.

—¿Y cómo sabía que esas piezas eran celtas? —preguntó Sophie.

Acosta hizo un movimiento en espiral con el dedo.

—Por las espirales.

Sophie asintió.

—Los motivos curvilíneos son una rúbrica habitual en los diseños celtas: espirales, círculos, nudos, zarcillos… Establecen un juego entre la simetría y la asimetría. ¿Tiene fotografías de esas piezas? ¿Alguna descripción más específica, información sobre su procedencia...?

–Lo único que tengo es lo que dijo el chico. No estaban convenientemente registradas. Las vio a finales de mayo, mucho antes de que nadie supiera que Augustine era algo más que un reputado tratante de arte. No volvió a pensar en ellas hasta que entramos en el sótano con él. Charlotte Augustine dice que ella nunca las vio y que no sabe nada al respecto.

Sophie continuaba pálida y visiblemente afectada por todo lo ocurrido, pero había dejado de temblar.

–¿Ese chico sabe cuándo llegaron esas piezas a manos de Augustine?

–No lo sé. Sin embargo, es curioso. Primero, ese muchacho hace constar la existencia de un inventario perdido y ahora aparece usted aquí, una experta en arqueología celta recién llegada de Irlanda –Acosta señaló hacia el segundo piso de la casa–. Y acaban de matar a Cliff.

Sophie se le quedó mirando fijamente, como si estuviera pensando cómo debería responderle, y se volvió hacia Bob.

–¿Todavía puedo marcharme?

–Espere un momento –le pidió Acosta, evidentemente preparado para intervenir si Bob interrumpía su interrogatorio–. ¿Cómo podemos saber que usted no es una coleccionista capaz de hacer cualquier cosa para conseguir determinados objetos? ¿Cómo sabemos que no representa a un coleccionista, a alguien que está buscando un objeto muy determinado y a quien no le detienen las minucias legales?

Sophie inclinó la cabeza.

–¿Me lo está preguntando a mí?

Acosta continuó como si no la hubiera oído.

–¿Cómo podemos saber que no ha venido aquí esta mañana, ha matado a Cliff y ha montado después todo este escenario?

–Ya les he entregado a los detectives el papel que me dio él mismo esta mañana con la dirección de su casa.

—Cliff podría haberle entregado ese papel ayer por la noche cuando se pasó por casa de Carlisle. Sí, ya veo que la he sorprendido. Cliff me envió un correo electrónico justo después de hablar con usted.

Acosta se cruzó de brazos. Continuaba interponiéndose entre Sophie y su coche. Parecía muy enfadado.

—¿Cómo podríamos saber que nuestros hipotéticos objetos de la Edad de Hierro eran auténticos y no una imitación que uno puede adquirir en una tienda de regalos?

—Como ya le he dicho, hay diferentes maneras de hacerlo.

—¿Podría hacerlo una experta como usted?

—Ya le he dicho que no, no soy ni coleccionista ni tratante de arte.

—¿Alguna vez ha aconsejado a algún coleccionista?

Sophie negó con la cabeza.

—No.

—¿A algún amigo?

—No.

—Alguien dedicado a la compra venta de objetos robados u obtenidos de forma ilegal tendría que saber qué está buscando exactamente, el valor que tiene una pieza y a quién venderla. ¿Los objetos de la Edad de Hierro Celta suelen tener una gran demanda?

—En el caso de que fueran considerados patrimonio nacional, no sería…

—Olvide esa parte.

—No puedo darle una respuesta definitiva. No soy experta en esa área.

Acosta no estaba dispuesto a renunciar y Bob, un policía veterano, no estaba dispuesto a interrumpirle. Tampoco Sophie, que podría haber seguido avanzando hasta su coche. Scoop no estaba seguro de por qué no lo hacía. Sospechaba que tenía que ver con la información que estaba ocultando.

Con los ojos fijos en ella, Acosta continuó el interrogatorio.

–¿Extrajo algún objeto de una excavación con intención de sacar algún provecho y después se asustó cuando Augustine demostró ser un asesino?

–¡No, claro que no! –respondió Sophie.

–¿Ha venido hasta aquí para borrar su rastro e impedir que Cliff pudiera descubrirla?

–He venido aquí porque él me ha invitado a hacerlo esta mañana.

–Percy Carlisle hizo negocios con los Augustine. Su esposa trabajaba hasta hace muy poco en una casa de subastas neoyorquina. Ambos saben la manera de evitar que les relacionen con la compra de objetos robados, falsificaciones y objetos que no están legalmente en el mercado –Acosta se interrumpió para mirar a Sophie, que no parecía dejarse amilanar por su actitud agresiva–. ¿Hasta qué punto conoce a los Carlisle?

–No muy bien –contestó–. Ahora tengo que irme. Siento que haya perdido a un compañero, detective.

Scoop intentó descifrar el lenguaje de su cuerpo, el significado de su contención, de la fuerza con la que apretaba la barbilla, de la tensión de los hombros. Buscaba cualquier clave que pudiera ayudarle a comprender lo que estaba pensando. Sophie parecía no ser consciente de aquel escrutinio. Toda su atención estaba pendiente de Frank Acosta. Como este no respondió, le rodeó para ir hasta su coche. Acosta no la detuvo.

Scoop pasó también por delante de Acosta y llegó a Sophie justo en el momento en el que estaba abriendo la puerta del coche.

–Yo no te he mentido –se defendió Sophie.

–Pero no me lo has contado todo. ¿Adónde vas?

–Tengo que ir a las oficinas del congreso Boston-Cork. Están en…

–Ya sé dónde están. Hablaré contigo más tarde. Concéntrate en tu trabajo, y deja que nos ocupemos nosotros de Rafferty.

–Eso es lo que pretendo hacer –contestó mientras se sentaba tras el volante.

En cuestión de segundos, había desaparecido y Acosta se acercó a Scoop.

–Esa mujer es un problema. No ha vuelto a Boston solo para investigar. Se propone algo, no lo olvides.

–Siento mucho lo de Cliff –dijo Scoop–. Sabía que erais amigos.

–Ahórrate las palabras, Wisdom. Eres el mayor hijo de perra del departamento. Si Cliff hubiera hecho algo malo, le habrías colgado tú mismo.

Capítulo 12

Sophie se sobresaltó al oír el sonido de una sirena. Y volvió a asustarse cuando oyó ladrar a un perro en el momento en el que estaba metiendo las monedas en el parquímetro, a media manzana de la casa de los Carlisle. Tenía los dedos fríos a pesar de que la temperatura rondaba los veintitrés grados, pero sabía que era por culpa de los nervios. Descartó la idea de acercarse a ver a Helen Carlisle. La policía estaba allí. No tenía por qué arriesgarse a que continuaran haciéndole preguntas sobre su conducta. De modo que decidió dirigirse directamente a las oficinas en las que se estaba organizando el congreso, situadas también en la bahía Back, a solo unas manzanas de allí.

Mientras caminaba por la concurrida calle, miró el iPhone y vio que Tim O'Donovan había intentado localizarla. Le devolvió la llamada. Antes de que Sophie hubiera podido saludarle, Tim le advirtió:

—Han venido a verme dos policías británicos que han estado preguntándome por lo que ocurrió hace un año. ¿Qué ha pasado, Sophie?

—Escóndete, Tim.

—A mí no me gusta esconderme.

Sophie era consciente del rugido de los motores de los coches en aquella calle tan transitada, de las puertas de los coches al cerrarse, de una joven, seguramente estudiante, que paseaba a cuatro perros al tiempo que patinaba… Era un maravilloso día de principios de otoño. Se fijó en las tonalidades rojizas y anaranjadas de las hojas de un arce, al tiempo que luchaba por borrar de su mente las imágenes del apartamento de Cliff Rafferty, de su cuerpo colgando de una viga, de los ojos oscuros de Scoop mientras se volvía hacia ella.

Tim interrumpió el curso de sus pensamientos.

—¿Sophie? ¿Qué ocurre?

—Tú me viste con Percy Carlisle la otra noche, ¿verdad?

—No le conozco personalmente, pero sé a quién te refieres.

—Me dijo que había contratado a un policía retirado, Cliff Rafferty, como una especie de guardia de seguridad o consejero, no estoy segura de cómo se podría describir exactamente su trabajo.

—¿Le ha despedido?

—No, no es eso. Te he enviado una fotografía de Rafferty por correo electrónico. Quiero que me digas si le has visto antes, si estuvo en la isla preguntando por mí o si le has visto en el muelle o en el pueblo alguna vez.

—¿El año pasado, quieres decir?

—En cualquier momento y en cualquier parte.

—Sophie, ¿qué ha pasado?

Sophie se apartó para ceder el paso a tres hombres trajeados que no parecieron fijarse siquiera en ella. Esperaba que eso significara que no tenía el aspecto de acabar de salir del escenario de un crimen. No parecía temblorosa, ni afectada ni preocupada por lo que el detective Acosta le había dicho sobre los objetos desaparecidos.

Con toda la objetividad de la que fue capaz, le contó a Tim lo que había ocurrido con Rafferty.

—No creo que se haya suicidado. Y creo que la policía tampoco lo cree. Pero en este momento no tenemos forma de saber si esa muerte está relacionada con lo que me ocurrió a mí.

—No, Sophie, a mí no intentes engañarme. Crees que la

muerte de ese policía está directamente relacionada con lo que te pasó a ti en la isla.

Sophie sabía que era absurdo discutir con él.

—¿Los dos agentes que fueron a verte son amigos de Will Davenport? Cuando estuve con Colm Dermott la semana pasada, me dijo que lord Davenport le había ayudado a investigar lo que le había ocurrido a Keira Sullivan en Beara. Por lo visto, él jugó un papel importante en la detención de Jay Augustine.

—Iré a tomar una cerveza con un amigo que es policía irlandés y veré si tiene alguna información.

Will Davenport tenía una relación sentimental con Lizzie Rush, que había sido la que había alertado a su primo Jeremiah de que Sophie se dirigía hacia Boston.

—Ten cuidado, ¿de acuerdo?

—Esto sí que tiene gracia. Sophie Malone diciéndome que tenga cuidado.

Sophie apreciaba su buen humor, pero todavía le temblaban las manos.

—No quiero que sufras por algo con lo que no tienes nada que ver.

—Tengo mucho que ver con lo que te ocurrió en esa isla —contestó él muy serio—. Te dejé allí sola.

—No tiene sentido seguir dándole vueltas al pasado.

—Confío en ti, Sophie, pero si estás ocultando algo, creo que este es el momento de contarlo.

—Creo que podría tener alguna multa por exceso de velocidad. Pero me temo que la policía irlandesa no suele poner ese tipo de multas.

Tim suspiró.

—Sophie…

Sophie llegó en aquel momento al edificio en el que estaban las oficinas del congreso, una casa unifamiliar cubierta de hiedra.

—Ahora me tocaba a mí poner una nota de humor a un día tan lúgubre.

–En ese caso, ve a tomarte una Guinness.

–Voy a dejarme caer por las oficinas del congreso sobre folclore irlandés.

–Pregúntales si necesitan un músico pescador. Dios mío, Sophie, ¡menudo día! Procura que no te pase nada. Ese policía ha desaparecido para siempre.

–Sí, me temo que esa era la intención.

–¿Tu familia sabe algo de todo esto?

–No, Tim, no saben nada. Y prefiero que continúen sin saberlo.

–Sí, yo también –contestó Tim mientras colgaba el teléfono.

Sophie subió los escalones de la entrada hasta llegar a una puerta de roble y se presentó a través del telefonillo. La puerta se abrió con un zumbido. Sophie accedió al interior, subió los dos tramos de escaleras que ascendían hasta el tercer piso y se presentó ante una mujer corpulenta, de mediana edad, que se levantó de detrás de un escritorio de cristal.

–Es un placer conocerte, Sophie. Yo soy Eileen Sullivan, la madre de Keira –tenía los ojos azules de su hija y el mismo pelo rubio. Lo llevaba muy corto y vestía ropa sencilla y suelta–. Acabo de hablar con mi hermano Bob.

–En ese caso, ya sabes…

–Sí, me ha contado lo que ha ocurrido esta mañana. Ha tenido que ser una impresión muy fuerte para ti. ¿Puedo ofrecerte algo?

Sophie negó con la cabeza.

–Solo quería presentarme.

–Ahora mismo estoy yo sola aquí. Colm está en Irlanda, pero supongo que eso ya lo sabes. Estamos encantados de que vayas a organizar una de las mesas del congreso –Eileen frunció el ceño y la miró con obvia preocupación–. ¿Qué te parece si te ofrezco una taza de té y algo de comer?

Había tenido que esperar durante tanto tiempo a los detectives y habían sido tan largos los interrogatorios que ya hacía mucho que había pasado la hora del almuerzo, pero

Sophie no tenía hambre. Pensar en comida le provocaba náuseas.

—Por lo menos un té –le ofreció Eileen.

Sophie cedió con una sonrisa.

—Me encantaría.

Eileen salió al pasillo y Sophie se sentó entonces en un mullido sofá, al lado de una mesa llena de libros sobre Irlanda. Había un póster anunciando el próximo congreso. Era evidente que Keira Sullivan era la autora de la acuarela en la que aparecía una cabaña irlandesa, un prado en el que pastaban las ovejas y un círculo de piedras de fondo. Estaba bellamente elaborado, era un paisaje alegre y atrayente.

Sophie tomó un libro de fotografías sobre Irlanda y buscó una de Kenmare. Intentó imaginarse allí, recorriendo sus bonitas calles sin tener mayor preocupación que el restaurante en el que iba a cenar.

Como si su vida no se hubiera visto ya suficientemente alterada, justo en ese momento recibió un mensaje de su hermano: *¿todo en calma por Boston?*

¿Qué podía contestar? «¿Querido Damian, acabo de encontrar un policía muerto?».

Al final, le escribió: *Te llamaré más tarde*.

Ya se enteraría su hermano de lo ocurrido esa misma mañana. No quería ser ella la que se lo contara.

Eileen Sullivan regresó con una taza y una tetera en una bandeja.

—No sé si lo tomas con leche y azúcar, pero puedo ir a buscarlo.

—Así está bien, gracias.

Eileen sonrió mientras dejaba la bandeja en la mesita.

—Supongo que te entran ganas de regresar a Irlanda en el próximo avión que salga hacia allí.

—Desde luego –contestó Sophie con sinceridad.

Pensó en Scoop y en la intensidad de su mirada cuando se había dado cuenta de que estaban acercándose a una situación potencialmente peligrosa. Regresar a Irlanda significaría dejarle solo, y no quería hacer eso. El hecho de haber encontrado a Cliff Rafferty juntos había forjado un vínculo entre ellos, aunque no pudiera explicar por qué. Además, eso solo serviría para que aumentaran las sospechas sobre ella. Le sonrió a Eileen,

–Gracias por el té. Yo también estoy encantada de poder participar en el congreso.

–Todo el mundo está deseando oír lo que tienes que contarnos. Sé muy poco sobre arte precristiano en Irlanda, pero me fascina la forma en la que la iglesia incorporó las tradiciones paganas –Eileen permanecía de pie, y continuaba muy preocupada–. Estás pálida, y tienes motivos para ello. Tú no eres policía, no estás acostumbrada a encontrarte con cosas como la que has visto esta mañana. ¿Quieres que llame a alguien? ¿Tienes algún amigo en Boston?

Sophie se sirvió una taza de humeante té.

–Ahora mismo lo único que quiero es intentar recuperarme. Y el té me ayudará –en cuanto rodeó la taza con sus dedos tensos, advirtió que era té irlandés–. Gracias.

No muy convencida, Eileen regresó tras su escritorio. Sophie sabía que aquella mujer había dejado toda la vida que conocía tras ella para convertirse en una asceta. Se había retirado a vivir a una cabaña que ella misma había construido en lo más profundo de los bosques de New Hampshire. Jay Augustine había estado a punto de matarlas a ella y a su hija. No contaba con que las dos serían capaces de defenderse contra él.

Eileen fijó su mirada en Sophie durante unos instantes.

–Sé que estás preocupada –le dijo en tono comprensivo–. Estás intentando encontrar algún sentido a la muerte de Cliff. Seguro que Bob te diría que dejaras la investigación en manos de los detectives, como si eso sirviera de algo.

Sophie consiguió esbozar una sonrisa.

–Es exactamente lo que me ha dicho –bebió un sorbo de té–. ¿Conocías a Cliff Rafferty?

–Sí, sí le conocía. Comenzó a trabajar en el departamento de policía un año o dos después que mi hermano. Yo todavía estaba viviendo aquí. Keira era un bebé, así que de eso han pasado ya muchos años. No es que tuviéramos mucha relación… Este verano coincidí con él antes de que se jubilara. Su muerte…

Eileen fijó la mirada en el cartel del congreso, como si quisiera encontrar consuelo en aquel paisaje, al igual que había hecho la propia Sophie.

—Yo esperaba que hubiera acabado para siempre esta oleada de violencia.

Eileen Sullivan parecía una mujer abierta e interesada por lo ocurrido. Estaba afectada por su encuentro con un asesino en serie, pero no había dejado que eso marcara su vida.

Sophie se obligó a seguir bebiendo más té, pero sentía un miedo afilado que no la había abandonado desde que había visto los cráneos en la puerta del apartamento de Rafferty. Su encuentro con el detective Acosta solo había servido para cristalizar lo que ya estaba esperando. ¿Podría haber sido la experiencia que había sufrido en la cueva el año anterior la que había levantado la ola de violencia de los últimos tres meses?

¿Habría sido el motivo de que Cliff Rafferty hubiera muerto aquel día?

Estando Jay Augustine en prisión y Norman Estabrook muerto, ¿quién habría sido capaz de crear un escenario tan siniestro en el apartamento de Rafferty?

¿Quién podía haberle matado?

Sophie no podía creer que se hubiera suicidado.

Intentó seguir bebiendo té. Todavía le dolía la cabeza por los efectos del cambio de horario y por la subida de la adrenalina.

—No sé si estás al tanto de que Percy Carlisle y su esposa habían contratado al detective Rafferty para que les ayudara con la seguridad —alzó la mirada de la taza—. ¿Conoces a los Carlisle?

–Solo de oídas –contestó Eileen–. No van a participar en el congreso, si es eso lo que estás preguntando. ¿Los conoces?

–Conozco un poco a Percy. Cuando estaba estudiando en Boston, hice alguna investigación en el Carlisle Museum. Ayer por la noche conocí a Helen Carlisle.

–Estás temblando –constató Eileen Sullivan con voz queda mientras se levantaba.

–A lo mejor debería comer algo –Sophie intentó ignorar el dolor de cabeza y una oleada de náuseas–. Me gustaría saber algo más sobre cómo se está organizando el congreso. Colm es imparable, ¿verdad?

–Y también incansable. Sophie…

Sophie se levantó mareada y completamente desmadejada.

–Creo que iré a comer algo antes de que termine cayéndome redonda. ¿Podremos vernos en otro momento?

Eileen pareció comprender que Sophie necesitaba salir de allí.

–Por supuesto, cuando tú quieras.

–Gracias. Ha sido un placer conocerte.

Sophie salió precipitadamente de la oficina, bajó los dos pisos saltando los escalones de dos en dos y salió a una tarde radiante. No había vomitado cuando habían encontrado a Cliff Rafferty, ni tampoco delante de Scoop y de la media docena de detectives y policía que habían entrado en escena. Pero en aquel momento sentía el estómago completamente revuelto.

Se detuvo en la acera, a la sombra, posó las manos en las rodillas y tomó aire, intentando relajarse. Sabía que tenía que comer algo si no quería desmayarse. Se irguió, procurando controlar la velocidad de sus movimientos, y se encontró de pronto frente a Scoop, que estaba a menos de un metro de ella. Sophie no le había oído. Y apenas había visto una sombra.

–¿Necesitas oler sales? –le preguntó.

—Ya no. Tú ya has sido un revulsivo suficiente.

—De acuerdo.

Scoop no parecía particularmente preocupado por el hecho de que pudiera desmayarse. Llevaba un sándwich envuelto en la mano y le tendió la mitad.

Afortunadamente, el olor del queso no terminó de revolverle el estómago.

—Gracias —pero no lo probó—. Te he dejado tirado, ¿cómo has llegado hasta aquí?

—Me ha traído otro detective. Y puedes alegrarte de que te hayamos encontrado cuando estabas intentando evitar un desmayo. Te aseguro que no es alguien con quien quisieras encontrarte en un mal día.

—No estaba intentando evitar un desmayo.

—¿Estabas buscando algo en el suelo?

—¿Sabes? Es muy posible que me sienta vulnerable después de todo lo que ha pasado. Para mí ha sido un gran impacto. Estaba intentando recuperarme. Además, mi cuerpo continúa acostumbrado al horario irlandés.

—Tienes hambre —Scoop la señaló con la mitad de su sándwich—. Come. Te sentirás mejor.

—Tengo el coche al final de la calle.

—Enfrente de la casa de los Carlisle —añadió él.

Sophie mordió un pedacito de sándwich. El pan estaba muy blando, el queso muy suave. No había olvidado que Scoop era policía. Era lógico que hubiera ido tras ella. Incluso en el caso de que no hubiera imaginado quién era exactamente cuando le había encontrado en las ruinas de la península de Beara, le habría bastado verle para saber que era policía.

—Apuesto a que casi nunca te han encargado trabajos como policía secreta —le dijo—. Se nota a la legua que eres policía.

Scoop le sonrió.

—A lo mejor eso es algo que varía de vez en cuando. Vamos. Te acompaño al coche.

Mientras caminaban por la acera, Sophie vio a una mujer caminando hacia ellos a paso rápido. No tardó en darse cuenta de que era Helen Carlisle. Llevaba el mismo jersey rojo que la noche anterior, en aquella ocasión, con unos vaqueros y unas botas negras de aspecto caro, pero que parecían perfectas para caminar por una ciudad como Boston.

—La policía acaba de marcharse —les dijo, sin molestarse en saludar—. He pasado la mayor parte de la mañana sola en el museo. No necesitaba a Cliff. Él no es… no era mi guardaespaldas. Su trabajo consistía en vigilar nuestros sistemas de seguridad, en hacernos recomendaciones y en cuidar la casa, sobre todo cuando Percy y yo estamos fuera. No nos seguía a todas partes.

—Señora Carlisle, lo siento —comenzó a decir Sophie.

—Helen, por favor. Por el amor de Dios, vas a hacer que me sienta vieja. Y no soy mucho mayor que tú —sonrió, intentando quitar hierro a sus palabras. Pero, al mismo tiempo, era evidente que estaba al borde del pánico—. Pensaba regresar al museo, pero os he visto y le he pedido al taxi que me dejara aquí. La policía me ha dicho que habéis sido vosotros los que habéis encontrado a Cliff.

Scoop hizo una bola con el papel de su sándwich y la tiró a la papelera.

—Puedo conseguirte otro taxi —le ofreció Scoop, tuteándola también.

—He cambiado de opinión. Ya no quiero ir al museo. Creo que volveré a mi casa. Supongo que no sé qué hacer después de esta tragedia. Vais hacia allí, ¿verdad?

—He aparcado justo delante de tu casa —contestó Sophie.

Había dado unos cuantos bocados al sándwich y se sentía más fuerte. Miró a Scoop.

—Si tienes que ir a alguna parte…

—No te preocupes. Estoy donde tengo que estar.

Continuaron caminando hacia la casa de los Carlisle. Helen lo hacía con los brazos cruzados en el pecho, como si estuviera intentando dominar sus sentimientos. Sophie imaginaba lo que estaba sintiendo: las dudas, los arrepentimientos, los miedos. ¿Podría haber hecho algo para evitar la muerte de Cliff Rafferty?

–¿Has hablado con Percy? –le preguntó a Helen–. ¿Sabe lo que ha pasado?

Helen negó con la cabeza.

–No he sabido nada de él. La policía quiere hablar con Percy, algo que por supuesto comprendo. Al fin y al cabo, Cliff trabajaba para nosotros –le dirigió a Scoop una mirada fugaz y miró de nuevo hacia delante al llegar a un cruce–. Tendrán que mantener todas las posibilidades abiertas, incluyendo la de que pueda ser un homicidio. Pero todo apunta a que ha sido un suicidio, ¿verdad?

–Tenemos que ir paso a paso.

–Cliff estaba preocupado, pero no tanto como para que pudiera parecerme alarmante. Tampoco le conocía tan bien. Imaginaba que estaba acostumbrándose a la jubilación. A lo mejor no le sentó bien estar jubilado.

Cruzaron la calle y continuaron avanzando frente a las elegantes casas de la bahía. Scoop al borde de la acera, Sophie entre Helen y él.

–¿Cliff se quedó anoche en tu casa? –preguntó Scoop.

Helen negó con la cabeza.

–Tiene una habitación en nuestra casa, pero se fue a dormir a la suya. Como ya he dicho, no es mi guardaespaldas. Estaba trabajando en la renovación de todos nuestros sistemas de seguridad: alarmas, ordenadores, finanzas… Percy ha sido muy dejado en ese aspecto. No podía imaginar que nadie pudiera hacerle ningún daño.

–No sabía que Cliff fuera un experto en seguridad –comentó Scoop–. ¿No tienes miedo de quedarte sola en esa casa?

–Por supuesto que no. Solo llevo casada unos cuantos meses. He trabajado durante toda mi vida y estoy acostumbrada a estar sola –bajó los brazos, el jersey rojo se mecía bajo la ligera y agradable brisa otoñal–. A Percy le caía muy bien Cliff. Decía que Cliff no parecía tener idea de qué hacer cuando se retirara. Creo que Percy apreciaba tanto el hecho de que fuera un hombre que había dedicado su vida a los demás como su capacidad de mejorar nuestro sistema de seguridad. Estaba bastante afectado después de la detención de Jay Augustine, pero no quería reaccionar de forma exagerada. Contratar a Cliff le pareció una solución adecuada.

—¿Tienes amigos en Boston? —le preguntó Sophie.

—Algunos —contestó Helen.

Continuó en silencio mientras cruzaban otra calle y se acercaban a su casa. Se detuvo ante la verja de hierro.

—No era consciente de lo mucho que echaría de menos a Percy. Comprendo que necesite su espacio. Es un hombre brillante, ¿sabes? Y más tranquilo y cerebral que su padre. En realidad, creo que Percy estaba eclipsado por él. ¿Conociste al padre de Percy, Sophie?

—Estuve con él en alguna ocasión.

Helen parecía distraía, agotada. Señaló hacia la mansión.

—Esta casa es como un museo dedicado a él. Creo que una de las razones por las que me casé con Percy fue para poder recorrer la casa de arriba abajo e intentar que la hiciera suya, aunque al final podríamos terminar vendiéndola. Todavía no ha superado la muerte de su padre. Ya han pasado tres años, pero cada persona es diferente.

—¿Estás preocupada por él? —preguntó Sophie.

—¿No lo estarías tú? —Helen se interrumpió.

La tensión que había dejado en ella lo ocurrido aquel día era evidente. La palidez de su piel destacaba contra su pelo oscuro y el rojo intenso del jersey.

—No sé qué efecto tendrá la muerte de Cliff en Percy —añadió.

—¿Te preocupa la seguridad de tu marido? —preguntó Scoop.

Helen pareció sorprendida por aquella pregunta.

—No, ¿debería?

Scoop se encogió de hombros.

Helen cambió de tema.

–¿No queréis pasar a tomar algo?

–Me encantaría –contestó Sophie antes de que Scoop pudiera responder. Se volvió hacia él–. No dejes que te entretengamos.

–No te preocupes por mí –contestó Scoop.

La miró a los ojos durante solo un instante más de lo que habría sido necesario, el tiempo suficiente como para comunicarle su falta de entusiasmo ante su decisión de aceptar la invitación de Helen.

Cruzaron el camino de ladrillos bordeado de setos perfectamente recortados y se desviaron para acceder a la casa a través de una entrada lateral. Helen sacó una llave del bolsillo.

–No me gusta nada ir cargada de llaves, pero probablemente debería. Siempre termino perdiéndolas –comentó animada. Comenzó a abrir la puerta, y vaciló ligeramente mientras añadía–. Cliff siempre hacía bromas al respecto.

Los condujo por un pasillo de suelo de parqué cubierto por una espesa alfombra persa. Las paredes blancas del pasillo estaban decoradas con grabados botánicos de flores silvestres de New England: ásteres, liliáceas, orquídeas… Pasaron desde allí a una fría cocina con armarios de un blanco inmaculado y mostradores de granito negro.

Helen dejó la llave sobre una mesa redonda en la que descansaba un enorme jarrón con flores frescas y suspiró.

–Es horrible, ¿verdad? Me refiero a esta casa. Es terriblemente fría. Es cierto que está decorada con mucho gusto, pero necesita algo de calor. Una casa necesita ser vivida, querida, ¿no os parece?

–Ahora estás viviendo tú aquí –contestó Scoop.

–Pero todavía no he podido poner mi sello en ella. Continúo considerándola la casa del señor Percy. A veces me pregunto por qué no la convirtieron los Carlisle en un museo cuando tuvieron oportunidad de hacerlo. Sería perfecto.

Se quitó el jersey y lo dejó en el respaldo de una silla.

–Bueno. Las cosas están cambiando. Si al final decidimos no vendarla, en cuanto terminen las reparaciones esto será un constante ir y venir de amigos y familiares. Y además, quiero tener un par de perros.

Sophie continuaba de pie, y Scoop junto a ella.

Helen sonrió avergonzada.

–No paro de hablar –deslizó las yemas de los dedos por el borde de la mesa–. Me resulta difícil creer que Cliff estuvo aquí sentado ayer por la noche. Estuvimos hablando de vuestra visita a la casa. Imaginaba que significaba algo. Siempre estaba en guardia, todo le parecía sospechoso. No tiene que haber sido nada fácil vivir así.

–¿Hablaba alguna vez contigo de su trabajo como policía? –quiso saber Sophie.

–Solo en términos generales. Decía que no podía ni imaginar lo que tenía que haber sido para Charlotte Augustine descubrir que estaba casada con un asesino. Cliff también estaba divorciado, y muy distanciado de sus hijos. Ya son mayores y creo que viven en Carolina del Norte. Esperaba poder recuperar la relación con ellos después de la jubilación.

Con una brusca oleada de energía, Helen se acercó al refrigerador.

–¿Qué puedo ofreceros? ¿Os apetece una cerveza? ¿Un refresco?

Scoop negó con la cabeza.

–Nada, gracias.

–¿Tomar un refresco también va contra las normas? Vamos, Sophie. Estoy segura de que tú no estás acostumbrada a enfrentarte con cadáveres. Por lo menos tan recientes. Imagino que habrás tenido que ver muchos enterramientos en tu trabajo.

–Gracias, pero creo que deberíamos irnos –contestó Sophie.

–Tonterías.

Helen sacó un vaso de una estantería, lo llenó de agua y se lo tendió a Sophie.

–Como ya sabéis, Cliff y Percy se conocieron cuando la policía interrogó a Percy por su relación con la galería de exposiciones de Augustine. Estaban preparando un inventario. Al parecer, Augustine no lo tenía todo registrado. Había mucha confusión. Percy pudo identificar en el almacén un cuadro que les había cambiado a los Augustine por una escultura que le había llamado particularmente la atención.

–¿Quién más estaba allí? –preguntó Scoop.

–¿Además de Cliff? Algunos detectives de homicidios y de robos. No sé cómo se llamaban –se estremeció mientras le tendía a Sophie el vaso de agua–. Cuando me he enterado de la muerte de Cliff, no he podido evitar enfadarme con Percy. No quería enfrentarme sola a todo esto.

Sophie bebió un sorbo de agua y llevó el vaso al fregadero. Vio que Helen tenía los ojos llenos de lágrimas.

–Estáis recién casados. Es normal que le eches de menos, ¿no crees?

–Sí, pero ahora que el impacto inicial ha cedido un poco, me alegro de que no esté aquí.

–¿Todavía no sabes dónde está? –preguntó Scoop.

Helen negó con la cabeza.

–La verdad es que no. Continúo intentando localizarle.

Sophie miró por la ventana que había sobre el fregadero hacia el patio de los Carlisle, que era al menos dos veces más grande que el que ella compartía con sus vecinos en Beacon Hill. Al ver los árboles plantados en macetas enormes, las parras y los bancos e incluso una mesita de hierro forjado con sus correspondientes sillas, estuvo a punto de pedirle a Helen que le permitiera salir unos minutos. Necesitaba pensar a solas y procesar todo lo que había visto aquella mañana.

–¿Hoy va a venir alguien a trabajar en la remodelación de la casa? –preguntó Scoop.

–No, hoy no –contestó Helen–. La semana que viene. ¿Estáis seguros de que no queréis comer nada? Puedo preparar unos sándwiches. Cuando Percy está aquí, tenemos una cocinera y un ama de llaves que se ocupan de la casa, pero yo estoy acostumbrada a hacérmelo todo. Es una de las cosas que a Percy le gusta de mí. Cuando nos conocimos, yo no estaba muy segura de que fuera a ser así. Parece muy chapado a la antigua, ¿verdad?

–Creo que deberíamos dejarte para que intentes relajarte un poco –sugirió Sophie, desviando la mirada del jardín.

–En Nueva York también tenía que ocuparme de muchos temas relacionados con la seguridad –comentó Helen, casi para sí–, pero nunca he tenido que preocuparme por lo que pudiera pasarme a mí. Como mucho, he llevado un spray de pimienta en el bolso para defenderme.

Sophie se dirigió hacia la puerta y se detuvo, consciente de que Scoop todavía no la seguía. A lo mejor había decidido quedarse para hablar a solas con Helen.

–Siento mucho todo lo que ha pasado.

Helen recuperó el jersey que había dejado en el respaldo de la silla y se aferró a él.

–La policía me ha dicho que Cliff te pidió que fueras a su apartamento esta mañana. ¿Podrías decirme para qué?

–Él no me lo dijo.

–Me había prometido que me ayudaría a poner en orden esta casa. Yo estaba deseando comenzar a rebuscar en todo este museo con él. Yo no tengo que llevar encima la carga de ser una Carlisle. Y tampoco Cliff –comenzaron a deslizarse las lágrimas por sus mejillas–. Lo siento. Esta muerte ha sido un duro golpe.

–Es lógico –la consoló Sophie con voz queda.

–Me alegro de que nos hayamos encontrado –se puso de nuevo el jersey. Se la veía emocionalmente hundida–. A lo mejor vuelvo al museo. Gracias por este rato de distracción.

Sophie se despidió de ella y salió al pasillo, con Scoop a su lado. Helen no salió a acompañarlos. Bajaron los escalones de la entrada y Sophie sintió agradecida el aire fresco de la tarde, el sonido constante del tráfico y el calor del sol en su rostro.

Scoop no dijo una sola palabra hasta que llegaron al Mini.

–¿Estás bien? –le preguntó entonces.

–Sí, ¿por qué? ¿Parece que…?

–Porque voy a regañarte –la interrumpió–. Tú eres la profesora Malone, la doctora Malone o la señorita Malone. No eres la detective Malone, ¿entendido? Y no lo digo solamente por lo que has dicho allí, sino también por lo que expresas con el cuerpo. Tuve la misma sensación la primera vez que nos encontramos en Irlanda.

–¿Qué sensación?

–La de que te consume la impaciencia y siempre estás buscando algo.

Scoop tenía razón, pero Sophie lo negó de todas formas.

–No habría conseguido doctorarme si no hiciera preguntas.

–O sin autodisciplina. Intenta utilizarla también ahora.

Sophie inclinó la cabeza y le miró.

–¿Lo estás haciendo tú?

–Sí, claro que lo estoy haciendo –dejó caer las manos–. Y ahora, métete en el coche y dirígete directamente a Beacon Hill.

Sophie sacó las llaves de Taryn.

–No hay nada mejor que el detective Scoop para hacerle volver a uno a la realidad.

–¿Quieres que te lleve a algún sitio?

–No –tomó aire y añadió–. Gracias por ofrecérmelo.

–Intenta seguir con tu rutina y olvidarte de todo esto.

–Sí, claro, es muy fácil. Lo único que tengo que hacer es volver a mi apartamento y dedicarme a plantar crisantemos en el jardín.

–Parece divertido.

–Pretendía ser sarcástica –abrió la puerta del conductor–. Pero a lo mejor lo hago. No me vendrá mal un poco de normalidad, y me ayudará a pensar.

–¿De dónde vas a sacar los crisantemos?

Sophie se preguntó si sería consciente de lo irritante que estaba siendo, y comprendió que sí.

–A lo mejor los robo de algún jardín de Beacon Hill.

–Muy graciosa, Sophie.

–Dejémoslo ya, Scoop, ha sido un día muy largo. ¿Cuándo podrán determinar si Cliff Rafferty murió asesinado?

–Hay una floristería en Charles. A lo mejor allí encuentras algo –Scoop comenzó a avanzar por la acera, alejándose de la casa de Carlisle, pero se volvió y la miró fijamente–. Me gustan las mezclas de colores. Me recuerdan a las diferentes tonalidades de las hojas en otoño. Las prefiero a los colores sólidos.

–Así que eres todo un jardinero, ¿eh?

Scoop la señaló con el dedo.

–Intenta estar localizable. En el apartamento y con los crisantemos o dando clases a jugadores de hockey. Puedes ir a donde quieras, excepto cerca del terreno de la investigación.

–Estaba pensando en acercarme al Morrigan's cuando acabe en el jardín –respondió, sospechando que también ella estaba siendo un poco impertinente–. Pero no quiero que parezca que es una provocación cuando me pilles allí tomando una Guinness.

–Esta vez no sería una provocación, sino un movimiento inteligente.

Sophie se metió en el Mini y le observó girar y continuar caminando. No era en absoluto como le esperaba después de las descripciones que había hecho Colm sobre su comportamiento heroico, su trabajo y sus heridas. Era mucho más reservado y divertido, y menos arrogante de lo que había imaginado.

¡Y le gustaba la jardinería!

Pero también era un policía, un detective profundamente comprometido con su trabajo, y ella debería ser suficientemente inteligente como para no olvidarlo.

Aun así, no pudo evitar llamarle por última vez para preguntarle:

–¿Qué tiene el detective Acosta contra ti?

Scoop no respondió, y a Sophie no le sorprendió. Scoop no iba a decirle si había tenido algún problema o no con Acosta en asuntos internos. Era un hombre que acostumbraba a reservarse su opinión. No era hablador ni dado a las confidencias. Y no solo porque aquello formara parte de su trabajo. Era también una cuestión de carácter.

Scoop continuó caminando. No cambió de opinión, no regresó sobre sus pasos y se sentó en el asiento de pasajeros. Sophie no sabía si habría preferido que lo hiciera o no. Se preguntó con cuanto tiempo contaría antes de que Scoop tuviera noticias de lo que había contado Tim a los agentes británicos y se presentara en la puerta de su casa pidiendo detalles.

¿Tiempo suficiente al menos para dedicarse a los crisantemos?

Mientras ponía el coche en marcha, no pudo evitar preguntarse hasta qué punto había estado cerca de terminar como Cliff Rafferty un año atrás. Si no colgada de una viga, sí muerta.

Capítulo 13

Josie dejó que fuera Myles el que condujera durante la última parte del trayecto a Dublín. Era él el que estaba sentado tras el volante cuando se detuvieron delante del hotel de los Rush. Josie había mantenido los ojos cerrados durante toda la hora que había estado Myles al volante, pero no porque tuviera miedo de que terminaran con el coche en la cuneta. Había estado intentando imaginarse a Sophie Malone aventurándose sola en una isla.

—Yo no soy muy valiente —comentó mientras Myles apagaba el motor del coche.

Myles la miró. Sus ojos parecían de un gris intenso con el último sol de la tarde.

—¿Por eso no querías conducir tú hasta Dublín? Hace falta ser una persona arriesgada para hacerlo.

—¿Es que nunca hablas en serio a no ser que tengas una pistola apuntándote? Estaba intentando empezar una conversación de corazón a corazón.

—No, claro que no. Lo que estabas buscando es compasión y yo no te la puedo ofrecer. Además, si quieres hablar, tendrás que esperar hasta que estemos sentados en un pub con un par de pintas, no observando a un portero viniendo hacia nosotros.

—Este es un hotel de cinco estrellas. No sé si habrá un

pub. Y el portero, por cierto, es Justin, el primo de Lizzie. Es el más joven de la familia. ¿No ves el parecido?

—La verdad es que no.

—Tiene el pelo más claro, pero la mandíbula fuerte y esa determinación al andar son como las de Lizzie, ¿no crees?

Myles suspiró.

—Lo que sí que tiene Lizzie son el alma y el corazón de Will Davenport —respondió.

—Desde luego. Eso no te lo voy a discutir.

Sintiéndose repentinamente incómoda con el inesperado romanticismo de Myles, Josie se desabrochó el cinturón de seguridad y sacó el teléfono móvil. Le había dejado varios mensajes a Scoop Wisdom, pero todavía no le había devuelto la llamada.

—Supongo que tienes razón, y que este no es el mejor momento para mantener una conversación seria. Pero supongo que no hacía falta que te lo dijera. Tú sabes que siempre tienes razón.

—Siempre, amor mío, siempre —le guiñó el ojo sin sonreír—. Y tú eres una mujer muy valiente.

—No lo creo. Cuando pienso en lo que has…

—No pienses en lo que he pasado. Yo procuro no hacerlo.

A Sophie le entraron ganas de estrangularlo allí mismo. Las horas que habían pasado en la carretera, en medio de aquel tráfico tan loco, no parecían haberle afectado lo más mínimo. No sufría pesadillas, no parecía preocupado por la posibilidad de volver con ella. No temía al pasado, no temía mirar al futuro. No parecía ni más ni menos cansado o abatido que al comienzo de aquel viaje.

—Tengo un hijo de trece años que quiere seguir tus pasos y convertirse en agente secreto —replicó con amargura—. Creo que eso me convierte en una mujer valiente.

Myles salió del coche y saludó a Justin Rush como si fueran amigos de toda la vida. Josie no se hacía la ilusión de pensar que había sido el estar con ella lo que había puesto a Myles de buen humor. Myles agarró su equipaje, subió trotando los escalones de la entrada y cruzó las puertas de bronce del hotel. Por cansado que estuviera, no iba a permitir que el agotamiento se interpusiera en su misión, que en aquel momento no era otra que Sophie Malone.

Cuando Josie salió del coche, Justin Rush le sacó su bolsa de equipaje.

—A Lizzie le gustaría que te reunieras con ella en su habitación cuando os hayáis instalado —le dijo—. Keira también irá con vosotros.

—Estupendo —respondió Josie.

Tras explicarle que aquel hotel era un establecimiento muy tranquilo, Justin llevó las bolsas de Josie al vestíbulo, donde ardía el fuego en la chimenea. Una vez allí, se colocó tras un elegante escritorio.

—Te he anotado el número de la habitación de Lizzie. Está en el segundo piso. Vosotros en el tercero. Os ha reservado una habitación a cada uno. Están la una al lado de la otra —le tendió a Josie las llaves y añadió con naturalidad—. Hay una puerta que conecta las dos habitaciones. También llevas su llave.

—Genial —contestó Josie—. Muchas gracias, Justin. Voy a subir mi equipaje. Dile a Lizzie que no tardaré, ¿de acuerdo?

—Por supuesto.

Afortunadamente, Myles se había mantenido al margen de la conversación. Siguió a Josie por las escaleras de caracol del vestíbulo. A Josie le bastaba pensar en los baños, las toallas y las camas del hotel para sentir arder su cuerpo, pero inmediatamente culpó a la noche que había pasado sin dormir y a ese viaje interminable por Irlanda en su estado.

Cuando llegaron a las habitaciones, le entregó a Myles un juego de llaves.

—Buen trabajo, amor —dijo este—. Te veré en la habitación de Lizzie dentro de un rato.

—¿No vas a aprovechar para echarte una siesta, Myles, o para informarte de cómo están Will y Simon?

Pero Myles ya había cruzado la puerta y la había cerrado silenciosamente tras él. Josie resistió las ganas de comenzar a aporrearla y se metió en su habitación, decorada con una mezcla encantadora de muebles tradicionales y modernos. Por lo que había aprendido durante el mes que había pasado desde que había conocido a Lizzie, cada una de las veintisiete habitaciones de aquel hotel tan exclusivo había sido diseñada de forma individual, y siempre pensando en la comodidad de los huéspedes.

Una vez a solas, Josie pudo por fin bajar la guardia e intentó relajar la tensión de la espalda y los hombros con unos cuantos estiramientos mientras se llenaba la bañera. Añadió al agua un chorrito del aceite de jengibre y ginseng, se desnudó, dejando las ropas en el suelo y se hundió en el agua caliente. Cerró los ojos e intentó olvidarse de los acontecimientos del día.

Pero en cuanto imaginó a Myles tomando un baño en la habitación de al lado, salió precipitadamente de la bañera, se secó y se envolvió en uno de los esponjosos albornoces del hotel.

Para entonces, Scoop Wisdom ya la estaba llamando desde Boston. Josie había intentado localizarle varias veces durante el trayecto para informarle de la conversación que había mantenido con Tim O'Donovan, pero Scoop también tenía información que transmitirle.

Josie se sentó junto a una ventana con vistas a una calle de Dublín y escuchó sin interrumpir mientras el detective de Boston le daba la desagradable noticia de que Sophie Malone y él habían encontrado a un hombre muerto.

—Cliff Rafferty —le informó Scoop.

—No me resulta familiar ese nombre.

—Era un policía retirado. Jugó un papel secundario en el caso Augustine hasta que se jubiló hace unas cuantas semanas. Ahora estaba trabajando como responsable de la seguridad de los Carlisle.

—¿Quiénes son los Carlisle?

–Una adinerada pareja de Boston. Por lo menos por parte de él. La última noche que Sophie estuvo en Irlanda, él se acercó a saludarla. Su esposa ya se había marchado y ahora está en Boston. Su marido no volvió con ella, pero ahora mismo no sabemos dónde se encuentra. Nos gustaría localizarle.

–¿Sospechas que puede tener algo que ver con la muerte de ese policía?

–Yo no formo parte de la investigación.

No era exactamente una respuesta, pero Josie asumió que Scoop tampoco había pretendido que lo fuera.

–¿Pretendía quedarse en Irlanda? ¿Tenía intención de ir a alguna otra parte?

–No sabemos lo que hizo después de que Sophie le viera en Kenmare. Al parecer, viaja mucho. Tiene una casa en Londres y amigos y hoteles habituales en todas partes –se interrumpió–. ¿Dónde está tu amigo Myles Fletcher? ¿Está contigo?

–¿Qué te hace pensar que está aquí?

–Tu tono de voz.

Josie se mordió los labios.

–Eres un descarado.

Scoop se echó a reír, algo, decidió Josie, que no era en absoluto desagradable. Pero no tardó en ponerse serio otra vez.

–Dile a Fletcher que me llame.

En cuanto Scoop colgó, Josie miró hacia el teléfono con los dientes apretados, como si todavía le estuviera dando órdenes. Scoop Wisdom podía llegar a ser muy irritante. Utilizó el teléfono del hotel para llamar a Myles.

–Tu nuevo amigo de Boston quiere que le llames. Sophie Malone y él se han encontrado a un policía muerto.

–Ya le he contado todo lo que sabía.

–No le has contado a nadie todo lo que sabes –repuso Josie–. Llámale inmediatamente. Preferiría que no involucrara a la policía irlandesa. Por cierto, me encanta mi habitación.

El baño con aceite de jengibre y ginseng me ha resultado particularmente delicioso.

—Me están viniendo muchas imágenes a la cabeza.

—Pues disfrútalas, porque vas a tener que conformarte con eso. Llama a Scoop, Myles. No quiero pasarme la noche encerrada en una cárcel irlandesa por culpa de tu cabezonería y tu intención de mantener al detective Wisdom a distancia. Él llamará a la policía, estoy segura.

Myles permaneció durante varios segundos en silencio.

—De acuerdo. Me reuniré contigo en la habitación de Lizzie después de hablar con Wisdom. A no ser que prefieras…

—Nos vemos en la habitación de Lizzie.

Colgó el teléfono ruborizada y nerviosa y desvió la mirada hacia la puerta que conectaba las dos habitaciones. ¿Qué pasaría si entrara en ese momento Myles llevando encima solamente un albornoz?

—¡Dios santo! —musitó ante el rumbo que estaba tomando su imaginación, y se vistió a toda velocidad.

Bajó después al segundo piso, donde Lizzie le abrió la puerta a una pequeña suite tan elegante y lujosa como el resto del hotel. La mesa que estaba enfrente del sofá estaba llena de fuentes con fruta, queso, pan integral y bizcochos, además de unos platitos con mermelada, mantequilla, nata y una enorme tetera. Keira estaba allí también. Las dos mujeres iban vestidas de forma informal y era obvio que no estaban al tanto de lo que había ocurrido en Boston. Josie les puso al tanto de lo que Scoop Wisdom acababa de contarle.

Ni Lizzie ni Keira sabían que había muerto un policía, Cliff Rafferty.

—Todo este asunto se está poniendo cada vez más feo, ¿verdad?

Lizzie tomó una baraja que estaba encima de la mesa, junto a un jarrón de cobre, y barajó las cartas con aire ausente, una costumbre.

–Arabella Davenport quiere tomarnos medidas a Keira y a mí para que nos hagamos unos vestidos en Londres. Teniendo en cuenta las últimas noticias, supongo que tambіén Simon y Will preferirían que nos dedicáramos a eso.

La hermana pequeña de Will estaba especializada sobre todo en vestidos de novia, pero Josie prefirió no señalarlo. Evidentemente, Lizzie debía saberlo y el estado en el que estaba su relación con Will no era asunto suyo; aunque eso no quería decir que no tuviera su propia opinión. Estaba convencida de que aquella vertiginosa relación era verdadero amor y que Will Davenport, un hombre tan difícil de llegar a conocer, había encontrado su alma gemela en Lizzie Rush.

Josie confiaba en su capacidad para analizar la vida sentimental de los demás. Pero sobre la suya propia, estaba completamente perdida.

Tomó una uva de una de las fuentes.

–Arabella parece estar tan contenta como siempre –continuó diciendo Lizzie–. Estoy segura de que el hecho de no saber dónde están Will y Simon ayuda. ¿Tú sabes por dónde andan, Josie?

Josie mordisqueó la uva, agradeciendo poder ser completamente sincera al contestar esa pregunta.

–No.

–¿Nos lo dirías si lo supieras? –insistió Keira, escéptica.

Lizzie dejó las cartas sobre la mesa y se recostó contra los cojines del sofá.

–Dios mío, Josie, tienes un aspecto terrible.

Al parecer, el baño no la había ayudado tanto como pensaba.

–Ha sido un día muy extraño.

Se sirvió un bizcocho perfectamente horneado. Sin sentarse en el sofá, les habló a sus dos amigas de las conversaciones que había mantenido con Seamus Harrigan y con Tim O'Donovan en Kenmare.

–Durante todo el viaje a Irlanda, no he podido dejar de

pensar en Sophie dada por muerta en las oscuras profundidades de una cueva fría y húmeda situada en una isla remota.

Keira se levantó y se echó su rubia melena hacia atrás, haciéndola resplandecer bajo la agradable luz de la habitación.

—Veo las similitudes entre lo que le ocurrió a Sophie y lo que me ocurrió a mí aquella noche en las ruinas de Beara, pero también hay ciertas diferencias. Oí susurros y estaba allí atrapada, pero no vi la sangre en el árbol hasta la mañana siguiente, cuando ya estaba a salvo.

—Augustine dejó esa sangre para que tú, o quienquiera que fuera a buscarte, la viera —dijo Josie—. Aquello no formaba parte del gran plan. De hecho, tuvo la suerte de encontrarse con una oveja que acababa de morir en los pastos. Ni siquiera la mató él.

Keira apartó la cortina y se asomó a la ventana.

—Y dices que las manchas de sangre que vio Sophie en la cueva desaparecieron antes de que llegaran Tim y la policía. Simon estaba conmigo cuando encontramos la sangre de la oveja. Yo tenía testigos y pruebas que corroboraban lo que contaba.

Sin preocuparse por el hecho de que fuera ella la única que estaba comiendo, Josie añadió una buena cantidad de nata a la mermelada de fresa que se había servido en el plato.

—Augustine no ha explicado nada al respecto. Por lo que yo sé, apenas ha dicho nada desde que le detuvieron.

—Es posible que nunca lleguemos a saber a cuánta gente mató.

Keira hablaba con un admirable control, aunque era evidente que la tragedia que había sufrido aquel verano la había dejado una huella profunda.

—Yo solo quiero vivir mi vida. Pintar, dibujar, reírme, amar. No quiero tener que seguir pensando en asesinatos.

Lizzie, que había palidecido ligeramente, asintió.

–Yo tampoco.

–En ese caso, eso es lo que deberíais hacer –les aconsejó Josie–. No tenéis por qué involucraros en lo que está pasando ahora en Boston. Arabella Davenport os está esperando en Londres con el metro y los imperdibles.

Keira se apartó entonces de la ventana, mostrando su optimismo habitual y las inmensas ganas de vivir que Josie había reconocido en ella desde que había entrado a formar parte de su vida. Normalmente, Keira desbordaba creatividad y optimismo.

–Yo no pasé ningún miedo mientras estaba en las ruinas –confesó–. No puedo explicar por qué, pero me sentía a salvo.

–Sería cosa de las hadas –dijo Josie.

–También estaba allí el perro negro –terció Lizzie desde el sofá–. Por supuesto, todas sabemos que ese perro es un hada que ha cambiado de forma.

–Todo es posible –Keira miró a Josie preocupada–. No puedo dejar de participar en todo esto, Josie. Tengo que ayudar en todo lo que pueda.

Josie añadió fruta fresca a su plato y al final se sentó en una butaca que pareció envolverla en sus mullidos cojines.

–¡Dios mío, Lizzie! –dijo, intentando mostrarse alegre–. ¿Elegiste expresamente esta butaca para recordarle a la gente lo cansada que está?

Pero cuando Lizzie contestó con una débil sonrisa, Josie decidió dar un giro a la conversación.

–Creo que lo mejor será que volváis mañana a primera hora a Londres. Yo me encargaré de arreglarlo todo. Si no queréis que Arabella os tome medidas para los vestidos, podéis ir a tomar el té o visitar el Palacio de Buckingham.

–O ir a ver actuar a Taryn Malone –propuso Lizzie repentinamente animada.

Josie suspiró.

–No era eso lo que tenía en mente.

Pero Lizzie no iba a renunciar.

–Me encantaría ir a ver a Arabella, pero Keira y yo podemos intentar averiguar si Percy Carlisle está en Londres.

–Lizzie –le advirtió Josie–, la policía de Boston quiere hablar con Percy en relación con la muerte de un policía.

Lizzie asintió.

–Precisamente.

Keira también parecía más interesada en la conversación desde que comenzaba a forjarse un nuevo plan.

–A lo mejor está en Londres y no quiere decírselo a su esposa. No por motivos tan desagradables, sino porque no está acostumbrado a estar casado.

–Podemos conseguir los nombres de sus amigos y conocidos de Londres –añadió Lizzie.

Los Rush también eran una familia adinerada de Boston, pero aunque no lo fueran, Josie no tenía la menor duda de que Lizzie y Keira podrían llegar a conseguir aquellos nombres. Eran dos mujeres muy capaces en muchos sentidos, pero Josie no quería tener que dar explicaciones a sus superiores en Londres, en el caso de que se encontraran con algún problema, sobre por qué las había dado vía libre e incluso las había animado a interferir en la investigación.

Además, tenía que pensar que también se vería obligada a dar explicaciones a Will y a Simon.

–Ya habéis aportado bastante a la investigación durante estos últimos meses –les dijo–, y no estáis legalmente autorizadas para comenzar a husmear en los asuntos de ese hombre.

–Es perfectamente razonable que intente localizarlo –repuso Keira.

–¿Por qué, si acabas de decir que ni siquiera le conoces?

–Los dos somos de Boston –respondió Keira–, y compartimos el interés por el arte, la arqueología y la historia. Es la primera persona en la que debería pensar para conseguir información sobre el congreso Boston-Cork. De hecho, me sorprende que no se me haya ocurrido antes.

Josie puso una enorme cantidad de nata en su último bizcocho, pero no le importó.

–Se notaría demasiado. Notaría inmediatamente que tienes otros motivos.

Lizzie se inclinó hacia delante para tomar un pedazo de pan.

–¿Y? En cualquier caso, le habremos encontrado –hundió el cuchillo en la mantequilla y la extendió sobre el pan–. Y se supone que eso es lo importante.

–No habrá ningún peligro, Josie –le aseguró Keira. La vida parecía haber vuelto a sus ojos–. Incluso en el caso de que el policía de Boston haya sido asesinado y no se haya tratado de un suicidio, su asesino está allí, no aquí.

Josie sabía reconocer una derrota.

–Cuando lleguéis a Londres, os pondré en contacto con alguien.

–¿Con quién? ¿Con un miembro de Scotland Yard?

Cada vez más animada, Keira se acercó a la mesa y tomó un pedazo de queso.

–¿Del M15, del M16?

Josie sonrió.

–Cuánta imaginación.

La llegada de Myles le ahorró un interrogatorio más inquisitivo. Llegó recién duchado y afeitado y más sexy de lo que Josie le había visto nunca. Se dijo a sí misma que aquel sentimiento era el resultado de las inquietantes noticias que había recibido de Boston y de su posible conexión con la historia que les había contado el pescador de Kenmare. No, no podía tener nada que ver con el hecho de que hubiera reaparecido en su vida un hombre al que había dado por muerto.

Bueno, no exactamente en su vida. Myles no era un hombre que se permitiera formar parte de la vida de nadie. Él prefería guardar las distancias, algo que Josie había aprendido antes incluso de aquel funesto tiroteo en Afganistán.

Advirtió que tenía los ojos menos irritados que una hora atrás y que continuaba moviéndose con su habitual energía y determinación.

Myles se sirvió dos rodajas de pan de una bandeja, las colocó en un plato, añadió mermelada y mantequilla y se sentó al lado de Lizzie.

–Siento interrumpir vuestra conversación.

–Estábamos hablando de vestidos de novia –le informó Lizzie con una sonrisa.

–Magnífico. Preferiría estar en la costa de Maine con los matones de Norman Estabrook. Por cierto, aquel día fuiste una aliada magnífica, Lizzie.

Lizzie estaba sentada en la esquina del sofá, con las piernas encogidas y apoyando la barbilla en las rodillas, justo enfrente de Myles.

–No tenía otra opción.

–Siempre se tiene más de una opción. Y la tuya fue actuar. Tu padre te educó muy bien.

Lizzie frunció el ceño.

–Te referías a él, ¿verdad? Es con mi padre con quien quieres que nos reunamos en Londres, ¿verdad, Josie? Ha estado en Irlanda por primera vez desde la muerte de mi madre. Hace una semana que no tengo noticias suyas, pero ahora estoy segura de que no está en Las Vegas.

Josie pegó un mordisco a su bizcocho.

–Lo que tenemos que hacer es olvidarnos de todo y abrir una tienda de tes en algún pueblo de la costa de Irlanda.

Permaneció en silencio durante unos segundos, intentando sopesar la miríada de complicaciones que representaba la mención de Harlan Rush. Viudo, hostelero, jugador, un espía ya veterano, y un hombre que adoraba a Lizzie, su única hija.

–Lizzie, si tu padre está en Londres, a lo mejor es que pretende ayudarte a inaugurar el primer hotel Rush en Gran Bretaña.

–Imposible –contestó Lizzie–. Mi padre puede ser el vicepresidente de los negocios de la familia, pero eso no significa que sepa nada al respecto. Mi tío jamás le dejaría participar en la apertura de un hotel.

Josie comió algo más de fruta, aunque lo que realmente le apetecía era otro bizcocho.

—Cuando he hecho ese comentario, no tenía nada concreto en la cabeza. No puedo decir que haya conocido nunca a tu padre.

Myles miró a Lizzie con un respeto que reservaba para muy pocas personas. Se habían sentido muy unidos durante las últimas horas de cautividad de Abigail Browning, cuando Norman Estabrook y sus matones habían irrumpido en la casa que los Rush tenían en la costa de Maine. Una vez muertos Estabrook y la mayoría de sus hombres y Abigail y Lizzie a salvo, Myles había saltado en un bote y había desaparecido. Will podría haberlo impedido, pero no lo había hecho.

Lizzie se acurrucó todavía más.

—Tú has venido aquí voluntariamente. Simon y Will no podían darte órdenes. Aunque lo hubieran intentado, solo les habrías escuchado en el caso de que lo que ellos te ordenaran pudiera ser conveniente para tu misión.

Myles se metió un pedazo de pan en la boca.

—Estoy muerto de hambre. Habrá un pub en el hotel, ¿verdad?

—En el primer piso —contestó Lizzie—. Supongo que sabes que no me gusta nada que me ignoren, ¿verdad?

Myles sonrió.

—Definitivamente, tienes a lord Will completamente alerta.

Keira sacudió la cabeza.

—Sois increíbles —dijo sonriendo—. Si pudiera pintar, os retrataría en este instante, pero soy incapaz —se volvió hacia la ventana y contempló de nuevo la noche dublinesa—. A lo mejor termino convirtiéndome en una pintora de paisajes tristes y deprimentes.

–Eso es imposible.

–Ojalá tengas razón –dejó caer la cortina–. Lizzie, ¿vas a contar lo de Justin?

–Sí, de acuerdo –Lizzie pareció renunciar a sacarle información a Myles– Mi primo Justin me recordó que Jeremiah, su hermano mayor, estuvo enamorado de Sophie Malone cuando ella trabajaba en el hotel de Boston. Jeremiah estaba todavía en el instituto.

Josie resistió las ganas de acabar con las migas que quedaban en el plato.

–¿Dónde está ahora Jeremiah?

–Trabajando en la recepción del Whitcomb. Le he llamado mientras estaba esperándoos –Lizzie se echó hacia delante y apoyó los pies en el suelo–. Me ayudó a recordar que Sophie llegó a conocer a John March, el director del FBI. Es posible que eso no signifique nada...

Josie negó con la cabeza.

–Por la experiencia que tengo, es imposible que aparezca el nombre de John March en una frase y no signifique nada.

–Tienes razón –confirmó Lizzie sin inmutarse–. Jeremiah y yo pensamos que hay algo más que no llegamos a recordar, pero seguro que terminaremos haciéndolo.

Continuaron hablando, pero al final, Josie comenzó a sentir el cansancio del viaje y regresó a su dormitorio. Pensó que a lo mejor Myles decidía bajar al pub, pero al final, este optó por seguirla. No acababan de entrar en el dormitorio, cuando Myles ya la tenía entre sus brazos. Buscó sus labios y fluyeron en el interior de Josie centenares de posibles respuestas: una firme reprimenda, un rodillazo en los genitales, otro intento de mantener una conversación de corazón a corazón. Myles era físicamente más fuerte que ella y tenía mucha experiencia como soldado, pero estaba agotado y, evidentemente, no estaba a la defensiva. Pero olvidó todas aquellas opciones en el instante en el que sintió el sabor de su boca y el calor de sus manos.

Cerró la puerta con el pie. Había pasado un mes desde

que se había enterado de que Myles no había muerto, de que no era un traidor. Había tenido tiempo más que de sobra para imaginarse aquel momento, para imaginar cómo respondería. O, mejor dicho, cómo no respondería.

Pero prefirió olvidar todas las advertencias que se había hecho a sí misma de no sucumbir a su cercanía y hacer exactamente lo que estaba haciendo en aquel momento. Devolverle el beso y desear a Myles con todo su ser.

—Esto me ha ayudado a continuar en muchas ocasiones —susurró Myles, estrechándola contra su musculoso cuerpo. La levantó en brazos como si fuera mucho más pequeña y delgada de lo que en realidad era y Josie sintió su excitación contra ella—. Me bastaba pensar en que iba a volver a hacer el amor contigo para superar una noche tras otra.

—Tonterías —Josie dejó caer los brazos y se apartó de él—. Tú nunca piensas ni en el pasado ni el futuro.

Myles sonrió.

—Excepto por lo que se refiere a ti.

Volvió a besarla y consiguió excitarla de nuevo. Josie respondió profundizando su beso, olvidándose de todo, salvo de la embriagadora combinación de deseos que siempre despertaba Myles. Habían pasado dos años desde la última vez que había estado con un hombre. Pero no se lo diría. Jamás.

Aquel pensamiento le llegó hasta el corazón. Posó las manos en los brazos de Myles y se apartó de su beso.

—Yo he llorado tu muerte, Myles. No podía permitirme el lujo de pensar que llegaría este día.

Myles la dejó de nuevo en el suelo.

—En ese caso, me comportaré como un hombre maduro y te daré tiempo para asimilarlo todo —le colocó un mechón de pelo tras la oreja con uno de aquellos gestos tan delicados que tenía siempre para ella—. Pero no tenemos mucho tiempo. Eres tú la que decides.

—No hay nada que decidir. Hace dos años no eras el hombre adecuado para mí. Y ahora continúas sin serlo —se alisó el jersey y se aclaró la garganta–. Sé que no es muy tarde, pero el viaje ha sido muy largo.

Myles le guiñó el ojo.

–Y la noche será todavía más larga en la soledad de nuestras camas.

Se dirigió hacia la puerta y, sin darse tiempo a cambiar de opinión, en cuanto Myles salió, Josie la cerró con cerrojo y colocó una silla delante de la puerta que conectaba las dos habitaciones. Si Myles intentaba entrar, por lo menos estaría avisada con tiempo suficiente como para secarse las lágrimas. Durante los siete años que llevaba trabajando para el servicio de inteligencia británico, ninguno de sus colegas la había visto nunca llorar.

Y Myles Fletcher no era nada más que un colega.

–Idiota –dijo, agarrando la almohada y tirándola al suelo.

¿Pero de qué le iba a servir destrozar la habitación de un hotel de cinco estrellas por pura frustración? Podría presentar a Myles ante la seguridad del hotel. Lizzie Rush podría intervenir a su favor y dar una explicación. Ella comprendería mejor que nadie los motivos por los que ella había llegado a enloquecer hasta el punto de destrozar las ventanas y desgarrar las almohadas, arrojando por la habitación todas sus plumas.

Pero optó al final por recoger la almohada y sentarse en la cama con las piernas encogidas. Se llevó la mano a los labios y miró hacia la puerta que conectaba las dos habitaciones.

–¡Maldito seas, Myles! –susurró con un ronco suspiro–. Te quiero tanto como siempre.

Y esa era, por supuesto, la razón por la que la había besado. Sabía que le quería. Siempre lo había sabido. Y si eso le había servido de consuelo durante aquellos dos años, debería alegrarse. ¿No debería acaso extraer alguna satisfacción del hecho de haber ayudado a un agente en una misión difícil y peligrosa de la que ni siquiera esperaba sobrevivir?

Alguna, quizá, pero ya había dejado de preocuparse por el pasado. Lo que le preocupaba en aquel momento era el futuro.

Por no mencionar el presente. Josie se hundió bajo el edredón de seda y tembló al sentir el frío de las sábanas. Aquella prometía ser una larga noche en la soledad de la cama.

Capítulo 14

Boston, Massachusetts

Scoop volvió a sentarse tras su escritorio en el cuartel general del Departamento de Policía de Boston por primera vez desde que la metralla le había destrozado. Todo estaba tal y como lo había dejado. Volvió a revisar todas sus notas sobre la posible relación de algún miembro del departamento con los secuestradores de Abigail Browing. La explosión de aquella bomba se había interpuesto entre él y la investigación. Todo se había detenido en el momento en el que la bomba había estallado. Ya no podía hacer nada, excepto evitar a las personas con las que no quería hablar. El informe de Josie continuaba invadiendo sus pensamientos, pero tenía que intentar tranquilizarse antes de hablar con nadie, especialmente con Sophie. Regresó a Charles Street. La temperatura estaba bajando a toda velocidad. A primera hora de la tarde el viento era frío, helado incluso. Por vez primera, no encontró a Jeremiah Rush tras el mostrador de recepción del hotel Whitcomb. Scoop montó en el ascensor con una pareja de Houston que estaba en la ciudad para ver tantos monumentos y edificios históricos como pudiera. La esposa tampoco quería perderse una visita a la casa de Louisa May Alcoot, situada en Concord. Y el marido estaba empeñado en ir a Charlestwon para visitar Bunker Hill.

Ambos miraron a Scoop, como si estuvieran invitándole a participar en la conversación. Scoop les sonrió.

–Yo iría a un partido de los Red Sox.

–¿Trabaja en el hotel? –preguntó la mujer–. Porque la bañera de nuestra habitación está ligeramente atascada.

El marido hizo una mueca, como si quisiera que se lo tragara la tierra, pero Scoop contestó:

–Informaré en recepción.

La mujer se sonrojó.

–Gracias. Lo siento, yo pensaba…

–No se preocupe, no pasa nada.

Parecieron aliviados cuando pudieron salir por fin del ascensor.

Scoop encontró la habitación arreglada. Hasta le habían cambiado el vaso de la pasta y el cepillo de dientes. No sabía qué hacer. Pensó en ir a tomar algo al pub. Podía llamar a O'Reilly para que se reuniera con él. O intentar localizar a Abigail, que continuaba de luna de miel. Antes de la explosión, no habría sido raro que estuvieran los tres reunidos en la cocina de alguno de ellos hablando de cualquier tema que les rondara por la cabeza. Pero todo había cambiado. Abigail, Bob y él se habían visto arrastrados a la peor parte de una investigación.

Se pasó la mano por la cara.

Podía salir a ocuparse de la bañera del matrimonio de Houston.

De modo que tomó una sudadera con cremallera y volvió al vestíbulo. Pasó por delante del Morrigan's y se dirigió hacia la puerta. Giró en Mt. Vernon Street, diciéndose a sí mismo que solo quería tomar un poco de aire fresco para eliminar los últimos síntomas del jet lag y los efectos de un día tan largo. Para acallar las constantes preguntas sobre el papel que Cliff podía haber jugado en la explosión de la bomba. Las preguntas sobre su muerte y sobre la tenebrosa escena que se habían encontrado en su apartamento.

Para olvidar los ojos azules de Sophie, abiertos de par en par mientras contemplaba los cráneos, las cuentas de cristal, el DVD, los materiales para la fabricación de la bomba y el cuerpo del policía colgado de una viga del comedor.

Cuando llegó al final de Beacon Bill, apretó los dientes, pero en realidad, ya sabía lo que iba a hacer. Continuó avanzando hacia el apartamento de las hermanas Malone. Tuvo la suerte de encontrar abierta la entrada. Sin llamar al timbre, bajó los escalones y cruzó el pasillo por el que se accedía al jardín.

Allí encontró a Sophie, arreglando los crisantemos. Estaba de rodillas, con media docena de crisantemos frente a ella. Colocó un crisantemos de color amarillo al lado de uno granate y se echó hacia atrás.

—Así está mejor —alzó la mirada hacia Scoop—. ¿Qué te parece?

Scoop miró en dirección a la calle.

—Me parece que deberías cerrar la puerta de la entrada.

—Supongo que la habrá dejado abierta algún vecino. Ahora mismo yo soy la primera preocupada por mi seguridad.

—Lo cual me parece muy inteligente. Los crisantemos están magníficos. Perfectos. No toques nada más.

Sophie se levantó y le sonrió.

—No te importan mucho, ¿verdad?

—Me gusta la jardinería siempre y cuando produzca algo que después me pueda comer.

—¿Y qué te trae por aquí?

—Me acaban de confundir con un fontanero. He pensado que te gustaría saber que no a todo el mundo le basta mirarme para saber que soy policía.

Sophie se sacudió la tierra que le quedaba en las manos.

—¿Quieres pasar?

—Estoy sin casa, claro que quiero pasar.

Sophie le condujo al interior de aquel diminuto apartamento. Si él viviera en un apartamento con los techos tan bajos, pensó Scoop, enloquecería en menos de un día. Pero aquellos apartamentos eran los únicos asequibles en Beacon Hill. Se fijó en el ordenador portátil y en los documentos que había al lado de la chimenea, pero no había nada más que pudiera indicar que Sophie estuviera viviendo allí.

–Ya sé por qué has venido –dijo Sophie.

Algo de lo que Scoop se alegraba, porque él no estaba seguro.

Sophie señaló lo que pasaba por ser la cocina.

–¿Te apetece tomar algo?

–No, pero toma tú lo que quieras.

Sophie negó con la cabeza.

–No he podido probar bocado desde que me comí la mitad de tu sándwich. Siéntate.

Scoop sacó una de las sillas de la mesa que había junto a la ventana y se sentó. Pero Sophie continuó de pie, colocada entre Scoop y la entrada, mirándole como si estuviera preguntándose si no habría sido una locura invitarle a entrar. Se había recogido el pelo en una especie de moño que estaba comenzando a deshacerse y algunos mechones le caían libremente por el rostro.

Se dirigió hacia el sofá que dividía el cuarto de estar y se sentó frente a la chimenea.

–Supongo que será más fácil si empiezo por el principio –le miró durante unos segundos con aquellos inteligentes ojos de color azul intenso–. Pero en realidad ya lo sabes todo, ¿verdad? Esta mañana han estado hablando dos agentes británicos con un pescador en Kenmare. Son amigos tuyos.

–No exactamente amigos.

–Pero han dicho que…

–Sí, les conozco. Pero eso ahora es lo de menos. Quiero que me cuentes lo que ocurrió.

–De acuerdo –Sophie miró hacia la ventana, pero no parecía estar viendo nada–. El año pasado, en septiembre, me dediqué a explorar una isla diminuta de la península de Iveragh para distraerme mientras terminaba de escribir la tesis.

Scoop sonrió.

–¿No podías haberte limitado a ir al pub del pueblo?

Sophie pareció relajarse un poco.

–Tengo que reconocer que algunas de las mejores partes

de la tesis las escribí en un pub. Pero las excursiones a la isla eran algo completamente diferente. Me permitían disfrutar del aire libre y del mar y olvidarme de las citas a pie de página, de mis argumentaciones y de mi futuro. De los años que me había costado llegar donde había llegado y de las deudas que había contraído para poder escribirla. Y al final, ni siquiera tenía la seguridad de poder conseguir un trabajo que realmente me gustara.

–Sí, todas esas cosas tan alegres –ironizó Scoop.

–Conseguía olvidarme de todo ello durante aquellas excursiones. Estaba deseando terminar la tesis, pero aquella era una época de transición. Salir a la isla era justo lo que necesitaba. Era como un respiro. Durante esas excursiones no tenía que pensar ni en el pasado ni en el futuro. Solo importaba el presente –se volvió de nuevo hacia la chimenea–. Tim me había contado una historia que habían transmitido durante años los sacerdotes del pueblo sobre un tesoro celta escondido en una isla. Imaginamos que aquella podía ser la isla que describía la historia. Jamás pensé que podría llegar a encontrar nada, y tampoco Tim. Ese no era el problema.

–¿Cuándo fuiste a la isla por primera vez?

–A finales de agosto. Estuve unas cuatro o cinco veces. Tim me dejaba allí y volvía al cabo de unas horas. La última vez fue a finales de septiembre. Le convencí para que me dejara allí una noche.

–¿Te costó mucho convencerle? –quiso saber Scoop.

Sophie sonrió.

–La verdad es que sí. Tim pensaba que estaba completamente loca. Pero yo sentía curiosidad, me parecía que podía ser muy divertido. Quería conocer el centro de la isla. No era difícil. El único problema era que no podía hacerlo en unas pocas horas.

Scoop se reclinó en su asiento.

–¿Y te dirigiste hacia allí en cuanto llegaste a la isla?

Sophie asintió.

–No me preocupaba en absoluto el hecho de quedarme

sola. Y encontré una cueva casi justo en medio de la isla. Al principio, ni siquiera estaba segura de que se tratara de una cueva.

—¿No aparecía en el mapa?

—No.

Sophie se sentó en el borde del sofá como si estuviera preparándose para levantarse y salir disparada en cualquier momento.

—Hacía un día precioso. Soleado y tranquilo. Para cuando descubrí la cueva, ya se estaba haciendo tarde, pero me pareció un buen sitio para acampar.

—Hasta entonces no habías visto nada que pudiera preocuparte.

—Nada. Había entrado en cuevas en otras ocasiones. Dejé la mochila en la entrada y miré hacia el interior. Iluminé algo con la linterna. Era todo muy emocionante. Me estaba divirtiendo mucho —se interrumpió y bajó la mirada hacia sus manos. Extendía los dedos ante ella y Scoop supo que estaba de nuevo en la cueva—. Vi que lo que acababa de iluminar era una especie de caldero de bronce lleno de objetos de oro que parecían de origen celta. Por supuesto, sin un examen más exhaustivo, no podía estar segura de que lo fueran.

—Pero no te dieron la oportunidad de hacerlo.

—Desde luego —alzó la mirada de sus manos y se levantó nerviosa—. Estaba examinando todavía mi hallazgo cuando oí un ruido. Eran como susurros. Giré la linterna y me adentré en la cueva para intentar averiguar lo que estaba pasando.

—Intenta describir esos susurros —le pidió Scoop con voz serena.

—No era posible distinguir ninguna palabra. Sonaban como si quienquiera que estuviera allí quisiera asustarme.

—Porque estás segura de que había alguien.

—Sí, estoy segura. Lo que oí no era ni el ruido del viento ni el del mar.

Scoop alzó la mirada hacia la ventana. El último sol de la

tarde iluminaba el jardín. Cuando Jay Augustine había ido al encuentro de Keira Sullivan en la península de Beara, esta le había oído susurrar su nombre antes de quedar allí atrapada.

–¿Y qué ocurrió después?

Sophie se acercó de nuevo y se sentó enfrente de él.

–Intenté esconderme detrás de una roca. Desde allí tenía una vista parcial de la entrada de la cueva. Había… –cerró los ojos y respiró con fuerza–. Vi unas ramas, unas ramas de espino colocadas en forma de aspa en la entrada de la cueva.

–¿Podías verla claramente?

Sophie abrió los ojos.

–Todavía no era de noche. Y estaba cerca de la entrada.

–¿Las ramas de espino pueden significar algo?

–Se dice que las hadas se reúnen a bailar bajo los espinos. Y se considera que trae mala suerte pincharse con una espina.

–¡Ah!

–Alguien tuvo que llevar allí las ramas, porque en la isla no hay ni espinos ni árboles de ningún tipo. Solo hay rocas y hierba –desvió la mirada hacia el jardín, con los ojos abiertos de par en par–. Las hojas de las ramas estaban empapadas de algo que parecía sangre.

–Genial –musitó Scoop.

Sophie consiguió sonreír.

–Ya sabes lo que viene después. Seguro que Tim se lo ha contado a tus amigos –desapareció la sonrisa y su rostro palideció bajo la tenue luz del atardecer–. Quienquiera que colocara allí esas ramas, sabía que yo estaba allí. Intenté arrastrarme hacia el interior de la cueva. Me recuerdo buscando en medio de la oscuridad, guiándome por el tacto, buscando una piedra suelta que pudiera servirme para defenderme.

Scoop esbozó una mueca.

–Susurros, ramas empapadas de sangre y tener que esconderte en una cueva para salvar tu vida. Tengo que decírtelo, cariño, me parece apasionante.

–Pues yo tengo que decir que era aterrador. No me acuerdo de lo que pasó a continuación. Lo único que sé es que me di un golpe en la cabeza.

–¿Dónde exactamente?

–Justo aquí –se colocó la mano detrás de la oreja derecha–. Es posible que me golpeara con una roca, o que alguien me diera un golpe. Perdí la conciencia, aunque no sé durante cuánto tiempo –se señaló la muñeca–. No llevaba reloj. Cuando recuperé la conciencia, estaba todo oscuro como boca de lobo. No me moví. Te juro que ni siquiera respiraba.

–¿Tenías miedo de haberte quedado atrapada en la cueva?

–Sí –contestó con un susurro de voz casi inaudible–. Al final, no pude soportarlo más y comencé a avanzar hacia la entrada. Estaba mareada, me dolía la cabeza, pero cuando sentí el aire fresco y oí el mar… –se irguió en su asiento e intentó tranquilizarse–. Por lo menos supe que no me habían enterrado en la cueva mientras estaba desmayada. No estaba atrapada. El caldero había desaparecido, y también las ramas. No volví a oír más suspiros… –se interrumpió como si se hubiera trasladado de nuevo a la cueva.

Scoop comprendió entonces los motivos por los que la policía irlandesa no había llevado más adelante la investigación.

–Yo estaba destrozada –añadió con toda naturalidad–. Imaginé que recuperar mi mochila era una causa perdida. La había oído caer, a lo mejor alguien la había tirado del saliente en el que la había dejado. Me dejaron allí creyendo que había muerto, Scoop. Estoy convencida.

–No tengo ningún motivo para llevarte la contraria.

–Estaba herida, deshidratada, y no podía parar de temblar –pero lo contaba con voz firme y serena–. Había sufrido una conmoción cerebral y tenía síntomas de hipotermia, pero era capaz de pensar con coherencia. Me quedé en la cueva, a refugio del viento. Sabía que Tim me encontraría.

–No tenías miedo de que fuera él el responsable de…

–No, jamás. Ni por un instante.

Se levantó de nuevo, se quitó las horquillas y se sacudió la melena. Aquello era más de lo que Scoop podía soportar. Aquella melena roja, las pecas, los ojos… Dejó que su mirada recorriera sus pantalones ajustados y la camiseta, pero la desvió rápidamente. No quería llegar tan lejos. Al menos, de momento.

–¿Al final te encontró ese pescador?

Sophie asintió más animada.

–Le oí llamarme. Para entonces, estaba histérico. Salí de la cueva gateando por mis propios medios y vi a Tim esperándome en la entrada. Estaba aterrado, Scoop. Había visto mi mochila. Parecía como si yo la hubiera tirado allí mientras me caía en aquella grieta tan profunda.

Scoop se levantó y se acercó hasta ella.

–¡Diablos, Sophie!

–Tim me dio agua y me prestó su chaqueta. Llevaba un botiquín de primeros auxilios e intentó limpiarme y curarme las heridas. Le conté todo. Allí, a la luz del sol, con los pájaros volando sobre nuestras cabezas y las olas chocando contra las rocas, parecía una auténtica locura. Evidentemente, lo primero que pensó Tim fue que me había dado un golpe en la cabeza al entrar en la cueva y había sufrido alucinaciones, pero aun así, llamó a la policía.

–Para cuando llegaron allí, ya no podían hacer gran cosa.

–Desde luego. No encontraron ni una sola mancha de sangre, ni una huella, ni nadie que pudiera testificar la presencia de otra barca.

–No había nada que corroborara tu historia.

Sophie hundió las manos en su pelo, se quitó otra horquilla y la dejó junto a las demás encima de la mesa.

–Estoy segura de que esa era precisamente la intención. Si por alguna suerte de milagro yo sobrevivía a aquella noche, lo único que tendría para contar sería una historia delirante. Y en el caso de que no sobreviviera, parecería que había muerto por causas naturales después de un contratiempo.

Scoop le apartó un mechón de pelo de la cara.

—Hizo falta cierto esfuerzo y una gran planificación para sacar esas ramas ensangrentadas de la isla.

—A lo mejor formaban parte de un ritual, o solo las utilizaron para asustarme. Supongo que es posible que la policía pasara por alto alguna prueba, pero en una isla como esa no es fácil ocultar un rastro. Quienquiera que me siguiera, tuvo mucho cuidado de no dejar ninguna prueba tras él —le dirigió una mirada desafiante—. Supongo que un policía debería saber cómo se puede llegar a hacer algo así.

Scoop ignoró aquel comentario.

—Cuando te enteraste de lo que le había ocurrido a Keira Sullivan en la península de Beara, pensaste en lo que te había pasado a ti en la isla. Las dos tenéis un pasado parecido: sois de Boston, conocéis a Colm Dermott, estáis interesadas en la historia y el folclore de Irlanda y tenéis la misma edad aproximadamente.

—Conocí los detalles de la experiencia de Keira cuando hablé con Colm la semana pasada. No quería activar las alarmas sin disponer de más información. Si Jay Augustine era el responsable de lo que me ocurrió en la isla… —se interrumpió y volvió a sentarse— y estaba en la cárcel, no tenía por qué preocuparme de que pudiera ocurrir nada más.

—Y de pronto, te encuentras con lo de esta mañana —adelantó Scoop, sentándose frente a ella.

La tenue luz del atardecer iluminaba los ojos de Sophie, haciéndolos parecer más oscuros, más profundos.

—Supongo que tus amigos británicos han estado en contacto con las autoridades irlandesas.

—Necesitamos saber qué delitos cometió Augustine. Todos.

—¿Incluyendo la venta y el robo de antigüedades?

Scoop permaneció durante unos segundos en silencio.

—Sophie…

Sophie se levantó sin decir una sola palabra, se dirigió hacia la puerta y salió al jardín. A través de la ventana, Scoop la vio arrodillarse y comenzar a arreglar los crisantemos. Scoop se levantó y notó un pinchazo en la cadera, que no había vuelto a dolerle desde que había estado en las ruinas. Salió también al jardín. La temperatura había bajado, pero Sophie no parecía tener frío.

—Esos techos tan bajos a veces me agobian —dijo sin alzar la mirada—. Pero en seguida estaré bien.

—¿Y qué me dices de los Carlisle? ¿Están al corriente de lo que ocurrió el año pasado?

—En aquella época, Percy todavía no estaba saliendo con Helen, aunque supongo que ya se conocían —la voz de Sophie era casi inaudible. Se levantó y estuvo a punto de chocar con Scoop—. Percy estuvo en Killarney a principios de septiembre. Para entonces, yo ya había hecho un par de excursiones a la isla. Vino a verme. La verdad es que me sorprendió, pero no pensé mucho en ello. Cuando volví a verle en Kenmare la otra noche, me comentó que se había enterado de que andaba a la caza de una leyenda irlandesa. Estaba convencido de que yo estaba siguiendo los pasos de su padre, pero no era ese el caso en absoluto.

—¿Conocías a su padre?

—Sí, aunque no muy bien. Coincidí con él en el Carlisle Museum cuando estaba estudiando en Boston. Era aficionado a la arqueología, y todo un aventurero.

Scoop acarició con la punta del zapato uno de los ladrillos del jardín.

—¿Y qué puedes decirme de ese pescador?

—Ya te he dicho que confío plenamente en él. Tuvo muchas oportunidades de tirarme por la borda o de dejarme encerrada en la cueva, pero no lo hizo.

—Devolverte con vida le ahorró tener que enfrentarse a muchos interrogatorios.

—Soy consciente de que no soy policía y de que no tengo por qué dejar todas las posibilidades abiertas, lo que, aparentemente, significa que uno no puede confiar en nadie. Pero confío en Tim. Él no trabajaba para Augustine ni para ninguna de las personas que tenían algo que ver con el mercado negro de antigüedades.

–¿No formabais un equipo?

Sophie le dirigió una fría mirada, pero nada indicaba que su pregunta la hubiera sorprendido o irritado.

–¡Ah, ya entiendo! Tim ayuda con el transporte y la información local, yo identifico los objetos auténticos y encuentro a los coleccionistas que están dispuestos a comprarlos sin hacer preguntas.

Scoop se encogió de hombros.

–O a lo mejor, trabajáis juntos y os inventáis una historia creíble y atractiva, vendéis objetos falsos a personas que, en el caso de que descubran que no son auténticos, no pueden denunciaros, puesto que los han conseguido de forma ilegal.

–Todo eso es absurdo –repuso Sophie sin vacilar–. No sería lógico que llamara la atención sobre mí inventándome una historia sobre una cueva irlandesa si fuera una ladrona.

–Yo podría encontrar argumentos para que lo hicieras.

–Muy retorcidos. ¿Después de haber pasado tantos años estudiando un doctorado y viviendo al día iba a echarlo todo a perder con una locura como esa? Ni siquiera tiene sentido.

Scoop inclinó la cabeza y la miró a los ojos.

–¿Me suspendería, doctora Malone?

Sophie intentó sonreír, pero inclinó bruscamente la cabeza, tomó el crisantemo amarillo y lo colocó detrás de uno blanco. Se levantó.

–Ya está. Así me gusta más.

–No veo la diferencia.

–El amarillo queda mejor de fondo.

–Sophie…

Sophie sonrió.

–De acuerdo. Esto es lo que yo pienso: primera opción, los objetos que vi en la cueva eran auténticos y fueron robados por alguien que me siguió hasta la cueva con la esperanza de que encontrara algo. Segunda opción: eran objetos robados por alguien que, por algún motivo, esperaba que yo tuviera noticia de aquellos objetos en particular. Tercera: eran objetos falsos colocados por alguien que quería que yo los encontrara...

–Una trampa –dijo Scoop, terminando por ella–. Sí, los suspiros y la sangre en las ramas confirmarían esa opción.

–El problema es que no he contado nada de lo que ocurrió por petición de la policía irlandesa. Aunque tampoco hacía falta que me lo pidieran. La última de mis intenciones era animar a cazadores de tesoros, o convertirme yo en uno de ellos.

–No quedaría muy bien en tu currículum. ¿Estás segura de que la primera vez que viste a Cliff Rafferty fue ayer por la noche?

El dolor de lo que había vivido aquella mañana se reflejaba en su rostro.

–Sí, creo que sí. Aunque no puedo estar segura de no haberme cruzado con él en la calle cuando era policía.

–¿Cuándo estuviste en Boston por última vez?

–En primavera. Antes de que estallara toda esta oleada de violencia.

–A no ser que la violencia se desatara un año atrás... Eso es lo que te preocupa, ¿verdad?

Sophie no contestó. Pasó por delante de él, se acercó a la ventana del apartamento y arrancó una hoja seca del alféizar de una ventana que parecía necesitar urgentemente una capa de pintura.

–Pero ya se ha acabado el verano.

–¿Echas de menos Irlanda?

–Boston también me encanta –estrujó la hoja y dejó caer los restos en el jardín–. Pero no sé si es una buena idea que estés tú aquí. A no ser que estés de servicio.

–Técnicamente, todavía estoy de baja por haber sufrido los efectos de la explosión del bidón del compost.

Sophie se sacudió las manos y le sonrió.

–Eres un policía de vocación absolutamente inflexible y obsesionado con su trabajo, ¿verdad, Scoop?

Scoop le sonrió.

—No soy ningún cínico.

—Y se te da bien detectar mentiras, ¿por qué?

—Forma parte de mi trabajo. No es nada especial. No es ninguna forma de venganza por las mentiras de una mujer o de mi familia.

—¿Cuánto tiempo llevas en asuntos internos?

Scoop advirtió que parecía tener frío. Había salido del apartamento sin ponerse una chaqueta encima.

—Dos años.

—¿Y qué va a pasar a continuación?

—Que me despedirán si no tengo cuidado contigo. Esto no va a salir bien, Sophie, si no me dices toda la verdad.

—Acabo de decírtela.

—No me has contado todo.

—No te he mentido, Scoop.

—Omitir determinada información es lo mismo que mentir —tenía preparadas varias preguntas—. ¿Qué me dices de ese octogenario experto en obras de arte robadas?

Advirtió un gesto de sorpresa en el rostro de Sophie.

—¡Ah! Wendell Sharpe —enderezó el felpudo con el pie—. Tus amigos británicos deben de tener mucha iniciativa si ya te han hablado de él. Es todo un caballero, además de un hombre brillante. Fui a verle cuando estuve en Dublín.

—Después estuviste hablando con Colm Dermott sobre lo que le había ocurrido a Keira —añadió Scoop.

—Le pregunté si habían aparecido objetos irlandeses celtas en el mercado negro el año pasado. Sabía que la policía lo sabría si había ocurrido algo, pero… —empujó de nuevo el felpudo—, era una gran oportunidad de hablar con un experto. Me dio toda una lección sobre su mundo. Fue absolutamente fascinante.

—Estoy seguro —advirtió que comenzaban a flaquearle las fuerzas—. Creo que tus crisantemos necesitan agua.

Sophie consiguió responder con una sonrisa.

—Supongo que no puedo fingir que soy una experta en

jardinería, ¿verdad? –pero todavía no estaba dispuesta a renunciar–. He oído decir que un mal policía es como una infección, que se extiende de forma incontrolable e impredecible.

–No puedo seguir por allí, Sophie.

Sophie regresó a la puerta del apartamento. La pintura verde de la madera parecía casi negra en la oscuridad.

–No creo que Cliff Rafferty se haya suicidado –se interrumpió con una mano en el picaporte de la puerta mientras le daba la espalda–. No me sorprendería que la autopsia revelara que estaba ya muerto cuando le colgaron. Al igual que tú, yo también tengo mis teorías.

Scoop estaba justo detrás de ella. Un crisantemo le acariciaba la pierna, pero no se movió.

–No te dedicarás a investigar por tu cuenta, ¿verdad?

–¿Y tú, Scoop? ¿Estás seguro de que no estás cegado por la amistad de Bob O'Reilly y Abigail Browing con otros detectives del departamento? Has pasado un mes fuera del país. ¿Y si alguno de tus compañeros estuviera involucrado en el caso?

–Estás diciendo lo que piensas, ¿verdad?

–Un investigador no puede llegar muy lejos si no dice lo que piensa.

Abrió la puerta, regresó al interior del apartamento y cerró la puerta tras ella. Scoop se rascó la comisura de los labios. Se acercó a la puerta y alzó la mano para llamar, pero la puerta se abrió antes de que lo hiciera.

–¿Va a quedarse alguien contigo?

–No estoy preocupada.

–Puedes quedarte unos días en el Whitcomb, hasta que la situación esté más tranquila.

–Prefiero quedarme aquí.

Scoop le acarició la melena. Aquello era una locura.

–Lo de esta mañana ha sido terrible. Siento que lo hayas tenido que ver.

–No ha sido culpa tuya.

–No he dicho que lo fuera.

Scoop arqueó las cejas. Sophie dejó escapar un suspiro.

–Lo siento. Sé que estás intentando ayudarme.

–Eres inteligente, tienes una gran formación y tiendes a ser particularmente cabezota con tus opiniones y tus teorías, ¿no es cierto? –le guiñó el ojo–. Parece que para eso no tienes respuesta. Cuéntame algo sobre ti que no esté relacionado ni con objetos celtas ni con ramas empapadas de sangre.

–Me gusta la música tradicional irlandesa y tener velas a mi alrededor cuando trabajo. Y practico el yoga –había bajado las defensas y Scoop advirtió que en aquella ocasión la sonrisa alcanzaba su mirada–. Y no me gusta perder.

Scoop se echó a reír.

–Y no te gusta mucho el sol.

–¿No tienes miedo? –le preguntó Sophie con voz queda.

–Intento no pensar en ello. Me concentro en lo que tengo que hacer. Como hiciste tú en la cueva. Calculaste los riesgos e hiciste todo lo que estuvo en tu mano para sobrevivir –se despidió de ella alzando la mano–. Estoy a cinco minutos de tu casa. No dudes en llamarme en cualquier momento.

Sophie salió del apartamento, tomó la mano de Scoop y le dio un beso en la mejilla con unos labios tersos y fríos.

–Gracias –susurró–. Gracias por no haberme dejado ir sola esta mañana y por haberme escuchado.

–Sophie…

Pero Sophie había vuelto a refugiarse en el interior de la casa y había cerrado la puerta.

Scoop encontró a Jeremiah Rush en el mostrador de recepción, registrando a una madre con una hija adolescente, que habían viajado a Boston con intención de ir de compras. También ellas miraron a Scoop como si esperaran que les arreglara la bañera.

Una vez estuvieron en el ascensor, Jeremiah se levantó

de su silla, con aquel carísimo traje al que no se le veía una sola arruga.

—¿Algún problema en la habitación, detective?

—Todavía estoy dispuesto a probar el sofá cama de Yarborough.

—Puede quedarse aquí durante todo el tiempo que quiera.

—Tu prima nos avisó unos segundos antes de que estallara la bomba. Somos nosotros los que estamos en deuda, y no al revés.

—Yo no hice nada. ¿Vio a Lizzie en Irlanda?

—La noche antes de irme.

—Lord Davenport y ella… —todavía de pie, Jeremiah alargó la mano y tecleó algo en el ordenador—. Todo ha sido muy rápido entre ellos. Tengo la sensación de que Will es un hombre con demasiadas cosas en la cabeza.

—Es una forma de decirlo, sí. No conozco bien a Lizzie, pero a mí me parece que es una mujer a la que no le gusta aburrirse.

—Desde luego —confirmó Jeremiah con un deje de cariñosa exasperación—. El caso es que he hablado con Lizzie hace un rato.

Scoop mantuvo una expresión neutral.

—¿Qué quería?

—Estaba intentando recordar algo… —parecía incómodo—. Sophie conoció a March, el director del FBI, cuando trabajaba en el hotel.

—Así que March, ¿eh?

—Lizzie quería saber si recordaba algo más sobre su relación. Y sí, hay algo que recuerdo, y es que Sophie tiene un hermano que es agente del FBI. Damian Malone está en Washington.

—¿Es amigo de March?

—No lo sé. Hace mucho tiempo que no le veo.

—¿Cuánto tiempo?

—Desde primavera, quizá. Damian no es… No sé cómo explicar esto. Sophie es arqueóloga, Taryn es actriz, y él…

–Él es agente del FBI. Eso lo explica todo.

Jeremiah no discutió y Scoop bajó las escaleras para dirigirse al Morrigan's. Bob O'Reilly ya estaba sentado a la mesa con una cerveza.

–Es una O'Doul's, una cerveza sin alcohol –advirtió–. Continuó teniendo la sensación de que estoy de servicio, aunque ahora mismo, tanto tú como yo vamos en el mismo barco, Scoop. Y se supone que deberíamos estar a kilómetros de todo esto.

Scoop se sentó frente a él.

–Cliff no se suicidó, es imposible.

–No, no se suicidó.

–¿Crees que el explosivo era suyo o que formaba parte del montaje?

–No lo sé. Estoy consiguiendo alguna información sobre la bomba que explotó en nuestra casa. Si Cliff no es el culpable, es posible que alguien quiera atribuirle la culpa. Pero si es nuestro tipo…

–Quien quiera que le colgara, quería que apareciera como el responsable de la bomba y evitar a cualquier precio que hablara con nosotros.

–Qué día tan pésimo –se lamentó Bob.

Miró a Fiona, su hija, una arpista de diecinueve años de melena rubia y ojos azules que se había reunido en el pub con sus amigos, todos ellos músicos.

–Vamos a escuchar un poco de música irlandesa mientras me cuentas todo lo que sabes sobre nuestra doctora Malone –le propuso.

Capítulo 15

Sophie regó los crisantemos utilizando la manguera que todos los vecinos parecían compartir. Pertenecía a los dueños del apartamento de Taryn y el grifo estaba situado bajo las escaleras que conducían al primer piso. El jardín estaba envuelto en sombras, frío y silencioso, y aquellas flores otoñales ofrecían un alegre contraste con la luz mortecina del atardecer... Y con su propio estado de ánimo, pensó en el momento en el que se mojó involuntariamente la pernera del pantalón con una fuga de agua helada. Pero no le importó. Tenía que tranquilizarse, relajarse y recuperarse tras haberle contado su historia a Scoop.

¿De verdad le había dado un beso en la mejilla?

—Patético —se dijo mientras volvía a colocar la manguera debajo de la escalera—. ¿En qué estabas pensando?

Cerró el grifo y colocó la manguera sobre una maceta vieja. Sabía exactamente en lo que estaba pensando. Tenía frente a ella a un hombre fuerte e inteligente que no había resultado ser tan rígido como esperaba. Un hombre capaz de un gran autocontrol, pero que no era en absoluto controlador.

Y allí estaba ella, una arqueóloga que acababa de terminar el doctorado en Irlanda. Una mujer que había tenido que presenciar una muerte espeluznante y que acababa de contarle a un hombre la experiencia más terrible de su vida, aunque ni siquiera su propia familia la conocía.

Por lo menos todavía. ¿Porque cuánto tardaría su hermano en sonsacársela?

Se agachó para pasar por debajo de las escaleras del jardín. Los crisantemos parecían haber cobrado vida después de que prácticamente los hubiera ahogado con la manguera. Volvió al interior de la casa y agradeció la calidez y el aspecto acogedor del apartamento. Se lavó las manos, se cambió de ropa y se desenredó el pelo.

En menos de diez minutos, estaba delante del hotel Whitcomb. Debería haber continuado por Charles Street y haberse acercado a su restaurante favorito. O haber ido a dar un paseo por Boston Common. Pero al final, entró en el hotel siguiendo a tres mujeres que giraron inmediatamente hacia el Morrigan's.

Jeremiah Rush le hizo un gesto para que se reuniera con él junto a la chimenea, donde estaba removiendo las llamas, más para crear un ambiente acogedor que para utilizar el fuego como fuente de calor. Jeremiah colocó la pantalla delante de las llamas y colgó el atizador en su lugar.

—Te he delatado.

—¿Me has delatado? ¿Qué has dicho y a quién? —quiso saber Sophie.

Jeremiah esbozó una mueca.

—Le he contado al detective Wisdom que tienes un hermano que trabaja para el FBI.

—Eso no es un secreto, Jeremiah. Después de lo que ha pasado esta mañana, lo habría averiguado de todas formas. No te preocupes. ¿Dónde está ahora?

—Arriba, en su habitación —las llamas iluminaban su atractivo rostro—. El que está en el pub es el teniente O'Reilly. Su hija Fiona ha venido a tocar. Supongo que ésa es la razón de que esté aquí.

—¿Quieres que me vaya a escondidas?

—No funcionará, Sophie…

Sophie comenzó a sentir el calor del fuego.

—¿Qué más tienes que contarme, Jeremiah?

Jeremiah parecía realmente preocupado.

—March no tardará en llegar.

—De acuerdo. Gracias por la información.

Sophie sintió al instante la tentación de marcharse, pero, ¿de verdad quería que se presentaran un puñado de agentes del FBI en el apartamento de Taryn? Porque sería eso lo que ocurriría. Si John March quería hablar con ella, encontraría la manera de hacerlo. De modo que terminó bajando las escaleras del Morrigan's. Las mujeres que habían entrado con ella al hotel estaban en la barra, riendo y disfrutando de la compañía de unos amigos con los que seguramente habían quedado en encontrarse.

Bob O'Reilly se levantó de la mesa en la que estaba sentado junto a la ventana.

—Sophie —la saludó. Sacó una silla y la señaló con un gesto—. Scoop bajará dentro de un momento. Pero podemos comenzar a hablar.

Sophie comprendió perfectamente la indirecta y se sentó. Scoop también tomó asiento. Fiona, una joven de rizos rubios y resplandecientes, estaba en el escenario. Sophie sonrió al verla.

—Su hija se parece mucho a usted.

—Procura no decírselo.

Era detective de homicidios, se recordó Sophie. Eran muchas las cosas que tenía que haber visto como oficial de policía. Pero aquella mañana, había muerto un hombre al que él conocía, un colega. Y todo apuntaba a que había sido él el que había puesto la bomba en su casa. Podría haberle matado a él, o a su hija, o a Scoop, incluso a Abigail, aunque el objetivo de la bomba solo fuera ayudar a su secuestro.

Sophie se recostó en la silla.

—Ahora mismo me está entrando un cansancio tremendo. Me siento como si fueran más de las doce.

—Es la hora irlandesa. ¿Te gustaría estar allí después de lo que ha pasado hoy?

–Eso no serviría para borrar lo que he visto esta mañana.

Desvió la mirada. Los músicos estaban hablando entre ellos y se había reunido más gente alrededor de la barra. Sophie escuchó en silencio el tintineo de los vasos y las risas y dijo por fin:

–Estuve trabajando aquí cuando estudiaba. Pero supongo que ya lo sabe. Veía a John March de vez en cuando. No muy a menudo. Mi hermano mayor también pasó por aquí en una ocasión. En aquel momento, estaba estudiando Derecho.

–Y ahora es agente del FBI.

–¿Jeremiah también se lo ha dicho a usted?

–Scoop. Deberías haberte imaginado que Scoop lo adivinaría. Es un auténtico sabueso.

–Y tiene informadores tanto en Irlanda como aquí. Además, es probable que Lizzie Rush se acuerde de Damian.

–Ella, más que un sabueso, es un pit bull.

Sophie sonrió, pero no dijo nada. Estaba deseando que el teniente O'Reilly olvidara el tema de su hermano.

Con la mirada fija en su hija, O'Reilly continuó diciendo:

–Scoop no permite que sus sentimientos interfieran en su trabajo. Continúa teniendo un control total de sí mismo, pero sé que tienes algo que le ha llegado muy dentro.

Algo que también le había ocurrido a ella, pensó Sophie.

–Apenas nos conocemos.

Advirtió por el rabillo del ojo que Fiona O'Reilly la miraba con cierto recelo. No se sintió ofendida. Scoop le había salvado la vida a Fiona. Era lógico que también ella quisiera protegerlo.

–Me gustaría saber algo más, poder aportar más datos –se lamentó.

–Sabes todo lo que te ocurrió en la cueva.

–Sí, claro que lo sé, y ya se lo he contado a Scoop.

–Me gusta este lugar –dijo O'Reilly con engañosa despreocupación–. No había estado nunca, hasta hace unas cuantas semanas. Y resulta que mi hija y sus amigos llevan meses tocando en este pub. John March ha estado viniendo durante casi treinta años. March conocía a la madre de Lizzie. ¿Cómo es que terminaste trabajando aquí?

Sophie sabía que no era una pregunta ociosa.

—Necesitaba un trabajo y me enteré de que en el Whitcomb había un pub irlandés.

—Tú naciste en Irlanda, ¿no es cierto?

—Sí, en Cork.

—Scoop es de las afueras. Siempre quiso ser un policía de la gran ciudad. Y está preparado para llegar muy alto en el departamento.

—Y usted no quiere que le cause problemas.

—Si tiene algún problema, la culpa será suya y de nadie más —O'Reilly se interrumpió y escuchó a su hija mientras esta tañía algunas notas del arpa—. Fiona está en la escuela de música. Está recibiendo clases de violín y de conducir este semestre. Pero el violín no se le da tan bien como el arpa. Está emocionada con la idea de que vayamos a Irlanda esta Navidad. No necesito que me arrastre a más lugares de los que ya tiene previstos, pero siéntete libre para darle todos los consejos que quiera.

—No se fía de mí, ¿verdad, detective?

—Últimamente, no me fío de nadie.

El director del FBI, John March, llegó en aquel momento con su séquito de agentes, que se quedaron junto a la puerta. Era un hombre alto, de porte erguido, con el pelo gris como el acero y un carácter igualmente duro. Scoop iba justo tras él. Los dos hombres se reunieron con Sophie y O'Reilly. March se sentó a la derecha de Sophie. Scoop a su izquierda.

—Hola, Sophie —la saludó March—, ¡cuánto tiempo!

—Director March, me alegro de verle. Sí, ha pasado mucho tiempo.

—Me han dicho que ya eres doctora. Enhorabuena —se recostó contra el respaldo de la silla y cruzó las piernas. Pero en ningún momento, pensó Sophie, bajó la guardia–. Lizzie me dijo que estabas en Boston. Quería saber si me acordaba de ti. Claro que me acuerdo. Eras una estudiante brillante interesada en Irlanda y en la arqueología. Y también me acuerdo de tu hermana Taryn, era toda una artista en ciernes.

Sophie no se inmutó frente a su inquisitiva mirada.

–Y supongo que también de mi hermano, a quien animó a hacer carrera en el FBI.

–Sí, también me acuerdo de Damian, claro.

Sophie se alegró inmensamente de no haber pedido alcohol.

–¿Él sabe…?

–¿Que he venido a Boston para verte? No, todavía no. No he estado en contacto con él. Por lo que tengo entendido, es un buen agente.

–Todavía no le he contado lo de esta mañana –le aclaró Sophie.

–Yo sí –terció Scoop. Su brusquedad contrastaba con la suavidad del tono de March–. Acabo de hablar con él. Ha sido una conversación muy profesional, excepto por la parte en la que ha dicho que viene inmediatamente hacia aquí y que tendremos que vérnoslas con él como te ocurra algo.

Sophie no pudo evitar una sonrisa.

–Damian siempre ha sido muy protector con Taryn y conmigo. No es consciente de que ya no tenemos seis años.

–Sí. Por lo visto le distéis unos cuantos sustos cuando vivíais en Irlanda.

Sophie soltó una carcajada.

–Le arruinamos la vida.

March la miró con los ojos entrecerrados durante más tiempo del que a Sophie le resultaba cómodo, pero fue Bob O'Reilly el que preguntó:

–¿Tu hermano conoce a Percy Carlisle?

–Lo dudo –contestó Sophie, pero le había sorprendido la pregunta–. Los Carlisle y los Malone pertenecen a dos mundos muy diferentes.

–El padre de Percy y tú compartíais la afición por la arqueología –dijo March–. No recuerdo si durante la época en la que estuve en Boston hizo algún viaje a Irlanda, ¿pero sabes tú si alguna de sus aventuras le llevó hasta allí?

Sophie tuvo que resistir las ganas de desviar la mirada, levantarse de un salto y salir corriendo. ¿Pero hasta dónde podría llegar en el caso de que lo hiciera, estando March, O'Reilly y Scoop tan cerca de ella y las salidas protegidas por agentes del FBI? No muy lejos, pensó, y contestó la pregunta de March.

–Sí, por lo menos en una ocasión.

Scoop la miró a los ojos.

–Hay algo más.

No era una pregunta, ni siquiera le estaba lanzando un desafío. Era una afirmación sin más. Evidentemente, tanto él como los otros agentes que estaban sentados con ella a la mesa conocían la respuesta. Sophie intentó ordenar sus ideas aprovechando la llegada de un camarero con una bandeja. Ella no había pedido nada, pero aceptó la taza de café que le pusieron delante.

–Tengo la sensación de que sé dónde quiere ir a parar con esa pregunta. El padre de Percy nunca sintió una atracción especial por Irlanda. Solo tengo noticia de un viaje a Irlanda, y en la última época de su vida –sintió el calor del café a través de su mano–. Y tuvo mala suerte.

–¿Como tú el septiembre pasado?

Obviamente, Scoop había informado a March de lo que le había contado. Probablemente incluso había enviado ya un informe a sus superiores. Pero incluso mientras le contaba su historia, Sophie había tenido la precaución de advertirse que no pensara que estaban teniendo una conversación íntima y privada.

–No, su experiencia fue completamente diferente –algo que, por supuesto, March ya sabía. Continuó manteniendo un tono sereno–. Le detuvieron en Irlanda por intentar sacar piezas de contrabando. Fue un malentendido entre sus empleados y las autoridades. Le liberaron casi inmediatamente. Pero se puso furioso y despidió a todos sus empleados en cuanto regresó a Boston.

–¿Tú no estabas entre ellos? –preguntó Bob O'Reilly.

Sophie negó con la cabeza.

–No, yo estaba trabajando aquí. Todo eso fue hace siete años. Todavía estaba estudiando y de vez en cuando hacía alguna investigación en el Carlisle Museum.

–Hubo un robo en el museo poco después de los despidos –comentó O'Reilly–. Le destrozaron el despacho y desapareció un cuadro, una marina de Winslow Homer perteneciente a la colección privada de los Carlisle.

Sophie sentía el corazón latiéndole a toda velocidad, como si estuviera a punto de sufrir un infarto, cuando, de hecho, no tenía nada que esconder. ¿Por qué no se habría quedado en Kenmare? O, mejor aún, ¿por qué no se habría ido de excursión con sus padres? Pero se obligó a olvidar sus arrepentimientos y sus miedos y agarró la jarrita de la crema.

–Supongo que todos los demás se están cuidando el colesterol. Yo ya lo haré el resto de los días. Ahora mismo me apetece un poco de crema en el café. Y creo que sé a donde pretenden llegar con todo esto. Cliff Rafferty fue el primer policía que apareció en escena después del robo, ¿verdad?

Fue O'Reilly el que contestó.

–¿Estabas en el museo en ese momento?

–No. Entraron, o al menos, se descubrió la entrada, a última hora de la noche –se echó crema en la taza y dejó la jarra en la bandeja–. Estaba aquí, lavando platos y pasando la fregona. No me enteré hasta el día siguiente.

–¿Nadie te llamó? –quiso saber March–. ¿No te llamaron los Carlisle? ¿O alguna de las personas despedidas?

–No, y no pensé en ello en aquel momento. Tampoco me molesta particularmente ahora. Al fin y al cabo, yo solo era una estudiante. Nadie comentó nunca que hubiera habido símbolos celtas ni ninguna clase de ritual. Ni sangre –añadió intencionadamente. Sentía la garganta seca mientras levantaba la taza–, ni cráneos, ni torques, ni armas destrozadas.

–¿En aquella época ya te habías especializado en arqueología celta? –quiso saber Scoop.

–Sí –miró a March. Su expresión le resultaba completamente insondable–. Recuerdo que usted estaba aquí, en el pub, cuando llegué a trabajar después del robo. Había pasado todo el día en la biblioteca del museo. Le conté lo que había pasado y lo impactada que estaba por lo ocurrido.

–Sí, lo recuerdo –contestó March. Se inclinó hacia ella, menos tenso y con expresión menos beligerante–. Recuerdo que me comentaste que no sabías mucho sobre pintores norteamericanos del XIX.

Sophie se relajó ligeramente.

–Sigo sin saber mucho.

–Y te molesta. Porque te gusta saber de todo.

Sophie sonrió.

–¿Está insinuando que soy una especie de sabelotodo?

–Eres una persona curiosa –no le devolvió la sonrisa–. Y te apasiona investigar. Te gusta enfrentarte a los problemas y sacar tus propias conclusiones.

Y por eso mismo se veía envuelta en aquel momento en un serio problema. Damian conocía a John March mejor que ella y le había advertido que no era un hombre al que se pudiera subestimar. Había sido policía secreta, agente de homicidios, abogado y agente del FBI. En aquel momento era director del FBI y cargaba con una enorme responsabilidad sobre sus hombros.

–Me mantuve completamente al margen de todo lo referente a esa entrada en el museo.

–¿Tenías buena relación con los empleados a los que despidieron? –preguntó O'Reilly.

Sophie se volvió hacia él.

–Por supuesto, pero no era amiga de ninguno de ellos.

O'Reilly deslizó el dedo por la taza del café.

–¿Pensabas que Carlisle se había portado mal con sus empleados?

–Por supuesto, ¿quién no lo pensaría?

–Y su hijo –quiso saber March–, ¿qué pensaba su hijo?

–No hablamos sobre eso –Sophie alzó la mirada hacia Scoop–. Ya le dije al detective Scoop que Percy y yo no tenemos mucha relación.

También la expresión de Scoop era insondable.

–He revisado los archivos y he visto que la policía no te interrogó.

–Es cierto.

O'Reilly alargó la mano hacia la crema.

–Diablos, yo también quiero. Ha sido un mal día y no veo a mi médico por aquí –pero mientras se servía, no apartaba la mirada de Sophie–. Tanto Percy padre como Percy hijo estaban en Boston cuando se produjo el robo. La madre, Isabel Carlisle, había muerto de cáncer el año anterior.

Sophie asintió.

–Sí, lo recuerdo. Fue una época muy triste.

Bob dejó la jarra en la bandeja.

–El padre apareció en el museo justo después de que Cliff llegara, según me dijo él.

–A mí Rafferty me dijo que había conocido a Percy este verano, después de que detuvieran a Augustine... –se interrumpió al comprender que los policías que estaban sentados en aquella mesa lo habrían pensado antes que ella.

–«Efecto onda», como diría Lizzie para explicar cómo un acontecimiento puede conducir a otro de forma inesperada –comentó March–. No tenemos ni idea de lo que puede suceder a continuación, o de lo grave que puede llegar a ser. Me recuerdas a la madre de Lizzie, Shauna Morrigan. Era una mujer que no le tenía miedo a nada y poseía una gran intuición –suspiró con pesar y miró a los dos detectives–. Policías corruptos, bombas, sacrificios rituales o lo que demonios sea... No podemos continuar así.

–No, no podemos –respondió O'Reilly, mirando fijamente a Sophie.

March se levantó.

–Buenas noches, caballeros –le hizo un gesto a Sophie con la cabeza–. Sophie, cuídate. Espero que la próxima vez que nos veamos sea en mejores circunstancias. Y suerte con tu carrera de arqueóloga –entrecerró ligeramente los ojos–. Seguiremos en contacto.

En cuanto March y sus descomunales agentes llegaron al pie de la escalera, Bob O'Reilly resopló con fuerza.

–Maldita sea. Me encanta que venga el FBI a decirme cómo tengo que hacer mi trabajo. March ya era así cuando trabajaba con nosotros –se llevó la taza a los labios–. Voy a beber un par de sorbos y después me pediré una cerveza. Mientras tanto, doctora Malone, tenemos dos opciones por lo que a ti concierne: primera opción, tienes un problema. Segunda opción, no tienes problemas.

–La vida no es siempre en blanco y negro –protestó Sophie.

–La mía sí.

El grupo de música estaba tocando en aquel momento *O'Sullivan March*. Aquella melodía trasladó a Sophie hasta Kenmare, a aquel acogedor pub en el que durante una noche lluviosa, Tim O'Donovan había conseguido atrapar su atención con una historia de tesoros, aventuras, triunfos y tragedias.

Se obligó a volver al presente.

–¿Su sobrina sabe que Cliff Rafferty ha muerto?

–Sí, se lo he dicho.

–¿Entonces sabe…?

–He hablado con Keira esta mañana –la interrumpió. Obviamente, no quería seguir hablando del tema–. Está en Irlanda. No sé si tu hermano conoce a Simon Cahill. Es el hombre que forma actualmente parte de su vida. Simon pertenece al FBI. Supongo que lo sabes, ¿verdad?

A Sophie le latía violentamente el corazón, pero consiguió mantener una apariencia de calma.

–Sí, lo sé.

–Me alegro. Parece que vas a terminar desmayándote. ¿Quieres una hamburguesa?

–Creo que comeré unos frutos secos y me iré.

–Siéntate un momento, Sophie –le pidió Scoop tocándole la mano–. Pídete una Guinness y algo de comer. Quédate a hablar con nosotros.

Sophie se dijo que debería levantarse y marcharse cuanto antes de allí, pero la perspectiva de encontrarse sola en el apartamento de Taryn le parecía de pronto menos atractiva que la de estar en el pub, disfrutando de la música en directo y rodeada de gente. Aunque fuera en compañía de aquellos dos detectives tan recelosos e intensos. Scoop y O'Reilly estaban de su lado, se dijo, aunque creyeran que les estaba ocultando algo.

En una situación como aquella, Damian le diría que las fuerzas del orden siempre tenían su propia agenda. Probablemente era un buen consejo, pensó, y decidió prescindir de la Guinness y aceptar solamente la hamburguesa.

Capítulo 16

Dublín, Irlanda

Keira y Lizzie salieron hacia Londres después del almuerzo. Josie intentó salir sola del hotel, pero Myles, que además de ser un genio en perseguir personas, no tenía nada que hacer, la alcanzó antes de que la puerta se hubiera cerrado tras ella y le tendió un paraguas plegable.

—He pensado que te vendría bien.

—Has oído el pronóstico del tiempo, ¿no?

Myles alzó la mirada.

—Me ha bastado con mirar hacia el cielo.

Josie tensó el cinturón del abrigo y se colocó el paraguas bajo el brazo. Hacía una mañana deprimente y gris a la que acompañaban algunos chubascos que, probablemente podían convertirse en una lluvia constante a medida que fuera avanzando el día. Las aceras estaban mojadas. Los dublineses parecían estar en sintonía con el día. Los autobuses y los coches pasaban a toda velocidad, los peatones corrían. Una familia, evidentemente de turistas, desplegó en una esquina un mapa que inmediatamente dobló un golpe de viento.

Josie avanzó por la transitada calle. Myles caminaba a su lado, como si aquel fuera un paseo romántico. Iban en dirección al Trinity College. Pero mucho antes de llegar a aquel campus histórico, Josie, siguiendo las indicaciones que Justin Rush le había dado, giró hacia un callejón, enfrentándose así a un golpe de viento acompañado por lluvia. No se molestó en ponerse la capucha y el paraguas no habría servido de nada con aquel viento. Myles parecía igualmente imperturbable por las condiciones climáticas.

Llegaron a un edificio de ladrillo sin ningún atractivo en particular. Era allí donde Wendell Sharpe dirigía la oficina de Dublín de Arte Recuperado, una empresa discreta especializada en asesorar tanto a particulares como a agencias del gobierno en la investigación y recuperación de objetos de arte robados. Su nieto tenía una oficina en los Estados Unidos. Josie no sabía exactamente dónde, pero esperaba que no fuera en Boston.

Myles estaba tan atractivo que apenas soportaba estar cerca de él. Parecía ajeno al efecto que tenía en ella, o fingía serlo. Seguramente lo sabía y disfrutaba teniendo a la acartonada Josie Goodwin encendida y temblando por él. Pasar toda una noche en una habitación contigua a la de Myles había despertado los recuerdos del tiempo que habían pasado juntos y del dolor y la angustia de los dos años anteriores. Mientras descansaba en la mullida cama de un hotel de cinco estrellas, lo imaginaba durmiendo en la habitación de al lado. Durante el mes anterior, los sentimientos de Josie habían alternado entre el alivio de saberle vivo y el enfado provocado por el hecho de que aquel canalla la hubiera tenido en una situación de absoluto desconsuelo, llorando su muerte y odiándole al mismo tiempo, durante tantos meses.

¿Cómo era posible que no hubiera encontrado la manera de hacerle saber que estaba vivo y no era un traidor?

Will se había tomado la reaparición de Myles en su mundo con una calma asombrosa. Pero Josie había cometido el gran error de haberse acostado con él. De haberse enamorado de él.

Le devolvió el paraguas con un gesto brusco. Myles lo guardó en el bolsillo de la chaqueta.

—Puedes quedarte aquí fuera mientras hablo con el señor Sharpe —le dijo muy seca.

–Como quieras.

Sophie pensó en decirle algo más, ¿pero qué? Su expresión era insondable. Aquel tiempo tan lúgubre hacía más profundo el color gris de sus ojos, aumentaba su misterio, su atractivo.

Y ella necesitaba la luz del sol, pensó Josie mientras corría hacia la entrada del pequeño edificio. Evidentemente, había perdido la cabeza. Lo mejor que podía hacer era concentrarse en la misión que la había llevado a Dublín. Scoop Wisdom la había llamado a última hora de la noche y le había puesto al tanto de los acontecimientos de Boston.

Las oficinas de Sharpe estaban ubicadas en el tercer piso, en un rincón de inesperado diseño moderno con vistas a la calle. Él propio Sharpe parecía no haber cumplido ni los sesenta. Estaba esperándola y se levantó de su abarrotado escritorio para recibirla.

–Bienvenida, señora Goodwin –la saludó con un acento en el que se adivinaban influencias de Dublín y Boston. Era un hombre alto y delgado, de pelo blanco, y llevaba corbata de pajarita y tirantes–. ¿Cómo está lord Davenport?

–Por lo último que sé, todavía vivo.

Sharpe se echó a reír.

–Ya me habían advertido que podía ser muy irreverente. Todavía no he tenido el placer de conocer a Will, pero de vez en cuando trabajo para su padre. El marqués es uno de sus grandes admiradores.

–Él también es todo un personaje.

–Hace meses que no hablo con él. Espero que esté bien –señaló hacia un sofá–. Por favor, póngase cómoda.

–Estoy bien así, gracias –respondió Josie–. Esta mañana me he levantado un poco nerviosa.

–Como usted quiera. ¿Qué puedo hacer por usted, señora Goodwin? Me ha dicho que quería hablarme de Sophie Malone. ¿Qué le ocurre exactamente?

–Ha regresado a Boston. Creo que está intentando averiguar si algo que le ocurrió el año pasado puede tener alguna relación con los episodios de violencia que afectaron a Will y a sus amigos de Boston.

El anciano suspiró.

—He estado siguiendo lo ocurrido. Sophie estudió y trabajó con Colm Dermott, un antropólogo irlandés.

—Sí, lo sé.

—Es una investigadora completamente entregada a su trabajo. Le aseguro que no se dedica al robo de obras de arte, si es eso lo que está pensando.

Josie no se amilanó ante su actitud defensiva. Todo lo que había aprendido sobre Sophie Malone sugería que era una persona muy inteligente y vitalista cuya actitud positiva y su sentido de la aventura podían llegar a ser contagiosos.

—¿Qué sabe de lo que le ocurrió a Sophie el pasado septiembre en la península de Iveragh?

Sharpe regresó a su escritorio.

—Muy poco. No entró en detalles, pero sé que le ocurrió algo. Supongo que usted podrá decírmelo, ¿no?

Josie sospechaba que Wendell Sharpe era un hombre que invitaba de una u otra forma a confidencias de las que uno terminaba arrepintiéndose antes o después. Era un experto de una discreción impecable, inteligente y con décadas de experiencia. Si ella no le hubiera dicho lo que ya sabía, si hubiera intentado andarse con rodeos, Sharpe le habría cerrado la boca o la habría echado de allí. O quizá ambas cosas.

Por otra parte, tampoco veía ningún motivo para no explicar la experiencia de Sophie en la cueva. De modo que fue todo lo detallista que podía ser, haciendo constar la diversidad de sus fuentes y omitiendo sus propias teorías sobre la arqueología celta, las excursiones en barca y las cuevas situadas en islas remotas de Irlanda.

—Y eso es todo —dijo cuando terminó—. Por lo menos, todo lo que yo sé.

Sharpe se reclinó contra el respaldo de cuero de su silla. Llovía con fuerza, pero, afortunadamente, Myles parecía continuar en la calle. Cuando Josie terminó su relato, Sharpe concluyó:

—Nada de lo que me ha dicho contradice lo que la propia Sophie me contó hace una semana.

—¿Tiene alguna hipótesis sobre este incidente? ¿Puede decirnos algo sobre lo que Sophie vio o lo que realmente le ocurrió en la isla?

—Ahora que ha completado el relato con tantos detalles, supongo que podrían ocurrírseme múltiples teorías, pero hace tiempo que llegué a la conclusión de que teorizar sirve de muy poco. Es preferible buscar indicios, seguir las pruebas.

—En este caso, no hay ninguna.

—Usted sabe mejor que yo que siempre quedan pruebas, señora Goodwin.

—¿Tiene relación con alguien del Departamento de Policía de Boston?

—¡Ah, ya entiendo! La teoría del policía malo.

Se levantó de nuevo y se acercó a la ventana. Si Myles continuaba en la calle, apoyado en un poste y mirando hacia el edificio, Sharpe no dio muestra alguna de notarlo. Se mantuvo de espaldas a ella mientras continuaba diciendo:

—Tenemos alguna prueba de que ese asesino en serie de Boston, Jay Augustine, trabajó con objetos robados y tenía un ayudante. No era un gran vendedor. No está claro si su ayudante era un experto o un oportunista, o si realmente estaba más profundamente involucrado en la trama.

—Lo que usted cree es que Augustine no trabajaba solo. Y que fuera lo que fuera lo que se proponía, no era una actuación aislada.

Sharpe se volvió de la ventana.

—Lo que le estoy diciendo apenas tiene la categoría de especulación.

Josie le mostró entonces la fotografía que Scoop le había enviado por correo electrónico del agente que había muerto en Boston, junto a una corta explicación sobre el desarrollo de los últimos acontecimientos del día. Justin Rush se la había impreso antes de que bajara a desayunar.

–Se llamaba Cliff Rafferty. Acababa de jubilarse.

–Revisaré mis archivos y veré si aparece ese nombre.

Señaló con la cabeza un ordenador cubierto de polvo.

–Conservo muchos archivos.

–¿Qué le dijo a Sophie?

Sharpe sonrió.

–Todo fueron teorías.

–¿Y qué puede decir sobre Percy Carlisle?

–¿Sobre cuál de los dos?

–Sobre cualquiera de ellos.

Sharpe se apartó de la ventana y se sentó de nuevo tras su escritorio.

–Conocía al señor Carlisle, aunque no muy bien, pero no conozco a su hijo.

–Hace siete años, ocurrió un incidente en el que se vio envuelto su padre.

–Sí, fue un error por parte de sus empleados que terminó metiéndole en un buen lío aquí en Irlanda. Las autoridades irlandesas le detuvieron por posible contrabando de piezas de la Edad de Bronce, si mal no recuerdo. Fue un terrible malentendido. Le soltaron casi inmediatamente.

Incapaz de resistirse, Josie se acercó hasta la ventana y, efectivamente, allí estaba Myles, apoyado contra una farola. Alzó la mirada como si hubiera sentido su presencia. Josie se volvió de nuevo hacia Wendell Sharpe.

–¿Está convencido de que el señor Percy Carlisle solo fue víctima de un error de sus empleados?

–Estoy convencido de que no se llevó ningún objeto de valor ni perteneciente al patrimonio cultural irlandés. No puedo asegurar nada más –vaciló un instante antes de continuar–. El cuadro de Winslow Homer que desapareció posteriormente en Boston, generó una considerable cantidad de especulaciones entre los que nos movemos en este campo.

–Puedo imaginármelo –respondió Josie–. ¿Tiene alguna

idea de dónde puede estar ahora Percy Carlisle hijo? Entenderá las razones por las que queremos localizarle.

–Por supuesto –Sharpe tomó un lápiz para subrayar unas líneas de una ficha que le tendió–. Cuando estaba en Dublín, su padre a veces se alojaba en casa de una pareja de norteamericanos. La casa está a solo unas manzanas de aquí, en Merrion Park. Ya sé que es un tiro a ciegas. Me encantaría poder decirle algo más.

Josie le dio las gracias y se marchó. Bajó las escaleras lentamente, pensando en la conversación que acababa de mantener. Encontró a Myles apoyado en la farola, bajo la lluvia. Ni siquiera se había molestado en abrir el paraguas.

–Tengo una dirección que podríamos ir a comprobar, aquí, en Dublín. Podemos ir andando.

Myles sonrió.

–¿Te gustaría que fuéramos de la mano?

–No –contestó Josie, repentinamente irritada.

Y le adelantó.

Myles no tardó en alcanzarla. Cruzaron ST. Stephen Green. En el momento en el que comenzaron a caminar entre los lechos de flores, las fuentes y las estatuas de revolucionarios y personajes célebres de Dublín, dejó de llover. Josie decidió concentrarse en el asunto que la ocupaba en aquel momento. No podía pensar en los rescoldos del pasado. Ni en caminar de la mano y disfrutar del ambiente de aquel jardín histórico. Cuando cruzaron las tranquilas calles residenciales del distrito georgiano, tecleó en la BlackBerry la dirección que Wendell Sharpe le había dado. No tenía ganas de perderse entre las húmedas calles de Dublín.

–Supongo que la policía de Boston estará investigando si ese policía que han encontrado muerto en Boston estuvo recientemente en Irlanda –comentó, decidida a no dejarse distraer por propuestas como la de ir paseando de la mano.

–Es posible que Percy Carlisle mintiera sobre el momento en el que conoció a Rafferty.

–¿Estás sugiriendo que podrían haberse conocido después de que se produjera el robo en el museo? –preguntó Myles.

–No estoy sugiriendo nada. Solo estoy especulando.

Myles continuó caminando en silencio. Pero al final, dijo:

–Sospecho que Wisdom estaba buscando la posible conexión entre los matones de Boston y un policía antes de que yo llegara a la cabaña de Keira para decírselo.

–Lo que hiciste tú fue confirmar sus peores sospechas. Los datos que él podía tener sobre esa posible relación no bastaron para impedir que estallara esa bomba –Josie esbozó una mueca al pensar en la frustración de Scoop–. Sé el daño que eso podría hacerme a mí.

Llegaron a un edificio de estilo georgiano y subieron los escalones de la entrada, que conducían hasta una puerta pintada de color amarillo sobre la que había una elegante vidriera. Josie prescindió del llamador de cobre y optó por llamar al timbre.

Al ver que nadie abría la puerta, Myles se acercó a la barandilla de hierro forjado.

–Sospecho que mis habilidades para meterme ilegalmente en una casa están menos oxidadas que las tuyas.

Josie se apartó.

–Si nos detienen, serás tú el que tendrá que llamar a Londres.

Se colocó tras él para impedir que pudieran verle desde la calle. Ni siquiera tuvo oportunidad de arrepentirse antes de que Myles anunciara:

–Ya está –lo dijo con calma y sin el más mínimo síntoma de presunción.

El interior de la casa era frío y elegante, aunque la vivienda estaba escasamente amueblada. Entraron en el salón del primer piso, una habitación de techos altos y decorada en azul y crema. Sin separarse en ningún momento, registraron rápidamente todas y cada una de las habitaciones, pero no encontraron allí a ningún americano perdido. No había ni calcetines en el suelo ni una maquinilla de afeitar en la habitación de invitados que pudiera indicar que Percy Carlisle estaba de visita y acababa de salir a dar un paseo.

–Es desconcertante –comentó Josie cuando volvieron al vestíbulo–. Supongo que estará en algún refugio personal, como dice su esposa. Pero todavía no entiendo por qué no podemos encontrarle. No estamos buscando a una persona con entrenamiento militar, o a un espía que está intentando impedir un ataque terrorista a gran escala.

Myles ignoró aquella pulla y pasó por delante de ella.

–Mira.

Josie vio que se había detenido ante un cuadro enmarcado. Era una de las acuarelas inconfundibles de Keira, un ramo de cardos de color violeta.

–Qué pequeño es el mundo –pensó en la emoción que una simple pintura podía despertar. Esa era una de las cualidades de Keira como artista–. Tiene un talento sorprendente. Espero que pasar tanto tiempo con nosotros no acabe agotándolo. Ahora dice que está bloqueada…

–Está preocupada por Simon. Pero Simon volverá.

–Y volverá a marcharse.

–A lo mejor. Pero se acostumbrará a ello.

–Para ti es muy fácil decirlo. Ahora creo que deberíamos irnos. Te juro que estoy esperando el momento en el que los perros se despierten y empiecen a correr detrás de nosotros.

Myles sonrió.

–Tienes miedo de que nos descubran, ¿verdad?

–No, lo de los perros lo he dicho completamente en serio –contestó irritada–. Uno nunca sabe con lo que puede encontrarse. Y, por cierto, puedo arreglármelas sola perfectamente. No necesito ni tu ayuda ni tu protección.

–Pero supongo que te alegras de que esté contigo, por si los guardias o los perros se despiertan.

–Por supuesto. Así podré lanzarte a los perros y escapar yo.

Myles parecía estar divirtiéndose, como si ni los guardias, ni los perros ni ella le preocuparan nada en absoluto. Salieron a la calle, Josie cerró la puerta tras ella y bajó los escalones de la entrada intentando aparentar ante cualquiera que pudiera estar viéndola una absoluta tranquilidad. Pero mientras se alejaba, miró hacia atrás, esperando casi ver a los perros ladrando contra las ventanas.

Sacó la BlackBerry y vio que tenía un mensaje de Lizzie y de Keira. No era con el padre de Lizzie con quien se habían visto en Londres, sino con Will y Simon en persona.

Josie sonrió y le dio a Myles la noticia. Por supuesto, a él no le sorprendió nada en absoluto.

–¿Sabías que iban a volver?

Myles se encogió de hombros y miró al cielo con los ojos entrecerrados.

–Parece que está despejando el día, ¿verdad?

–No durará –Josie se guardó la BlackBerry en el bolsillo del pantalón–. Voy a buscar un banquero tranquilo.

–¿Pero no estuviste casada ya con un contable?

–No voy a alentarte contestándote. ¿No tienes la sensación de que nosotros mismos estamos encerrados en un círculo de piedra y no somos capaces de encontrar la salida?

–La verdad es que yo no sería capaz de diferenciar un maldito círculo de piedra de un *hula hoop* –tomó su mano mientras cruzaban St. Stephen Green–. Disfrutemos de un paseo por el parque.

–Myles...

–Hay que aprender a vivir el momento, amor. La vida está llena de buenos momentos.

Capítulo 17

Sophie, que estaba sentada con el portátil en el sofá frente a la chimenea, se estiró. Había metido en casa una maceta con crisantemos que había dejado junto al hogar. Después de pasar una noche terrible, dando vueltas en la cama y obsesionada con la conversación que había mantenido con John March y los detectives del Departamento de Policía de Boston, por no mencionar el beso que le había dado a Scoop, había decidido tener una mañana diligente y fructífera. Había comenzado el día con una carrera matutina por el parque, después había ido a comprar y se había concentrado en el trabajo. Durante más de una hora, había estado completamente concentrada en la preparación de la convocatoria para la presentación de las ponencias de la mesa que estaba organizando para el congreso.

Una llamada al teléfono la sobresaltó. Vio que era de Damian. En aquella ocasión, no se había conformado con un mensaje de texto. Se enderezó inmediatamente en el sillón.

—¿March ha ido a verte? —le preguntó a bocajarro.

Se produjo un silencio al otro lado de la línea.

—No —contestó su hermano por fin.

Sophie esbozó una mueca.

—No sabía si debía advertirte que podía aparecer en tu

despacho. Tampoco sabía si serviría de algo que te lo anunciara o si era preferible una sorpresa. Normalmente, no soy una persona indecisa, pero estamos hablando del director del FBI –sabía que se estaba metiendo ella sola en un jardín–. En cualquier caso, creo que es mejor que no te haya avisado. Tú no tienes nada que ocultar.

–¿Sophie? ¿De qué estás hablando?

–No importa. Estaba concentrada en mi trabajo… –cerró el portátil y se centró en la conversación con su hermano–. Si quieres, cuelgo, me llamas y volvemos a empezar.

–Olvídalo. No estoy preocupado por March, estoy preocupado por ti. Estás allí sola.

Sophie pensó inmediatamente en Scoop, pero se recordó a sí misma que hacía muy poco que lo conocía. Mencionarlo no iba a servir para tranquilizar a su hermano.

–No tienes por qué preocuparte por mí.

–Me preocupo por Taryn y por ti desde antes de que nacierais. El día que mamá anunció que ibais a ser mellizas, ya supe que estaba perdido.

Sophie sonrió.

–Tuvimos una infancia muy feliz.

–Exactamente, tuvisteis –pero aquello era típico de Damian–. Me ha llamado Wendell Sharpe. Ha estado poniéndote por las nubes por lo inteligente que eres y después me ha dicho que acababa de conocer a una mujer británica que estaba en contacto con el Departamento de Policía de Boston. Esta mujer le ha estado preguntando por ti. Cuando te envié a ver a Sharpe, no pensé ni por un momento que podrías estar involucrada en una investigación sobre bombas, secuestros y asesinatos, Sophie.

–No estoy involucrada en nada de eso.

–Pero sí los policías con los que pasas tanto tiempo últimamente. Y ayer te encontraste con un policía asesinado.

–Yo todavía no tengo la certeza de que haya sido asesinado, ¿y tú?

–Oficialmente no.

Sophie se levantó y miró hacia el jardín que aparecía romántico e invitador en aquel medio día otoñal. Decidió almorzar fuera, junto a los crisantemos.

–¿Qué más te ha dicho Wendell Sharpe?

–Nada que tú no sepas. Sophie… –su hermano vaciló un instante, algo poco habitual en él–. ¿Qué ocurrió en septiembre pasado en Irlanda?

Sophie no podía pasar por aquello una vez más.

–Hizo un tiempo muy agradable.

–¡Maldita sea, estoy intentando ayudarte, Sophie!

–Sí, ya lo sé, Damian –contestó más despejada.

Podía imaginar a su hermano en alguna de las sedes del FBI, con el pelo castaño oscuro, su rostro atractivo y la pistola al cinto. Damian apreciaba su trabajo tanto como Taryn y ella los suyos.

–A lo mejor es preferible que no conozcas todos los detalles.

–Eres mi hermana. Quiero conocerlos –parecía preocupado otra vez, y menos beligerante–. Ya estoy al tanto de algunos detalles. Puedo presentarme allí en el momento en el que me lo digas. Si tienes alguna información sobre dónde puede estar Percy Carlisle, dímelo o habla con la policía. Después, retírate de todo este asunto. No me gusta nada todo esto, Sophie. Si estuviéramos hablando de una excavación arqueológica, yo escucharía tus consejos.

Sophie se sentó a la mesa, en la misma silla que había ocupado Scoop el día anterior, cuando había estado escuchando pacientemente su historia.

–El detective de asuntos internos que resultó herido en la explosión de la bomba está pendiente de mí. Nos conocimos en Irlanda.

Damian permaneció durante algunos segundos en silencio.

–Cyrus Wisdom, Scoop.

–¿Le conoces?

–Sé que es un policía de primera. Pero recuerda algo,

Sophie: los policías solo te dirán lo que quieren que sepas, y es posible que te mientan. Tú no puedes mentirles a ellos, pero eso no significa que ellos no puedan mentirte.

–¿Crees que Scoop me está mintiendo?

–No lo he dicho por nadie en particular. Pero si yo fuera tú, tendría mucho cuidado y no confiaría en nadie más que en Taryn, mamá, papá y yo.

Sophie le agradeció la llamada, su consejo y su preocupación, pero cuando colgó, le entraron ganas de tirar el iPhone contra la chimenea, no por culpa de su hermano, sino por su situación. Se había sentido a salvo cuando había ido a la península de Beara para visitar las ruinas de Keira, pensando que si Jay Augustine era el responsable de aquellos crímenes, estando en la cárcel no podría hacer ningún daño a nadie. Pero, ¿y si la muerte de Cliff Rafferty no tenía nada que ver con ella o con Keira y los símbolos celtas que habían encontrado en su apartamento solo fueran una forma de distracción, un intento de confundir a la policía y obstaculizar la investigación?

¿Pero con qué intención?

Sophie cerró el ordenador y salió al jardín. Sonrió al ver los crisantemos, que en aquel momento se le antojaron un símbolo de la felicidad y la normalidad. Podía imaginarse a Scoop trabajando en su jardín. Era un hombre que buscaba resultados y al que no le asustaba el trabajo físico. Seguramente disfrutaría trabajando con la azada, quitando las malas hierbas, sembrando...

Se sacudió mentalmente y se recordó las palabras de advertencia de su hermano. Scoop era un detective que estaba recuperándose de la explosión de una bomba en su propia casa, y el día anterior, la propia Sophie le había conducido al domicilio del probable artífice de la bomba... al que habían encontrado muerto.

Pero, ¿y si alguien había dejado los materiales para la fabricación de la bomba en el salón de Cliff Rafferty?

Fuera cual fuera el caso, ¿de verdad creía que Scoop iba a estar pensando en cuestiones de jardinería?

Aunque estaba más adaptada al horario de Boston que el día anterior, Sophie estaba demasiado nerviosa como para almorzar, de modo que cruzó el pasillo abovedado y subió los escalones para dirigirse a la calle. Damian tenía razón. Estaba acostumbrada a ser firme y decidida en su trabajo como arqueóloga, pero desde que había comenzado a conocer detalles sobre la experiencia de Keira Sullivan en la península de Beara, no había vuelto a ser ella misma.

Se dirigió hacia la transitada Beacon Street evitando pasar por el hotel Whitcomb. Una vez allí, cruzó hacia el Boston Public Garden, un jardín botánico de la época victoriana que constituía un auténtico oasis de vegetación en el centro de la ciudad.

No tardó en relajarse en medio de aquellos enormes árboles y de los perfectamente cuidados prados y lechos de flores. Contemplaba las hojas teñidas de oro, naranja y rojo mientras se dirigía hacia el estanque artificial cuyas barcas y patines habían entretenido a turistas y vecinos de la ciudad durante una década.

Sophie podría haber pasado la tarde sentada en un banco, o haberse llevado el ordenador y haber comenzado a convertir su tesis en un libro, como Colm Dermott le había animado a hacer.

En cambio, cruzó la calle Boylston y se dirigió hacia la sala de exposiciones que tenían Jay y Charlotte Augustine en el South End.

Scoop apareció en la siguiente esquina y se colocó a su lado. Sophie se volvió para mirarle.

—¿Desde cuándo me estás siguiendo?

—Desde que estabas en el estanque.

—Parece que no se me da nada bien esconderme. Supongo que tendré que aprender si decido convertirme en agente del FBI, ¿verdad? —se interrumpió al advertir la seriedad de Scoop—. ¿Qué pasa?

Scoop permaneció muy cerca de ella mientras cruzaban la calle.

–Jay Augustine ha muerto esta mañana en su celda, probablemente de un infarto cerebral.

–Y eso significa que sus secretos han muerto con él. ¿Estaba enfermo?

–No, que nadie supiera. Era un auténtico canalla. No me extrañaría nada que hubiera provocado su propia muerte para así poder conocer personalmente al diablo, al que tanto admiraba.

Les adelantó todo un enjambre de oficinistas y dependientes.

–¿Podría haber sospechado que tenía algún problema de salud y se negó a decírselo a nadie?

–Eso ahora no importa. Ya ha muerto.

–¿Cliff Rafferty le conocía? ¿Había hablado con él?

Scoop negó con la cabeza.

–No que nosotros sepamos. ¿En qué estás pensando, Sophie?

Sophie hizo un gesto con la cabeza, señalando vagamente hacia la calle.

–Ahora mismo me dirigía hacia la sala de exposiciones que tiene Augustine en South End. Pero no sé si habrá nadie atendiéndola.

–Muy bien –el tono de Scoop era frío. Resultaba difícil de interpretar–. Iremos juntos. Seguro que hoy hay alguien allí.

Por la muerte de Augustine, dedujo Sophie.

–Una terrible coincidencia, después de lo que pasó ayer. A lo mejor Cliff ha tenido una conversación con el diablo y han decidido llevarse también a Jay.

Llegaron a un estrecho edificio con un gimnasio de lujo en la primera planta. Scoop abrió una puerta de cristal para dirigirse a la entrada. La sala de exposiciones de Augustine, o, mejor dicho, su antigua sala de exposiciones, pensó Sophie, puesto que en ese momento estaba cerrada, se encontraba en el tercer piso. Subieron en un ascensor en el que apenas cabían, y en el que Sophie fue intensamente consciente del roce de su brazo con el de Scoop, de los músculos de su pecho y de la forma de sus muslos.

Scoop sonrió como si le estuviera leyendo el pensamiento.

—Qué poco espacio.

El ascensor se detuvo y se abrió a una zona de recepción. Frank Acosta estaba allí con el uniforme de policía.

—Imaginaba que apareceríais por aquí —les saludó mientras se apoyaba en un escritorio de roble—. He venido justo después de enterarme de la muerte de Augustine. El muy canalla nos ha hecho el favor de caer muerto en el suelo de su celda. Ahora nunca hablará.

—Nos gustaría echar un vistazo —dijo Scoop.

Acosta se sentó en la silla que había al lado del escritorio.

—Adelante. Nosotros ya hemos terminado. Charlotte Augustine tiene a toda una cola de casas de subastas esperando a que liquide el inventario en cuanto pueda deshacerse legalmente de este lugar. Ahora que su marido ha muerto, le resultará mucho más fácil —miró a Sophie con los ojos entrecerrados—. Tómese todo el tiempo que quiera.

Sophie comenzó a darle las gracias, pero Scoop se le adelantó, abrió la puerta que comunicaba el vestíbulo con la habitación contigua y se la sostuvo para que pasara. Entró en un almacén largo y estrecho, con estanterías en una de las paredes. Tanto el suelo como las estanterías estaban repletos de cajas de madera y cartón etiquetadas y en orden. Solo había unas cuantas piezas sin empaquetar.

Scoop la siguió a través de una fila de cajas. Sophie deslizó las yemas de los dedos por una que le llegaba a la cintura.

—Al detective Acosta no le gustas —señaló Sophie.

—No tiene muchas simpatías por los de asuntos internos.

—¿Ha tenido algún enfrentamiento con otros detectives de asuntos internos o contigo personalmente?

—Sophie, no podemos hablar de…

—Asuntos internos trata con cuestiones administrativas que no son delitos necesariamente —le interrumpió Sophie mientras avanzaba—. Negligencias, indiscreciones sexuales, mentiras, aparecer bebido durante el trabajo… ¿Se le puede achacar algo de eso al detective Acosta? ¿Cruzó una línea que le causó problemas con sus jefes, pero no con el fiscal del distrito?

Scoop ignoró la pregunta y se inclinó para ver más de cerca una estatua de mármol que le llegaba a la altura de las caderas.

—Está desnudo.

Sophie renunció, pero no pudo evitar una sonrisa.

—Puedes llegar a ser muy cabezota. Por cierto, esa estatua es una copia de gran calidad de Apolo, el dios griego. Está marcada como tal, así que no engaña a nadie.

Scoop se enderezó.

—No creo que quisiera tener a Apolo en mi salón.

Sophie estuvo revisando nuevas cajas, fijándose en las etiquetas e intentando permanecer alerta por si aparecía algo que pudiera ayudar a encontrar las piezas celtas que el trabajador decía haber visto, pero que no habían aparecido por ninguna parte.

—Cuéntame lo que ves, Sophie —le pidió Scoop muy serio.

—Muchas cajas. No estaría nada mal encontrar una que dijera «objetos robados de origen celta».

Acosta apareció en ese momento tras ellos.

—Se puede pasar a la habitación aclimatada en la que el chico que trabajaba aquí dijo haber visto esas piezas.

—Sería magnífico —contestó Sophie mientras Acosta presionaba los botones del panel de la alarma.

—Parece que habéis traído algún viento malo de Irlanda —comentó Acosta, permaneciendo tras la puerta—. Primero muere Cliff y ahora Augustine. Aunque no creo que vaya a echarle nadie de menos.

Sophie sintió que Scoop se tensaba a su lado, aunque no

hizo ningún comentario mientras entraban en la habitación climatizada.

–¿Cómo terminó trabajando aquí Cliff Rafferty? –preguntó Sophie–. ¿Pidió expresamente el puesto?

–Eche un vistazo, doctora Malone –le pidió Acosta, ignorando su pregunta–. Díganos si ve algo de interés.

–A lo mejor robó él mismo los objetos. Si tenía un comprador dispuesto a...

Acosta no la dejó terminar.

–Esperaré fuera.

Se retiró y Sophie miró a Scoop con el ceño fruncido.

–Yo tampoco le gusto. ¿Sabes cómo terminó trabajando Rafferty aquí? ¿El detective Acosta y él se conocían cuando entraron en el Carlisle Museum?

–Probablemente –Scoop fijó sus ojos oscuros en ella–. No investigues por tu cuenta, Sophie, ¿recuerdas?

Sophie sonrió de repente.

–Siempre estoy haciendo preguntas. Forma parte de mi naturaleza.

–Y lo comprendo. Pero tienes que tener cuidado... por tu propio bien.

Sophie continuó avanzando en aquella habitación sin ventanas, fijándose en las cajas, los lienzos, las estatuas, los objetos de porcelana y las piezas de metal que se alineaban contra las paredes.

–¿Han desaparecido más piezas del inventario o solo las piezas celtas?

–Solo esas.

Sophie estuvo mirando un reloj ornamental que descansaba en una de las estanterías y regresó al centro del almacén.

–Cualquier objeto relacionado con los celtas tiene una gran demanda últimamente. No importa la época, el país o el origen. Aquí no veo nada que sea obviamente celta, ni de la Edad de Hierro ni de ninguna otra época. Ni veo que haya etiquetado nada que pueda guardar relación con lo que vi en la cueva. Pensaba que podría servirme de algo ver lo que se almacenaba aquí, pero ya no estoy tan segura.

Regresaron a la zona de recepción y Sophie le dio las gracias a Acosta.

—De nada. Por cierto —le sonrió—, ¿ha encontrado trabajo?

—De hecho, hoy mismo voy a dar clases particulares a unos jugadores de hockey.

—Te veré abajo —le dijo Scoop, indicándole que se fuera.

Sophie bajó por las escaleras en vez de en el ascensor. En cuanto estuvo en la calle, llamó a Tim O'Donovan a Irlanda. Después de saludarle rápidamente, le planteó:

—Cuando me encontré con Percy Carlisle la otra noche en el bar, me dijo que acababa de regresar del Parque Nacional Killarney. El año pasado, cuando vino a verme, se había quedado también allí, en casa de unos amigos. Me pregunto si ellos podrían saber dónde está.

—No esperarás que conozca a todo Killarney, ¿verdad?

—No, claro que no.

A lo mejor Percy estaba teniendo una aventura, pensó Sophie, aunque no tenía ninguna razón para pensarlo, e inmediatamente se dijo que era ridículo. Helen y Percy parecían ser un matrimonio feliz, tenían planes de futuro. Lo más probable era que estuviera relajándose, jugando al golf, haciendo excursiones, lo que fuera, en algún lugar tan aislado del mundo que ni siquiera sabía que había muerto su guardia de seguridad.

Sophie se obligó a concentrarse en la conversación.

—Esperaba que tú o alguno de tus amigos hubierais visto a Percy con esos amigos de Killarney.

—¿Son irlandeses?

—No lo sé, pero si son amigos de Percy, supongo que tendrán bastante dinero.

—Veré lo que puedo hacer, Sophie —respondió Tim en tono neutral—. ¿En qué andas ahora, Sophie?

—Jay Augustine, el asesino en serie, ha muerto.

–No es una mala noticia.

–¿Te llegó la fotografía del policía muerto que te envié por correo electrónico?

–Sí. Tampoco le reconocí. Se la enseñaré a los chicos cuando les pregunte por los amigos de Killarney. No te estoy sirviendo de mucha ayuda...

Sophie advirtió su preocupación y sonrió al teléfono.

–Pronto estaremos de nuevo bailando danzas irlandesas y bebiendo Guinness en un pub.

–¿Y tu amigo detective?

–No sé si será muy aficionado a las danzas, pero siempre podemos enseñarle.

Tim no parecía muy convencido antes de colgar.

Scoop la alcanzó cuando Sophie ya estaba a punto de cruzar la calle.

–Quería darte tiempo para que terminaras de hablar. ¿Hablabas con tu familia?

–Con Tim O'Donovan.

–El pescador y violinista –se acercó al borde de la acera y levantó la mano para llamar a un taxi–. Que te diviertas con tus jugadores de hockey.

–No creo que empecemos hoy las clases. Hoy será el día de las presentaciones.

Scoop le abrió la puerta del taxi.

–Procura mantenerte ocupada, y ten mi número a mano.

Sophie asintió y le dio las gracias mientras se metía en el taxi. Estaba nerviosa y, en el momento en el que Scoop cerró la puerta del taxi, estuvo a punto de pedirle que la llevara, que no quería estar sola. Pero se despidió de él con una radiante sonrisa. Aquel hombre ya tenía suficientes preocupaciones como para tener que ocuparse también de ella.

Diez minutos después, el taxi la dejaba en un edificio sin ningún atractivo especial situado cerca de la Universidad de Boston. Las aulas de la academia estaban situadas en el primer piso. Sophie disfrutaba dando clases particulares y además, necesitaba los ingresos.

Estaba entrando en el edificio cuando Tim le devolvió la llamada.

–Nadie ha reconocido a tus policías –le dijo–, pero tienen una idea de quiénes pueden ser los amigos de Percy Carlisle en Killarney. Por lo visto, vienen a Kenmare a menudo.

–¿Tienes nombres?

–Por supuesto. David y Sarah Healy.

Le dio todos los detalles que tenía sobre los Healy y en cuanto colgó, Sophie llamó a Scoop.

–¿Has vuelto al trabajo?

–No. Necesitaba asegurarme de que llegabas a tu destino, así que estoy a media manzana de ti.

Sophie se volvió y Scoop la saludó desde la esquina de la manzana. Sophie soltó una carcajada.

–Voy a tener que vigilarte de cerca. Te espero…

–Dime lo que tengas que decirme. Te noto en la voz que tienes algo para mí.

¿Qué más podría notar en su voz?, se preguntó Sophie, pero sacudió rápidamente la cabeza ante aquel pensamiento.

–Tengo el nombre y la dirección de una pareja de Killarney que es amiga de Percy Carlisle. Es posible que sepan dónde está –Sophie se interrumpió y observó a Scoop avanzando hacia ella–. A lo mejor pueden comprobarlo tus amigos británicos.

Capítulo 18

Killarney, sudoeste de Irlanda

Josie se había preparado a un posible abandono de Myles en Dublín, pero este no solo la acompañó hasta el aeropuerto, sino que se montó con ella en el avión que volaba hasta el oeste de Irlanda. Josie había pedido que le tuvieran un coche preparado para cuando llegara. Fue Myles el que tomó las llaves, y ella no protestó.

—Yo haré de copiloto —se ofreció Josie, y alargó la mano hacia el cinturón de seguridad.

Todo estaba oscuro para cuando llegaron a una bonita casa de piedra situada justo después de una confusa rotonda situada cerca del Killarney National Park. Las luces que iluminaban las ventanas del primer piso sugerían que los amigos de Percy Carlisle, David y Sarah Healy, estaban en casa.

Myles salió del coche sin mostrar ningún síntoma del cansancio que Josie había percibido en él al encontrárselo en casa de Keira. Mientras recorrían el camino de entrada a la casa bajo la llovizna, tuvo que esforzarse en renovar su propia energía.

—Me encantaría poder dar un paseo entre los robles y los tejos sin tener nada más que hacer que encontrar la siguiente catarata.

Esperaba una respuesta ingeniosa por parte de Myles, pero éste se limitó a acariciarle la mano.

–Y algún día podremos hacerlo, tú y yo.

–Siempre tan optimista –subió los escalones de entrada a la casa–. Me pregunto si nos encontraremos a Percy Carlisle sentado en el sofá y disfrutando de un whisky.

Myles no contestó directamente. Josie pensó que iba a recibir una nueva demostración de ternura, pero al final respondió:

–Vamos a averiguarlo, ¿vale?

David Healy, un irlandés afable de mediana edad, les recibió en la puerta. Su curiosidad era palpable mientras Josie se presentaba y presentaba a su compañero lo mejor que podía.

–Un amigo nos ha dicho que podríamos encontrar a Percy Carlisle aquí, así que se nos ha ocurrido venir a saludarle.

–Lo siento, pero ya no está aquí. Estuvo hace cuatro o cinco noches. Solo pasó una noche en nuestra casa. Venía directamente de Londres y Helen no estaba con él. Había vuelto ya a Boston… o no, creo que iba a Nueva York y después a Boston. Percy y yo fuimos a hacer una excursión por el Parque Nacional y mi mujer se quedó en casa. Esa misma tarde se marchó.

Myles se apoyó contra la verja de hierro de la entrada.

–¿Dijo adónde iba?

–A Kenmare. Pensaba ir a ver a una arqueóloga que conoce.

–¿Y después de Kenmare?

La propia expresión de Healy indicaba que no tenía la menor idea.

–No me lo dijo. Estaba bastante preocupado. Me comentó que quería pasar algún tiempo solo, me temo que no sé nada más. Y mi esposa tampoco.

El hombre comenzaba a parecer preocupado, pero Josie le dirigió una alegre sonrisa.

–Bueno, siento mucho no haber podido localizarle. Gracias por su ayuda.

Healy comenzó a cerrar la puerta, pero se detuvo para decir:

—No tiene nada de raro que Percy quiera estar solo. Ha sido así desde que le conozco, y son ya más de diez años. Percy siempre ha apreciado la soledad. Dice que esa es la razón por la que se ha casado tan tarde. Y Helen lo comprende.

—Entonces, ¿no está enfadada porque se haya ido solo?

—Según Percy, no.

Myles se apartó de la barandilla de la puerta.

—El año pasado, Percy vino a verle también por estas fechas, ¿verdad?

Healy frunció el ceño.

—Sí, estuvo aquí varios días. Estuvimos jugando al golf.

—¿Mencionó en esa ocasión que quería ver a la arqueóloga a la que conocía?

—Para ser sincero, no lo recuerdo. Ha ocurrido algo, ¿verdad?

—Esperemos que no —contestó Josie, y le tendió su tarjeta—. Aquí tiene mi número de teléfono y mi correo electrónico. Por favor, si sabe algo, llámeme, ¿de acuerdo?

Healy prometió que lo haría y Josie le dio las gracias y retrocedió por el camino de entrada. Myles se le adelantó y le abrió la puerta del coche.

—¿Tengo aspecto de querer meterme rápidamente en el coche?

—Solo estoy siendo caballeroso.

—¡Vaya! Creo que nadie había sido nunca caballeroso conmigo. Es muy agradable —sonrió mientras se sentaba en el asiento del pasajero—. ¿Ahora me cerrarás la puerta?

—E intentaré no pillarte el pie.

Josie revisó la BlackBerry. Tenía un mensaje de Will. No había nuevas noticias en Londres. Simon y él estaban investigando a los amigos y conocidos de Percy Carlisle e intentando rastrear sus actividades allí. Además, estaban volviendo a investigar los viajes de Jay Augustine a Gran Bretaña e

Irlanda. Indudablemente, Lizzie y Keira estaban profundamente involucradas en el caso. Todos querían saber quién podía haber estado en aquella isla diminuta con Sophie Malone en septiembre del año anterior.

Simon había sugerido que Josie, Moneypenny como él la llamaba, trabajara directamente con la policía irlandesa, pero, ¿con qué fin? Ella no sabía nada que ellos no supieran.

También tenía un mensaje de Adrian, diciéndole todo lo que había hecho en el colegio. Aquello le hizo sonreír y deseó estar de nuevo en casa. Miró a Myles. Pero todo había cambiado. Ni siquiera sabía si podría permitirse el decirle a su hijo que su héroe no se había desvanecido en el aire.

–¿Adónde vamos ahora? –preguntó Myles mientras ponía el coche en marcha.

Scoop Wisdom le había dicho antes que Sophie Malone le ofrecía la cabaña a sus «amigos británicos».

Y esos eran Myles y ella, pensó Josie.

–Volvemos a Kenmare.

La cabaña era encantadora, aunque estaba helada. Y en cuanto cruzó la puerta, Josie supo que estaba perdida. Myles le pasó el brazo por la cintura y le dio un beso en la frente.

–Josie…

Volcó toda su angustia y su dolor en un solo gesto, en un solo suspiro.

Josie había mantenido los suyos como un puño cerrado dentro de ella, negándose a reconocer aquellos sentimientos, y mucho menos a dejar que la destrozaran. Pero ya no podía continuar reprimiéndolos.

–Myles, te he echado mucho de menos.

–Lo sé, mi amor, y lo siento.

–No, por favor, no me compadezcas.

Con un solo movimiento, Myles la levantó en brazos como si fuera una princesa de cuento de hadas a punto de sufrir un desfallecimiento y la llevó al piso de arriba. Abrió la puerta del dormitorio con el pie y la dejó sobre una gélida cama. No habían tenido tiempo de encender la chimenea o conectar el radiador.

—No tardaremos en entrar en calor —le prometió Myles, y la besó.

La luz de la luna se derramaba por la ventana, iluminando su rostro. Josie le retuvo con fuerza contra ella mientras le decía entre susurros lo mucho que le odiaba, lo mucho que le quería, lo mucho que le deseaba. Y Myles le permitió desahogarse antes de volver a besarla tomándose todo el tiempo del mundo.

Después de aquellos besos, Josie ya no tenía ningún frío. Myles le quitó la camisa y ella hizo lo mismo con la suya, esperando quizá encontrar un cuerpo diferente, nuevas cicatrices. Pero comprendió que eso era lo que menos importaba. Lo único que quería era volver a sentir el calor de su piel.

Al principio, hicieron el amor lentamente, como si aquel fuera un momento de una importancia trascendental y cualquier movimiento en falso pudiera condenarlos a la perdición. Pero cuando Myles estuvo dentro de ella, Josie le agarró por las caderas y le invitó a hundirse más profundamente en su interior. Myles gimió mientras buscaba su boca en la oscuridad de la noche. Después de aquello, se acabó la lentitud de su encuentro.

Más tarde, acurrucada bajo el edredón y abrazada a él tal como había imaginado noche tras noche en la soledad de su cama, Josie sonrió.

—Debería haberme imaginado que iba a pasar esto en cuanto has abierto la puerta del coche.

Myles soltó una carcajada.

—Seguro que te lo has imaginado.

Josie también se rió.

—Sí, tengo que reconocerlo.

Capítulo 19

Boston, Massachusetts

Cuando regresó a Beacon Hill, Sophie descubrió que la puerta de entrada al jardín estaba abierta, pero apenas pensó en ello mientras la cerraba con firmeza tras ella. Aquella tarde en soledad la había ayudado a sentirse más normal y estaba incluso decidida a renunciar a buscar respuesta a lo que le había ocurrido el año anterior. Cliff Rafferty y Jay Augustine estaban muertos. Y Percy Carlisle estaba ilocalizable. Había hecho todo lo que había podido para averiguar lo que estaba pasando y le había contado a la policía todo lo que sabía.

Y cuando hablaba de policía, se refería también a Scoop, se recordó a sí misma. Por fuerte que fuera la atracción que sentía hacia él, Scoop continuaba siendo policía, además de una de las víctimas de la espiral de violencia que se había desatado el verano anterior.

El pasillo de la entrada, húmedo y sin iluminación, le recordó el interior de la cueva. Era ya la última hora de la tarde y hacía un frío brutal, un anuncio de los días cortos y helados del invierno que se avecinaba. Hacía años que Sophie no pasaba todo un invierno en New England. Decidió que haría bien en ir preparándose para la llegada de uno de los vendavales típicos de la zona.

El jardín estaba mucho más oscuro de lo que esperaba. El viento, o un gato, o quizá incluso una ardilla, había tirado uno de los crisantemos. Se agachó para levantarlo y se detuvo con la mano a medio camino, convencida de que había oído un susurro. Y no podía ser el viento, porque no soplaba ni la más ligera brisa.

Contuvo la respiración mientras escuchaba.

Oyó entonces un susurro procedente de las escaleras que subían a las casas de sus vecinos y se levantó de un salto. La puerta del apartamento de su hermana estaba cerrada. No había nada que indicara que hubiera entrado alguien.

Continuó oyendo susurros, o lo que le parecían susurros. ¿Sería un vecino? ¿La música procedente de alguna casa?

Maulló un gato, sobresaltándola. Sophie dio un salto hacia atrás con el corazón palpitante. No podía ver el gato, pero el maullido había llegado desde debajo de las escaleras. ¿Habría sido el gato también el causante de los susurros?

Ya estaba bien, pensó Sophie. Regresó por el arco abovedado, sacó el iPhone y llamó a Scoop mientras subía los escalones de la entrada, por los que se accedía a la calle. En cuanto le oyó descolgar el teléfono, y sin esperar siquiera a que hablara, le preguntó:

—¿Estás cerca de Beacon Hill?

—Estoy en el Whitcomb. ¿Qué ocurre?

—Estoy bien —miró hacia los dos lados de la calle mientras hablaba, pero no vio nada—. He oído algo en el jardín. Susurros. Es posible que haya sido un gato, pero…

—¿Dónde estás ahora?

—En la calle.

—¿Hay alguien contigo?

—No, no estoy preocupada. Es solo que… no quiero volver sola al jardín.

—Voy hacia allí.

Mientras esperaba, Sophie continuó mirando las escaleras interiores a través del arco, pero no vio a ningún vecino, ni gato alguno… Nada. Permaneció donde estaba y vio a una pareja paseando por la calle, agarrados de la mano. Se saludaron educadamente y, mientras los seguía con la mirada, Sophie vio a Scoop avanzando por la calle hacia ella. Le saludó con la mano, deseando poder asegurarle que los susurros no eran nada, que no había nadie en el jardín.

–Lo más rápido era venir andando –dijo Scoop en cuanto llegó a su lado.

Le pasó el brazo por los hombros.

–Es posible que me haya equivocado…

–Sea como sea, me alegro de que hayas llamado –le guiñó el ojo–. Es mejor asegurarse de que no ocurre nada. Voy a echar un vistazo.

–Iré contigo. Sinceramente, es posible que solo haya sido un gato.

–No estaría nada mal. Me gustan los gatos.

Cruzaron de nuevo el pasillo y encontraron el jardín en completo silencio bajo la última luz del atardecer. Scoop miró a su alrededor, pero no vio nada. Ninguno de los vecinos que compartían el jardín tenía abiertas las ventanas o las puertas de sus casas. Y no había nadie escondido detrás del banco ni bajo las escaleras en las que Sophie había oído al gato.

–¿Hay alguna otra salida además de este pasillo?

–Creo que hay una salida a la calle detrás de nosotros. La puerta siempre está cerrada, apenas se usa. Yo ni siquiera tengo llave.

–Es posible que alguien se haya escondido debajo de las escaleras y haya salido mientras cruzabas de nuevo el pasillo –se encogió de hombros mientras analizaba la situación–. Podría funcionar. Vamos a echar un vistazo al apartamento.

La puerta estaba cerrada. Apenas había algún arañazo en la pintura. Scoop comprobó las ventanas.

–¿Ves algo distinto?

–No, nada. Si no hubiera oído los suspiros… –Sophie se cerró con fuerza el jersey. Cada vez sentía más frío–. Estoy histérica.

–Es comprensible –respondió Scoop, mirando de nuevo hacia el jardín–. ¿Sabes si tu hermana le dejó a alguien una llave de la casa?

–No creo. La amiga que estuvo aquí el verano anterior le devolvió la llave y le dijo que nunca había hecho una copia.

–¿Quién sabe que estás en Boston y que te quedas en su casa?

–Mi familia, algunos amigos, el centro en el que doy clases particulares, Colm Dermott. Y, posiblemente, él se lo habrá dicho a Eileen Sullivan.

–Y los Carlisle –añadió Scoop.

–Y supongo que también todo el Departamento de Policía de Boston.

Scoop arrancó un capullo marchito de un crisantemo amarillo que había al lado de la puerta.

–Esta casa parece propia de Harry Potter. Vamos a entrar a ver si alguien ha decidido hacerte una visita.

En el momento en el que estaba metiendo la llave en la cerradura, un gato blanco y negro saltó desde detrás de la escalera y aterrizó sobre las cuatro patas al lado de un banco de hierro forjado.

–¡Mira quién está aquí! –exclamó Sophie, intentando evitar que su voz reflejara tensión alguna–. No te he visto antes. ¿De dónde has salido?

El gato arqueó la espalda y bufó, más asustado que agresivo, pensó Sophie. No había visto ningún gato por allí durante los días que llevaba en el apartamento. Scoop se agachó para acariciarlo.

–¿Qué pasa amigo? ¿Has visto algo que te ha asustado?

Justo en ese momento, salió una anciana de uno de los apartamentos que daba al jardín.

–¡Aquí estás! –dijo mientras se agachaba para levantar al gato en brazos–. Llevo toda la tarde buscándote.

Scoop se irguió.

–¿Ese gato es suyo?

La anciana asintió.

–Nunca se escapa. Estaba limpiando los cristales de las ventanas y, de pronto, me he dado la vuelta y he visto que había desaparecido. Al principio he pensado que se había escondido en algún rincón de la casa. Algo tiene que haberle asustado para haber saltado por la ventana.

–¿Cuándo ha sido eso? –quiso saber Scoop.

–Hace unos diez minutos. Me alegro de que esté bien.

Acarició al gato, que ronroneaba, mucho más tranquilo. Pero fue la mujer la que se tensó mientras miraba a Scoop y a Sophie alternativamente.

–¿Ha ocurrido algo?

–No, no pasa nada.

–¿Ha visto u oído algo raro en el jardín?

–No, nada. He pasado todo el día en casa –el gato comenzó a retorcerse en sus brazos–. Creo que debería volver adentro.

Mientras la anciana regresaba a su casa, Sophie volvió a meter la llave en la cerradura.

–A lo mejor solo ha sido el gato –comentó mientras empujaba la puerta.

–O a lo mejor lo que te ha asustado a ti es lo que ha asustado al gato.

Entraron en el apartamento. No parecía que hubiera entrado nadie. Aun así, Scoop revisó hasta el último rincón, incluyendo el cuarto de baño. Sophie había dejado la cama hecha y había recogido su ropa. No había nada demasiado personal en aquel lugar. Pero tampoco tenía por qué importarle. Lo que él estaba buscando era a un intruso, no ropa interior de encaje en el suelo.

De hecho, era posible que Sophie ni siquiera tuviera ropa interior de encaje.

–Me quedo tranquila –comentó Sophie cuando Scoop regresó al cuarto de estar–. Cerraré con cerrojo. Incluso en el caso de que alguien tenga una llave…

–Si alguien quiere entrar en tu casa, entrará. Le bastaría con romper el cristal. No necesita una llave.

—Me alegro de que estés de mi lado —respondió Sophie secamente.

Scoop se encogió de hombros.

—Solo estoy diciendo la verdad.

Permanecían los dos de pie en medio del cuarto de estar, como si no supieran qué hacer una vez que la crisis, o lo que quiera que hubiera sido aquello, hubiera pasado.

—Siento haberte hecho venir hasta aquí.

—Pero has oído los suspiros, ¿verdad?

—Sí.

—¿Crees que había alguien escondido en el jardín?

Sophie asintió mientras se dejaba caer en una de las sillas.

—La puerta estaba abierta. Has hecho bien en llamarme, Sophie. No te arrepientas de lo que has hecho. Es posible que algún vecino del barrio denuncie un robo, o haya visto algo sospechoso… —se interrumpió—. Entiendes lo que te estoy diciendo, ¿verdad?

—Sí. Y gracias —miró fugazmente hacia el jardín que, iluminado por el resplandor que salía de las ventanas, volvía a parecerle acogedor—. ¿Has sabido algo de tus amigos de Irlanda?

Scoop permaneció junto a la silla que había al lado de la de Sophie, pero no se sentó.

—Han localizado a los Healy en Killarney, pero Percy no estaba con ellos. Se quedó en su casa la noche anterior a tu encuentro con él en Kenmare. Estaba solo. Helen ya había vuelto a Boston.

—No era Percy el que estaba susurrando en la oscuridad, si es eso lo que estás pensando. Él no es… —Sophie vaciló un instante, concediéndose un momento para pensar con serenidad antes de decir algo que no debiera—. No creo que Percy sea la clase de persona que se esconde en un jardín o se dedica a seguir a alguien hasta una isla remota.

—¿A diferencia de su padre?

—Su padre podía ser un hombre impulsivo y un poco tiránico en algunas ocasiones, y es cierto que le entusiasmaba la aventura. Como ya te dije, no le conocía muy bien, pero jamás oí decir a nadie que no fuera un hombre honrado. Si estás pensando que puede haber algún tipo de rivalidad entre padre e hijo…

—No estoy pensando nada —respondió Scoop, todavía de pie.

—Le pregunté a Wendell Sharpe si pensaba que Carlisle podía haber fingido la entrada en el museo para robarse él mismo el Winslow Homer y cobrar así el seguro, pero me dijo que no. Los Carlisle no tienen problemas económicos.

Sophie se levantó, repentinamente consciente de la mirada de Scoop. Se sentía como si le estuviera ocultando algo, cuando no era así en absoluto.

—Incluso en el caso de que Percy hijo crea que no está a la altura de su padre —continuó diciendo—, y esté buscando la manera de probarse a sí mismo, no creo que se dedicara a asustarme o que quisiera hacerme ningún daño

—Hace un mes, habría sido incapaz de pensar que un policía podía poner una bomba en el porche de la casa de otro policía, sin embargo, parece que eso es exactamente lo que ocurrió. Hay que mantener la mente abierta, Sophie. No dar nada por sentado ni descartar nada hasta que no estemos seguros.

Sophie sabía que tenía razón. Ella se habría dicho lo mismo.

—Si Percy ha dejado que lo utilicen, se sentiría furioso y avergonzado —fijó la mirada en la ventana, contemplando su propio reflejo—. Si ha hecho algo tan estúpido como relacionarse con un tratante de arte que al final ha resultado ser un asesino en serie… —miró a Scoop sonriente antes de terminar la frase—. ¿No te gustaría ir a Vermont para ver cómo cambian las hojas de color?

Scoop se acercó a ella.

—Ya basta, Sophie. Ya es suficiente locura que estés sola en esta casa con todo lo que está ocurriendo. Jeremiah Rush está loco por ti. Estoy seguro de que te dejaría alojarte en una de las habitaciones del hotel –le apartó un mechón de pelo de la cara. Sus manos eran firmes, cálidas–. La alternativa es que yo me quede aquí contigo.

El apartamento no tenía habitaciones separadas y solo disponía de una cama. Además, el sofá era demasiado corto para cualquiera de los dos.

Algo que, por supuesto, Scoop tenía que saber.

–No debería haber dejado que pasaras ayer la noche aquí. ¿Pudiste dormir?

–No mucho. Y no creas que vas a engañarme. Lo que quieres es no perderme de vista.

–Desde luego –inclinó la cabeza y rozó sus labios. Se separó de ella y le sonrió–. Por numerosas razones.

–Vas a arrepentirte de esto dentro de diez segundos.

Scoop respondió con una carcajada.

–Lo dudo.

–Voy a por mis cosas.

Se retiró al dormitorio y sacó la mochila. Se alegraba de no tener ganas de discutir, aunque un hotel de cinco estrellas desbordara completamente su presupuesto. Pero, ¿qué estaba haciendo? Acababa de prometerse que iba a mantenerse alejada de todo aquel lío y allí estaba, a punto de marcharse con un detective de Boston, con un hombre obsesionado con averiguar por qué habían encontrado a un policía retirado muerto con una bomba en casa y rodeado de siniestros símbolos celtas.

Pero no le importaba irse con él. De hecho, acababa de besarle. Una vez más.

Y no por última vez, pensó, apretando los dientes mientras guardaba su ropa, incluyendo también algunas de las blusas que había dejado Taryn en el apartamento.

Regresó con Scoop al jardín. Llevaba la mochila colgada al hombro y ni siquiera protestó cuando Scoop la agarró por la cintura mientras cruzaban el pasillo abovedado que conducía a la calle.

Capítulo 20

Sin ni siquiera intentarlo, a Scoop se le ocurrían media docena de razones para no alojarse en el mismo hotel que Sophie, pero ignoró todas y cada una de ellas mientras permanecía a su lado en el elegante vestíbulo del Whitcomb. Jeremiah Rush mantenía una expresión completamente neutral tras su escritorio.

—Te alojarás en el tercer piso —le dijo a Sophie mientras le tendía una auténtica llave, no una tarjeta—. Estás al final del pasillo, tal como el detective Wisdom ha pedido. Tu habitación da a la parte de atrás del hotel, pero creo que te gustará.

—Estoy segura, Jeremiah —contestó Sophie sonriente—. Gracias. No causaré ningún problema.

—Sí, eso es lo que dijo Lizzie hace seis meses y terminé con el hotel lleno de policías —Jeremiah sacudió la cabeza—. Yo quiero disfrutar de la vida, tener un golden terrier y un buen trabajo. No necesito tantas emociones como Lizzie y su padre —se interrumpió, como si pensara que estaba hablando demasiado, se inclinó hacia Sophie y le susurró—. El tío Harlan amenazó con colocar micrófonos en el vestíbulo si no nos comportábamos correctamente.

Scoop sonrió.

—Bien por él. ¿Qué piensa Harlan de Will Davenport?

Jeremiah se irguió de nuevo y soltó una sufrida carcajada.

–No pensará que me lo va a decir a mí, ¿verdad? Disfruta de tu estancia en el hotel, Sophie. Si necesitas cualquier cosa que pueda hacer tu estancia más agradable, no dudes en decírmelo.

Scoop subió en el ascensor con Sophie y la acompañó hasta su habitación. Se ofreció a llevarle la mochila media docena de veces y, al final, pareció captar la indirecta y comprendió que Sophie quería hacerlo todo sola y que a aquellas alturas, ya no estaba segura de nada: ni de haber oído los susurros, ni de si había hecho bien en llamarle, ni de por qué había aceptado su beso y se había trasladado al hotel Whitcomb. Mientras Sophia abría la puerta de su habitación, Scoop se apoyó contra la pared y dijo:

–Supongo que ahora estás pensando que no deberías haber ido a visitar las ruinas de Keira cuando lo hiciste, ¿no es cierto?

–En realidad, no son sus ruinas. Supongo que ella habría sido la primera en decirlo. Las ruinas pertenecen al pastor que es propietario de los pastos.

–No era a eso a lo que me refería.

Algo que, obviamente, ella sabía. Pero aun así, le sostuvo la puerta y le dijo:

–Adelante.

Parecía estar aceptando que Scoop tenía derecho a ver la habitación con sus propios ojos, a asegurarse de que estaría segura.

Scoop entró, Sophie le siguió y dejó la mochila en un estante. Era evidente que estaba acostumbrada a viajar sola. Había recuperado la compostura, pero su expresión continuaba siendo ligeramente tensa cuando se volvió hacia él.

–Coincidimos también en el avión. Habría sido lo mismo. Seguramente, nos hubiéramos encontrado de una u otra forma aunque no hubiera ido a la península de Beara.

–¿Estás hablando de polvos mágicos o algo parecido?

Aquella pregunta consiguió devolver la luz a los ojos de Sophie, que incluso fue capaz de reír.

–A lo mejor.

Scoop se acercó a la ventana, siendo de pronto consciente de cómo iban acortándose los días. ¿Dónde estaría cuando llegara el invierno? Allí no, pensó. No estaría viviendo en un hotel de cinco estrellas de Boston. ¿Habría vuelto a su casa? ¿Estaría durmiendo en el sofá de Yarborough? Le dirigió a Sophie una mirada fugaz, al tiempo que se preguntaba dónde estaría ella. Pero descartó rápidamente la pregunta.

–Cuéntame todo lo de la cueva –le pidió con voz queda. Advirtió inmediatamente que la había pillado por sorpresa–. No te preocupes ahora de los hechos objetivos. Quiero saber la parte más personal. Olvídate de que eres una investigadora. Limítate a ser alguien que se encuentra de pronto sola en una isla diminuta y desierta de la costa de Irlanda.

Sophie abrió la cremallera de la mochila.

–¿Y adónde puede llevarnos eso?

–No lo sé. A lo mejor recuerdas algo de lo que hasta ahora no te has acordado –se apartó de la ventana–. Quiero oír a Sophie, no solo a la doctora Malone.

–¿Alguna vez podré oír yo a Scoop en vez de al detective Wisdom?

–A lo mejor le estás oyendo ahora.

Sophie miró a su alrededor. Todo estaba inmaculado, perfecto.

–El Whitcomb es un hotel bonito, ¿verdad? Jeremiah insiste en pagar la habitación, pero ya resolveremos eso más adelante. Me parece un gesto muy generoso por su parte.

–Supongo que se habrá acordado de que estuvo enamorado de ti.

–No te dejes engañar. Jeremiah es un hombre tan independiente como sus hermanos y su prima. Cuando trabajaba en el Morrigan's, jamás imaginé que algún día me vería en estas circunstancias.

–Sophie, la cueva.

–Estaba aterrorizada –comenzó rápidamente, como si estuviera reconstruyendo aquel momento–. Me preguntaba por qué se me habría ocurrido ir sola hasta allí.

–¿Por qué lo hiciste?

–Necesitaba un poco de aventura, algo que me ayudara a escapar de la rutina del día a día y de las preocupaciones. La historia que me había contado Tim la consideraba una especie de leyenda en la que confluían los mitos y el folclore, incluso en el caso de que estuviera relacionada con algún acontecimiento actual –dejó la mochila y se acercó a la ventana–. Tenía muchas dudas sobre mi trabajo. Había estado tan concentrada en la tesis que no se me había ocurrido pensar siquiera en lo que sucedería después, y de pronto lo tenía prácticamente encima de mí.

–Intenta recordar. Vuelve a la cueva –le pidió Scoop suavemente, sentado en el borde de la cama.

–¿Crees que no lo he hecho ya?

–Sí, claro que lo has hecho, pero no como te lo estoy pidiendo yo.

–No quiero hacerlo –respondió, más para sí misma que para él.

–Ya sé que no quieres.

Sophie le miró de reojo.

–¿Lo dices por lo de la bomba? ¿Tú también te has obligado a...?

–Sí, he intentando recordar y revivir todo lo que ocurrió. He intentado reconstruir las horas que precedieron a la explosión y todo lo que sucedió hasta el momento en el que vi a Bob O'Reilly sentado a los pies de mi cama en el hospital, mirándome con aspecto sombrío. Solo después de haberlo intentado, he podido adquirir cierta objetividad para analizar la experiencia.

–Entonces, ¿eso te sirvió para la investigación?

Scoop se encogió de hombros y sonrió.

–En realidad, no. Estaba destrozado y además me inyectaban morfina. Tengo muchas lagunas. Ojalá pudiera recordarlo todo.

–¿Estuvo Cliff Rafferty en tu casa antes de que estallara la bomba? Cuando piensas en el pasado, ¿tienes la sensación de que puede haber sido él el que pusiera la bomba?

–Ahora no estamos hablando de mí.

Sophie sonrió.

–¿Cuándo vamos a hablar de ti?

–Después de que me cuentes lo de la cueva, y de que nos hayamos tomado un par de copas.

Sophie se volvió hacia la ventana y fijó la mirada en el callejón que había detrás del hotel.

–Estaba disfrutando de la excursión –le dijo con voz calma–. Era un bonito día de septiembre y me encantaba poder estar explorando la isla. Tenía mucho cuidado de no pisar ningún nido y también con las plantas más frágiles... Buscaba aves marinas, focas...

–Ya me hablarás más tarde de las babosas que descubriste.

Sophia estaba tan concentrada en sus recuerdos que no se dio cuenta de que estaba bromeando.

–No esperaba encontrar nada, teniendo en cuenta las condiciones de la isla. Buscaba también alguna edificación antigua, como los restos de la cabaña de un ermitaño, pero no tenía ningún motivo para pensar que pudiera encontrar nada.

–Sophie, ¿es posible que ya hubiera alguien en la isla cuando llegaste?

–No sé cómo, pero no es imposible.

Sophie sacudió la cabeza.

–Yo pensaba que solo lo sabía Tim. No le contamos a todo el mundo lo que pretendíamos hacer. Pero supimos que se habló sobre ello.

–Es posible que alguien os viera y llegara a sus propias conclusiones.

Sophie asintió. Evidentemente, era una posibilidad que ya había considerado ella.

–En cualquier caso, después de que Tim me dejara en la isla, le vi alejarse por la bahía. Tenía prismáticos. Vi otras barcas, pero ninguna se dirigía hacia la isla. Comí algo y comencé la exploración. Se oía el canto de los pájaros, pero nada más, estoy segura de que estaba sola, Scoop.

Se interrumpió, pero Scoop no la forzó a hablar. Dejó que continuara recordando lo que había pasado en la isla.

—No oí ningún bote después de que Tim se marchara. Quienquiera que se llevara el supuesto tesoro que encontré en la cueva y que me diera ese susto de muerte, tendría que haber apagado el motor para no alertarme. O a lo mejor tenía una embarcación con un motor muy silencioso… O llegó remando desde la orilla o desde otra embarcación. No es fácil llegar hasta allí. Por supuesto, no hay ningún muelle. La orilla es muy accidentada y las olas y las corrientes son peligrosas. Uno tiene que saber lo que hace.

—Como tu amigo el pescador irlandés.

—Desde luego. Más adelante, comencé a ser consciente de que no estaba sola. No era solo una sensación, no soy una persona particularmente sensible a ese tipo de cosas. Debía de llevar unos diez minutos en la cueva cuando oí crujir la grava –se volvió hacia él–, y empezaron los susurros.

—Cierra los ojos, Sophie. Trasládate allí.

Sophie lo intentó, pero Scoop era consciente de que ya no estaba en la isla. Se había roto el hechizo. Sophie suspiró, abrió los ojos y le dirigió una sonrisa fugaz.

—Ahora mismo estoy en un pub irlandés, con una Guinness delante y unos amigos.

—¿Qué motivo podría tener alguien para querer asustarte?

—No tengo ni idea. Supongo que podría querer distraerme, o inducirme a error… Debe de haber docenas de respuestas.

—¿Qué te dicen los susurros y las ramas manchadas de sangre?

—Que nos estamos enfrentando a un auténtico canalla.

—Esta vez, te pido una respuesta profesional a partir de lo que sabes sobre los rituales antiguos.

—A todo se le puede dar la vuelta para justificar una determinada acción. Los historiadores romanos dejaron escrito que en sus incursiones por los bosques sagrados de los celtas encontraban despojos humanos colgados de los árboles y ramas empapadas en sangre. Por supuesto, tampoco los romanos eran todo delicadeza. Pero sí que tenemos muchos ejemplos que evidencian que los celtas practicaban sacrificios.

—¿Con qué intención?

—Para garantizar el bienestar de la tribu, o la fertilidad de la tierra… Sabemos muy poco sobre las creencias religiosas de los celtas. Los druidas estudiaban durante años, durante décadas, pero todos sus conocimientos se transmitían oralmente. No dejaron nada escrito. Durante los primeros años de la cristiandad, los monjes irlandeses transcribieron los poemas épicos de los celtas. En ellos encontramos una curiosa mezcla de folclore, tradición, mitología y leyenda, por no mencionar algunas adaptaciones que servían a los propósitos de la iglesia. Eso no quiere decir que no aporten una información fundamental sobre la prehistoria celta. Los primeros cristianos irlandeses incorporaron algunos rituales celtas, no los erradicaron por completo. Por ejemplo, encontramos manantiales a los que se les atribuye un origen sagrado en los mismos lugares que los manantiales celtas —Sophie se apartó de la ventana, pero permaneció de pie—. Todavía nos queda mucho que aprender.

Scoop podía sentir su pasión por su campo de estudio.

—La persona que dejó todo ese desastre en casa de Cliff debe de tener su propia interpretación sobre las tradiciones celtas —Scoop se levantó—. Volvamos a la cueva, Sophie. Has oído los suspiros y has visto las ramas.

Sophie cerró los ojos, pero los volvió a abrir y sacudió la cabeza.

—Ya te lo he contado todo. No soy capaz de recordar cómo me golpeé la cabeza. Recuerdo el miedo que sentía mientras corría hacia el interior de la cueva. En lo único en lo que pensaba era en que no podía pasar por delante de la persona que había manchado aquellas ramas de sangre. Y después…

Se interrumpió y palideció, aunque no tanto como cuando Scoop había ido a buscarla a Beacon Hill. Suspiró.

—Después, me desperté en medio de la oscuridad y con un terrible dolor de cabeza.

Scoop se acercó a ella y le tomó la mano.

—Has pasado por una experiencia muy dura, Sophie.

Sophie le acarició la cicatriz que tenía en el dorso de la mano.

—Y eso me lo dice alguien que ha sobrevivido a la explosión de una bomba.

—No estaba solo. Tenía gente a mi lado.

—Estuviste a punto de morir. Yo solo tenía un golpe en la cabeza, algunos arañazos y un principio de hipotermia.

—Tu amigo podría no haberte encontrado a tiempo.

—Y a ti la metralla podría haberte cortado una arteria o haberte afectado a algún órgano vital.

A Scoop se le atenazó la garganta.

—Te espero en el pub. Déjame invitarte a cenar y a una cerveza —sonrió—. A un par de cervezas.

Salió de la habitación y cerró la puerta quedamente tras él. Cuando llegó al Morrigan's, encontró a Fiona O'Reilly tomando un refresco en una de las mesas situadas al lado de la ventana con una guía de Irlanda frente a ella. Scoop se sentó en la misma mesa.

—¿Qué tal van los estudios?

—Intensos. No paro de ensayar.

—Pero te gusta, ¿verdad?

Fiona sonrió.

—Disfruto cada minuto.

—¿Sigues emocionada con el viaje a Irlanda por Navidad?

—Sí. Ya lo tengo todo organizado. Hasta sé donde vamos a comer el día de Navidad. En realidad, tampoco es que tengamos muchas opciones. Casi todos los restaurantes de Dublín cierran ese día. Y también al día siguiente, que se celebra san Esteban –movió sus largos dedos de arpista–. Será muy divertido.

–Tengo entendido que Jeremiah Rush tienen un hermano muy atractivo que trabaja en el hotel de Dublín.

Fiona elevó los ojos al cielo, pero se ruborizó ligeramente.

–Cuando pones esa cara te pareces a tu padre –comentó Scoop con una sonrisa–. Es la cara de sufridores de los O'Reilly. Aunque tengo que reconocer que él nunca se sonroja.

–¡Yo no me he sonrojado! Lo que pasa es que me emociono cuando pienso en el viaje. Ya estoy contando los días que faltan. La víspera de Navidad, tomaremos el té en el hotel Rush. Lizzie quiere reunirnos a todos allí –Fiona cerró la guía. Sus ojos, del mismo color azul que los de su padre, se tornaron serios–. No dejo de revivir los minutos que siguieron a la explosión de la bomba. Oigo a mi padre gritando, veo el humo, el fuego… toda esa sangre. Scoop, al principio pensé que habías muerto.

–Lo sé, Fiona.

–Si hubieras muerto al intentar salvarme, no sé cómo habría podido superarlo.

–Estoy seguro de que lo habrías conseguido. En cualquier caso, me alegro de que no tengas que hacerlo.

–A mí la música me está ayudando mucho –le confesó Fiona con voz queda–. ¿Tú tienes algo que te ayude?

–¿Que me ayude a qué? Estoy bien. Ni siquiera me acuerdo de que te dejé cubierta de sangre.

Fiona volvió a elevar los ojos al cielo.

–Tienes un montón de cicatrices. No me digas que ni siquiera piensas en lo que pasó.

–Pienso mucho en todo lo ocurrido, pero no dejo que me domine.

–Sí, claro. Yo también lo intento. Ese policía al que encontrasteis muerto Sophie Malone y tú… –volvió a clavar la mirada en la guía de viajes y acarició con la yema de los dedos la fotografía de la cabaña blanca que aparecía en la cubierta–. Scoop…

Pero Scoop no la dejó continuar.

–Fiona, concéntrate en el viaje a Irlanda y en tu música. Deja que nosotros no ocupemos de todo lo demás. Si tú no…

–Le vi.

Scoop se quedó paralizado.

–¿Qué quieres decir?

–Vi a Cliff Rafferty un día antes de que estallara la bomba –se aclaró la garganta, alzó la mirada y clavó sus ojos claros y serenos en Scoop.

–¿Dónde?

–En Jamaica Plain, a varias manzanas de mi casa. Iba en coche, pasó por delante de mí cuando iba hacia el metro para encontrarme con mi padre.

–¿Le reconociste entonces o no habías pensado hasta ahora en ello?

–Le reconocí en ese momento. Cliff pasaba de vez en cuando por mi casa para ver a mi padre, aunque sus visitas eran más frecuentes cuando yo era pequeña. Le reconocí, pero no recordaba su nombre. No volví a acordarme de que le había visto hasta que me enteré de su muerte. ¿Crees que si me hubiera acordado antes estaría vivo?

–No.

–Ni siquiera has vacilado a la hora de contestar. ¿Por qué no? No puedes saberlo.

–Sí, lo sé –consiguió hacer sonreír a Fiona y con eso tenía más que suficiente–. El hecho de que Rafferty pasara por el barrio no le convierte en culpable de haber puesto una bomba. Es otro elemento a considerar, eso es todo. Ya sabes que acabo de regresar de Irlanda, déjame hacerte unas recomendaciones.

–Oh, genial. Parece ser que todo el mundo ha ido a Irlanda antes que yo.

–Solo tienes diecinueve años. Tienes mucho tiempo por delante.

–Como si tú fueras tan viejo –se levantó con la guía de viajes bajo el brazo–. Ahora tengo que empezar a prepararme. Mis amigos no tardarán en llegar.

La que llegó en ese momento fue Sophie, evidentemente recién salida de la ducha. Scoop las presentó. Fiona fue amable, pero le dirigió a Scoop una sonrisa casi protectora antes de acercarse al final de la barra, donde comenzaban a reunirse sus amigos.

–Tiene mucho talento –comentó Sophie mientras ocupaba el lugar que Fiona había dejado vacío en la mesa–. Parece que lo está superando todo perfectamente. A su manera, es tan dura como su padre, ¿verdad?

Scoop soltó una carcajada. Le aliviaba ver que el color había vuelto a las mejillas de Sophie.

–Bob está encantado de que estudie música. No quiere más policías en la familia. Sabe que no es él el que tiene que decidirlo, pero no tiene ningún inconveniente en decir lo que piensa.

–¿Tú siempre quisiste ser policía?

–Mi familia no fue capaz de retenerme en la granja.

–¿Lo intentaron?

Scoop negó con la cabeza.

–No. Somos una familia muy unida. Nos llevamos muy bien.

–¿Hay algún arqueólogo en tu familia?

Scoop sonrió.

–No, ninguno.

–¿Cuándo volverá Abigail Browning de su luna de miel?

–No lo sé. Pronto.

–¿Crees que continuará trabajando como detective?

–Eso depende de ella.

–Pero es amiga tuya, podrías saberlo. Su marido, Owen Garrison, también estuvo a punto de morir ese día.

–Sí, no podemos decir que fuera un buen día, pero todos

sobrevivimos. Supongo que podría decirse que hasta es un lujo que podamos sentirnos frustrados por no haber sido capaces de detectar la bomba cuando podríamos haber muerto todos.

—Aun así, continúas frustrado. Colocaron la bomba en un lugar en el que era imposible verla. ¿Abigail está completamente recuperada? Físicamente, quiero decir.

—Todavía tenía algunas heridas cuando la vi el día de su boda, pero estaba mucho mejor. Norman Estabrook la golpeó mientras hablaba por teléfono con su padre, así que March pudo oír sus gritos. Estabrook quería convertirse en el castigo personal de March.

—March ya ha sufrido bastante.

Abigail había dicho lo mismo sobre su padre. Durante la recepción de la boda, le había comentado a Scoop que quizá no llegaran a saber nunca cómo había llegado aquella bomba a la barbacoa.

—Afortunadamente, estamos en una boda, y no en un funeral. Y tenemos que dar las gracias por ello —le había respondido Bob mientras servía más champán.

Sophie interrumpió los recuerdos de Scoop.

—Disfrutabais de una rutina agradable y esa explosión acabó con ella. Supongo que, en cierto modo, ahora todos os sentís muy solos.

Quizá sí, pensó Scoop. Sus vidas habían cambiado mucho aquel verano. Jamás podrían volver a ser lo que habían sido antes de que la bomba estallara. Miró alrededor de la barra. Cada vez había más gente en el pub. Fiona y sus amigos reían mientras se preparaban para ofrecer dos horas de música irlandesa.

Al final, miró a Sophie y sonrió.

—Abigail y Owen van a tener un hijo.

—¡Eso es maravilloso!

—Claro que sí —se reclinó en la silla—. Y ahora, olvidémonos de bombas y de árboles manchados de sangre. Hablemos del vino con el que quieres acompañar la cena —se inclinó hacia ella–. Puedes confiar en mí o no, pero ha llegado la hora de que te decidas.

–Esa es una carretera con doble sentido.

–No, con uno.

Sophie sonrió.

–Podemos pedir un Malbec.

Capítulo 21

Después de desayunar con una Sophie pecosa, de ojos radiantes y aguda inteligencia en el elegante comedor del Whitcomb, Scoop se dirigió hacia Jamaica Plan. Sophie pensaba quedarse a trabajar en su habitación y dirigirse después a la sede del congreso Boston-Cork. Cuando saliera de allí, a lo mejor quedaba con unos amigos.

Scoop no le contó gran cosa sobre sus propios planes. Sophie no parecía enfadada, pero tampoco particularmente contenta.

Mientras aparcaba delante del edificio en el que antes vivía, Scoop recibió el último informe de Irlanda. En aquella ocasión, fue Myles Fletcher el que le llamó, no Josie Goodwin.

—No tenemos nada para ti —comentó Fletcher—. Queremos volver a hablar otra vez con el pescador. Percy Carlisle no puede haberse desvanecido. Le encontraremos.

Scoop colgó el teléfono y salió del coche. Hacía calor en la calle. Se metió por debajo de la cinta amarilla que cercaba el edificio. Bob O'Reilly estaba en los escalones de la entrada con un contratista. Era uno de sus amigos de South End. Cuando vio a Scoop, farfulló algo sobre los policías heroicos y se marchó.

Bob señaló con la cabeza a su amigo.

—Cree que no caben una piscina y una cabaña en el jardín.

–Muy gracioso, Bob –replicó Scoop.

–Sí. He convencido al Ayuntamiento de que no condenen este espacio. No sería una medida inteligente. Podríamos convertir el aparcamiento en un huerto comunitario.

–Por lo menos, el edificio no está tan dañado como pensábamos al principio.

–¿Pensábamos? –Bob sonrió–. Tú estabas hasta arriba de morfina. No te imaginas la cantidad de gente que entraba y salía de tu habitación. ¿Quién iba a pensar que un tipo de asuntos internos podría tener tantos amigos?

Había ido a verle toda su familia, recordó Scoop. Durante algunas de las visitas, él fingía estar dormido, aunque solo fuera para no tener que pensar en lo que iba a decir. Más tarde, cuando comenzaba a encontrarse mejor, todo había sido más fácil. Continuaban llevándose bien, pero eso no significaba que hablaran mucho sobre lo ocurrido.

Bob se frotó la frente.

–Fiona se siente culpable, pero no debería. Yo no le habría dado ninguna importancia aunque hubiera visto a Cliff en la puerta de mi casa con una bomba entre las manos.

–Probablemente, la bomba te habría hecho sospechar que no se proponía nada bueno.

–¿Quién sabe? Hace años que no tengo muy buena opinión sobre Cliff, pero jamás le habría creído capaz de volar esta casa… Y mucho menos de estar a punto de matar a mi hija. Si le hubiera visto con una bomba, habría dado por sentado que era de juguete y que estaba entrenando o algo parecido. Cuando una persona no es recelosa, sencillamente, no lo es.

Scoop se encogió de hombros.

–A lo mejor yo siempre he sido demasiado receloso.

Bob dejó esa pregunta sin responder.

–Acosta está aquí, en la parte de atrás. Está frustrado y enfadado y parece que tiene ganas de desahogarse con alguien. Y tú ni siquiera le caes bien cuando tiene un buen día.

–¿Qué está haciendo aquí?

–Se ha enterado de que estás intentando averiguar si hay algún miembro del departamento relacionado con la bomba que explotó aquí.

Scoop advirtió que Bob ni siquiera había hecho una pregunta. Tampoco él hizo ningún comentario al respecto.

–Acosta no quiere hundirse con Cliff –dijo Bob.

Fueron a la parte de atrás. Acosta estaba comprobando los daños de la terraza del primer piso, como si pudieran darle la respuesta a los motivos por los que su antiguo compañero podía querer poner una bomba en aquel lugar. ¿Por dinero? ¿Por venganza? ¿Por simple placer? ¿Estaría siendo chantajeado? ¿Formaría parte la bomba de algún ritual extraño?

Bob sacó unas sillas de plástico que ya había lavado, aunque continuaban teñidas de hollín.

–Será mejor que nos sentemos. Hablemos un rato. Ya sé que ahora mismo las vistas no son espectaculares, pero siempre podemos mirar hacia el cielo. No hay una sola nube. Hace un día de otoño perfecto.

Pero Acosta no estaba particularmente sociable.

–Cliff ha sido asesinado –anunció. Parecía estar escupiendo sus palabras–. Los agentes de homicidios pueden continuar tan callados como quieran, pero yo sé que Cliff jamás se pondría una cuerda alrededor del cuello y se colgaría. Antes se habría pegado un tiro. Era un hijo de perra en muchos sentidos y muy perezoso. Y tuvo sus problemas con asuntos internos. Pero alguien le pegó un golpe en la cabeza, le puso una soga al cuello, ató la soga a la puerta y le fue alzando hasta estrangularle.

Scoop se sentó en una de las sillas.

–No es fácil levantar un peso muerto.

–Cliff estaba esquelético –Acosta se acercó al borde del huerto de Scoop y pateó los restos de unas vides sin otro motivo que su aparente frustración–. Hasta este momento, no hay ningún testigo que haya visto u oído nada raro en el barrio. Podía haber sido algún familiar.

–¿Su exesposa, por ejemplo?

–No, ella le habría pegado un tiro –contestó Bob al tiempo que se dejaba caer en una silla–. No se habría tomado la molestia de colgarle. No participo oficialmente en la investigación del caso, pero sé que la causa de la muerte fue la asfixia. No puedo decir mucho más. Tenía un golpe en la cabeza. El golpe era suficientemente fuerte como para haberle matado.

–¿Por qué iban a tomarse entonces la molestia de colgarle?

–Teniendo en cuenta el resto del escenario, probablemente se trataba de un ritual –contestó Bob, mirando a Acosta–. Quienquiera que colgara a Cliff, no se tomó muchas molestias para hacerlo pasar por un suicidio.

Acosta se agachó, recogió un tomate medio podrido y lo tiró contra el recipiente del compost, construido con tablas de madera y malla de alambre. Agarró otro tomate y repitió la operación.

–No tenemos nada –se lamentó.

Bob negó con la cabeza.

–Tenemos muchas cosas, pero todavía no les hemos encontrado sentido.

–Y ahora, Augustine está muerto. Si él sabía algo… –Acosta terminó con un suspiro–. Habría dado igual, no nos habría dicho nada.

–Si estás rumiando algo, Frank, vas a tener que decírnoslo –el tono de Bob era paciente, pero miraba al detective con los ojos entrecerrados–. Si no, será mejor que te vayas a casa.

–Vete al infierno –respondió Acosta sin levantar la voz.

Bob le ignoró y se dirigió a Scoop.

–¿Dónde se ha metido hoy tu arqueóloga?

Pero hubo algo en la voz de Bob que hizo que Scoop se volviera. Vio entonces a Sophie caminando hacia allí, con la melena hacia atrás, más peinada de lo que nunca la había visto. Iba vestida con un jersey de color calabaza y unos vaqueros estrechos. El corazón le dio un vuelco en el pecho. Imaginó que Bob, e incluso Acosta, lo habían notado, pero no podía hacer nada para evitarlo. Así iba a continuar la situación hasta que se rompiera el hechizo o admitiera, de una vez por todas, que estaba enamorado.

Miró a Bob.

—¿La has invitado tú?

—Es irlandesa —respondió Bob encogiéndose de hombros, como si eso lo explicara todo—. He pensado que podría ayudarnos a acabar con los malos espíritus de la casa antes de que empecemos a arreglarla.

—¿Quieres que vea dónde estalló la bomba?

Bob se levantó.

—A lo mejor eso te ayuda a recordar.

Sophie les dirigió una tensa sonrisa.

—Hola, detectives.

Acosta se apartó del compost. Parecía irritado y fuera de lugar, como si hubiera irrumpido equivocadamente en medio de una reunión. No le dirigió a Sophie ni una sola palabra mientras esta contemplaba el exterior calcinado de la casa.

—Tuvo que ser un día terrible.

—Empezó mucho mejor de lo que terminó, de eso puedes estar segura.

Sophie señaló el huerto destrozado de Scoop.

—El cubo del compost era el único lugar que podía servir de parapeto —comentó Sophie. Miró a Scoop—. ¿Cómo se te ocurrió esconderte allí?

—No se me ocurrió. Simplemente, reaccioné.

—Confiaste en tu instinto y en tu preparación —se sonrojó ligeramente—. Y tenías miedo de lo que podía ocurrirle a Fiona.

—Y también a mí. Te aseguro que no quería salir volando en mil pedazos.

Acosta musitó algo ininteligible y se volvió hacia Scoop y Bob.

–Tengo que irme.

Sophie le observó alejarse y esperó a que hubiera llegado a la calle para decir:

–Me culpa de la muerte de su amigo.

–¿Por qué dices eso? –preguntó Bob.

–Porque es cierto –se adentró en lo que quedaba del huerto–. ¿No hay calabazas?

–No, prefiero los calabacines –respondió Scoop siguiéndola por el borde del huerto–. No me gustan las calabazas.

–Me encantan los calabacines. Aunque soy una pésima cocinera. Pero no me importa fregar los cacharros –caminó entre las malas hierbas hasta el recipiente del compost–. ¿El compost está en buen estado?

–Debería.

Bob se acercó por el otro lado y se colocó detrás de Sophie.

–¿Una arqueóloga podría encontrar algo de interés en un depósito de compost?

Sophie se echó a reír, ligeramente relajada.

–Tratamos con restos materiales de diferentes culturas. En el compost, todo está descompuesto.

–No la metralla –la contradijo Bob. Señaló con un gesto todo el jardín–. Imagina que dejamos todo esto tal como está y que se analizan los restos dentro de miles de años.

–Sería todo un desafío.

–¿Podría decirse que los arqueólogos son los científicos de la historia?

Scoop no sabía adónde quería llegar Bob. A lo mejor, a ninguna parte, pero a Sophie no parecía importarle.

–Los arqueólogos son arqueólogos –respondió Sophie con una sonrisa–. Hay muchas áreas de especialización. A menudo trabajamos con otros expertos, geólogos, botánicos o expertos en fósiles, que nos ayudan a interpretar los descubrimientos.

–¿Tienes conocimientos sólidos sobre la geología de la isla en la que te aventuraste hace un año?

–Pues la verdad es que sí. Aunque tampoco es muy difícil.

–Son todo rocas –intervino Scoop con una sonrisa.

–Sabía que podía haber una cueva en la isla. De hecho, esperaba encontrármela.

–Un lugar perfecto para esconder tu tesoro.

–No es mi tesoro –respondió con firmeza. Miró con los ojos entrecerrados las ventanas tapiadas y la madera quemada del edificio–. Lizzie Rush consiguió dar el aviso justo antes de que la bomba estallara. Debió de ser terrible saber que estaba aquí tu hija.

–Sí, fue horrible.

–La bomba y el secuestro de Abigail fueron orquestados por Norman Estabrook. Tanto él como la mayoría de sus hombres murieron cuando Lizzie, Will Davenport y Simon Cahill rescataron a Abigail en el sur de Maine. Y también murió otro de ellos en Boston, ¿verdad? –preguntó Sophie.

Eso había sido cosa de Fletcher, pensó Scoop. Y, desde luego, no era el tema favorito de Bob.

–Estabrook contrataba mano de obra local.

Sophie le miró fijamente.

–¿Cliff Rafferty?

–En aquel entonces era policía –contestó Bob en un tono completamente neutral.

–Así que era policía cuando estalló la bomba…

–Exacto.

–La detective Browning sobrevivió al desastre –Sophie pareció sacudirse a sí misma de los siniestros pensamientos que la acechaban–. Eso es lo principal, ¿verdad?

Bob asintió.

–Sí, eso es lo principal. Hizo todo lo que estuvo en su mano para ayudar durante el rescate, pero consiguió evitar que esos canallas la mataran. ¿Coincidiste con Will Davenport en Irlanda?

Sophie negó con la cabeza.

–No, y creo que Tim tampoco –esbozó una mueca al ver

los daños causados por el fuego–. Se encontraron materiales que pueden ser utilizados para hacer una bomba en el apartamento de Rafferty, ¿verdad? ¿Se han cotejado ya los que se encontraron en su casa con las pruebas que quedaron aquí? Se podrían comprobar sus recibos, hablar con sus amigos…

–Sí, podemos hacer todo eso –respondió Bob sin ninguna muestra de sarcasmo.

–Apenas puedo imaginarme lo difícil que debe de ser esta situación para todo el departamento de policía. Teniendo en cuenta lo que ocurrió, supongo que habrá que volver a revisar todo lo que hizo Rafferty durante el tiempo que estuvo trabajando en la sala de exposiciones de Augustine… Y averiguar si tuvo que ver con la entrada en el Carlisle Museum hace siete años. El cuadro desapareció entonces y no lo han vuelto a recuperar.

–Cliff no era tan inteligente –repuso Bob.

–Pero Augustine sí –contestó Sophie, pero cuadró los hombros bruscamente y sonrió a los dos policías–. Ya llevo aquí demasiado tiempo. Si alguien necesita hacerme más preguntas, ya sabe dónde localizarme. No tengo nada que ocultar.

Bob cruzó el jardín con ella.

–¿Has encontrado más gatos callejeros en el apartamento?

Era obvio que la pregunta la había pillado completamente por sorpresa. Scoop había llamado a Bob la noche anterior, después de haberse convencido a sí mismo de que no era una buena idea acompañar a Sophie a su habitación. Había tomado una cerveza, había estado escuchando música y había subido a su dormitorio, desde donde había llamado a Bob para hablarle de los susurros en el jardín. Bob le había aconsejado que la próxima vez le dijera a Sophie que llamara a la policía.

–Todavía no he vuelto al apartamento –respondió con calma–. Pero no me inventé lo que oí…

–Nadie está diciendo lo contrario. Pórtate bien, Sophie.

Sophie miró a Scoop, permaneció en silencio y se marchó. En cuanto desapareció de su vista, Bob fulminó a Scoop con la mirada.

—Quieres estar cerca de ella, ¿verdad?

Pero Scoop ya se estaba alejando de allí.

Scoop intentó localizar a Sophie, pero no contestaba el teléfono. Fue a buscarla al hotel, pero antes incluso de que preguntara por ella, Jeremiah salió desde detrás de su escritorio para decirle:

—Sophie me ha pedido que le diga que vuelve al apartamento de su hermana.

—¿Ha dejado la habitación?

—Quería marcharse definitivamente, pero le he dicho que podía avisarme más tarde —Jeremiah le miró con el ceño fruncido—. ¿Va todo bien?

—No hay nada de lo que preocuparse. ¿Se sabe algo de tu prima?

—Está en Londres con Will, Keira Sullivan y Simon Cahill. Eso es lo único que sé.

—Hazme un favor. En cuanto sepas algo de alguno de ellos o en el caso de que Sophie vuelva por aquí, llámame. Si me necesitas por cualquier otro motivo, no dudes en llamarme, ¿entendido?

—Sí, entendido.

Scoop volvió a marcar el teléfono de Sophie mientras se dirigía a Beacon Hill, pero ella seguía sin contestar.

La puerta de la entrada estaba cerrada. Sophie le abrió por el telefonillo.

Nada más entrar, Scoop vio la mesa repleta de fotografías de objetos celtas. Scoop se fijó en una fotografía a color de un barco de oro en miniatura, con sus remos diminutos incluso, y una media docena de torques labrados. Sophie se había dejado el pelo suelto. Sus mechones rojos le enmarcaban el rostro y acentuaban la luz de sus ojos.

–La mayor parte del material de mi tesis lo he dejado en Irlanda. Mis padres me enviarán por barco todo lo que necesite cuando vuelvan de la excursión.

Scoop alzó la mirada de las fotografías.

–Estás aquí, pero no estás aquí. Una parte de ti quiere regresar a Irlanda.

–Me adaptaré –respondió Sophie con cierta tensión.

–Supongo que pasar varios días sin ninguna crisis te ayudaría –Scoop continuó mirando las fotografías–. Háblame de esos seres que son capaces de cambiar de forma.

–¿Has querido convertirte alguna vez en pájaro o en perro?

–Cuando tenía nueve años, supongo.

–Piensa en ello. Ser capaz de transformarse en pájaro podría dar a un hombre, a una mujer, e incluso a un dios, muchas ventajas. Un pájaro puede adentrarse en territorio enemigo. Puede ver cosas a las que un ser humano no tiene acceso. Y, más allá de las ventajas prácticas, las metamorfosis juega un papel simbólico. Una hermosa reina puede convertirse en una bruja, una joven en un cisne, un héroe en un halcón. Como ya te comenté en una ocasión, los celtas no hacían una distinción tajante entre uno y otro mundo, entre la vida y la muerte, entre los dioses y los hombres. Tienes que pensar en las metamorfosis dentro de un contexto como ese.

–Apenas estás profundizando, ¿verdad?

Sophie esbozó una sonrisa.

–Es difícil hablar de forma tan general sobre los celtas. En la mitología irlandesa, también hay personajes que cambian de forma. Se dice que la diosa Maeve podía convertirse en bruja y en cuervo, aterrorizando así a sus enemigos. ¿Por qué me preguntas por eso?

–No sé. A lo mejor por el perro que te acompañaba en Irlanda –cambió de tema–. Me dijiste que Percy Carlisle padre era un aventurero, pero que su hijo no. ¿Había alguna tensión entre ellos?

—Ya te contesté que no los conocía demasiado bien.

—Pero seguro que oíste rumores. Trabajabas en un pub de categoría de Beacon Hill y estuviste investigando en el museo. Además, eras una experta en uno de los campos que más interesaba al padre.

—Solo era una estudiante, no formaba parte de su círculo y no tenía tiempo para ocuparme de rumores. Si Percy no se sentía a la altura de su padre, o si su padre le hacía sentir que no estaba a su altura, yo no era consciente de ello.

—En ese sentido.

Sophie sonrió.

—De acuerdo, en algún otro sentido, a lo mejor era algo más consciente. Pero Percy es un hombre adulto, con sus propios intereses y objetivos. Está casado, su padre ha muerto. Si estás sugiriendo que ingenió todo lo de la cueva del año pasado para demostrarse algo así mismo... —se interrumpió y negó con la cabeza—. No lo creo posible.

—A Helen no parece importarle que sea un hombre tan endeble.

—No creo que sea un hombre endeble, y sé que lo dices para ver mi reacción.

—¿Nunca tuviste la fantasía de que Percy Carlisle se convirtiera en tu príncipe azul y te llevara a su castillo de la bahía Back?

—No.

Scoop estuvo a punto de preguntarle por una posible fantasía con un policía plagado de cicatrices y aficionado al gimnasio, pero se resistió.

Sophie cargó todos los materiales con los que había estado trabajando y los dejó en el suelo, frente a la chimenea.

—No dejo de preguntarme si habré pasado algo por alto, y si el padre de Percy no exploraría esa isla en una de sus aventuras. Pero no consigo comprender cómo podría haberlo hecho. Tim O'Donovan estaría enterado. Su familia y él han sido pescadores en la costa de Irlanda durante décadas.

–¿Lo de explorar esa isla fue una idea completamente tuya?

Sophie asintió.

–¿Y qué me puedes decir del robo en el museo? ¿De qué manera afectó a tu relación con los Carlisle?

–Yo no tuve nada que ver con eso. Además, lo del robo fue hace mucho tiempo.

–No tanto.

Sophie suspiró.

–Los Carlisle parecían incómodos conmigo después de aquello.

–¿Te consideraban sospechosa?

–No. Y tampoco la policía –hablaba con calma–. Hubo rumores… pero eso ahora no importa.

–A lo mejor sí.

–A la policía le gusta investigar la vida privada de las personas, ¿no es cierto?

–La policía solo se dedica a hacer su trabajo. ¿Qué rumores?

–Se llegó a rumorear que el señor Carlisle podría haber sido el autor del robo.

–¿Con qué motivo?

–De esa forma, podría vender el Homer a algún amigo discreto y, al mismo tiempo, cobrar el dinero del seguro. Se rumoreaba que necesitaba dinero en efectivo, pero yo no lo creo. Y en el caso de que hubiera estado relacionado con él, habría sido por amor al riesgo o para vengarse de alguien. Él era muy… –se interrumpió para buscar la palabra adecuada–. Podía ser muy rígido y muy rencoroso.

–¿Cómo era su esposa?

–Era una mujer muy fría, muy cerebral. El museo lo creó ella.

–Estaba casada con el museo y con su trabajo. Así que lo que tenemos es el escándalo por contrabando en Irlanda y los posteriores despidos y, poco después, el robo en el museo de Boston. Ahora te has convertido en experta en un campo en el que también el señor Percy se consideraba un experto. Tienes mucha información, y Percy hijo lo sabe.

—Por eso me sorprendió que viniera a buscarme hace un año.

—¿Y en tu cerebro no se encendieron las alarmas después de lo que te ocurrió en la isla?

—No.

—¿Le hablaste de Percy a la policía irlandesa?

—No se me ocurrió. Ni siquiera estoy segura de que estuviera en Irlanda en ese momento.

—¿No lo consideras capaz de seguirte hasta una isla?

—Desde luego que no.

—¿Por qué fue a verte a Kenmare? Intenta recordar otra vez esa conversación.

Sophie pensó en ello y asintió.

—Siéntate.

Scoop escuchó sin interrumpirla mientras hablaba. Podía no ser bueno en muchas cosas, pero desde luego sabía escuchar. Y le gustaba oír hablar a Sophie. Era una persona curiosa, analítica e interesante. Scoop no tardó mucho en llegar a la conclusión de que en ningún momento había pretendido que Percy Carlisle se enamorada de ella. De hecho, no parecía estar esperando a que ningún hombre lo hiciera. Sophie Malone era una persona completamente autónoma.

Acababa de terminar su relato cuando recibió un mensaje de texto. Sophie desvió la mirada hacia su iPhone, sonrió y sus ojos brillaron de pura alegría.

—¡Taryn está aquí! —anunció mientras sus dedos volaban por el teclado del teléfono—. Vas a conocer a mi hermana. Está aquí fuera.

Sophie se levantó de un salto y treinta segundos después aparecía Taryn Malone, contemplando al policía con unos ojos tan azules e incisivos como su hermana. Pero se dirigió únicamente a Sophie.

—Solo he venido a saludarte. Después salgo para Nueva

York. Estaré allí dos días y regresaré a Londres. ¿Cómo estás? ¿Y quién es este?

—Es el detective del que te hablé —contestó Sophie, e hizo las presentaciones.

Taryn le dirigió una sonrisa radiante.

—Me alegro de conocerte, detective Wilson.

—Iré a dar un paseo para que podáis hablar —le dijo Scoop a Sophie—. Pero volveré más tarde.

Capítulo 22

Taryn tomó aire después de que Scoop saliera. Sophie alzó la mano antes de que su hermana pudiera decir nada.

–Ya lo sé. Lo que tendría que hacer es seguir el consejo de Damian, regresar a Irlanda e intentar buscar información.

–Yo no voy a decirte lo que tienes que hacer –contestó Taryn mientras se estiraba en el sofá–. Damian no sabe que he venido. Sabía que me recomendaría que no lo hiciera. Sophie, ¿tienes problemas con la policía?

Sophie negó con la cabeza.

–Claro que no. Les he contado todo lo que sé y no he hecho nada malo.

–Por favor, no te quedes sola en esta casa.

–No te preocupes. Estoy alojándome en el Whitcomb.

–Genial. A menos que… un momento, ¿ese policía también se aloja allí?

–De momento, sí.

Taryn gimió.

–Supongo que todavía no ha nacido un Malone que quiera hacer las cosas de la forma más fácil. Muy bien. En ese caso, si no tienes problemas con la policía y si no sospechan que hayas hecho nada malo, deja que te ayuden.

–Cliff Rafferty era policía, Taryn. Y Scoop es detective. No puede dejar de serlo ni por un segundo.

–¿Y por qué ibas a querer que dejara de serlo? Pero eso

ahora no importa. De hecho, después de haberle visto, creo que es una pregunta bastante tonta –se levantó de pronto, toda energía–. Mira, me quedaría si pudiera, pero por mucho que lo sienta, tengo que continuar con mi vida. Podrías venir conmigo a Nueva York.

–Gracias, pero no puedo. Yo también tengo mis propios compromisos.

–Lo sé y lo comprendo.

Taryn entró en el dormitorio, abrió el armario, sacó unos zapatos negros de tacón, se los colocó bajo el brazo y regresó al cuarto de estar.

–No pensaba que los fuera a necesitar. Espero no romperme un tobillo. Dios mío Sophie, estarás a salvo, ¿verdad? No quiero que te pase nada. Somos tan distintas, pero, al mismo tiempo, tan parecidas… ¿Echas de menos Irlanda?

–Sí, pero volveré. Taryn…

–No sigas –la interrumpió, como si le estuviera leyendo el pensamiento–. No voy a pedirle a Tim que renuncie a su vida y él nunca me pedirá que renuncie a la mía.

Sophie se reclinó contra el marco de la puerta.

–¿Y qué harías si te lo pidiera?

–Tanto él como yo somos unos románticos irreductibles. Supongo que esa fue una de las cosas que me atrajo de él, pero tengo que ser práctica.

–¿Tim es un hombre romántico?

Taryn se sonrojó y se dirigió rápidamente hacia la calle. Tenía un taxi esperándola en la puerta. Solo había pasado por Boston con la esperanza de poder convencer a su hermana de que se fuera con ella a Nueva York, pero, obviamente, no lo había conseguido. En cualquier caso, Sophie era consciente de los motivos que habían llevado a Taryn hasta allí.

–Damian está preocupado –susurró Taryn mientras se dirigían hacia el taxi–. Y yo también. Quiero confiar en ese detective, pero en realidad, ¿qué sabes de él? ¿Y si está engañando a todo el mundo? ¿Y si fue él el que puso la bomba?

–Estuvo a punto de morir…

–Sí, pero está vivo, y a lo mejor esa es mejor coartada. A no ser que tengas plena confianza en él, no deberías quedarte a solas con ese policía –Taryn se enderezó, con la mano ya en la manija de la puerta del taxi–. ¡Sophie! No te estarás enamorando de él, ¿verdad? No, no contestes. La culpa la tiene la adrenalina. Seguro que te enamoraste de él durante una crisis.

–En realidad, todo empezó en la península de Beara –admitió Sophie.

–¡Ah! En ese caso, la culpa la tienen las hadas. Es un tipo increíble, lo sé, tengo ojos en la cara, pero… –Taryn no terminó la frase–. Tú ten cuidado, ¿de acuerdo?

–Lo tendré. Gracias por haber venido a verme. Y que te diviertas en Nueva York.

–Sí –sonrió, dejando traslucir un punto de inseguridad raro en ella–. Aunque no estoy segura de que sea eso lo que quiero.

–A lo mejor te viene bien ir allí para averiguarlo.

–No puedo permitirme el lujo de dejarme llevar por el romanticismo… –respondió Taryn con un gesto su inseguridad–. Escúchame con atención. Eres tú la que te estás enfrentando a una verdadera crisis. Yo solo estoy un poco angustiada.

–Si me necesitas, me tienes a tu disposición. Si quieres que hablemos de tu trabajo y de cierto pescador irlandés…

–¡Oh, déjalo ya! Tú misma has visto la barba tan horrible que tiene. Ese hombre no es para mí.

Sophie soltó una carcajada.

–Pero es capaz de recitar a Yeats de memoria.

–Damian también, ¿y puedes imaginarte terminando con un hombre como él?

Las dos se echaron a reír. Justo en ese momento, vieron regresar a Scoop. Taryn le fulminó con la mirada.

–Procura portarte bien con mi hermana –le advirtió.

Rápidamente, se metió en el taxi, cerró la puerta y se despidió con un gesto.

Sophie medio esperaba que Scoop le preguntara por la visita de su hermana, pero este se limitó a acompañarla en silencio hasta el apartamento, permitiendo que le precediera.

–Ayer compré algo de comida –comentó Sophie–. Puedo preparar algo. Aunque ya te advertí que no soy una gran cocinera, creo que seré capaz de hacer algo comestible. No se me dan mal las salsas para la pasta y puedo hacer una ensalada. Tengo todos los ingredientes y no me gustaría que se echaran a perder.

Scoop se quitó la chaqueta.

–Te ayudaré.

–Gracias. ¿Sabes? El mero hecho de tenerte aquí, de tener a alguien con quien hablar, supone una gran diferencia –abrió la nevera–. Mientras trabajaba en la tesis, pasé mucho tiempo sola.

–¿Sobre qué trata tu tesis?

–No creo que de verdad quieras saberlo.

Scoop le sonrió.

–Hazme la versión corta.

Sophie fue hablando mientras cocinaba. Scoop se sentó a su lado en el mostrador y la ayudó a cortar la cebolla, el ajo y la zanahoria. Era una cocina diminuta, con la nevera, el fregadero y la cocina en una sola pared y apenas contaba con espacio para el mostrador. Aun así, era sorprendentemente eficiente, y más grande que la que tenía Sophie en el apartamento de Cork.

Cuando Sophie terminó de describir su tesis, Scoop le preguntó por la época que había pasado en Irlanda.

–Me encantó –contestó Sophie mientras comenzaba a elevarse el vapor del agua de los espagueti–. Trabajé mucho y me costó mantenerme a flote económicamente, pero durante todo ese tiempo, conocí a personas magníficas.

–¿Cuánto tiempo crees que te quedarás aquí?

–¿En el apartamento de mi hermana? No lo sé. ¿Y tú? ¿Cuándo podrás volver a tu casa?

–Dentro de unos meses. Depende de si decidimos hacer

mejoras o nos concentramos en las reparaciones. Abigail no volverá, pero ya nos ocuparemos de eso cuando llegue el momento. Mientras tanto, tendré que buscarme otro alojamiento. No puedo seguir durante mucho más tiempo en el hotel —le sonrió—. Aunque va a ser decepcionante dejar de encontrar chocolatinas debajo de la almohada.

—¿Vives solo?

—Tengo dos gatos, pero no tengo ni novia, ni exesposas, ni hijos.

Sophie metió la pasta en el agua hirviendo, consciente en todo momento de que Scoop estaba a solo unos centímetros de ella.

—Cliff Rafferty me comentó que tenías mucho éxito con las mujeres.

—Nunca he estado muy seguro de lo que puede significar una cosa así.

A Sophie le gustó aquella respuesta. No era una respuesta defensiva, pensó, pero tampoco estaba esquivando del todo la pregunta, al tiempo que le dejaba claro que su vida sentimental no era asunto suyo. Sophie permaneció de espaldas a la cocina mientras la pasta se hacía.

—Háblame de tus gatos.

—Son dos gatos azules rusos que rescaté hace dos años —descolgó el colador—. Estaba trabajando en un caso… Acababa de empezar en asuntos internos. Descubrí que un policía contrataba a prostitutas durante el trabajo y durante el operativo de vigilancia que monté para atraparle, descubrí a los dos gatitos maullando en un callejón.

—¿Eres un hombre de corazón blando, Cyrus Wisdom?

Scoop se echó a reír mientras dejaba el colador en el fregadero.

—Cualquiera que lo pensara cometería un grave error. Me llevé los gatos a casa pensando en dárselos a algún amigo, pero terminé quedándomelos. Más que adoptarlos yo, me adoptaron ellos a mí. Las dos hijas pequeñas de Bob se están encargando de ellos.

Sophie sintió un nudo en la garganta, fruto de una inesperada emoción.

—Has tenido que pasar una época horrible, Scoop. Aunque eres tan fuerte y estás tan centrado en el presente que te resulta fácil olvidar todo lo que has pasado. ¿Piensas retirarte cuando lleves veinte o treinta años de servicio?

—Estás pensando en Cliff.

—Quiero saber lo que piensas.

—Es un buen trabajo.

—En ti, las cosas no siempre son lo que parecen, ¿verdad?

Scoop fijó sus ojos oscuros en ella.

—Si eres una ladrona y me estás mintiendo…

—Si eres un policía corrupto y me estás engañando…

Sophie tomó la cazuela y echó los espaguetis en el colador. El vapor del agua se elevó hacia su rostro, enrojeciéndolo. Dejó la cazuela vacía en la cocina. La salsa estaba a punto y la ensalada preparada. ¿Por qué se sentía de pronto tan fuera de su elemento?

—No soy un policía corrupto —replicó Scoop—. Y no te estoy mintiendo.

La abrazó y Sophie posó las manos en su cintura. Era un hombre musculoso, sexy. Incluso a través de su camisa, Sophie podía sentir las cicatrices dejadas por la bomba.

—Scoop… —Sophie rara vez se quedaba sin palabras, pero en aquel momento, no sabía qué decir—. Me alegro de haberte conocido, y me alegro de que nos encontráramos del modo en el que lo hicimos.

—¿Cubierta de barro y con un enorme perro negro a tu lado? Creo que ese perro es uno de esos seres que cambian de forma.

Sophie sonrió.

—Ahora mismo soy capaz de creer cualquier cosa.

Scoop buscó sus labios y, en aquella ocasión, el beso no fue ni ligero ni fugaz. La atrajo hacia él y le hizo ponerse de puntillas mientras profundizaba el beso.

—Sophie, Sophie… —susurró mientras deslizaba las manos por sus caderas. La miró a sus ojos y sonrió–. Sophie, me gusta decir tu nombre.

–La salsa está a punto de hervir.

Scoop le guiñó el ojo.

–Desde luego.

Taryn llamó esa misma noche, cuando Sophie estaba de vuelta en su habitación del Whitcomb, con el ordenador en la cama y preparando sus clases.

–Estoy en Nueva York –le anunció Taryn–. Ahora mismo me siento culpable por haberte dejado sola. Damian amenaza con volar hasta allí en cuanto pueda. ¿Quieres que llame a papá y a mamá y les diga que vayan a Boston?

–No, deja que disfruten de su excursión. Y Damian debería concentrarse en su trabajo. Yo estoy perfectamente.

–¿Dónde está ahora mismo Wisdom?

–A unos diez metros de mí.

–¡Sophie!

Sophie sonrió.

–No me está acosando. Está en la habitación de al lado, en el Whitcomb.

–Supongo que es mejor que ande cerca. Si puedo hacer algo por ti, no dudes en llamarme. Podría arreglar lo de Londres.

–¿Y Tim O'Donovan?

Su hermana se echó a reír.

–Me temo que eso no tiene arreglo.

Capítulo 23

Kenmare, sudoeste de Irlanda

Josie permanecía sobre el puente de piedra. Contemplaba una cascada de espuma blanca que caía en picado sobre las negras rocas y llenaba el aire de un sonido rítmico y sedante. Se había adelantado mientras Myles se duchaba y vestía. Ya la alcanzaría más adelante. Los dos necesitaban unos minutos de soledad antes de continuar la jornada. Josie no podía decir que estuviera confundida, pero no estaba segura de lo que la esperaba. El pasado parecía por fin olvidado, ya no le hacía sufrir.

Myles estaba vivo. Había regresado de la muerte.

De hecho, se comportaba como si nunca se hubiera marchado. Pero eso era típico de Myles. Las razones que le llevaban a actuar como si no hubiera pasado nada eran las mismas que le habían llevado a participar en aquella misión tan arriesgada. Era un resistente, un hombre con una asombrosa capacidad de recuperación. Aprendía del pasado y planeaba el futuro, pero vivía el presente.

Le vio caminando tranquilamente hacia ella, como si fuera un turista dando un paseo por los cerros de Irlanda. Cuando la alcanzó, se asomó al puente de piedra.

—Si intentaras lanzarte desde aquí, te darías un buen golpe en la cabeza —le advirtió Josie.

—Estaba pensando que podríamos pasar el día pescando.

Josie se estremeció con un gesto burlón.

—Preferiría pasear por un bosque de árboles ensangrentados. ¿Sabes? En Escocia, Will se dedica a pescar cuando no tiene ganas de contestar preguntas incómodas.

—No estoy intentando evitar preguntas incómodas. Me apetece ir a pescar.

—¿Cuánto tiempo ha pasado desde la última vez que has podido estar a solas contigo?

—Acabo de estar solo.

—Me refiero a…

—Sé a lo que te refieres —estaba siendo brusco, pero quería dejar muy claro que no iba a seguir por ahí–. Tú mandas, ¿adónde vamos?

—Tenemos que encontrar a Percy Carlisle. Sugiero que comencemos con Tim O'Donovan.

—De acuerdo.

Continuaron caminando hacia el pueblo y llegaron al muelle, pero O'Donovan ya había salido a pescar. Josie se preguntó si deberían alquilar un bote y salir tras él, pero no tenía la menor idea de por dónde empezar y la verdad era que no le tenía un cariño en particular a los botes. Myles sugirió que regresaran a la casa de los Malone. Ni loca, pensó Josie. Con aquel tiempo, probablemente terminarían encendiendo la chimenea y pasarían el resto del día sin hacer nada útil. Y ese, sospechaba Josie, era el objetivo de Myles.

De modo que decidió que era preferible dirigirse a un pub tranquilo, sentarse cerca de la chimenea y repasar los datos que habían reunido hasta entonces. Myles no protestó, de modo que regresaron al pueblo. Mientras caminaban, Josie le puso un mensaje a Seamus Harrigan invitándole a reunirse con ellos cuando lo considerara oportuno. Mientras tanto, y con un poco de suerte, a lo mejor aparecía Percy Carlisle o alguien que lo conociera. Tenían su fotografía y se habían aprendido su rostro de memoria.

—Esto podría terminar mal —comentó Josie.

Myles le pasó el brazo por los hombros.

—Haremos todo lo posible para que eso no ocurra.

Capítulo 24

Sophie se despertó muy temprano y tomó el café con Jeremiah Rush en el vestíbulo del Whitcomb.

–¿Duermes debajo del mostrador con tu golden terrier? Siempre te veo aquí.

–No estaría nada mal conseguir un perro que se encargase de vigilar el negocio –le sonrió. Obviamente, había dejado de ser el adolescente al que Sophie había conocido cuando trabajaba allí–. ¿Va todo bien, Sophie?

–Eso espero.

–¿Dónde está tu detective?

–¿Mi detective?

–Sophie, las chispas son inconfundibles.

–Creo que ocurrió algo misterioso en las ruinas irlandesas en las que nos encontramos. No puedo explicar lo que es.

–Estás loca por él.

Sophie sonrió. Había pasado todo tan rápido, y tan pronto. Quizá fuera en parte porque el resto de su vida era terriblemente lenta.

Había pasado siglos en la universidad. Había tardado una eternidad en terminar la tesis. En la arqueología, por la propia naturaleza meticulosa de la materia, los avances no eran algo que se diera de forma repentina. Al menos no tan repentinamente como la irrupción de Scoop en su vida. Scoop había pasado semanas en la península de Beara antes de que coincidieran. Ella pasaba la mayor parte del tiempo en Kenmare. Quizá el hecho de estar tan cerca, había terminado teniendo efecto.

Le dirigió a Jeremiah una sonrisa.

–Háblame de lo que estás haciendo últimamente.

Estuvieron hablando durante unos minutos y Jeremiah terminó haciéndola reír con las historias de su familia y las anécdotas del hotel. Al final, Sophie volvió a llenarse la taza de café, tomó una magdalena y le preguntó si estaría dispuesto a ocultarle a Scoop que iba a ir al museo Carlisle.

–Hace un día precioso –comentó mientras se dirigía hacia la salida–. Dile al detective Wisdom que he salido a dar un paseo.

–¿No crees que te tiene bajo vigilancia?

–Gracias, Jeremiah, eso es justo lo que estaba pensando.

–¡Eh, en este hotel prestamos todo tipo de servicios!

Charles Street estaba tranquila. El aire de la mañana era fresco y la luz brillante. Sophie giró en Beacon Street y estuvo paseando por las estrechas calles del centro de la ciudad con el café y la magdalena en la mano, intentando asimilar su regreso a Boston. Poder pasear por la ciudad era magnífico y a ella le encantaba andar. Pasó por delante del Gonverment Center y del muelle en el que estaba situado el Carlisle Museum, en un edificio de ladrillo que había sido rehabilitado. Para cuando llegó, ya estaban abiertas las oficinas, aunque el museo no abriera hasta las diez. Un camino de piedras la condujo a través de un jardín de equináceas silvestres y ásteres hasta las puertas de la administración.

La recepcionista, una joven de pelo negro corto, había cambiado desde la última vez que Sophie había estado en el museo, pero reconoció su nombre.

–Soy especialista en Historia del Arte –le explicó–. En una de mis clases me hicieron leer uno de tus artículos sobre la Edad de Hierro en Irlanda. Helen Carlisle me comentó que ahora que habías regresado de Irlanda, a lo mejor te pasabas por aquí.

–¿Está ahora mismo en el museo?

–No, todavía no ha llegado. Me encantaría poder ir algún día a Irlanda y poder ver el *Libro de Kells*.

–Espero que tengas la oportunidad de hacerlo. Mi familia tiene una casa en Irlanda… No pienso quedarme aquí durante mucho tiempo, pero también me alegro de haber vuelto a Boston –Sophie señaló hacia el pasillo que había tras el mostrador de recepción–. Me gustaría poder echar un vistazo…

–Claro. Si necesitas algo, dímelo. Todavía no ha venido nadie.

Sophie se dirigió hacia el vestíbulo principal, y agradeció la luz natural y la sencillez del edificio. Desde el primer momento, los Carlisle habían considerado el museo como un lugar en el que la labor pedagógica y la investigación eran tan importantes como las exposiciones. Sophie le había contado a Scoop todo lo que sabía sobre el robo que había tenido lugar siete años atrás, pero si había olvidado algún dato que pudiera ayudar a encontrar a Percy o explicar lo que le había ocurrido a Cliff Rafferty, quizá pudiera recordarlo durante aquella visita al museo.

Oyó un sonido, como el de un grifo abierto, y se detuvo ante la puerta abierta de la sala de reuniones. La mesa no estaba preparada para una reunión, y tampoco había dejado nadie nada sobre ella, ni documentos, ni un maletín… ni siquiera un abrigo. Recordó que aquella sala disponía de un despacho, una cocina diminuta y un cuarto de baño completo. Isabel Carlisle se había ocupado de hasta el último detalle de la rehabilitación del edificio, desde las salas de exposición hasta de la comodidad de las oficinas.

Sophie cruzó el pasillo que conducía a la cocina, preguntándose si conocería a la persona que estaba haciendo la limpieza. Porque estaba segura que era el sonido de un grifo lo que había oído.

La cocina estaba a oscuras, no había nada que indicara que hubiera estado alguien allí.

El cuarto de baño estaba al final del pasillo. Como no quería molestar a nadie que pudiera estar dándose una ducha antes del trabajo, decidió dar media vuelta y comenzó a regresar a la sala de reuniones. Sin embargo, se detuvo bruscamente al notar que la puerta del cuarto de baño estaba entreabierta y el agua comenzaba a salir por el pasillo.

Sophie se fue acercando lentamente. ¿Se habría atascado el lavabo? Intentando no mojarse, se asomó al cuarto de baño. Tenía frente a ella un lavabo de porcelana, pero el grifo no estaba abierto.

Vio un pie por el rabillo del ojo. Era un pie enfundado en una zapatilla deportiva, e inmediatamente gritó pidiendo ayuda y esperando que la oyeran el guardia de seguridad o la recepcionista. Entró en el baño. Las baldosas del suelo resbalaban y el agua continuaba empapando el suelo del baño y el pasillo.

Había un hombre con medio cuerpo volcado en la bañera llena, con las piernas colgando sobre el borde. No se movía.

Si todavía estaba vivo, había que sacarlo de allí. En caso contrario, se ahogaría. Sophie corrió hacia la bañera. El hombre iba vestido con unos pantalones de sport y una camisa azul claro. No podía verle la cara, pero sí su pelo negro. No parecía tener ninguna herida, y, en cualquier caso, Sophie no tenía otra opción. Tenía que moverle. Tenía que sacarle del agua.

Le agarró por el cinturón, le incorporó un poco y le pasó los brazos por la cintura. Pesaba terriblemente. Apoyando el pie contra la pared y haciendo todo lo posible para no caerse, tiró de él y le sacó de la bañera. Con el impulso, cayó hacia atrás, sobre el agua helada y con aquel peso muerto sobre ella.

Pero el hombre se movía…

No, alguien lo estaba apartando de ella.

—Sophie —era la voz de Scoop—, ¿estás bien?

Sophie se sentó, jadeando con fuerza.

–Estaba en la bañera y…

–Sí, ya lo sé.

Era Frank Acosta. Tenía la piel pálida y empapada. Scoop permanecía al lado de su compañero, comprobando su capacidad de respiración.

–Diablos, Frank, no me obligues a hacerte la respiración boca a boca.

Acosta tosió, comenzó a vomitar agua y dio media vuelta.

Sophie se levantó y cerró rápidamente el grifo. Descubrió entonces un torque de alambre dorado, idéntico al que habían encontrado en el apartamento de Cliff Rafferty. Estaba roto por la mitad y lo habían dejado al borde de la bañera, junto a lo que parecía ser una hiedra empapada en sangre.

–¡Scoop…!

–Sí, ya lo he visto.

Acosta se puso de rodillas, gimió y continuó escupiendo agua.

–Frank, ¿puedes hablar? –le preguntó Scoop.

–Sí, sí, estoy bien –jadeó.

–Necesitas que te vea un médico.

Acosta alzó la mano a modo de protesta.

–No, estoy bien.

Scoop no le dio tregua.

–¿Te han dado un golpe en la cabeza? ¿Te han drogado?

–No lo sé –se sentó en el suelo y apoyó la espalda en la pared al tiempo que continuaba tosiendo. Se llevó la mano al cuello–. Me duele la cabeza.

Scoop le echó un vistazo.

–Parece que se está hinchando.

–Sí, ahora me acuerdo –tomó aire–. ¡Uf!

–¿Qué ha pasado?

–Te he llamado. Venías ya hacia aquí. Yo estaba más cerca, así que he entrado primero. Al entrar en la sala de exposiciones he visto una luz al final del pasillo y he ido a ver lo que era. Entonces, ¡pam! –se secó la boca con el dorso de la mano, que le temblaba de forma visible–. Lo siguiente que sé es que estaba empapado, tosiendo y viendo tu horrible cara.

–¿Has venido solo? –le preguntó Scoop.

–Sí. Nadie sabe que estoy aquí, salvo tú. No entro de servicio hasta más tarde.

Scoop le tendió la mano.

–Si sigues ahí sentado, vas a terminar con hipotermia.

–Puedo levantarme solo.

Acosta comenzó a levantarse, se resbaló y se golpeó contra la bañera. Estaba temblando, empapado. De su rostro y su pelo caían gotas de agua.

Scoop suspiró.

–¡Maldita sea!

Agarró a Acosta del brazo, lo alzó y, con un rápido movimiento, lo sacó al pasillo. Temblando también ella, Sophie agarró una toalla y los siguió a la cocina, donde Scoop sentó a Acosta en el suelo. Estaba completamente pálido. Sophie encendió la luz y le tendió la toalla.

A Acosta le temblaban las manos de forma incontrolable, pero se secó la cara y casi inmediatamente la fulminó con la mirada.

–¿Qué está haciendo aquí?

Scoop contestó con los ojos fijos en Acosta.

–Ha salido del hotel a primera hora de la mañana. Por eso he venido al museo, aunque no te lo haya dicho cuando te he llamado. Ha sido ella la que te ha sacado del agua. ¿Has visto a alguien cuando has llegado?

–Solo a la recepcionista.

–Yo debo de haber llegado después que él –comentó Sophie–. Y solo he visto a la recepcionista.

–Eso no contesta mi pregunta –repuso Acosta aferrándose a la toalla–. ¿Dónde está su amigo Percy? ¿Qué hay entre él y usted? Lo único que tenemos para demostrar que fue Cliff el que fue a buscarla a Beacon Hill es su palabra.

Lo que quería decir, pensó Sophie, era que no tenía testigos. Se acercó al fregadero, abrió un cajón, sacó varios trapos e intentó secarse. Era extremadamente consciente de que aquellos dos hombres, aquellos dos policías, la estaban observando atentamente.

Señaló hacia la sala de reuniones con la toalla.

—Me gustaría esperar allí...

—Podría haber matado a Cliff usted misma —insistió Acosta—. Toda esa basura ritual. Eso podría haber sido cosa suya. Podría haberle matado, haber regresado a Beacon Hill y haberse inventado después toda esa historia sobre que había ido a buscarle. Ya sabe que Scoop está dispuesto a creerse todo lo que le diga.

—Me voy —dijo Sophie, dirigiéndose ya hacia la puerta.

Scoop sacudió la cabeza.

—No te muevas de aquí. Quienquiera que haya intentado matar a Frank, puede estar todavía ahí fuera. Frank no puede haber estado durante mucho tiempo en el agua, o estaría muerto.

Acosta tiró la toalla a un lado y se levantó trabajosamente. Su piel cada vez parecía más grisácea.

—Investiga a tu arqueóloga, Wisdom —tosió y apretó los dientes de forma visible mientras parecía luchar contra las náuseas—. Ella es la única que puede tener algún interés en esto. No sabemos lo que pasó entre ella y Cliff. Nadie lo sabe. Solo contamos con su palabra.

—Tranquilízate, Frank. Es probable que tengas una contusión. Te has llevado un buen susto.

—¿Un buen susto? ¡He estado a punto de morir ahogado! Esta mujer es una experta. Si está obsesionada con los celtas, es posible que esté siguiendo su propio juego. ¿Y si se está dedicando a vender joyas falsas supuestamente celtas, o ha encontrado un tesoro y lo quiere conservar para ella? A lo mejor está chantajeando a Percy Carlisle para conseguir que se lo compre o que le consiga un comprador.

Scoop no quiso interrumpir la perorata de Acosta.

–Tienes que descansar, Frank.

Acosta le ignoró.

–Es posible que tu doctora Malone haya tirado a Percy Carlisle por un maldito precipicio irlandés antes de volar a Boston.

–La policía irlandesa le está buscando –respondió Scoop–. Podemos hablar de todo esto después de que te haya visto un médico.

–¿Y si es ella la que está detrás del robo en el museo de hace siete años? Es una mujer inteligente. Es posible que orquestara todo esto en Irlanda y que después viniera aquí para que todos nos fijáramos en algún empleado disgustado por haber sido despedido. A lo mejor Percy Carlisle hijo sospechaba de ella, pero no podía demostrar nada. Es posible que fuera a Irlanda para enfrentarse a ella.

–Todo son especulaciones –le advirtió Scoop.

–Es una tormenta de ideas, es diferente –Acosta clavó sus ojos oscuros, ribeteados en aquel momento de rojo, en Scoop–. Yo no estoy emocionalmente involucrado en el caso.

–Claro que estás involucrado emocionalmente –respondió Scoop con calma–. Cliff era tu amigo.

–¿Mi amigo? Cliff no tenía amigos. Era un hombre cínico y perezoso. Un hijo de perra que culpaba de sus problemas a todos los demás.

–¿Tuvo algo que ver con los matones que contrató Estabrook?

–¿Y cómo demonios quieres que lo sepa?

Llegaron en ese momento los guardias de seguridad del museo y varios policías uniformados. Acosta rechazó su ayuda, pero casi inmediatamente comenzó a tambalearse. Sus compañeros pudieron sujetarle antes de que se desmayara.

Scoop se acercó a Sophie y la agarró del brazo.

–¿Estás bien?

Sophie asintió en silencio. Scoop la acompañó a la sala

de reuniones. Los paramédicos y los detectives que estaban investigando la muerte de Cliff Rafferty fueron los siguientes en llegar.

Bob O'Reilly llegó justo tras ellos.

—Maldita sea —fulminó a Scoop y a Sophie con la mirada—. Otra vez vosotros.

Para cuando la policía terminó de interrogarla, Sophie estaba ya suficientemente seca como para ir a visitar las salas de exposiciones del museo. Siempre le había encantado pasear entre aquellas colecciones y agradeció poder encontrarse entre aquellas piezas, esculturas y cuadros que tan familiares le resultaban. El detective de homicidios había sido meticuloso y extremadamente profesional, pero ella no se hacía ilusiones. No solo le habían preguntado por los motivos por los que había ido aquella mañana al museo, por lo que había visto y por lo que había hecho, sino también por todo lo demás. Había tenido que contar toda su vida, empezando por su primer encuentro con los Carlisle.

Scoop no se había quedado con ella. Sophie no estaba segura de si se lo habrían permitido y, seguramente, él también tenía preguntas que responder. La policía y los vigilantes del museo habían decidido cerrarlo y buscar a cualquier posible asaltante, testigo o prueba que pudiera ayudar en la investigación.

Sophie estaba contemplando un trío de cálices de la Baja Edad Media Irlandesa cuando Scoop fue a buscarla.

—Son preciosos, ¿verdad? —hablaba con voz ronca, pero continuó—. En ellos se distinguen los motivos celtas, las espirales, los nudos. En el museo no hay muchas piezas de origen irlandés. Estos cálices son un préstamo de un coleccionista privado.

—No deberías estar aquí —le advirtió Scoop.

Sophie alzó la mirada de los cálices. Scoop tenía los ojos fijos en ella, pero no era fácil interpretar su expresión.

–Esta mañana no he querido esperarte porque necesitaba estar aquí sola. Hacía una mañana perfecta para pasear. Jamás se me ocurrió pensar que podría encontrar... –no terminó la frase–. Es evidente que la seguridad no es tan estricta en las oficinas como en las salas de exposiciones.

Scoop posó la mano en su brazo.

–Puedo acompañarte al hotel.

Sophie asintió, pero continuó contemplando unos cuadros.

–Si Percy está en Boston, y si está dedicándose a hacer rituales paganos y a utilizarlos para sus propios propósitos... –sacudió la cabeza–. Me cuesta mucho imaginármelo. Sería devastador para Helen. Para todo el mundo. Cuando el detective Acosta ha comenzado con su tormenta de ideas, en lo único en que podía pensar era en cuántas posibles explicaciones podía haber a lo que aquí había ocurrido. Es posible que Percy esté escondido, que crea que puede estar siendo acusado de algo que no ha hecho. A lo mejor estuvo trabajando con Rafferty y con Augustine.

–Y esa es la razón por la que tienes que dejar esta investigación a la policía. Ellos seguirán las pruebas, les lleven a donde les lleven.

Sophie se apartó de los cuadros.

–¿Era sangre lo que había en el torque y en la hiedra?

–Sí.

–Por lo menos no era la sangre del detective Acosta –miró a Scoop–. Los celtas hacían muchas más cosas que sacrificios humanos.

Scoop estuvo a punto de sonreír.

–¿Sientes la necesidad de defenderlos?

–No quiero que te formes una imagen equivocada.

–Pero tiene sentido que un asesino elija los símbolos más siniestros. En cualquier caso, ahora lo que menos importa es lo que pudiera pensar un celta que lleva más de dos mil años muerto sobre lo que está pasando aquí –aunque continuaba muy serio, su expresión pareció suavizarse un poco–. Has hecho todo lo que has podido, Sophie.

–El detective Acosta no habría sufrido ningún daño si yo no hubiera…

–No sigas por ahí. Eso no te conducirá a ninguna parte.

Probablemente no, pensó Sophie. La policía hablaría con Jeremiah Rush, si no lo habían hecho ya, y se enterarían de que le había pedido que no le dijera a nadie a donde iba. Se abrazó a sí misma, presa de un frío repentino.

–Estáis volviendo a investigar el incidente de Percy padre en Irlanda y el robo en el museo, ¿verdad?

–Sí, nos estamos ocupando de ello, detective Malone.

Sophie intentó sonreír.

–Creo que me gusta más cómo suena «agente Malone», aunque seguro que mi hermano encontraría la manera de echarme de la academia del FBI.

–¿Y qué tal «profesora Malone»?

–Eso suena mucho mejor.

Helen Carlisle entró en aquel momento en la sala. Iba sola, vestía un abrigo ligero, como si acabara de llegar de la calle. Llevaba su negra melena recogida en una cola de caballo. Los labios pintados de rojo resaltaban en su pálida piel.

–El director del museo me ha llamado en cuanto ha podido y he venido rápidamente. Gracias a Dios nadie ha resultado seriamente herido.

–¿Dónde estaba? –le preguntó Scoop.

–En casa, sola. Si necesito una coartada, es posible que me haya visto el ama de llaves –como Scoop no respondió, se dirigió a Sophie–. ¿Te ha ofrecido alguien algo de beber? ¿Necesitas sentarte?

–Me ayuda caminar por el museo.

–Por supuesto, es un lugar fantástico. Necesitamos ponerlo al día, pero todo va muy despacio… –se le quebró la voz. Tenía los ojos llenos de lágrimas–. Intento no perder el valor, pero me siento muy vulnerable. Estoy pensando en todo momento que va a sonar el teléfono o se va a abrir la puerta y va a aparecer Percy –se volvió para mirar a Scoop–.

No puedo creerme que mi marido tenga algo que ver con lo que está pasando, detective Wisdom.

—Lo único que queremos es encontrarle, señora Carlisle —le aseguró Scoop.

Helen asintió y se envolvió con fuerza en su abrigo.

—Estoy pensando en ir a Nueva York a pasar unos días. Ahora, lo único que quiero es estar sola. Alejarme de todo esto. Tuve un momento de pánico, temía por mi seguridad, pero si yo hubiera sido un objetivo, a estas alturas ya estaría muerta. Da la sensación de que los policías son más vulnerables que yo. Todo esto es terrorífico, pero sea lo que sea lo que esté pasando, no tiene nada que ver conmigo… —y añadió fríamente—, ni con mi marido.

Scoop se abrochó la cazadora.

—Entonces, ¿no está preocupada por él?

—Si no hubiera sido por la muerte de Cliff y por lo que le ha pasado ahora al detective Acosta, ni siquiera pensaría en ello.

—¿Su marido mencionó en alguna ocasión el robo que tuvo lugar en el museo?

—No, ¿por qué iba a mencionarlo? Supongo que ahora están volviendo a investigarlo, ¿no es cierto, detective? Lo siento, pero ahora tengo que irme. Voy a reunirme con el director. Yo nunca… —aquella glamurosa belleza envuelta en tan violento drama se estremeció—. Yo no me esperaba nada como esto. Y no sé si estoy preparada para enfrentarme a ello.

Sin esperar respuesta, abandonó la sala.

Sophie notó que comenzaban a flaquearle las fuerzas.

—Tengo que pasarme por el centro en el que doy las clases… y le prometí a un amigo de la Universidad de Boston que me pasaría por allí. El próximo semestre daré clases en la universidad —intentó recuperar el control sobre sus pensamientos y se concentró en Scoop—. ¿Tú estás bien, Scoop?

—Sí, claro.

—¿No se te ha reabierto ninguna herida al tirar del detective Acosta?

Scoop negó con la cabeza.

–Todo está en su sitio.

Sophie sonrió.

–Si ahora mismo estuvieras doblándote de dolor, ¿me lo dirías?

Evidentemente, Scoop no esperaba aquella pregunta. Contestó con una sonrisa:

–Probablemente, no.

–¿Te estás castigando a ti mismo por no haber sido capaz de relacionar los datos y adivinar antes que era Cliff Rafferty el policía vinculado a esos matones?

–La investigación todavía sigue abierta. En este trabajo, se ganan y se pierden diferentes batallas –se encogió de hombros–. Lo único que uno espera es que nadie tenga que morir por culpa de sus derrotas.

–Y en el caso de que no pueda evitarse, ¿preferirías morir tú a que muera otro?

Scoop no contestó.

–Vamos. Tengo el coche fuera. Te llevo.

–No me importa ir andando.

Scoop le pasó el brazo por los hombros.

–Estoy deseando verte en esa mesa del congreso, discutiendo con tus colegas sobre algún hecho de la antigüedad. ¿La arqueología puede ser controvertida?

–Sí, claro que puede serlo –contestó Sophie con vehemencia.

Scoop se echó a reír.

–A eso me refería. ¡Académicos! –dejó caer la mano hasta su cintura y la estrechó contra él–. Acabas de salvar la vida de un hombre. Desde luego, el día podía haber empezado mucho peor.

–Supongo que esa es una forma de verlo.

Scoop inclinó la cabeza hacia atrás.

–¿En qué estás pensando, Sophie?

Sophie alzó la mano y acarició con la yema de los dedos la cicatriz que Scoop tenía en la muñeca.

–La bomba te hirió a ti. A Cliff Rafferty le colgaron. Frank Acosta ha estado a punto de morir ahogado. Nuestro asesino parece obsesionado con los rituales celtas. Recoge elementos celtas de una diversidad de fuentes y los mezcla hasta que se ajustan a sus necesidades. Hay estudiosos que piensan que una explosión, la horca y un ahogamiento pueden representar el fuego, la tierra y el agua, elementos fundamentales que se asocian a las deidades celtas. El dios Esus con la tierra, Taranis con el fuego y Tautes con el agua.

–Entonces, ¿crees que la elección de la bañera no ha sido una coincidencia?

–Es posible que haya sido algo que se le ha ocurrido en el último momento, puesto que quienquiera que haya intentado matar al detective Acosta, no sabía que iba a estar aquí esta mañana. No estoy sugiriendo que sea una estrategia coherente o la recreación de una serie de sacrificios rituales en particular.

–Jay Augustine no era un auténtico estudioso –comentó Scoop–. Solo utilizaba aquello que podía servirle a sus propósitos.

–Lo utilizaba para matar –Sophie notaba cómo la sangre abandonaba su rostro–. En mil novecientos ochenta y cuatro se descubrió el cadáver de un joven celta en una ciénaga de Inglaterra. Había muerto de forma violenta. Le habían golpeado varias veces en la cabeza con tanta fuerza que habría muerto poco después. Pero no fueron los golpes los que le mataron.

–¿Le quemaron? ¿Le colgaron? ¿Le ahogaron?

–Murió agarrotado. Todavía conservaba la cuerda alrededor del cuello dos mil años después. Habían utilizado un palo en la nuca para dar más fuerza al estrangulamiento. Tenía el cuello roto.

–Encantador.

–Y la cosa no acababa allí. Después, le degollaron y dejaron el cadáver en la ciénaga. Es posible que fuera una víctima voluntaria, que sacrificara su vida por el bienestar de la tribu, o a cambio de la victoria en una batalla... no lo sabemos. Pero, fuera cual fuera, el propósito de su muerte, sabemos que, tras el golpe inicial, no sufrió ningún dolor.

Scoop esbozó una mueca.

–Y yo que pensaba que te dedicabas a desenterrar joyas enterradas hace cientos de años. Vamos. Vamos a ver cómo están tus jugadores de hockey.

–Creo que aceptaré tu oferta de llevarme hasta la academia.

–Sabía que lo harías –respondió Scoop.

Capítulo 25

Después de dejar a Sophie con sus jugadores de hockey, Scoop aparcó en el Whitcomb, fue a cambiarse de ropa y se dirigió después hacia Beacon Street, hacia la casa Garrison, un edificio del principios del XIX de fachada curva. Había vuelto a la sala de reuniones después de haber dejado a Sophie y había hablado con Bob O'Reilly. Habían quedado en reencontrarse allí, en el salón de la primera planta. Era un lugar que utilizaban para reuniones y fiestas y, de vez en cuando, ensayaban allí Fiona y sus amigos. Las oficinas de la fundación, que debía su nombre a la hermana de Owen Garrison, estaban situadas en el segundo y el tercer piso. La muerte de Dorothy Garrison, que había fallecido ahogada a los catorce años en la costa de Maine, estaba relacionada indirectamente con la de Christopher Browning, el primer marido de Abigail, ocurrida ocho años atrás, en el cuarto día de su luna de miel.

Lizzie Rush tenía razón al hablar de efecto dominó, pensó Scoop.

Los Rush podían haber alojado también a Bob en alguno de sus hoteles, pero él prefería quedarse en el apartamento que su sobrina tenía en el ático de aquel edificio.

Un sol radiante se filtraba por los altos ventanales desde los que se contemplaba desde la bulliciosa Beacon Street hasta el Common, un parque por el que paseaban turistas, niños y perros. La cúpula dorada del capitolio de Massachusetts se veía a solo unos metros de ahí.

Bob clavó la mirada en Scoop.

–¿Estás siendo capaz de mantener la cabeza fría por lo que respecta a Sophie Malone?

Scoop se encogió de hombros.

–Más o menos.

–Sophie no es una de esas mujeres que entran y salen de tu vida. Sea lo que sea lo que haya entre vosotros, no es lo mismo.

–Eso es lo de menos. Sigo pudiendo hacer mi trabajo.

–Tú no estás trabajando en este caso –replicó Bob–. Y yo tampoco, por cierto. Ese imbécil de Yarborough me ha amenazado con hacer un informe cuando me ha visto aparecer en el museo esta mañana.

–Tú habrías hecho lo mismo.

–Probablemente.

Y aquel fue el fin de la conversación. Scoop vio a Fiona O'Reilly esperando para cruzar al otro lado de la calle, con el estuche de su instrumento colgado al hombro.

–Por lo que sabemos hasta ahora, Percy Carlisle no ha montado en un avión para regresar a los Estados Unidos desde que Sophie le vio en Irlanda.

–A lo mejor le han salido alas. Tal y como está yendo todo, ya nada me sorprendería. Cualquiera que esté intentando freírnos, colgarnos o ahogarnos, ha tenido múltiples probabilidades de hacerlo.

–Eso es solo una teoría –Bob señaló hacia la ventana con un gesto–. Aquí viene Fiona con el violín. Me temo que no está mejorando mucho con ese instrumento. O eso, o es que a mí no me gusta la música del violín.

–Podemos ir a hablar a alguna otra parte.

–No –Bob continuó con la mirada fija en la ventana mientras Fiona cruzaba la calle con su rubia melena al viento–. Nos hemos convertido todos en unos malditos imanes, Scoop. Yo pensaba que era a Abigail a la que buscaban. La única hija de Joan March, viuda y secuestrada. Pero no es solo ella. También nos persiguen a ti y a mí.

–No siempre son los enemigos que uno conoce los que nos buscan –repuso Scoop–. A veces, uno tiene enemigos a los que desconoce.

–La mayor parte de las veces, de hecho. Que nos lo digan a Abigail y a mí.

–¿Está aquí ahora?

Bob asintió.

–Owen y Abigail regresaron ayer por la noche.

Owen Garrison entró en el salón al mismo tiempo que Fiona cruzaba la puerta sonriente, como si no tuviera en la cabeza otra preocupación que la de pasar unas cuantas horas ensayando con el violín en un lugar tranquilo. Fiona dejó el violín en el suelo y le dio al alto y anguloso Owen un enorme abrazo. Este miró a Bob y a Scoop por encima de su cabeza.

–Abigail está en el piso de arriba. Yo me quedaré aquí con Fiona.

Scoop emprendió la marcha. Comenzaba a dolerle la cadera. No había sentido ningún dolor cuando había llevado a Acosta al pasillo. Lo peor había sido oír el agua corriendo, oír el grito de Sophie pidiendo ayuda y no saber lo que estaba ocurriendo, no saber si llegaría a tiempo de salvarla. Pero no se lo había dicho a ella.

No le había dicho que se había enamorado de ella. Porque era así de sencillo. Amor a primera vista. Él. ¿Quién lo habría pensado?

Llegó al descansillo del ático y entró en un pequeño apartamento. Encontró a Abigail de pie, como si estuviera esperándole.

–Scoop –musitó mientras le abrazaba–. Te he echado de menos.

Scoop se echó a reír.

–Sí, claro. Déjame ir a decírselo a Owen.

Abigail le sonrió. Una chispa iluminaba sus ojos oscuros. Unos ojos idénticos a los de su padre.

—Ya sabes a lo que me refiero. Vaya, estás mucho mejor que el día de la boda.

Bob sonrió.

—Me recuerda a Herman Munster, sí —señaló a Abigail con la cabeza mientras se dirigía a Scoop—. Está bastante guapa, ¿verdad? Le sienta bien lo de ser rica y estar casada. Nadie diría que la secuestraron y estuvieron a punto de matarla hace un mes.

Abigail elevó los ojos al cielo.

—Por lo menos no has hecho ninguna broma sobre el embarazo. En cuanto alguien diga algo al respecto, disparo.

—Lo consideraré como una advertencia —respondió Scoop.

Sacó una silla de la mesa en la que Keira solía dibujar y pintar. Bob no había cambiado prácticamente nada en el apartamento. Se sentó también él a la mesa. Los cuadernos y los pinceles estaban a un lado. Scoop sintió una oleada de emoción. Abigail, Bob y él habían comprado juntos el edificio en el que vivían porque los tres estaban buscando casa en la misma época y aquella había sido una forma de sumar recursos para acceder al carísimo mercado inmobiliario de Boston. Aunque eran muy diferentes, tanto en gustos como en carácter y trayectoria vital, habían llegado a hacerse amigos. En cuanto uno de ellos le estaba dando demasiadas vueltas a un problema, sacaban libretas y bolígrafos y cervezas y comenzaban con la tormenta de ideas.

Pero lo ocurrido el año anterior había dado un vuelco a sus vidas y todo había cambiado para siempre.

Abigail se sentó entre sus dos compañeros. Su bebé nacería al cabo de seis meses. Ese sí que iba a ser un gran cambio, pensó Scoop.

—¿Tu padre te habló alguna vez de Sophie Malone? —le preguntó a Abigail.

—No, pero eso no sería nada raro. Siempre ha procurado mantener a la familia separada del trabajo. Aunque no siempre ha funcionado —se quedó callada un momento—. Es extraña la forma en la que ocurren las cosas algunas veces.

–Yo no creo que esto sea nada extraño.

–¿Piensas que es cosa del destino?

Scoop negó con la cabeza.

–No, creo que todo esto es algo intencionado. Tanto lo que ocurrió en el Carlisle Museum hace siete años como lo que ocurrió hace un año en la isla y lo que ha ocurrido en Boston este verano, forman parte de un mismo paquete.

Bob repartió libretas y bolígrafos.

–Podemos tomarnos todo el tiempo que queramos. Fiona estará ensayando con ese maldito violín por lo menos durante una hora. Podéis ahorrarme la molestia de tener que bajar.

Abigail parecía estar encantada con su recién recuperado papel de detective.

–De acuerdo. Veamos lo que tenemos.

Capítulo 26

Josie estaba bostezando en el momento en el que Tim O'Donovan llegó al pub en el que Myles y ella habían pasado la mayor parte del día, con algunas interrupciones para dar paseos por el muelle y recibir las inquietantes llamadas de Boston. Habían vuelto a atacar a un policía. Tanto ella como Myles se habían sentido terriblemente inútiles. Seamus Harrigan se había encontrado brevemente con ellos, esencialmente para decirles que se mantuvieran al margen de la investigación. Para cuando comenzó a oscurecer, hasta el propio Myles parecía dispuesto a regresar a Dublín. Podía parecer mortalmente cansado, podía incluso estar mortalmente cansado, pero jamás permitiría que su cansancio, ni cualquier otra cosa, por cierto, interfiriera en su actuación. Y no era solo una cuestión de entrenamiento. Aquello formaba parte de su propia naturaleza.

O'Donovan no actuaba aquella noche, pero se había pasado por el pub para tomar una cerveza. Por su aspecto, parecía haber pasado el día en el mar.

—Pensaba que habían vuelto a Boston —comentó, mientras acercaba un taburete a su mesa.

—Ha sido un día frustrante —confesó Josie—. ¿Te importaría que fuera directamente al grano? Nos gustaría repasar la aventura de Sophie en la isla con más detalle. Por ejemplo,

¿cómo es posible que encontrara la cueva en su última visita, pero no la hubiera visto antes?

—Estaba en el centro de la isla. Nunca se había adentrado tanto.

—Así que entra en la cueva y se encuentra un tesoro a sus pies —Josie arqueó las cejas con gesto escéptico—. Aunque esa historia solo se hubiera transmitido de sacerdote a sacerdote, ¿no crees que alguien en los últimos dos mil años se habría encontrado con ese caldero?

—Cosas más raras han sucedido. Se han encontrado tesoros escondidos en lagos, en arroyos y en ríos, allí donde los celtas hacían sus ofrendas a los dioses cientos de años atrás. Algunos granjeros han encontrado tesoros enterrados en sus campos. ¿Por qué aparece un tesoro en mil ochocientos noventa y cuatro y no en mil setecientos noventa y cuatro?

Myles inclinó la silla hacia atrás.

—Es posible que alguien más estuviera enterado de lo que se proponía Sophie.

O'Donovan se encogió de hombros.

—No se lo contamos a nadie, pero tampoco era un secreto.

—¿Siempre llevaste a Sophie a sus excursiones? —preguntó Josie.

—Intentó ir sola en una ocasión y estuvo a punto de ahogarse. No se le da muy bien lo de navegar. Al contrario que todo lo demás —su expresión se iluminó mientras añadía—: Lo mismo puede decirse de su hermana.

—Carlisle podría ser un asesino —le advirtió Josie secamente—. O podría haber contratado a un asesino. O podría incluso ser una víctima potencial. Necesitamos saber con qué información cuenta. La policía le está buscando.

—Sí, eso he oído.

Josie intentó reprimir su frustración.

—Cuéntanos todo lo que sepas sobre Sophie, ¿de acuerdo? ¿Alguna vez has tenido la sensación de que podía haber algo entre Percy y ella? ¿Hostilidad, amor, amistad? Cualquier cosa. ¿Sophie estaba celosa de la mujer con la que terminó casándose? ¿Es posible que Sophie tuviera algún interés en el dinero de Percy? ¿Le pidió en alguna ocasión un préstamo, un trabajo, una recomendación?

—Está bombardeándome con todas esas preguntas deliberadamente, ¿verdad? —evidentemente, O'Donovan no era ningún estúpido—. Pues aquí va mi respuesta: confío plenamente en Sophie. Es una buena persona, adora su trabajo y es completamente sincera.

—¿Y qué puedes decirnos de sus relaciones en Irlanda? —preguntó Josie.

—¿Con los hombres? Veía a algunos investigadores de vez en cuando, pero solo por asuntos relacionados con el trabajo.

—¿Y hay algo entre vosotros?

Tim no desvió la mirada.

—Somos amigos.

—¿Qué puedes decirme de su familia? Tienen una casa aquí.

—También somos amigos.

—¡Ah! —Josie vio algo en sus ojos—. ¿Y tu relación con su hermana?

—Creo que ahora mismo está yendo demasiado lejos.

—Entendido.

Myles se levantó. Evidentemente, ya había tenido bastante.

—Nos gustaría ver la isla personalmente. ¿Podrías llevarnos?

—Mañana mismo. Llévense un buen abrigo. Y les advierto que el mar estará picado.

—Genial —musitó Josie sin ningún entusiasmo.

Tim se dirigió entonces a la barra para reunirse con un grupo de amigos que acababan de entrar. Por su aspecto, podía decirse que también ellos eran pescadores. Josie sopesó la posibilidad de interrogarlos también a ellos, pero Myles le pasó el brazo por los hombros y sonrió.

–Parece que mañana vamos a tener que enfrentarnos a las olas.

–Odio navegar.

–No nos pasará nada.

Josie se estremeció al pensar en ello.

–¿Estás seguro de que no volcará la barca?

–Completamente.

–Mentiroso. Lo único que sabes del mar es porque estuviste disfrutando durante algún tiempo del lujoso yate de Normal Estabrook. No tienes ni idea de cómo puede comportarse lo que Tim O'Donovan dice que es una barca.

–¿No confías en mí?

–No te conozco lo suficiente como para saber si puedo confiar en ti. A pesar de lo que pasó ayer, continúo teniendo ciertos recelos.

Sintió una repentina oleada de calor al pensar en lo que habían hecho la noche anterior. Estaba más perpleja que avergonzada. Habían hecho el amor como si estuvieran loca y completamente enamorados, susurrándose palabras dulces al oído y abrazándose en la oscuridad. Había pasado mucho tiempo desde la última vez que habían estado con alguien. A lo mejor, simplemente necesitaban hacer el amor y terminar de una vez por todas con aquella tensión antes de continuar viviendo cada uno su vida.

Era consciente de que Myles la estaba observando y tuvo la certeza de que sus pensamientos no eran ni remotamente similares a los suyos. Decidió olvidar lo que había ocurrido la noche anterior y miró a O'Donovan, que permanecía muy serio mientras se sentaba con una cerveza.

–Eres consciente de que nuestro amigo irlandés le cuenta todo lo que pasa a Sophie, ¿verdad?

–Por supuesto que soy consciente.

Capítulo 27

Sophie cerró la puerta de la habitación del hotel y se tiró en la cama, con la cabeza apoyada en la almohada y la mirada fija en las molduras del borde del techo. Había conocido a sus futuros alumnos. Por supuesto, no todos los jugadores del equipo necesitaban clases particulares, pero estaba deseando ponerse a trabajar. Uno de ellos ya había aventurado que había tenido una mañana llena de incidencias y otro estaba al tanto de que había sido ella la que había encontrado el cadáver de Cliff Rafferty. Todos se habían mostrado de acuerdo en que si necesitaba cualquier cosa, podía recurrir a ellos. Lo único que tenía que hacer era llamarlos.

Mientras regresaba hacia Charles Street, había recibido una llamada de Tim y le había asegurado que contarle todo a los agentes británicos, no solo estaba bien, sino que era lo más inteligente. Le habría gustado poder mantenerle completamente al margen de la investigación, pero ya era demasiado tarde para ello.

Mientras tanto, su hermano volvía a amenazar con presentarse en Boston. Sophie se sentó en la cama con las piernas cruzadas y le envió un mensaje de texto preguntándole si podía hacer algo para encontrar a Percy Carlisle.

Recibió inmediatamente la respuesta: *No te metas en esto.*

Sophie tecleó rápidamente otro mensaje: Helen ha salido hacia NYK. *¿Sabes si está ya allí?*

En aquella ocasión, su hermano la llamó directamente.

—Pensaba que estabas dando clases particulares.

—Sí. Hoy he tenido la presentación. Los chicos son magníficos. Son capaces de detectar una mentira o una información falsa mucho más rápido que yo. Yo siempre termino viendo matices, complicaciones y riesgos. A veces me gustaría vivir en blanco y negro, en un mundo de buenos y malos.

—Sí, conozco la sensación. Podríamos ser como Taryn, que es capaz de montar en cólera por el mero hecho de estornudar encima de un escenario. Intenta conseguir unas entradas para ir a un partido de hockey. Diviértete. Concierta entrevistas de trabajo. Intenta concentrarte en cosas que te hagan sentirte bien.

—¿A quién le estás dando el consejo, a ti o a mí?

Damian se echó a reír.

—A los dos.

—Damian, teniendo en cuenta tu experiencia y todo lo que seguramente no estás en condiciones de decirme, que no tiene por qué ser mucho, ¿crees que Percy está vivo?

—Eso espero, Sophie. Esta mañana ha tenido que ser muy dura para ti.

—He hecho lo que habría hecho cualquiera. Si Percy está involucrado en todo esto…

—Eso no es problema tuyo. Puedes venirte aquí, Sophie. Lo único que tienes que hacer es ir al aeropuerto y comprar un billete de avión. Me sobra una habitación en casa.

—Pero le dejas dormir a tu perro en la cama, ¿verdad?

—No es una cuestión de dejarle —contestó Damian—. Cuídate mucho.

En cuanto colgó el teléfono, Sophie se dirigió hacia el Morrigan's. Fiona O'Reilly había llegado ya con algunos amigos. Su padre estaba sentado en uno de los taburetes de la barra, mirando a su hija como si no pudiera sacudirse la sensación de que podría pasarle algo, de que no volvería a estar nunca más segura y a salvo.

Sophie se sentó a su lado. O'Reilly suspiró al verla.

—Tus padres son personas inteligentes. Hacen bien en irse de excursión y dejar que sus hijos hagan su vida.

—Nosotros ya somos adultos. Hace tiempo que dejamos de ser adolescentes. Y no hemos estado a punto de morir por culpa de una bomba.

—Pero esta mañana…

—No he corrido peligro en ningún momento.

—No sabías quién estaba en la bañera. Podía haber sido alguien que estuviera fingiendo, esperando a que llegaras a rescatarle. Podría haberte matado y esta mañana, en vez de terminar hablando de rituales y sacrificios humanos, habríamos acabado dibujando tu silueta con tiza.

Sophie pidió una Guinness.

—Qué pensamiento tan halagüeño.

—Hablo por hablar. Pero confía en mí, seguro que tus padres no han olvidado los años en los que tus hermanos y tú erais solo bebés —miró hacia las escaleras. Sophie se volvió y vio a Scoop dirigiéndose hacia la barra. Cuando se volvió, O'Reilly sacudió la cabeza—. No sé lo que le pasó en Irlanda. Continúa siendo terriblemente cabezota, pero le gustas.

—Pero…

Bob no se interrumpió.

—Le gustas mucho…

—Todos estos meses han tenido que ser muy difíciles.

—Sí, es cierto —contestó el detective mientras se levantaba. Saludó a Scoop—. No voy a quedarme. Ya ha llegado el momento de volver a poner las cortinas de encaje en casa de Keira. Ya llevo demasiado tiempo en el ático. Keira nos ha llamado. Simon y ella han alquilado un loft en el nuevo edificio que tiene Owen en el muelle. Supongo que a Simon le han trasladado a Boston. Genial, ¿eh, Scoop? Vamos a tener a otro agente del FBI vigilándonos de cerca.

Y sin más, comenzó a subir las escaleras.

—Así es Bob cuando está de buen humor —comentó Scoop mientras ocupaba el lugar de su amigo en la barra—. ¿Cómo estás, Sophie? ¿Cómo va esa búsqueda de empleo?

—Después de tantos años de estudios, creo que me conformaría con dedicarme a servir cerveza. Creo que sería un trabajo magnífico.

—Pero no es para eso para lo que te has preparado.

—No es fácil conseguir trabajo, ni siquiera para los mejores.

—Mis fuentes me dicen que eres la mejor y que tienes grandes perspectivas por delante. De hecho, tú misma dijiste que tenías ciertas posibilidades de conseguir una plaza fija aquí en Boston.

—¿Crees que mis lamentos son por culpa del alcohol?

—Solo en parte. Y es comprensible, teniendo en cuenta todo lo que ha pasado durante estos dos días. Tener que volver aquí después de haber pasado tanto tiempo en Irlanda ya era una transición suficientemente dura.

—Eres un hombre muy comprensivo, Cyrus Wisdom.

Scoop arqueó las cejas.

—Siempre hay una primera vez para todo.

—No tienes miedo de estar ablandándote, ¿verdad?

—No.

—Estupendo, porque te he visto tres veces en acción y no me gustaría cruzarme contigo si tuviera malas intenciones en mente.

Scoop rió suavemente.

—Malas intenciones. Me parto de risa, doctora Malone. Sencillamente, me alegro de que hayamos encontrado a Acosta antes de que se ahogara. Pero no puedo decir que sea un hombre agradecido. Continúa diciendo que estaba a punto de salir del agua por sus propios medios cuando le sacamos.

—Si eso le sirve para superar lo ocurrido, por mí, estupendo. No necesito que me conceda ningún mérito. Aparte de los problemas que haya tenido contigo, ¿crees que es un buen detective?

—No me corresponde a mí juzgarle.

Sophie no necesitaba más respuesta.

—Me pregunto cuándo decidió Rafferty que no quería seguir formando parte de la policía.

—En realidad, siempre decía que quería dejar el trabajo. Lo único que a él le interesaba era poder cobrar toda su pensión.

—¿Y trabajar como guardia de seguridad para los Carlisle?

—Creo que lo que realmente quería era jubilarse y disfrutar del sol.

—Supongo que se enfrentó a ese momento en el que uno tiene que decidirse a dar un paso adelante para convertir sus sueños en realidad. Trabajar con la gente adecuada, poner en juego tu valía, ir a por ello, saber que podría tener que enfrentarte al rechazo, a la desilusión y a la traición...

—¿Estamos hablando de Cliff o de ti?

De pronto, Sophie se vio sobrecogida por los sentimientos.

—Me voy a mi habitación.

Se fue a toda velocidad, subiendo los escalones de dos en dos. Evitó cruzar la mirada con Jeremiah Rush cuando llegó al vestíbulo y agradeció poder subir sola en el ascensor. Una vez en su dormitorio, se lavó la cara con agua fría y luchó para contener las lágrimas.

A los pocos segundos, estaban llamando a la puerta.

—Sophie, soy Scoop. ¿Estás bien?

Sophie abrió la puerta y forzó una sonrisa.

—Lo siento. Pasa. He notado que siento con más fuerza los efectos del jet-lag a esta hora de la noche. Estoy mucho mejor durante el día.

—Y no podemos decir que te esté ayudando una vuelta tranquila al hogar.

Sophie alzó la mano.

—No digas nada. Déjame explicarte —le hizo pasar al interior de la habitación y cerró la puerta tras él. Comenzó a caminar sobre la gruesa alfombra–. He tenido que trabajar mucho y las cosas me han ido bien, eso es incuestionable. Estoy agradecida por haber podido llegar hasta aquí. No ha sido un camino fácil.

–No hay caminos fáciles.

–Me he tenido que enfrentar a los celos profesionales, a la envidia, las críticas, las decepciones y la ruptura de promesas a lo largo de todo este camino. Supongo que como todo el mundo. Haces todo lo que puedes y al final... –se volvió hacia él–. Y al final, no puedes basar tu felicidad en alcanzar tus sueños. Tienes que disfrutar del viaje y olvidarte de las desilusiones y las traiciones.

–Este último año no ha sido fácil para ti.

Sophie sonrió.

–Siempre termina saliendo el policía –su sonrisa se desvaneció–. Sí, tuve que enfrentarme a la negra noche del alma. Y supongo que eso es lo que estabas haciendo tú en Irlanda.

–La verdad es que tengo la sensación de que tuve que enfrentarme a miles de noches negras.

Sophie contuvo la respiración. Scoop no era un hombre hablador ni dado a compartir intimidades, pero sus palabras reflejaban el tormento por el que había pasado solo unas semanas atrás.

–Ha sido como regresar después de haber estado en el infierno, ¿verdad?

–La palabra clave es «regresar» –le acarició la barbilla con los nudillos, posó la mano en su cuello y enredó los dedos en su pelo–. No soy capaz de imaginar ningún otro lugar en el que pudiera estar mejor que aquí en este momento, y aunque tuviera que volver a pasar por un infierno para llegar hasta aquí... creo que merecería la pena.

Acercó la boca hasta la de Sophie muy lentamente, como si quisiera darle tiempo para que le dijera que se marchara y se fuera a tomar una cerveza al bar. Pero Sophie no lo hizo.

–Tú eres la razón por la que tenía que visitar las ruinas

de Beara –susurró Sophie–. Sentí que tenía que ir hasta allí. Lo sabía. Aquella mañana, cuando nos encontramos, acababa de salir el arcoíris, Scoop.

–Soy capaz de hacer un montón de cosas, cariño, pero me temo que los arcoíris están fuera de mi alcance.

Sophie no tuvo oportunidad de echarse a reír, porque Scoop la besó entonces suavemente, con ternura, al tiempo que la levantaba en brazos, permitiéndole sentir la tensión de sus músculos. Sophie había sido testigo de cómo había levantado a Acosta. No tenía ningún miedo de que pudiera lesionarse al levantarla a ella.

Profundizaron el beso. Sophie le rodeó la cintura con las piernas y se estrechó contra él. Notó su excitación y comenzó a derretirse por dentro.

Scoop la llevó a la cama y la dejó sobre la colcha. El iPhone salió volando.

–No se me dan muy bien los botones –le advirtió Scoop con la mirada fija en la blusa–. Así que, si no quieres que termine rompiéndola…

–Es una blusa vieja que he encontrado en el apartamento de Taryn.

En cuestión de segundos, Scoop le había quitado la blusa. Después, se tomó su tiempo en acariciar la sedosa tela del sujetador y en quitarle los pantalones mientras cubría su cuerpo de besos. Deslizó la lengua a lo largo de su cuello y fue descendiendo, saboreándola y sometiéndola a una dulce tortura. Sophie ni siquiera fue consciente de que estaba desnuda hasta que sintió la frialdad de las sábanas bajo la piel y las caricias de Scoop entre las piernas. Alargó la mano hacia él y acarició con las yemas de los dedos la dureza de su excitación. Scoop se impulsó hacia ella, en una silenciosa promesa de lo que todavía estaba por llegar.

–Scoop, yo no… –no estaba segura de cómo expresarlo–. Ha pasado mucho tiempo desde la última vez que…

–Tranquila –susurró Scoop al tiempo que deslizaba los dedos en su interior–. Seré delicado.

Sophie sonrió.

–Procura no serlo demasiado.

Le abrió la camisa, pero Scoop no se movió, continuó hundiendo los dedos más profundamente en ella al tiempo que la acariciaba con el dedo pulgar hasta hacerla gritar de placer y rendirse a las sensaciones que atravesaban su cuerpo. La besó, imitando con la lengua el erótico ritmo de sus dedos. Con la mano libre, atrapó el pezón entre las yemas de los dedos.

–No aguanto más –musitó Sophie entre beso y beso.

–No tienes por qué hacerlo.

–Quiero sentirte dentro de mí.

–Y me sentirás –respondió Scoop, moviendo los dedos cada vez más rápido–. Confía en mí.

Sophie ya se había entregado por completo al orgasmo, se mecía contra Scoop mientras dejaba que las oleadas de placer la arrastraran. Scoop no perdió el tiempo. Se desnudó rápidamente y se colocó sobre ella. Sophie deslizó las manos por su cintura, por su espalda, sintiendo la fortaleza de sus músculos y las marcas de las cicatrices. Le bastó acariciarlo para ser presa de una renovada urgencia. Scoop debió de notarlo, o quizá también él estaba más allá de sus límites. Se hundió en ella, lentamente al principio, pero la encontró más que preparada.

En cuestión de segundos, estaban moviéndose al unísono, fundidos en un solo cuerpo, respondiendo a las caricias del otro, entregándose, aprendiendo cómo y cuándo moverse. Y en aquella ocasión, alcanzaron los dos juntos el orgasmo.

Más tarde, Sophie apoyó la cabeza en un codo y miró a Scoop en la penumbra que iluminaba la habitación.

–Eres un hombre increíble, Cyrus Wisdom, pero creo que fueron mis botas de agua llenas de barro las que te sedujeron en Irlanda.

–Me temo que sí –respondió Scoop, riendo mientras la abrazaba.

Capítulo 28

Sophie se acercó a la sede del congreso Boston-Cork después de un agradable desayuno con Scoop. Los dos se habían mostrado de acuerdo en no hablar de nada que tuviera que ver con las investigaciones de la policía. Afortunadamente, no tuvieron problema en encontrar temas de mutuo interés. Después, Sophie le escribió un correo electrónico a Wendell Sharpe y le preguntó por el Carlisle Museum. Quería saber si algunas de las personas a las que Percy padre había despedido continuaba formando parte del mundo del arte. Quizá hubiera alguien, pensó Sophie, aunque por supuesto no se lo dijo, que quisiera venganza.

Wendell contestó inmediatamente: *Todos los despedidos se marcharon*.

Sophie encontró a Eileen Sullivan en las oficinas de Colm Dermott. Estaba asomada a la ventana, con la mirada fija en el río.

—He estado pensando en salir a dar un paseo en barca —dijo antes de volverse hacia Sophie—. Me he enterado de lo de Frank Acosta, Sophie. Hasta mi hermano está afectado por lo que ha pasado. No he podido hablar con él sobre ello, pero creo que fue Cliff el que puso la bomba. He estado pensando mucho en él. Era un hombre lleno de envidia y resentimiento.

—No es fácil vivir así.

–Desde luego. Estaba jubilado, su mujer le había abandonado y sus hijos no querían saber nada de él. Vivía solo y amargado –Eileen se apartó de la ventana y pareció sacudirse de encima la tristeza–. Keira y Simon regresarán pronto de Boston. Quieren quedarse aquí y formar juntos un hogar. Ella pensó que la estaba rechazando cuando adopté la vida religiosa. No fue así, pero también es cierto que no elegí esa vida por los motivos que debía.

–¿Qué clase de vida querrías disfrutar ahora?

Eileen sonrió. Había chispas de felicidad en sus ojos.

–La vida de la que estoy disfrutando ahora. Estoy deseando regresar a Irlanda por Navidad, con Keira, mis sobrinas y mi hermano. Y volveré otra vez en abril, para participar en el congreso.

–Espero que para entonces vuestras vidas hayan vuelto a la normalidad –Sophie sacó un folio del bolso y se lo tendió a Eileen–. Tengo un bosquejo de lo que quiero hacer en mi mesa. Se lo he enviado también a Colm.

Regresaron al despacho y estuvieron hablando del congreso durante un rato más. A Sophie le impresionó el entusiasmo de Eileen, y también todo lo que sabía sobre su trabajo y sobre los temas que iban a abordar. Era una persona amable y abierta y aunque la hubiera afectado su encuentro con un asesino en serie, parecía haber encontrado la manera de superarlo.

–Cuando Keira y Simon vuelvan, tendremos que organizar un encuentro con ellos.

–Me encantaría –contestó Sophie.

El optimismo de aquella mujer era contagioso.

Cuando estaba bajando de nuevo a la calle, recibió una llamada de Tim.

–Estoy en el muelle. Los británicos llegarán de un momento a otro, pero quería hablar antes contigo. Acabo de enseñarle la fotografía de ese policía que encontraste colgado a un viejo pescador. No se me había ocurrido enseñársela antes. Y recuerda haberle visto por aquí.

–¿El año pasado?

–Sí. Tiene mucha memoria para las caras. No es mi caso, pero estoy seguro de que jamás le había visto.

–¿Y ese pescador se acuerda de dónde le vio?

–Estaba en el muelle, a punto de alquilar una barca. Por lo visto preguntó específicamente por mí.

–¿Y está seguro de que era Cliff Rafferty?

–Completamente seguro, Sophie. Los británicos y la policía irlandesa pueden comprobar los datos de Rafferty y ver si estaba aquí cuando te llevaste ese susto en la isla.

–Rafferty me comentó que había estado en Irlanda –dijo Sophie para sí–. Podría ser una forma de anticiparse por si alguien se acordaba de haberle visto, o por si descubrían que había estado en Irlanda. ¿Iba alguien con él?

–No, que mi amigo viera.

Sophie advirtió entonces que Acosta iba caminando tras ella. En cuanto colgó el teléfono, el policía alargó el paso y la alcanzó.

–Ese Cliff –dijo Acosta, sacudiendo la cabeza–. Parece que era incapaz de dejar de buscarse problemas.

–Parece que hoy está en buena forma.

–Me he despertado con un dolor de cabeza terrible, pero estoy bien. Relájese, doctora, estoy de su lado –Acosta le dirigió una sonrisa sensual–. Me encargo de tu seguridad, Sophie –la tuteó

Sophie disminuyó la velocidad de sus pasos. Se sentía incómoda caminando junto a Acosta.

–Tengo la sensación de que usted está de su propio lado –respondió, guardando las distancias.

–Que es lo mismo que estar de tu lado.

–¿No viene con un compañero?

–Me han dado el día libre. Me estoy recuperando. Hace una preciosa mañana de otoño –la agarró del brazo–. Vayamos a dar un paseo.

–¿Es una orden?

–No. Vamos a encontrarnos con Scoop en casa de los Carlisle. Te haré compañía mientras esperamos –respondió el policía.

Pero Sophie sabía que si Scoop hubiera querido quedar con ella, se lo habría dicho.

–¿Y Helen Carlisle? ¿Ella está…?

–Está esperándonos.

Sophie aminoró el paso. Justo en ese momento recibió un mensaje de texto. Era de su hermano. Antes de que Acosta le quitara el teléfono, tuvo oportunidad de leer: *No te acerques a Helen Carlisle*. Acosta desvió la mirada hacia la pantalla.

–No quieres que tu hermano se preocupe, ¿verdad?

–¿Qué está haciendo?

–Se me dan fatal estos aparatos. Veamos –tecleó en la pantalla: *Tranquilo*–. Ya está. Ahora lo enviaré y asunto terminado –le sonrió y se guardó el iPhone en el bolsillo.

–¿Qué más decía Damian?

–Nada –Acosta la agarró con fuerza del brazo–. Vamos, Helen está esperándonos.

–Ya ha visto la advertencia de mi hermano. Es agente del FBI –estuvo a punto de tropezar–. Detective Acosta, si Helen Carlisle no es…

–Yo no maté a Cliff. Era un hijo de perra y un vago, pero éramos compañeros –Acosta fulminó a Sophie con la mirada–. Helen tampoco le mató.

–Es usted un policía sucio y corrupto.

Acosta soltó una carcajada.

–Tiempo para darse una ducha. Acabo de ahorrarle a tu hermano muchas preocupaciones. Helen no es lo que ninguno de vosotros pensáis –se acercó peligrosamente a ella–. No me obligues a ponerte las esposas. Pensaba que los asesinos erais Percy y tú. Creía que habíais acabado con Cliff porque él había descubierto vuestra relación con Augustine y con los objetos robados.

–¿Dónde está Percy ahora?

–Escondido. En el fondo, es un cobarde.

–Entonces, ¿quién mató a Cliff? ¿Y quién le golpeó ayer en la cabeza e intentó ahogarle? Desde luego, no fui yo. De hecho, le salvé la vida.

–Es posible que supieras que Scoop te seguía. A lo mejor Percy contrató a alguien para que se deshiciera de mí. Es un hombre rico –bajó la mirada hacia Sophie–. Relájate. No te he descartado del todo como culpable, pero no creo que formes parte de la trama.

–Yo no formo parte de nada de esto. Y Percy tampoco. Sea un poco inteligente, detective. Si Helen…

–Ya basta. Vamos a ver a Scoop y hablar con Helen. Quiero demostrarte que estás equivocada.

A empujones y medio arrastrándola, la condujo hacia la entrada principal de casa de los Carlisle.

–Por lo que sé hasta ahora, Cliff se suicidó, aunque homicidios esté ocultando esa información. Era un policía con experiencia. Sabía cómo crear un contexto que levantara sospechas. También sabía que Scoop andaba tras él por lo de la bomba y que yo le seguía el rastro por los objetos desaparecidos.

–¿Sabía entonces que había estado relacionado con el robo que hubo en el museo siete años atrás?

–Lo sé ahora.

–Augustine y él…

Acosta no la dejó terminar la frase.

–Cliff se sintió atrapado y se quitó de en medio de la forma que consideró más adecuada.

–Fue asesinado. ¿Lo mató usted? –la propia Sophie negó con la cabeza–. No, no lo mató usted. Estaba asustado. Sabía que estaba amenazado.

La puerta lateral estaba semiabierta. Acosta la empujó para abrirla.

–Siento haber sido tan brusco contigo. Pasemos dentro y averigüemos qué está pasando aquí.

–Usted también se siente amenazado, detective. Y está asustado. Tenemos que salir de aquí.

Acosta la empujó al pasillo. Tenía los ojos entrecerrados y apretaba con fuerza la barbilla, como si supiera que tenía que estar prevenido contra cualquier información que contradijera su versión de los acontecimientos.

—Eres una persona inteligente y con recursos, Sophie. Pero te falta experiencia.

—¡Fue usted el que se metió en mi jardín! —lo acusó Sophie.

—Sí, fui yo. Si me hubieras descubierto, habría dicho que estaba controlando tu casa a raíz de lo que le había ocurrido a Cliff. Necesitaba saber lo que te proponías.

—¿Entró en mi apartamento?

—Apareciste antes de que pudiera entrar.

—Así que me asustó deliberadamente.

—Si me hubieras encontrado allí, habría dicho que quería ver cómo reaccionabas. Eso me habría ayudado a saber si pensabas que yo también había participado en el crimen o si en realidad te lo habías inventado todo y sabías que por fin te había descubierto. Pero conseguí salir a tiempo.

—Está diciendo que tenía la manera de salir de allí sin que nadie pudiera incriminarle…

—Soy policía. Tú eres una arqueóloga, además de una testigo.

—Tiene que haber sido Helen, detective Acosta. Rafferty averiguó que estaba escapando a su control y que no iba a parar.

Sophie tomó aire. Acababa de recordar a Helen saliendo de su casa con el jersey de color rojo. Imaginó la escena en el apartamento de Cliff Rafferty, en el cuarto de baño del museo.

—Es capaz de cambiar de forma. Se transforma en una especie de reina guerrera. Hágame caso, por favor. Sea cual sea su relación con ella, está dispuesta a matarle.

Pero Acosta no la escuchaba. Sophie se volvió para salir de allí, pero Acosta la agarró del brazo y la empujó al pasillo.

–Te demostraré que estás equivocada.

–Cliff no era capaz de controlar la violencia de Helen –continuó diciendo Sophie, esperando poder derribar sus defensas–. Seguramente quería hablar conmigo de los objetos de la cueva y de lo que pretendía hacer Helen con ellos. Supo que se enfrentaba a un serio problema en el instante en el que detuvieron a Jay Augustine. Fue él el que solicitó trabajar como responsable de la seguridad de la sala de exposiciones porque esa era la forma de cubrir su rastro.

–Toda esta semana ha sido infernal.

–¿Cuándo descubrió que había sido Rafferty el que había robado los objetos desaparecidos? –le preguntó Sophie.

Pero Acosta no contestó. La agarró del brazo y tiró de ella con tanta fuerza para meterla en la cocina que Sophie terminó chocándose contra el mostrador. Hizo una mueca de dolor, pero se incorporó rápidamente.

Para entonces, Acosta estaba mirando por encima de ella, con el rostro blanco como el papel.

–Mi error no tuvo que ver ni con la violencia ni con el dinero.

Sophie siguió el curso de su mirada y descubrió tres cráneos idénticos a los que habían encontrado en el apartamento de Rafferty, clavados en la puerta del jardín.

La rama de uno de los árboles del jardín chocaba contra la ventana. De sus hojas verdes goteaba lo que parecía ser sangre.

La puerta del jardín se abrió de pronto y apareció frente a ellos Helen Carlisle, con una brillante capa roja. Llevaba una peluca del mismo color y les apuntaba con una pistola.

–No –le susurró Sophie al estupefacto policía–, el error fue Helen.

Capítulo 29

Península de Iveragh, sudoeste de Irlanda

El trayecto hasta la isla fue terriblemente agitado. Tim había señalado que Sophie nunca había vomitado en sus viajes. Era una arqueóloga. Josie era una profesional inteligente. Había llegado el momento de alegrar la cara. Pero nunca le había gustado navegar. Myles, por supuesto, se había convertido ya en el mejor amigo de aquel pescador. Ninguno de ellos parecía notar las olas, ni la sal del agua, ni el mareo de Josie.

Josie consiguió no vomitar. Sin embargo, sí tuvo la mala suerte de resbalar sobre una roca húmeda y darse un topetazo en el trasero. Myles la miró sonriente y le tendió la mano.

—Tengo mi orgullo —replicó ella mientras se levantaba—. Soy una londinense. No estoy acostumbrada a sortear rocas en medio del maldito océano.

Estuvo de mal humor durante un buen rato. El día estaba ligeramente nublado, la brisa era ligera y desde la isla se contemplaban las escarpadas cumbres de la península de Iveragh, las más altas de Irlanda. La isla en sí era una masa de rocas con algún que otro pedazo de hierba.

—En la antigüedad, construían los monasterios a lo largo de la costa —les explicó Tim.

—Sí, Seamus Harrigan estuvo intentando convencerme de

que hiciera una excursión al antiguo monasterio de Skellig Michael. Tengo entendido que es muy difícil llegar allí, más incluso que a esta isla, y que es un lugar bastante inhóspito —respondió Josie.

El pescador la miró como si fuera el ser más pusilánime de la tierra.

—El monasterio estuvo en funcionamiento durante seiscientos años.

—Soy capaz de soportar las más difíciles condiciones, pero si puedo elegir, seguro que no viviría en una isla remota y cubierta de rocas. ¿Se supone que los objetos que vio Sophie en la cueva procedían de Skellig Michael? Tengo entendido que ella piensa que tenían un origen pagano, pero si son de oro y además tienen un valor cultural, supongo que eso es lo de menos.

Tim se encogió de hombros.

—Supongo que todo es posible.

Myles señaló hacia el centro de la isla.

—¿Es ese el camino a la cueva?

—Sí. Sophie tenía mucho cuidado de no molestar a los pájaros que anidan en la isla, y a ningún ser vivo.

—Haremos lo mismo, nos moveremos con mucho cuidado.

Siguieron a O'Donovan por una cuesta y descendieron de nuevo sobre la roca gris y desnuda. De vez en cuando, Josie miraba hacia la costa y el mar y tenía que luchar contra las ganas de mandarlo todo al infierno, llamar a Will a Londres y decirle que Myles y ella se iban a dedicar a hacer excursiones por el condado de Kerry, a alojarse en algún lugar pintoresco de la zona y a disfrutar de comidas campestres.

El problema era, por supuesto, que Myles estaba completamente entregado a la misión de encontrar a Percy Carlisle.

Y, a su manera, ella también, pensó Josie, sintiéndose más segura una vez pisaba tierra firme. Tenían un presentimiento terrible sobre lo que podía haberle pasado a Carlisle.

Tom se detuvo en un saliente y señaló hacia abajo.

—La cueva de Sophie está aquí.

Josie permaneció a su lado y volvió a preguntarse por qué tenían que estar paseando por aquel inhóspito puñado de rocas.

—Podría pasar por aquí miles de veces sin fijarme siquiera en esta cueva.

—Sophie sabía lo que estaba buscando —respondió Tim casi gruñendo.

Myles saltó a la boca de la cueva. Josie suspiró y no le quedó más remedio que seguirle. Los lugares oscuros y estrechos no la intimidaban tanto como el mar. Se cerró la cazadora y comenzó a avanzar. Myles la siguió y Josie le imaginó inmediatamente con Will explorando cuevas en Afganistán, en busca de armas y planes terroristas, mientras ella se ocupaba de su propio trabajo en una cómoda oficina londinense.

—Para ti esto es coser y cantar —dijo mientras dejaba que sus ojos se acostumbraran a la oscuridad de la cueva—. Más fácil que para Sophie Malone.

—Si es cierto que vio lo que vio, no creo que para ella fuera nada fácil.

Se agacharon entre las rocas húmedas.

—No parece un lugar muy agradable para pasar la noche —Josie se estremeció—. Yo misma podría haberme imaginado lo de los susurros y las rocas manchadas de sangre, y eso que he recibido un buen entrenamiento. Sophie es una arqueóloga con una gran preparación, pero aun así…

—Este lugar es espeluznante.

No había mejor forma de describirlo, pensó Josie.

Myles se volvió hacia Tim, que acababa de bajar a la cueva y permanecía en la entrada, a unos dos metros de distancia.

—¿Dónde pensaba acampar Sophie?

—Hay un sitio bastante decente cerca del lugar en el que hemos llegado. Tenía una tienda de campaña, agua y comida. Venía preparada y no estaba en absoluto preocupada.

Josie miró hacia el fondo de la cueva.

–Dime, Tim –le pidió–, si tú tuvieras un tesoro y quisieras evitar que cayera en manos de los vikingos, ¿lo esconderías en esta cueva?

–Si supiera de la existencia de la cueva, es posible.

–¿Tú crees en los fantasmas y en las hadas? –le preguntó Myles.

–Forman parte del folclore irlandés.

–Una arqueóloga no tendría necesariamente la misma visión sobre este lugar que tenemos nosotros –señaló Josie–. Para mí es un lugar remoto, inhóspito, aislado. Para Sophie…

–Es un lugar fascinante.

Oyeron algo en el fondo de la cueva.

Un gemido.

Josie miró a Myles y comprendió que también él lo había oído. En la entrada de la cueva, Tim O'Donovan permanecía en completo silencio.

Había alguien oculto en la oscuridad.

Capítulo 30

Scoop habló durante unos minutos con Eileen Sullivan en las oficinas del congreso Boston-Cork y bajó de nuevo a la calle. Le dejó otro mensaje a Sophie en el buzón de voz pidiéndole que le llamara en cuanto pudiera y guardó el teléfono de nuevo en el bolsillo. Tenía activados los modos sonido y vibración para no perder ninguna llamada. Llevaba veinte minutos intentando localizarla. Hacía un cuarto de hora que había salido de allí.

Sumó fuerzas con Bob y Abigail y consiguió sonsacarle alguna información a Tom Yarborough. Probablemente era la primera vez que Yarborough se saltaba una norma desde que le había dicho que no a su madre a los dos años. Ya estaba prácticamente probado que había sido Cliff Rafferty el que había puesto la bomba. Tras encontrar el material explosivo en la mesa del café, había resultado relativamente fácil seguirle el rastro. Habían encontrado más material en el garaje y habían conseguido llegar a su proveedor.

El muy canalla había preparado la bomba, se había metido en el jardín de sus compañeros y la había colocado debajo de la barbacoa.

—Se aprovechó de la confianza que teníamos en él —había dicho Abigail.

—No llegamos a verle —repuso Scoop—. Ninguno de nosotros le vio. Entró a escondidas con esa maldita bomba porque sabía que en cuanto le viéramos, comenzaríamos a hacerle preguntas. En cualquier caso, la bomba podría haberla puesto cualquiera.

Pero no la había puesto cualquiera. La había puesto un policía. Alguien a quien conocían.

Y después, Rafferty había muerto asesinado.

Scoop comenzó a caminar hacia la casa de los Carlisle. Josie Goodwin y Myles Fletcher estaban explorando la isla en la que habían atacado a Sophie, pero todavía no le habían vuelto a llamar. Seguramente estaban allí en ese momento, quizá incluso dentro de la cueva.

Sintió vibrar el teléfono en el bolsillo de la cazadora. Lo sacó inmediatamente, pero no era Sophie, sino Damian Malone, el hermano de Sophie que trabajaba para el FBI.

–Helen Carlisle viajó a Boston desde Londres el mismo día que regresó Sophie –le informó Damian–. Llegó un par de horas después que vosotros. Todavía estoy comprobando sus datos, pero apuesto a que estaba en Irlanda cuando su marido fue a ver a Sophie a Kenmare.

–¿Entonces no venía de Nueva York? ¿Nos mintió? ¿Y por qué?

–Buena pregunta. ¿Tiene algún problema con Percy? ¿Sospecha que puede haber estado involucrado en el robo de obras de arte con Jay Augustine? –Damian parecía muy concentrado, y también preocupado–. ¿Dónde está mi hermana? Hace un rato me ha enviado un mensaje de texto diciéndome que estuviera tranquilo. Me ha parecido raro.

–La encontraré.

Scoop continuó avanzando hacia el jardín principal de los Carlisle y entró en la casa por la puerta lateral, que estaba abierta. En cuanto estuvo en el interior de aquella elegante mansión, llamó a Bob O'Reilly.

–Estaba a punto de llamarte –le dijo Bob–. Yarborough está yendo ahora mismo hacia allí. Quiere hablar con Helen Carlisle sobre las mentiras que hemos detectado en sus respuestas.

–¿Tienen que ver con las fechas en las que dice haber dejado a su marido en Irlanda?

–Hemos hablado con la casa de subastas en la que trabajaba. Al parecer, comenzó a trabajar allí en junio del año pasado. Antes trabajaba para una casa de subastas más modesta y era una mujer totalmente diferente. Callada, tímida. En absoluto glamurosa –Bob se interrumpió–. Scoop, Helen Carlisle no es quien dice ser.

Scoop entró en aquel momento en la cocina y vio los cráneos y las hojas manchadas de sangre.

–Sí, Bob –contestó Scoop, tensando la mano alrededor del teléfono–. Acabo de comprobarlo.

Capítulo 31

Helen Carlisle había transformado el elegante y espacioso jardín interior en lo que ella entendía era un bosque sagrado. Sophie permanecía al lado de Acosta, junto a un banco-jardinera. La sangre que goteaba de las ramas de los árboles era completamente real. Helen la había obtenido de unos roedores a los que ella misma había matado. Los restos colgaban de las ramas de un roble.

En medio del jardín había un enorme caldero de hierro, colocado sobre una parrilla, directamente encima del fuego. El calor sofocante de las llamas llegaba hasta Sophie.

Helen apuntaba a los prisioneros con una pistola que, según ella misma había explicado, le había proporcionado Cliff Rafferty.

—¿Has estado aquí esta mañana? —le preguntó a Acosta.

Acosta asintió, aterrorizado por la imagen que Helen presentaba con aquella peluca roja y la capa sujeta por un broche de oro de inconfundible diseño celta. Tenía la piel muy pálida.

—Me he dejado engañar —le susurró a Sophie con una voz apenas audible—. Fue ella la que intentó matarme ayer. Ahora lo comprendo.

—Escúcheme —Sophie sabía que tenía que sacarle de aquel estado de shock si querían sobrevivir—. ¿Helen le ha dado algo? ¿Un té, un vaso de agua?

–Un té.

–Así que le ha drogado. Ahora mismo se cree una especie de guerrera o de diosa. Cree que está absorbiendo su poder. Usted es oficial de policía. Un guerrero, un amante. Una amenaza. Lo que piensa es una auténtica locura, pero no está loca. Sabe exactamente lo que está haciendo y lo que quiere.

Helen tomó aire.

–¿Qué estás diciendo, Sophie? Le dije a Jay Augustine que tenías un talento especial para la arqueología y la aventura. Le dije que tenías un don y que solo era cuestión de tiempo que descubrieras algo realmente valioso. Y no me equivoqué –no bajaba la pistola ni un centímetro–. Cuando Percy me habló de ti y de ese pescador irlandés... lo supe.

–Rafferty y Augustine te engañaron.

–Oh, lo intentaron, claro que sí. Cliff era un oportunista y Jay un asesino. Al principio no lo sabía. Ahora veo que fue él el que me envió la señal de que había llegado el momento de ponerme en acción.

–Te has transformado –dijo Sophie.

Quería encontrar la manera de que Helen se acercara a las llamas. De esa forma, podría prenderse la capa y caería contra el caldero.

–Jay y Cliff pensaban que yo era una ignorante, una mosquita muerta que se dedicaba a quitar el polvo de las obras de arte en una casa de subastas de segunda. Y eso es lo que era, hasta que Percy Carlisle se enamoró de mí –elevó sus hermosos ojos a la altura de los de Sophie–. Le busqué a él porque te buscaba a ti.

–Porque soy experta en arqueología celta...

–A Jay le divertía mucho mi transformación. Cliff no supo nada hasta que regresó de Irlanda –hablaba con cierto tono de superioridad, como si estuviera disfrutando de la historia–. Después, tanto él como Jay comenzaron a someterse a mis órdenes.

Sophie mantenía el tono firme, sin mostrar miedo.

–Fueron ellos los que me siguieron a la isla.

–¿Te los imaginas? –Helen sonrió, pero no bajó la pistola–. Percy me habló de la investigación que estabas llevando a cabo en Irlanda. Me comentó también que tu familia tenía una casa allí. Me lo contó todo. Cliff podía ser un estúpido y un hombre perezoso, pero te vio salir de excursión con ese pescador. Llevaba prismáticos, lo que le permitió seguirte y averiguar a donde ibas.

–Tuvo suerte. Si me hubiera seguido durante mis primeras excursiones a la isla, habría regresado con las manos vacías.

–No fue cuestión de suerte. Esas piezas estaban destinadas a caer en mis manos. Jay solo buscaba oportunidades para sí mismo, ¿y qué consiguió? Terminó muriendo solo en una celda.

–¿Sabías lo que pasaría?

–Sí, lo sabía.

Acosta se dejó caer en un banco.

–Sal inmediatamente de aquí –le susurró a Sophie–. Intenta salvarte. Yo sabía que Helen había escapado a mi control, pero no podía imaginarme algo así.

–Pero si conseguimos que siga hablando…

–No, Sophie. Sal cuanto antes de aquí.

Helen le miró con desdén.

–Se quedará dormido. Lo que le he dado no le matará –le explicó a Sophie.

–¿Cómo mataste a Cliff?

–Esperé a que viniera después de haber hablado contigo. Le di un golpe en la cabeza suficientemente fuerte como para hacerle perder la conciencia y después le colgué. Estaba todo planeado. Cliff tenía que ser sacrificado. Quería absorber el poder que quedaba en él.

–Así que habías fantaseado ya con la posibilidad de llegar a hacerle eso a alguien.

–Yo no fantaseo –se acercó a Acosta, que luchaba por no perder la conciencia–. Me encontré a mí misma cuando comencé a profundizar en la mitología de los celtas. Debido a mi pasado, tengo una gran capacidad para comprender la realidad. Es una de las cosas que me dejó el ser una mosquita muerta.

—Lo que has hecho no tiene nada de auténtico, Helen, y tampoco lo que estás haciendo ahora. Es una pura autocomplacencia en la violencia que no te permitirá conseguir lo que quieres.

—Claro que sí, Sophie.

—Crees que conseguirás poder creando el caos. Has adoptado intencionadamente esas creencias para justificar y racionalizar tu violencia. Tu conocimiento sobre las antiguas creencias y rituales celtas es muy limitado, y bastante tergiversado.

—¡No te atrevas a decirme lo que sé y lo que no sé! Tanto Jay como Cliff me subestimaron. Intentaron quedarse con el tesoro de la cueva, ¡con mi tesoro! Jamás pensaron que yo sería la futura compradora. Pero cuando me casé con Percy… —se irguió en toda su altura—, cuando me convertí en la señora de Percy Carlisle, Jay lo comprendió todo.

—Después, decidió ir a por Keira…

—Y le detuvieron y le acusaron de asesinato cuando todavía tenía mi tesoro en su poder.

—Así que decidiste seducir al detective Acosta. Y conseguiste que Cliff se convirtiera en el responsable de vigilar la sala de exposiciones.

Sophie sentía seca la garganta, pero continuaba pendiente de aquella mujer. Helen vivía perdida en su propia realidad. Era imposible intentar razonar con ella. Lo único que podía hacer era intentar entretenerla durante el mayor tiempo posible.

—Fue él el que te devolvió el tesoro.

—Exacto. El caldero que encontraste es una fuente de juventud y abundancia —le explicó Helen con ojos llameantes—. Me servirá para consolidar mi poder. No tengo ninguna duda, Sophie. Estoy completamente segura. Mírame. Mira lo que he conseguido. Ahora soy una Carlisle.

—Y es eso lo que realmente quieres ser —le dijo Sophie con amabilidad—. Esta casa tan hermosa te pertenece, Helen. Tú adoras esta vida.

—Es cierto. Y no renunciaré a nada.

—Si continúas en este proceso, tendrás que renunciar a Percy.

—Él está experimentando su propia transformación. Lo comprenderá. Le tengo bajo control.

Acosta se desmayó en aquel momento, y cayó sobre los ladrillos del patio.

Por la mirada que Helen le dirigió, parecía importarle menos que las ardillas que había matado.

—Durante mucho tiempo, fui una persona débil y sin poder alguno. Nadie se fijaba en mí. Pero después, todo cambió. Mírame ahora, soy Helen Carlisle. Estoy casada con Percy Carlisle y me desean guerreros como Frank Acosta.

—Cliff Rafferty quería saber mi opinión sobre lo que te proponías, ¿no es cierto? Seguramente iba a confesar...

—Fui yo la que encontró los materiales de la bomba y los expuse para que los viera la policía —no dejaba de apuntar a Sophie con la pistola—. Podrías unirte a mí. Piensa en lo que podrías llegar a convertirte, Sophie.

—No se me ocurriría nunca. ¿Y Percy, Helen? ¿Qué has hecho con tu marido?

Capítulo 32

Península de Iveragh, sudoeste de Irlanda

Josie reconoció a Percy Carlisle, que, sucio y sin afeitar, permanecía esposado a un grueso tornillo clavado en la pared rocosa de la cueva. Le habían dejado con mantas, agua, algo de comida y un inodoro portátil. Lo suficiente como para sobrevivir. Habrían sido unas condiciones trágicas para cualquiera, pero más todavía para un hombre acostumbrado a vivir rodeado de lujos y comodidades.

Pero al menos estaba vivo.

Traumatizado y exhausto, el pobre hombre apenas podía hablar. Su pelo entrecano se le pegaba a la cabeza y su piel se adivinaba blanca bajo el barro. Entre Josie y Myles consiguieron sacarle de la cueva.

Tim O'Donovan ya había llamado a la policía. Estaba estremecido, estupefacto ante el rumbo que habían tomado los acontecimientos. Josie agradeció sentir el viento frío en el rostro mientras se sentaba en lo alto de una roca.

—No fuiste tú el que le dejaste aquí, ¿verdad, Tim?

Tim no pareció ofendido por la pregunta.

—No, y tampoco Sophie.

Josie vio a Myles comprobando las constantes vitales de Carlisle y hablando con él. Al final, comenzó a recuperarse ligeramente.

—Vine aquí en busca de paz.

–¿Cómo supiste de la existencia de esta isla, Percy? –le preguntó Josie con delicadeza.

–A través de Helen. Fue ella la que me contó que esta era la isla que había explorado Sophie. Recuerdo que… –se interrumpió. Le resultaba difícil hablar–. Le conté a Helen lo que había oído, que Sophie estaba buscando algún indicio de realidad que pudiera confirmar una historia que le había contado un pescador irlandés. Tenía miedo de que Jay Augustine se hubiera aprovechado de ellos.

–Continúa –le pidió Myles.

–Llegué aquí al amanecer. Y me encontré con una mujer en la isla –la voz de Percy sonaba ronca, distante–. Llevaba una capa roja y tenía una melena del mismo color. No pude verle la cara, pero estoy seguro de que no era Sophie.

–No, era tu esposa –dedujo Josie con brusquedad.

Obviamente, pensó, Helen Carlisle no había regresado directamente a los Estados Unidos. No tardó en comprobar que el propio Percy ya había llegado a la misma conclusión.

–Yo me casé primero y después comencé a hacerme preguntas. El hecho de que una mujer como aquella hubiera mostrado algún interés en mí me convirtió en un estúpido.

Josie estuvo a punto de decirle que todo el mundo cometía errores por culpa del amor, pero era absurdo. No todo el mundo terminaba atrapado en una isla desierta de la costa oeste irlandesa.

Lo único que la esposa de Carlisle quería de él era su dinero y su poder.

–Es una mujer que cambia radicalmente de personalidad –añadió Percy–. Helen… Ni siquiera sé si ese es su verdadero nombre.

Capítulo 33

Sophie continuaba hablando de calderos mágicos cuando Scoop entró sigilosamente en el jardín, sin que nadie le viera.

—También podrías utilizar ese caldero para hacer algo bueno —estaba explicando en un tono delicado y profesional—. Podría servir para rejuvenecer esta casa. Y para mantenerte siempre llena de energía y poder. Después de todo lo que has tenido que soportar, te mereces disfrutar de una verdadera vida.

Permanecía al lado del caldero de hierro que estaba al fuego, del que emanaba el aromático vapor de las hierbas que hervían en su interior. Scoop podía verla perfectamente, oculto tras un enrejado cubierto de hiedra. Había sacado la pistola. Josie le había enviado un mensaje de texto comunicándole que habían encontrado a Percy vivo en la isla.

—Y estoy utilizando mi caldero para hacer el bien —respondió Helen. Scoop no conseguía verla—. Pero los sacrificios son necesarios, Sophie. Tú deberías saberlo mejor que nadie. Los dioses así lo exigen. ¡Yo lo exijo!

—¿Tu caldero dices, Helen? Esos adornos que llevas son completamente falsos. Lo que llevas en la capa no es el broche de Tara. Ni siquiera se le parece. Todos los elementos de tu bosque sagrado son pura basura. Confía en mí, sé de lo que hablo.

–Estás mintiendo –replicó Helen con frialdad, aunque su enfado era evidente.

–Sé que no eres ninguna estúpida, y que no estás loca. Crees que lo que estás haciendo te servirá para conseguir lo que te mereces. Pero sabes lo que ocurrirá si la policía te descubre.

Helen soltó una carcajada.

–¡Eso sí que tiene gracia, Sophie! Déjame recordarte que el que está desmayado a mis pies es un policía. El policía al que voy a sacrificar.

–Ayer intentaste matarle y no lo conseguiste.

Era Acosta, pensó Scoop mientras se acercaba al caldero. Oía el agua bullendo en su interior. No conseguía ver al policía. Probablemente lo ocultaba el roble que tapaba también a la mujer que estaba a punto de matarle. Era evidente que Sophie estaba intentando salvarle, al igual que había hecho el día anterior. En aquella ocasión, intentando distraer a su asesina. Sophie se llevó la mano al pelo y señaló con el dedo disimuladamente hacia Scoop. Con eso bastó. Sabía que estaba allí.

–Lo de ayer no fue un fracaso –replicó Helen–. Fue una oportunidad.

–Fuego, agua, tierra. Sí, eso lo entiendo. Ayer Acosta te sorprendió en el museo. ¿Qué estabas haciendo, preparando la sangre? ¿Despedazando una ardilla?

–Te crees muy inteligente, Sophie.

–Acércate y déjame demostrarte por qué todos tus objetos son falsos y tú no eres más que una farsante.

–Frank ya está preparado. No quiero que sienta dolor. En esta ocasión, he utilizado una droga, pero sé cómo agotarlo de otras muchas maneras. Cuando Percy estaba fuera, disfrutábamos del sexo en este jardín. Nos conocimos en el museo, en el mismo pasillo en el que ayer estuvo a punto de morir. Nunca se cansaba de mi energía, de mi pasión. Tú nunca has tenido una experiencia así con un hombre, ¿verdad, Sophie?

Pero Sophie no mordió el anzuelo.

—¿Cliff lo sabía?

Helen soltó un bufido burlón.

—Oh, por favor, ¡él también me deseaba! Pensaba en mí durante todas las horas del día. Tú no puedes imaginarte lo que es eso. Nunca has tenido a un hombre completamente loco por ti.

—Y cuando sacrifiques al detective Acosta, ¿quién te quedará?

—Cualquier hombre que yo quiera. Después de su muerte, absorberé sus fuerzas. De momento, está dormido —y añadió con toda naturalidad—, pero se despertará en cuanto le meta en el caldero. Tú me ayudarás, Sophie. No te queda otra opción.

Las ramas del roble se movieron y Scoop vio un fogonazo rojo; era Helen, apuntando a Sophie con una pistola.

—¡Baja la pistola! —le ordenó Scoop, apuntándola.

Helen se volvió hacia él, y Scoop disparó.

Acosta estaba hecho un desastre cuando recuperó la conciencia.

—Helen me tenía preparada una muerte lenta. Pretendía asarme…

—Peor aún —respondió Sophie, pasando por delante del caldero.

Scoop no fue tan delicado y añadió los detalles que la propia Sophie le había contado.

—Pretendía hervirte, comerte y beberse después el agua.

Acosta esbozó una mueca, pero no dijo nada. Scoop permanecía sentado a su lado. Había asegurado el escenario para que nadie tocara nada. El agua continuaba hirviendo en el caldero, a solo unos metros de distancia.

—Allí estaba yo —continuó diciendo Acosta, sin mirar ni a Sophie ni a Scoop—, investigando en el negocio del canalla de Agustine para saber si, además de matar gente, había traficado con obras de arte robadas, cuando coincidí con Cliff. Conseguí que le asignaran la vigilancia de la sala de exposiciones. Tenía problemas profesionales y su mujer le había dejado, pensé que le vendría bien un cambio de aires. Pero me utilizó. Jamás se me había ocurrido pensar que estaba haciendo dinero con el negocio de Agustine. Después, apareció Helen y fue mi perdición. Me enamoré de ella y perdí la cabeza.

—¿Sabías que Rafferty había estado relacionado con los matones que secuestraron a Abigail?

—Cuando lo supe, ya era imposible hacer nada. Ya era demasiado tarde. Augustine les había contratado para que le hicieran un trabajo. Fue así como se pusieron en relación con Estabrook. Cliff se dejó devorar por sus propios defectos. No podía dejar pasar aquella oportunidad. Le bastó que esos tipos le pagaran para poner esa bomba en vuestra casa.

—Podríamos haber muerto cualquiera de nosotros. Fiona O'Reilly es una adolescente que no tiene culpa de nada.

—Norman Estabrook les pagaba mucho dinero a esos tipos. Cliff se dejó arrastrar por el dinero y por una vida fácil. Y yo… —desvió la mirada hacia los robles. Sophie había explicado que aquellos árboles se consideraban sagrados–. Yo me dejé llevar por Helen. Desde que apareció en mi vida, ya nada más me importaba.

Scoop imaginaba que aquel no era el momento más adecuado para reprocharle a Acosta lo estúpido que había sido.

—Lo de seguir a Sophie a la isla fue idea de Augustine, después de que Helen le comentara que se rumoreaba que Sophie estaba investigando una historia que le había contado Tim O'Donovan. Agustine disfrutó extraordinariamente asustándola. Cliff decía que aquella fue la primera pista que tuvo de que Augustine no era solamente un ladrón.

—Dejaron a Sophie en la isla creyendo que estaba muerta.

Acosta cruzó la mirada con Sophie, pero se dirigía a Scoop mientras hablaba.

—Sophie no mintió. Es una arqueóloga. Está acostumbra-

da a trabajar en condiciones duras. Se suponía que el pescador iba a ir a buscarla al día siguiente. Consiguió superar
toda una noche allí sola.

—¿Rafferty te contó todo eso? —preguntó Scoop.

—Me lo contó un día antes de que Helen le matara. No
imaginé lo que podía pensar. Todavía estaba pensando en lo
que debería hacer cuando me enteré de que había muerto.

—Helen cree que Rafferty y Augustine se apropiaron e hicieron un mal uso de sus rituales, pero ella comenzó a ceder
a sus impulsos violentos al darse cuenta de quién era realmente Augustine —Sophie había palidecido—. Otra de las on-
das expansivas de las que habla Lizzie.

Acosta alzó la mirada hacia Scoop.

—Deberías haber dejado que me tirara al caldero.

—¿Cuándo comenzó a formar parte de tu vida?

—En julio, después de casarse con Percy. Yo estaba completamente bajo su hechizo. Me exprimía completamente,
me utilizaba.

Scoop no mostraba ningún signo de compasión.

—Supongo que sabías que su matrimonio terminaría algún día.

—Y me imaginaba viviendo con Helen en un ático cuando
lo hiciera —parecía agotado—. Una diosa guerra…

Bob O'Reilly y Tom Yarborough, detective de homicidios, llegaron en aquel momento. Abigail Browning lo hizo
inmediatamente tras ellos. Scoop ya no tenía que preguntarle si iba a renunciar a su trabajo. Era evidente que estaba
completamente metida en su papel de detective.

Scoop sabía que a Sophie y a él les esperaba una larga
noche por delante. Le dio la mano.

—Doctora Sophie, ¿qué pensabas hacer si no hubiera aparecido yo con la pistola?

Sophie comenzaba a recuperar el color. No era mucho,
pero ya era algo. Scoop le apretó la mano.

—Pensaba agarrar una de esas ramas manchadas de sangre y darle una buena azotaina en el trasero.

–¡Vaya! –Scoop sonrió–. Si sigues así, podrías terminar convertida en agente Malone.

Pero Sophie volvió a palidecer.

–Scoop...

–Todo esto llevará tiempo, Sophie. Nos llevará tiempo a los dos.

Capítulo 34

Península de Beara, sudoeste de Irlanda

Josie entró en el pub del pueblo de Keira, situado en la península de Beara, y pidió un whisky, porque, al fin y al cabo, a ella nadie la había dejado encadenada en una cueva remota, ni había intentado quemarla, ahogarla o colgarla. El fuego resplandecía en la chimenea y un perro dormía frente al hogar. La televisión transmitía un partido de hurling, un deporte típico de la zona. Granjeros de los alrededores, agricultores y pescadores se reunían en las mesas y bromeaban entre ellos con la familiaridad de aquellos que habían compartido toda su vida en aquel pueblo tranquilo abrazado por las rocosas montañas de la costa oeste irlandesa.

No muy lejos de allí, gentes que habían vivido en esas mismas costas más de dos mil años atrás, habían hecho un caldero, broches de oro, torques, cuentas… y alguien, nunca sabrían quién, lo había escondido en una cueva. Aquel tesoro le sería devuelto a los irlandeses. Formaba parte del patrimonio nacional. Josie suponía que podría llegar a verlo algún día, pero tenía que admitir que no tenía ninguna prisa.

—Volveré mañana a Londres —le explicó a Eddie O'Shea, el camarero—, así que esta noche he decidido disfrutar de un buen whisky irlandés.

—Estás preparada para volver a casa.

Josie sonrió.

—Sí.

Will y Lizzie estaban en Londres. Y, al parecer, también el padre de Lizzie. Josie estaba deseando conocer al legendario Harlan Rush. Simon y Keira ya habían regresado a Boston. Por supuesto, Keira ya había vuelto a pintar, como ella siempre había estado segura que haría.

Después de explicar a la policía irlandesa todo lo sucedido y entregarles a Percy Carlisle, Myles y ella habían pasado tres días en la cabaña de Keira. Josie bebió un sorbo de whisky saboreando sus recuerdos. Myles podía haberle dicho cuál era su próxima misión, estaba autorizada a conocer determinada información, pero no lo había hecho.

—¡Ah, Eddie! Ten cuidado, esta mujer es capaz de tumbarme bebiendo.

Era la voz de Myles, pero Josie culpó de ello al whisky y a la noche. Era imposible que hubiera conjurado a Myles Fletcher en la barra de un bar. Quizá, pensó, Myles no se había presentado nunca en Kenmare. A lo mejor también lo había conjurado entonces, había emprendido la búsqueda de Percy Carlisle junto a una ilusión y había hecho el amor con un perfecto producto de su imaginación.

—Yo tomaré una pinta de Guinness.

Josie dejó el whisky en la barra y se volvió hacia el hombre que estaba a su lado.

—Te pareces y hablas como alguien que conozco —le dijo.

Myles acarició el borde de su vaso y fijó la mirada en el líquido ambarino.

—¿Cuántos whiskys has bebido, amor?

—No los suficientes.

Myles le sonrió, haciendo aparecer arrugas alrededor de sus ojos grises al más puro estilo Myles Fletcher. No tenía sentido continuar fingiendo. Myles estaba allí.

—Si vuelves a marcharte, te ahogaré con la almohada.

—Aquí está —dijo Eddie mientras dejaba la pinta frente a Myles—. Sí, seguro que es capaz de hacerlo.

—Para ahogarme con una almohada, cariño, tendrías que

estar en la cama conmigo. Así que moriría siendo un hombre feliz.

Eddie soltó una sonora carcajada y Josie se sonrojó violentamente. Probablemente era la primera vez que se sonrojaba desde que tenía trece años.

Myles bebió un sorbo de Guinness, pero se puso inmediatamente serio.

—Estoy preparado para hacer un trabajo de oficina.

Josie soltó un bufido burlón.

—Y un infierno.

—Tu hijo necesita un hombre en tu vida. Su padre no está mal, pero el niño pasa mucho más tiempo contigo. Eres demasiado blanda con él.

Josie elevó los ojos al cielo.

—Creo que algún día se convertirá en un excelente hermano mayor —continuó diciendo Myles—, y que no le vendría mal tener a un par de hermanitos corriendo tras él.

Aquello capturó inmediatamente toda la atención de Josie.

—Myles —se maldijo a sí misma al darse cuenta de que se le habían llenado los ojos de lágrimas—. Hace solo unos días has vuelto a marcharte.

—Necesitaba saber que podía hacer esto —le explicó—. Ahora lo sé.

—Yo siempre he sabido que podrías.

—Eso es lo que me ha permitido marcharme —susurró Myles al tiempo que le secaba una lágrima que rodaba por su mejilla—. Durante estos dos años, he contado contigo. Sabía que podía contar con tu amor.

—De acuerdo, entonces —Josie se sorbió la nariz mientras recuperaba la compostura—. ¿Nos llevamos la bebida a la chimenea?

Myles se levantó inmediatamente.

—Yo te llevaré la tuya, amor —le guiñó el ojo—. Es por si te desmayas. No quiero desperdiciar este whisky.

Josie le dirigió una mirada fugaz al camarero.

–Procura tener a mano el teléfono de la policía, Eddie. Es posible que le mate aquí mismo.

Eddie les sonrió. Myles dejó las bebidas en una mesita que había junto a la chimenea. Josie se sentó a su lado y le tomó la mano. Todo iba perfectamente en su pequeño mundo. Su vida no era sencilla, pensó, pero todo iba bien.

Capítulo 35

Sophie subió a un afloramiento de rocas desde el que podía disfrutar de una vista de trescientos sesenta y cinco grados sobre el mar. Frente a ella, se recortaban las escarpadas crestas de la península de Iveragh contra un cielo intensamente azul. Tim la había dejado allí y la esperaba en la orilla, junto a su barca.

Scoop estaba a su lado. Su vida había cambiado, pensó Sophie. Había cambiado en el mismo instante en el que Tim O'Donovan le había contado aquella historia sobre un tesoro celta perdido, sobre una isla encantada y sacerdotes que guardaban un secreto milenario y ella había decidido ir a explorar esa isla.

Para Sophie había sido un modo de descansar del trabajo, una forma de enfrentarse a los temores sobre su futuro… Pero fuera lo que fuera lo que la había llevado hasta allí, la había conducido hasta un hombre al que amaba con todo su corazón, con toda su alma.

Scoop permanecía sentado sobre una roca como si no temiera a nada en el mundo. Pero Sophie sabía que no era cierto, y se alegraba de ello.

—Eh, Sophie, sabía que haría falta toda una aventura para encontrarte.

—¿Te ha traído Tim?

—No. No quiero causaros problemas.

Sophie frunció en ello y pensó un momento. Había viajado a Irlanda dos días atrás para reunirse con su familia y tranquilizarla después de todo lo ocurrido. Damian, su hermano y agente del FBI, se había reunido con ellos allí. Sí, tenía que haber sido él.

—Te ha traído mi hermano.

—A lo mejor han sido las hadas.

Sophie se echó a reír.

—Todo es posible —pero desvió la mirada hacia la entrada de la cueva—. Percy se está recuperando en Londres y ha puesto en venta su casa de Boston. Continuará siendo miembro de la junta directiva del museo, pero no creo que vuelva a vivir allí nunca más.

—¿Le has visto?

Sophie negó con la cabeza.

—No creo que le gustara sentirse compadecido. Siempre ha creído que yo no le consideraba a la altura de su padre, pero en realidad, esa sensación está motivada por su propia inseguridad. Nunca es justo hacer ese tipo de comparaciones, y en este caso ha demostrado incluso ser peligroso.

—Helen también se resentía de sus propios defectos, o por lo menos de la imagen que tenía de sí misma.

—¿Por qué no me convertí en una de las víctimas de Jay Augustine?

—Fuiste una de sus víctimas…

—Pero no me mató.

—Por una parte, porque Cliff Rafferty estaba con él. Por otra, Augustine se obsesionó con la leyenda del ángel de piedra. Eso era lo que le ocurría. Quedaba completamente inmerso en esos relatos. Estaba obsesionado con un asesinato ocurrido en Boston muchos años atrás y con la figura del demonio.

—Lo que encontré eran tesoros celtas.

—Un tesoro que él quería únicamente por motivos económicos. Lo de asustarte y dejarte en la cueva le vino por añadidura.

–Para entonces, ya era un asesino.

–Por lo que hemos averiguado, no había matado a nadie durante muchos años. Necesitaba un relato en el que enmarcar sus crímenes.

–Pero él no conocía la historia de Tim. Lo único que sabía era lo que Helen le había contado. A Percy le aterraba la posibilidad de que hubiera hecho algo terrible, pero no era capaz de comprender todo lo que estaba pasando. No sabía que Helen había abrazado ese tipo de creencias. Helen se hizo una idea tergiversada de lo poco que sabía sobre la historia, la cultura y las tradiciones celtas y la utilizó para interpretar el pasado y dotar de lógica a sus propios deseos.

–Un buen análisis, agente Malone.

Sophie sonrió de pronto.

–John March y Wendell Sharpe me consultan de vez en cuando sobre objetos de arte robados.

–Todavía tienes posibilidades de ser profesora.

–Por supuesto. Como ya te dije, tengo muchas posibilidades de conseguir esa plaza en Boston de la que te hablé. Y además, está el congreso Boston-Cork en abril. Y no puedo olvidar a mis jugadores de hockey.

Scoop le guiñó el ojo.

–La vida te sonríe.

–Mi hermano me ha dicho que te han cambiado de puesto.

–Sí, suele pasar cuando sufres un atentado. Te ascienden.

–Eres un hombre valiente e íntegro, Scoop, y también bondadoso. Y sexy.

–No pienso hacer el amor contigo encima de estas rocas.

Sophie soltó una carcajada.

–Mi familia está deseando conocerte. Taryn se ha tomado unos días de descanso. Tim la hizo levantarse de la mesa ayer por la noche en el pub y estuvo bailando con ella.

Creo que mi hermana quiere empezar a cambiar de vida. De momento, piensa quedarse en Kenmare para ver lo que sucede.

–Keira y Simon piensan invitarte a su boda. Están ultimando los detalles para casarse en Navidad. Will y Lizzie serán los siguientes, aunque con esos dos, nos podemos esperar cualquier cosa. Podrían casarse en Dublín, en Boston, en Las Vegas, en Londres o en Escocia. Aunque yo creo que lo harán en el palacio que tienen los Rush en la costa de Maine.

–Otros que empiezan una nueva vida.

Scoop clavó la mirada en las escarpadas montañas que se dibujaban al otro lado de la centelleante bahía.

–Bob y yo ya hemos decidido lo que queremos hacer con el edificio en el que vivíamos. Estamos cerrando el ático y vamos a añadir unas escaleras. Mis hermanos y unos amigos suyos de Southie han venido a echarle un vistazo. De esa forma, cada uno podrá quedarse con dos pisos.

–Tendréis mucho espacio.

Scoop la miró.

–Sí. Queremos suelos brillantes y paredes blancas. Una zona para los estudios y mucha luz. Y tenemos la suerte de estar cerca del aeropuerto de Logan, lo que nos facilitará las idas y venidas a Irlanda.

–Te gusta estar aquí.

–Sí, pero estaba pensando en ti.

–Scoop...

–Tim O'Donovan piensa que deberíamos disfrutar de una luna de miel después del congreso.

–¿Ah, sí?

–Te quiero, Sophie. Y quiero casarme contigo.

–¿Cuándo lo has decidido?

–En realidad, lo decidí el día que nos conocimos.

Sophie sonrió.

–Yo también lo supe en ese momento. Fue un caso de amor a primera vista –se inclinó contra él y sintió los labios de Scoop rozando su frente–. Te quiero, Scoop.

Llegó hasta ellos una bocanada de viento procedente del oeste, pero Sophie no sintió frío. Sabía que los susurros que llegaban hasta ella en aquel momento eran los de las olas del mar.

AGRADECIMIENTOS

Uno de los grandes placeres de escribir *Susurros* ha sido la oportunidad que me ha dado de explorar Irlanda de formas muy diferentes: a través de viajes, de libros, páginas webs, música, arte y amigos. Mientras estaba en Kenmare, durante el pasado septiembre, me mostraron un grueso y maravilloso volumen de un libro al que no pude resistirme y que recomiendo encarecidamente: *The Iveragh Peninsula: A Cultural Atlas of the Ring o f Kerry*, editado por John Crowley y John Sheehan. Leí también numerosos libros sobre historia y arqueología, entre ellos, *The Celts*, de T.G.E. Powell, *The Enigma of the Irish Iron Age*, de Barry Raftery y *Celitc Art*, escrito por Ruth y Vincent Megaw. Quiero mostrar mi más profundo agradecimiento a todos estos académicos por su trabajo.

Gracias también a mi primo Gregory Harrell por haberme permitido conocer desde dentro su trabajo como detective de asuntos internos, y a Kate Jewell, mi hija además de una estudiante de doctorado en Historia, por su ayuda y dominio de la materia.

Mi marido y yo tuvimos que regresar rápidamente a Irlanda para dar la bienvenida al primer hijo de Kate y de Conor, que decidió llegar al mundo antes de tiempo. Esa misma mañana, Joe y yo hicimos una excursión por la península de Beara, no lejos del lugar en el que nació el tatarabuelo de Leo, mi nieto.

Y para terminar, quiero dar las gracias de forma especial a Margaret Marbury y a Adam Wilson, de MIRA Books, y a Jodi Reamer de la Writers House, por todo lo que habéis hecho por mí.